ステリ文庫
1〉

キングの死

ジョン・ハート
東野さやか訳

早川書房
5993

THE KING OF LIES

by

John Hart

Translated by
Sayaka Higashino
First published 2006 in Japan by
HAYAKAWA PUBLISHING, INC.
This book is published in Japan by
arrangement with
THE CHOATE AGENCY
through TUTTLE-MORI AGENCY, INC., TOKYO.

ケイティに

謝辞

無からはなにも生まれず、小説を世に送り出すことも例外ではない。時間と信念が必要であり、道のりも長い。この道をともに歩いてくれた方々に、わたしは深く感謝したい。

誰よりもまず、妻のケイティに感謝する。いつも変わらずわたしを励まし、はかり知れないほどの助言をあたえてくれた。しかも作家にとって理想的な鑑識眼を発揮してくれた。愛してるよ、ベイビー。あえてこの新人に賭けてくれたエージェントであり親友のミッキー・チョートにも感謝する。彼はわたしを信頼し、多くの教訓をあたえてくれた。出版関係者としては編集者のピート・ウォルヴァートンにもおおいに感謝している。これほどまで無礼かつ有能な人物に、わたしは会ったことがない。打席には入らなかったとは言わないでくれよ。ひじょうに頭のきれるケイティ・ギリガン、こんなわたしにしんぼう強くつき合ってくれてありがとう。きみは最高だ。それから、拙書を世に出そうと骨を折ってくれたセント・マーティンズ・プレス、セント・マーティンズ・ミノタウロス、およびトマス・ダン・ブックスの関係者全員に、心からの謝意を伝えたい。

最悪だったタイプ原稿を読んだあげくに、それでもわたしを友だと言ってくれたみんなのことは本当にありがたいと思っている。それは次にお名前をあげる方々も同様で、みな善意の塊のような人ばかりだ――ナンシーとビルのスタンバック夫妻、ケイとノードのウィルソン夫妻、ジョンとアニーのハート夫妻、メアリー・ハート・ゼンプ、シャーロットとダグのスカダー夫妻、スターリング・ハート、ケン・ペック、アニー・P・ハート、ジョンとミーガンのスタンバック夫妻、アン・スタンバック、シャーロット・ケンロック、マーク・スタンバック、ナンシー・パプキン、ジョイ・ハート、ジョン・ベッツ、ボイドとジェンのミラー夫妻、スタンとアシュリーのダナム夫妻、サンダーズ・コックマン、ショーン・スカペラート、ジョージ・ギーズ、リンダ・パーカー、ダービー・ヘンリー、そしてデビー・バーンハート。いつもそばでささえてくれたクリントとジョディのロビンズ夫妻、および同じ物書きの友人であり、秀逸なアイデアの持主マーク・ウィッテにはとりわけ感謝している。また、多大な時間をさいてわたしがまだ法律を完全に忘れたわけではないと確信させてくれた、弁護士であり友人のジェイムズ・ランドルフ、なんでもよく知っているエリック・エルスウェイグもありがとう。ここに名前があがらなかった方がいたら、その責任はひとえにわたしにある。あなたの存在はちゃんとわかっているし、同じように感謝しているのでご安心を。

　また、執筆作業のなかで多くの方々に出会ったが――どの方も出会うことになるとは思ってもいなかった人たちばかりだ――そのおかげで想像以上の経験ができた。映画化の権利を買ってくれたマーク・ボゼクとラッセル・ヌース、および拙書を読んでご意見を寄せてくださったすぐれた諸先輩方――パット・コンロイ、マーティン・クラーク、スティーヴ・ハミルトン、トマス・ペリー、マーク・チャイルドレス、シェリ・レイノルズには心から感謝している。身にあまる光栄と恐縮している。

最後に、わが娘、セイラーとソフィーには格別なる感謝の念を伝えたい。わたしが夢をあきらめなかったのは、ふたりのおかげだ。

キングの死

登場人物

ジャクソン・ワークマン・ピケンズ（＝ワーク）……………弁護士
エズラ………………………………………………………ワークの父
ジーン………………………………………………………ワークの妹
バーバラ……………………………………………………ワークの妻
アレックス・シフテン……………………………………ジーンの友人
ヴァネッサ・ストールン……………………………………農場主
マクスウェル・クリーソン…………………………………浮浪者
ダグラス……………………………………………………地区検事
ミルズ…………………………………………………………刑事
ハンク・ロビンズ……………………………………………探偵
クラレンス・ハンブリー……………………………………弁護士

1

拘置所は絶望のにおいがするという説を耳にしたことがある。そんなのはうそっぱちだ。拘置所になんらかの感情のにおいがあるとすれば、恐怖だ。看守への恐怖、殴られ、輪姦される恐怖、かつては愛してくれたがいまはどうだかわからない人たちから忘れ去られるかもしれない恐怖。しかし大半は、時間への恐怖と心の片隅に巣くう未知の闇への恐怖ではないか。時間をつぶす《ドゥーイング・タイム》（服役するの意）と人は言う——冗談じゃない。この場所に何度も足を運んだわたしは現実を知っている。時間が人間をつぶすのだ。

わたしはそんな拘置所のにおいにどっぷりつかり、いましがた仮釈放なしの終身刑判決を受けたばかりの依頼人と膝をつき合わせてすわっていた。わたしが警告したとおり、裁判によって依頼人は地獄に落とされた。検察側の証拠に反論の余地はなく、テレビのリモコンをめぐって口論したあげくに兄を射殺した前科二犯の男に、陪審が同情するはずもなかった。同胞であるはずの十二人は誰ひとり、被告が酒を飲んでいたことも、へべれけに酔っていたこども、殺すつもりなどなかったという主張も斟酌しなかった。殺された兄は兄で鼻つまみ者のワルだったが、誰もその事実を斟酌しなかった。陪審も、そしてなによりこのわたしも。わたしとしては、上訴権について説明し、法律上の質問になんでも答え、あとはとっととここから出ていきたかった。ノース・カロライナ州に提出する手数料申請書を出すのは明日の朝でもいい。

ふだんから自分の選んだ職業について相反する感情がうずまいているが、こんな日は弁護士という仕事がつくづくいやになる。その不快感があまりに深いため、自分はどこかおかしいにちがいないと不安になる。わたしはその不安を、他人が倒錯趣味を隠すように隠していた。しかもこの日は最低最悪だった。原因は裁判そのものかもしれないし、依頼人かもしれない、あるいはまたひとつ無用の悲劇が起こったことによる後遺症かもしれない。この部屋を訪れたことは百回はくだらないが、このときはなぜかいつもとちがう感じがした。壁の位置が変わったように見え、一瞬、自分がどこにいるのかわからなくなった。その気分を振り払うべく、咳払いして立ちあがった。こちらの主張はたしかにまずかったが、裁判でけりをつけるという決断はわたしがくだしたわけではない。血まみれになって泣きながらトレーラーハウスからよろよろと出てきた依頼人は、片手に銃、もう一方の手にリモコンを握っていた。真っ昼間だったが、彼はぐでんぐでんに酔っていた。依頼人が奇声を発するのを聞きつけた隣家の者が窓から外を見た。血と銃が目に入ると、隣人は警察に通報した。どんな弁護士でも勝つ見込みはゼロだ――わたしはそう依頼人に告げた。十年で出られるようにしてやるつもりだったが、せっかくわたしが引き出した有罪答弁取引を彼は拒んだ。話を聞こうとさえしなかった。

罪の意識が大きすぎたか、それとも彼のなかのなにかが罰を必要としていたのだろう。いずれにせよ、もう終わったことだ。

ようやく依頼人が、過去に何千という足に履かれてきた拘置所支給のつっかけから目をそらし、苦労の末にわたしに顔を向けた。濡れた鼻の穴が無情な照明を浴びててかり、赤い目が、ぐちゃぐちゃになった頭のなかに見えたものに怯えて小刻みに震えている。自分が引き金を引いたという苛酷な事実が、ようやくしっかりと根をおろしたようだ。この数時間話すうち、その痕跡が彼の顔にゆっくりと刻まれていった。否認の言葉はしだいにいきおいを失い、希望がしぼみ、やがて消えていくのをわたしはなすすべもなく見守った。これまで何度となく見てきた光景だ。

依頼人は痰のからんだ咳をひとつし、右の前腕で頬をこすって痰をなすりつけた。「てことは、これでおしまいかよ?」

わたしはべつに答えなかった。依頼人はすでにひとりうなずいていたし、その頭のなかのことは、ふたりを仕切るように垂れこめた湿っぽい空気に書いてあるかのごとくよくわかったからだ。まだ二十三前で仮釈放なしの終身刑。頭の悪い殺人者は、生まれながらの権利のつもりでタフガイを気取ってここに入ってくるが、それに穴があいて残酷な事実が身にしみるまで、ふつうなら何日かかかる。ひょっとしてこのくず野郎は、わたしの見立てほどばかじゃないのかもしれない。裁判長から判決を告げられてほとんど時をおかずして、終身刑を受けた人間特有の目つきを身につけたからだ。五十年、場合によっては六十年、同じ赤レンガの壁を見て過ごす。仮釈放になるチャンスもなく。二十年でも、三十年でも、はたまた四十年でもなく、一生が終わるまで。わたしなら死にたくなるし、そう思うのがあたりまえだ。

腕時計を横目で見ると、上限ぎりぎりの二時間近くが過ぎていた。経験上、いまごろは着ているものにここのにおいが染みついているとわかっているし、上着は依頼人にさわられたところが湿っているようにさえ見えた。彼はわたしの腕時計があがるのを見て、目を落とした。彼の言葉は微動だにせぬ空気のなかに消え、あとに残った真空状態に沈みこみそうになる。わたしは立ちあがった。わたしは握手の手を差し出さず、相手も差し出してこなかったが、その指がしびれたように動かないのが目にとまった。

彼は若くして老い、二十三歳にして廃人同然となった。同情とおぼしき感情が、そんなものとは一生無縁と思っていたわたしの心に忍びこんだ。彼が声をあげて泣きだし、汚れた床に涙が落ちた。彼は人を殺した。それは動かしがたい事実だが、明日の朝いちばんにこの世の地獄に送られることもまた事実だ。わたしは思わず手をのばし、その肩においた。彼は顔をあげなかったが、後悔していると言った。このときばかりは、その言葉にうそはなかったはずだ。彼にとってわたしは世間とつながる最後の綱だった。それ以外はすべて、判決という剃刀《かみそり》のように鋭い現実によって断ち切られていた。手の下で彼の肩があがりはじめ、わたしは重さがあるのではないかと思うほど巨大な無を感じた。そのときだった。父の死体がついに見つかったと告げられたのは。その皮肉なタイミングは鮮烈だった。

ローワン郡拘置所から地区検事のオフィスまで案内してくれた廷吏は長身で恰幅《かっぷく》がよく、ふつうは髪の毛がある場所に灰色の剛毛がつんつんと立っていた。罪を犯した者たちでごった返す廊下を縫うように歩くあいだ、廷吏は世間話などしなかったし、わたしも無理に話そうとはしなかった。もともとおしゃべりなたちではない。

地区検事は背が低く、ころころに太った体型が憎めない男だが、目に本来そなわっている輝きを意のままに消せるという特技がある。見ていてみごとなほどだ。ある人には、あけっぴろげで思いやりある政治家と映り、またある人には冷酷で血の通わない、役人然とした男としか映らない。数少ない内輪の人間からすれば、彼はどこにでもいる普通の人間だ。みんな彼をよく知っているし、好意をいだいてもいる。彼は祖国のために二発の銃弾を受けたが、わたしのような人間、すなわち父の口癖をまねるなら〝戦争のない世代の泣きどころ〟である連中を見下したことは一度としてない。彼はわたしの父を尊敬していたが、わたしのことはひとりの人間として好意を持ってくれている。その理由はさっぱりわからない。ほかの刑事弁護士のように、罪を犯した依頼人の無実を声高に訴えたりしないからかもしれない。さもなくば、わたしの妹のことがあるからかもしれないが、だとすれば話はまったくちがってくる。

「ワーク」わたしが部屋に入っていくと、彼は立ちあがる手間をはぶいて言った。「残念でならんよ。エズラはりっぱな弁護士だった」

エズラ・ピケンズのひとり息子であるわたしをジャクソン・ワークマン・ピケンズの本名で知るのは、ほんのひと握りの人間だけだ。それ以外はみな、わたしを〝ワーク〟と呼ぶ。なんとも滑稽《こっけい》な呼び名じゃないか。

「ダグラス」わたしが会釈したところで、廷吏がさがってオフィスのドアが閉まった。その音にわたしは振り返った。「発見場所はどこですか？」

ダグラスはワイシャツのポケットにペンを差し、目の輝きを消し去った。「これは異例の措置だ。だから特別扱いしてもらえるとは期待しないでほしい。きみを呼んだのは、ニュースになる前にわたしの口から伝えたほうがいいと判断したからだ」彼はそこで言葉を切り、窓の外に目を向けた。「ジーンにはきみから伝えてもらいたい」

「妹になんの関係があるんです？」狭苦しいうえに散らかったこの部屋に、わたしの声は大きすぎたようだ。彼の目がすぐさまわたしに向けられ、一瞬、わたしたちは赤の他人となった。

「新聞なんかで事件を知ってほしくないからだよ。きみはかまわんのか？」ぞっとするほど冷ややかな声だった。さっきのはまずい失言だった。「あくまで友だちのよしみで知らせたまでだ、ワーク。親父さんの死体が見つかったという事実以外は話せない」

「父が行方不明になってもう一年半です、ダグラス。それだけ長く行方がわからないというのに、質問攻めにされ、ひそひそ話をされ、あげくになんとも言えませんねえという顔をされるばかり。それがどれほどつらいか、あなたにはわからないんですか？」

「べつに同情しないとは言っておらんぞ、ワーク。だが、それでなにかが変わるわけじゃない。まだ現場の捜査すら終わっていない段階だ。立場上、わたしは弁護側の人間と事件について話すわけにはいかない。そんなことをしたらどんなにまずいことになるか、きみだってわかっているはずだ」

「待ってください、ダグラス。死んだのはわたしの父であって、そこらの麻薬密売人じゃない」相手は見るからに無反応だった。「頼みます、長いつき合いじゃないですか」

それは事実だった――ダグラスはわたしの子ども時代から知っている――が、わずかなりとも情け心があったとしても、輝きのない目にそれは浮かびあがってこなかった。わたしは腰をおろし、てのひらで顔をぬぐった。拘置所のにおいはまだ消えておらず、ダグラスも気づいただろうかと考えた。

「いつまでもこうして堂々巡りをつづけるのはかまいませんが」わたしは口調を少しやわらげた。「そっちだってわたしに話すべきだと思っているんじゃありませんか」

「これは殺人事件だ、ワーク。それもこの郡ではここ十年でいちばんの大事件になるだろう。だからわたしの立場は微妙なのだよ。マスコミが大騒ぎするだろうからな」

「どうしても知らなきゃならないんです、ダグラス。あの一件はジーンにひどくこたえた。あの夜以来、妹は人がちがってしまった――あなただって知ってるはずだ。その妹に父が死んだと報告する以上、具体的に説明してやらなきゃならない。知りたがるに決まってます。

そう、知りたがるに決まってるんです。だがなによりまずわたしが状況を把握しておきたい。妹に心の準備をさせなきゃいけないからだ。そっちの言うとおり、新聞を読んで知るなんてことは絶対に避けたい」そこで言葉を切ってひと呼吸し、気持ちを集中させた。どうしても犯行現場に入る必要があったし、そのためにはダグラスの同意が欠かせない。「ジーンのためなんです」

ダグラスは、これまでわたしの前で何千回となくやってきたように、顎の下で指を尖塔の形に組んだ。ジーンはわたしの切り札であり、彼もそれはわかっていた。妹と彼の娘は特別な友情で結ばれていた。ふたりは幼なじみで、親友だった。酔っぱらい運転の車がセンターラインを超え、ダグラスの娘が運転する車に正面衝突したとき、ジーンも同乗していた。ジーンは軽い脳震盪《のうしんとう》を起こした。ダグラスの娘のほうは首がほとんどもげていた。しかたのないことだ、と人は言う。立場が逆だった可能性もあったんだと。親友の葬儀でジーンは歌い、その姿を思い出すとダグラスの目にはいまも涙が浮かぶ。妹はそれこそダグラスの世話になって大きくなったようなものだから、わたしをのぞけば、彼ほど妹の痛みをわかってやれる人間がほかにいるとは思えない。

やけに長い沈黙。わたしの放った矢が彼の泣きどころに突き刺さったのだ。余計なことを考えさせないうちにと、わたしはさらにたたみかけた。

「もうずいぶんな時間になる。父だというのはたしかですか？」

「たしかにエズラだ。いま検死官が現場にいるから、そのうち正式な結論が出るだろうが、ミルズ刑事から聞いた話では、まちがいなく彼だと言っていた」

「現場を見せてください」

ダグラスはぎょっとして口をあんぐりあけた。わたしはその口が閉じていくのをじっと見ていた。

「現場検証が終わってからなら――」

「いますぐです、ダグラス。頼みます」

わたしの表情になにかを感じとったからか、古いつきあいで十年にわたって好意をいだいているからか。ひょっとしたらジーンのおかげだったのかもしれない。理由はどうあれ、ダグラスは折れた。

「五分だけだ」彼は言った。「それから、絶対にミルズ刑事のそばを離れるな」

ミルズ刑事と待ち合わせたのは、死体発見現場である廃墟と化したショッピングモールの駐車場で、彼女はふてくされた顔をしていた。高そうな靴の底からボーイッシュな髪のてっぺんまで、全身から不機嫌光線を発していた。顎が尖っているせいで、生まれつき疑り深そうな顔がいっそう強調されている。それゆえ美人と思われることはなさそうだが、顔立ちは整っていた。歳は三十代半ば――わたしと同じくらい――だが、過去にも現在にもつれあいはいない。弁護士仲間の憶測とはうらはらに、同性愛者ではない。彼女はただ弁護士が嫌いなだけで、わたしにすればそんなことはどうでもよかった。

「説得するのに、地区検事にさんざんゴマをすったんでしょ、ワーク。なんだってこんな話をOKしちゃったのかしら」ミルズの身長は五フィート五インチ程度だが、もっと高く見えた。体力で劣る部分を頭のよさでおぎなっている。反対尋問で彼女をやりこめてやるつもりが、逆に玉砕された弁護士仲間はひとりやふたりではない。

「きみのそばを絶対に離れないとダグラスに約束したし、その約束は守る。ただ、見てみたい。それだけだ」

どんよりした午後の陽射しのなかでわたしを観察した結果、彼女の敵愾《てきがい》心はいちおう影をひそめたように見えた。いかにもマニュアルどおりに表情をやわらげられるのは、なんとなく不愉快だが、それでもわたしは感謝の意をあらわしておいた。

「ついてきて。なにひとつさわらないように。冗談で言ってるんじゃないわよ。いっさい手を触れないで」

彼女は決然とした足取りで、雑草が生い茂るひび割れだらけの駐車場を歩きはじめた。一瞬、わたしは動けなかった。目がまずショッピングモールに向き、それから駐車場、次に小さな水路へと移った。どぶ川のような水路で、ごみと赤土で詰まっている。水路は駐車場の下をくぐるコンクリートの暗渠《あんきょ》へと流れこんでいる。暗渠のなかの、ガソリンと泥が放つ化学的なにおいはいまだに忘れられない。わたしはしばし、ここへ来たわけを忘れた。

ついきのうのことのようだ。

ミルズ刑事の呼ぶ声に、あの暗い場所とそれが想起させる子ども時代から目を引き離した。いまのわたしは三十五歳で、ここに来たのはまったくべつの理由からだ。その場をあとにして刑事に追いつき、彼女と一緒にかつての〈タウン・モール〉のほうへと歩いていった。もっともにぎわっていたときでさえ、ここは片側を州間高速道路に、もう一方の側を高い鉄塔と高圧線が視界をさまたげている送電所にはさまれた、醜悪なプレハブ形式のショッピングセンターでしかなかった。六〇年代後半に建てられたものの、何年にもわたって閉鎖の危機に見舞われた。一年前にはテナントの数も三分の一に減り、最後の一軒も冬の終わりとともに消え失せた。いま、この場所を徘徊しているのは、ブルドーザー、解体用鉄球、それに季節労働者たちだが、ミルズ刑事によれば、彼らのひとりが店舗奥のクローゼットで死体を発見したのだそうだ。

くわしい話を知りたいというわたしに、刑事は暖かな春のそよ風くらいではやわらぎそうにないぶつぎれの短い文で説明した。

「最初は肋骨だけ見えた。発見者は犬の骨だと思った」そこで彼女はわたしをすばやく見た。「犬がくわえる骨じゃなくて、犬の骸骨ってこと」

わたしはぼんやりとうなずいた。自分の父親の話をしているのではないかのように。右に目をやると水圧式削岩機がコンクリートを砕いている。左のほうは、土地がゆるやかに隆起していき、その先にソールズベリー市の中心街がある。建物がきらきらと輝いて見える。まるで黄金でできているかのように。実際、ある意味ではそれは真実だ。ソールズベリーは豊かな街だ。昔からの金がうなるほどあるし、新しい金もそこそこ入ってくる。しかし、いたるところでその美しさは塗装のごとく薄っぺらく、ひび割れすらまともに隠せていないところもある。なぜならこの街にも貧困は存在するからだ。もっとも住民の多くはそうではないようにふるまっているが。

ミルズが黄色い現場保存テープを持ちあげ、下をくぐるようわたしをうながした。かつては両開きドアだったが、いまでは崩れかけたシンダーブロックが乱杭《らんぐい》歯のように並ぶ、みすぼらしい口でしかないところを通ってモールのなかに入った。板で覆われた店舗の前を奥まで進んだ。〈ネイチャーズ・オウン：ペットと外来動物《エギゾチカ》の店〉の看板の下のドアがあいていた。しかしここ何年かにかぎって言えば、合板の奥にはとりたてて変わったもの《エギゾチック》などおらず、いるのはせいぜいネズミだけだ——いや、ネズミとエズラ・ピケンズ、すなわちわが父の朽ち果てた死体だけだ。

電気は切れていたが、科学捜査班が可動式スポットライトを設置していた。検死官の顔には見覚えがあった。母が死んだあの晩に見た、この男のやつれた顔は絶対に忘れないだろう。相手はわたしと目を合わせようとしなかったが、それも当然だ。あの晩のことはいろいろと物議をかもしたからだ。ほかの連中はと言えば、何人かはいちおう会釈をよこしたが、警官のほとんどはわたしの姿に喜んでいるようには見えなかった。それでも、ミルズの案内で埃だらけの店内を抜けて奥のクローゼットへと向かうわたしを、わきに寄って通してくれた。べつにわたしの悲しみを思いやったからではないだろう。あくまでミルズと父への敬意からに決まっている。

なんの前触れもなく、突如として父が目の前にあらわれた。すっかり忘れていたがたしかに見覚えのあるシャツがほころび、その隙間から肋骨がうっすらと光っている。片腕を横にのばし、両脚をきっちり閉じた恰好の父は、さながら壊れた十字架だった。顔のほとんどは、ハンガーにかかったままのアルバイト店員の制服とおぼしきものに隠れて見えないが、磁器のような顎のラインがのぞいており、生きている父を最後に見た晩、そこに無精ひげが生え、それが街灯のなかで濡れて光っていたのを思い出した。

じっと見られているのを感じて、思わず振り向いた。興味津々《しんしん》の警官が集まってきていた。単に穿鑿《せんさく》好きなだけの者もいれば、なかにはひそかな満足感を得ようという者もいた。いずれにせよ、連中はこのかびくさい場所で、刑事弁護士であるわたしの顔が見たかったのだ。殺人が単なる事件簿以上のものであるこの場所で。被害者も血の通った人間であり、土に帰った家族のにおいがするこの場所で。

連中の視線を痛いほど感じる。なにを期待しているのかはわかっていた。わたしは中身がほとんどなくなった衣類に、露出した青白くねじれた骨に、またもや視線を戻す。彼らを喜ばせるつもりはなく、体のほうも主《あるじ》の気持ちに応えてくれたのがありがたかった。というのも、わたしが感じていたのは、長く冬眠状態にあった怒りの復活と、こんな人間らしい父を見たのは生まれてはじめてだという確信だったからだ。

2

父の亡骸《なきがら》を見おろしながら、この光景を忘れることはないだろうと思い、そもそも忘れようとするべきか考えた。父に触れるかのように腰をかがめると、背後でミルズが動いた。わたしの肩に手をおいて引きとめる。「時間よ」そう言うと険しい目でわたしを現場から遠ざけ、高級だが古ぼけたわたしの車まで連れ戻した。あけっぱなしの扉のほうに引き揚げていく途中、彼女は二度振り返ってわたしを見た。最後にもう一度振り返ったところでわたしが黙礼すると、彼女はそのままモールのなかに姿を消した。わたしは携帯電話でジーンの番号にかけた。同居人で口の悪いアレックスという女が、最初の呼び出し音で出た。無口でがさつな女だ。わたしたちは犬猿の仲で、わたしが訊きたいことに彼女はろくに答えない。この女と妹の関係によってわたしたち家族という井戸は汚染され、おまけに彼女はわたしに対する憎悪をむき出しにしている。わたしは危険人物と見なされていた。

「ジーンと話したい」

「だめだよ」

「どうして？」

「いないからさ」

「どこに行けばいる？」電話の向こうで沈黙が流れ、つづいてライターの音がした。「大事な話があるんだ」わたしは急《せ》きたてた。

煙草を吸いこむ音がした。教えてやろうというようにも取れたが、この女にかぎってそれはありえない。アレックスがすすんでなにかをあたえるはずがない。少なくともわたしには。

「仕事だよ」ようやく答えが返ってきて、わたしの声があの家で歓迎されたのは、いったいいつが最後だったかと考えずにはいられなかった。

「ありがとう」と言ったが、すでに電話は切れていた。

ジーンと一対一で会うのは気が進まなかった。堕落のにおいが皮膚の奥深くまで染みついた職場で仕事をしている彼女となればなおさらだ。しかし、ウェスト・イネス・ストリートにある古い〈ピザ・ハット〉に足を踏み入れたとき、真っ先にわたしの鼻を突いたのは、ペパロニとマッシュルームのにおいだった。そのよどんだにおいに、中学時代とぎこちないキスの記憶がよみがえった。あのころはみんなして妹のような人間をあざ笑った。そんなことを思い出したせいで、わたしは肩を落とし、カウンターに近づいた。

店長の顔は知っていた。ここでもまた、ジーンはいないと教えられた。「配達に行ってる」と店長が教えてくれた。「よかったら待ってな」

赤い合成皮革のボックス席に腰をおろし、間《ま》を持たせようとビールを注文した。冷たくて味がなかったが、こんな日にはもってこいだ。それをちびちびやりながらドアに目をこらした。そのうち視線がさまよいだし、テーブルを囲む客の観察をはじめた。人目を引く黒人カップルが、舌に鋲型ピアスをつけ、眉に銀の十字架をとおした痩せこけた白人少女に注文を告げていた。カップルは共通点でもあるかのように、少女に笑いかけている。ビュッフェ・テーブルのすぐ近くでは女性ふたりが、華奢《きゃしゃ》に見えるが実際はちがう椅子の脚の強度にチャレンジしていた。見ていると、もっと食べなさい、きょうは週に一度の食べ放題デーなんだからと子どもを急き立てている。

わたしのとなりのテーブルには若者が三人すわっていた。おそらく地元の大学生だろう、真っ昼間からビールで盛りあがっている。声は大きく行儀も悪いが、とにかく楽しそうだ。彼らのおしゃべりのリズムを感じながら、あのくらいの年齢がどんなものだったか思い出そうとした。夢を見ていられる彼らがうらやましかった。

ドアがあいてうっすら陽が射しこんだ。顔を向けると妹が店内に入ってくるところだった。見ているだけで、憂鬱な気分に拍車がかかる。わたしがブリーフケースを持ち歩くように、つまりごくさりげなく、妹は堕落を持ち歩き、小わきにかかえた赤いピザ用保温ボックスがやけになじんでいた。しかし血色の悪い肌と憑かれたような目は、わたしの記憶にある彼女とは大違いだった――薄汚れたジョギングシューズとみすぼらしいジーンズ以上に違和感があった。カウンターのところで立ちどまった妹の横顔に目をこらす。昔は柔和な顔だちだったが、しだいに骨張っていき、目元と口元にはあらたなこわばりがあらわれている。しかもその表情からはなにもうかがえない。なにを考えているのかさっぱりわからない。

妹は三十を一年すぎたものの、まだまだ魅力的だ。少なくとも見た目は。しかし精神のほうは、ここのところまともとは言いかね、昔のようではなくなっていた。どこかおかしかった。まともだったころを知っているわたしには一目瞭然だが、他人もうすうす勘づいている。見るからに無気力だった。

妹はカウンターに寄って保温ボックスをおくと、誰かが目の前を横切らないかと待ち伏せするように、薄汚れたピザ用オーブンに目をこらした。一度として動かなかった。ぴくりともしなかった。そのうしろ姿から不幸が波のごとくわきあがっているような気がした。

若者三人のテーブルが突然静かになり、そっちへ目を向けると、彼らはカウンターの暗がりにぼんやりと立つ妹を食い入るように見ていた。

「よう」ひとりが声をかけた。さらに声を大きくする。「よう」

ほかのふたりはにたにた笑いながら見ていた。声をかけた若者は腰を半分浮かせ、妹のほうに身を乗り出した。「あんたのそのケツ、ボックスに入れてお持ち帰りしていいかい？」

見ているひとりが低く口笛を吹いた。すでに三人全員の視線が妹にそそがれている。

わたしは立ちあがりかけた——反射的に——が、妹が酔っぱらい学生のテーブルを振り向いてにらんだのを見て、背筋が凍った。その表情の奥でなにかがゆがんだ。妹は誰であってもおかしくなかった。

あるいは誰でなくても。

妹は両手をあげると両方の中指を立て、数秒間そうしていた。

そこへ店長が厨房の奥から姿をあらわした。彼はベルトに手をやり、その下の太鼓腹《たいこばら》をカウンターに押しつけてジーンに何事か言ったが、わたしには聞こえなかった。妹は店長の話にいちいちうなずき、その言葉が重くのしかかるのか、しだいに背中が丸まっていく。店長はしきりにテーブルをしめし、さらに二言、三言言い、それからわたしがいるほうを指差した。ジーンが振り返り、その目が焦点を結んだ。最初、わたしがわからないのかと思った。口が不快そうにぎゅっと引き結ばれたからだが、やがてわたしのほうに歩いてきた。酔っぱらい学生のテーブルの前を通るとき、またもや中指を立てたが、今度は店長に見えないよう、胸元にぴったりくっつけた。

若者たちはげらげら笑い、ふたたび飲みはじめた。妹はわたしの向かいの席にするりと腰をおろした。

「なにしに来たの?」あいさつも笑顔も抜きでいきなり訊いてきた。紫色ににじんだ皮膚の上に、うつろな目が浮かんでいる。

わたしはさらにつぶさに観察し、どうしてこうもちがった人間に見えてしまうのか、その原因を突きとめようとした。肌は昔と変わらずつやがよく、透けるほど色が白い。大きくて寄り目ぎみの目、華奢な顎、額から肩へとのびた、もつれたウェーブヘア。間近で見ればごくふつうだ。パーツのひとつひとつを見るかぎり正常としか思えない。それでもどこかがおかしい。

目のせいだろうか。

「あいつ、おまえになにを言った？」わたしは店長に顎をしゃくった。妹はその顎の先を見ようともしなかった。あいかわらずわたしをにらみつけていた。兄妹の情などかけらもない。

「それがどうかした？」

「いや、べつに」

妹は眉をあげ、両のてのひらを上向けた。「で？」

どうすれば目的地にたどり着けるのだろう。テーブルを覆う赤いチェックのつるつるしたもののうえで指を広げた。

「ここに顔を出したことなんかないじゃない。食べに来たことだってないじゃない」

この一年、妹とはろくに顔を合わせていなかったから、そう言われてもしかたない。褒められたことではないが、妹を避けることはわたしにとってほとんど宗教と化していた。積極的に認める気にはなれないが、妹の傷ついた目を見るのがつらかったからだ。母にあまりにもよく似たその目は、ジーンにとっていい結果をもたらしていなかった。

ためらいのせいで口元がゆがんだ。

「エズラの死体が見つかったんだね」妹が言った。質問でないその言い方に、一瞬わたしは目の奥に強い圧迫感をおぼえた。「だから兄さんはここに来たんだと思う」その表情からは許したような様子はうかがえず、ただ突発的な激情があるだけで、わたしは驚いたり後悔したりする以前に不安を感じた。

「そうだ」

「場所は？」

わたしは教えてやった。

「死因は？」

「警察は殺人と見ている」そこで妹の顔をうかがった。筋肉一本動かない。「だけど、それ以上のことはわかってない」

「ダグラスに聞いたの？」

「そうだ」

妹が顔を近づけてきた。「犯人の目星はついてるって？」

「いや」そのとき出し抜けに妹の手がわたしの手におかれた。てのひらが温かい汗でじっとり濡れていたのには驚いた。妹には一滴の血も流れてないのではないかと――だから、あれほど冷淡に見えるのだとなかば本気で思うようになっていたからだ。妹は握った手に力をこめ、わたしの顔を徹底的にながめまわした。やがて裂け目のあるやわらかな合成皮革に背中をあずけた。

「で」と彼女は言った。「兄さんの考えは？」

「死体を見てきた」答えてから、そんなことを言った自分に啞然とした。ダグラスにはああ言ったものの、本気で妹に話すつもりはなかったのだ。

「それで……」

「父さんは死んだ」それをきっかけに、たっぷり一分間の沈黙が流れた。

「君主《キング》は死んだ」妹がようやく口をひらいた。目をわたしからぴくりとも動かさずに。「地獄で朽ち果てるがいい」

「そんな言い方、あんまりだぞ」

「わかってる」妹はにべもなく言い、わたしはそのつづきを待った。

「驚いてないんだな」あきらめてわたしのほうから言った。

ジーンは肩をすくめた。「死んでるってわかってたもの」わたしは妹をにらんだ。

「なぜだ？」固く鋭いものが胃のなかでひとつになっていく気がした。

「父さんがこんなにも長いあいだ、お金や名声から離れていられるはずがないから。死んでる以外にありえない」

「だけど殺されたんだぞ」

妹は目をそむけ、すり切れた絨毯《じゅうたん》を見おろした。「父さんにはいっぱい敵がいた」

わたしはビールに口をつけ、数秒稼いだ。妹のこの態度はどういうことかと頭をひねった。

「おまえ、大丈夫か？」しばらくしてそう尋ねた。

妹は笑った。目とはうらはらの自堕落な響きがある笑い声。「大丈夫じゃない。でも父さんが死んだのとは関係ない。あたしにとって父さんは、母さんが死んだ夜に死んだも同然。それがわからないんなら、これ以上話したって無駄」

「なにを言ってるんだかわからない」

「わかってるくせに」その声はいままで聞いたことがないほど刺々しかった。「あたしに言わせれば、父さんはあの晩に死んだ。母さんが階段から落ちたあの瞬間に。そう思わないなら、兄さんの問題であって、あたしには関係ない」

泣くとばかり思っていたのに、実際には怒りだした。しかもその怒りはエズラだけでなくわたしにも向けられ、それがわたしには腑に落ちなかった。わずかばかりのあいだに、わたしたち兄妹の道はこんなにも遠く離れてしまったのか。

「いいか、ジーン。母さんは階段から落ちて死んだ。それについてはわたしだっておまえに負けず劣らず悲しんでいる」

妹はまたも大声で笑ったが、今度のはひどく下卑《げび》ていた。「〝落ちた〟」わたしの言葉を繰り返した。「よく言うわね、兄さん。まあ、ぬけぬけと」彼女は手で顔をぬぐい、音をたてて洟《はな》をすすりあげた。「母さんは……」そう言いかけて口ごもった。突然、妹の目頭にスイカズラのしずくのような涙が浮かんだのが見え、母を埋葬して以来、彼女が感情をあらわにしたのはこれがはじめてなのに気がついた。彼女は平静を取り戻し、ひらきなおったように目をあげた。

「父さんは死んだのよ。なのに兄さんたら、あいかわらずあいつの子分のままなんだね」声に張りが戻った。「あいつの真実とやらも死んだんだよ」妹は洟をかみ、ナプキンを丸めてテーブルに落とした。わたしはそのナプキンをじっと見つめた。「そのたったひとつの事実をはやく受け入れれば、兄さんはもっと楽になれる」

「すまなかったな、ジーン、気を悪くさせて」

妹は視線をそらし、窓の外に向けた。駐車場で二羽のムクドリがわめき合っているのが見える。さきほどの涙は引いていた。顔が紅潮していなければ、気を悪くしていたようには見えなかった。

ニンニクのにおいがしたかと思うと、テーブルの上にいきなりピザの容器が二個あらわれた。目をあげると店長がいて、彼はわたしにはかまわずジーンに声をかけた。

「お気に入りのお宅に配達だ」店長は言った。「悪いな」それだけ言うと彼はくるりと背を向け、厨房に戻っていった。ニンニクのにおいの大半を引き連れて。

「行ってこなくちゃ」ジーンはそっけなく言った。「配達に」そう言うと彼女はテーブルを揺らし、わたしのビールをこぼしながらボックス席を出た。わたしと目を合わせようとはしなかった。このまま黙っていたら、このあとひとこともかわさぬまま行かれてしまう。だが、わたしがかけるべき言葉を思いつかないうちに、妹は容器を手にしてくるりと背を向けた。

あたふたと財布を出してテーブルに一ドル札を二枚ほうり、ドアのところで妹に追いついた。無視されたので、そのままあとから明るい戸外に出て、古ぼけた車までついていった。それでも自分がなにを言いたいのかわかっていなかった。なんだってわたしを悪者扱いする？……いつからおまえはそんなに強くなった？……わたしにはおまえしかいない、おまえは大事な妹だ。そんなようなことだろう。

「あいつはどういう意味で言ったんだ？」あいた車のドアから身体を半分入れた妹の腕をつかんだ。

「あいつ？」

「店長だよ。〝お気に入りのお宅に配達〟ってのはどういう意味だ？」

「なんでもない」苦いものでも呑みこんだような顔をした。「ただの仕事よ」

とにかくこのまま妹を行かせたくなかったが、もう言葉が浮かばなかった。

「そうだ」ようやく言うべきことをひねり出した。「そのうちめしでも食わないか？　もちろんアレックスも一緒に」

「いいわよ」これまで何度となく聞いた声だった。「アレックスと相談して、兄さんに連絡する」

わかってる、その先はない。アレックスは一緒に食事などしないと妹を諭《さと》すに決まっている。

「彼女によろしく言ってくれ」狭苦しい車に乗りこみ、くたびれかけたエンジンをかける妹にわたしは言った。走りだす車の屋根をこぶしで叩いた。屋根に〈ピザ・ハット〉の看板をのせたボロ車の窓に妹の横顔が見える。これほど、あわれなものはない。

わたしは車に乗りこみかけた。いま思えば、あのまま乗りこんでしまえばよかったと思う。しかし現実には、店長のところに戻って、さっきのあれはどういう意味なのか、ジーンはどこに配達に行ったのかと尋ねた。店長の答えを聞き、ハイスクール以来ずっと無縁だった、ハエの羽をむしり取るような残酷な仕打ちが明らかになった。しかもその仕打ちはすでに、妹にとって日常生活の一部と化していた。レストランのドアが閉まるより早く、わたしは車に飛び乗り駐車場を出た。

昔はよく、ホームレスを観察してはかつての姿を想像した。簡単なことではない。垢《あか》じみた肌と堕落の下には、かつては誰かに慕われた顔がある。真実は目をあざむき、顔をそむけさせる。しかし、人生を破滅に追いこみ、すべてをむしり取る出来事というのは実際に起こっている。戦争、飢饉《ききん》、疫病といった災難ではない。ささいなこと、運が悪ければ誰にでも起こりうることが原因になる。悲しいことに、妹はその現実をいやというほどよく知っている。彼女はホームレスでこそないものの、みずからの運命と冷淡な性格とがあいまって、大事にしていた人生を奪われてしまったのだ。あれはいい人生――すばらしい人生という人も多いだろう――だった。目を閉じればいまもまぶたに浮かんでくる。かつての妹は人を疑うことを知らず、銀色の線路のごとくのびる明るい未来に胸を躍らせていた。

しかし運命は、ときに思いもよらぬ仕打ちをする。

人間もしかり。

目をつぶっても行けるほどよく知った道へと車を向け、ハンドルを握りながらまわりの景色に目をやった。子どものころから知っているりっぱな造りの家の前を通り過ぎた。埃をかぶった父の私物と、わたしがたまに様子を見に入るときに残した足跡以外、なにもない家。さらに二ブロック行くと、わたしの自宅が目に入る。小高い丘の上に立ち、行き交う車や遠くまで広がる公園をさげすむように見おろしている。古いが美しい家だ。妻の口癖をまねるなら、造りがしっかりしている。とは言え、ペンキを塗りなおさなくてはならないし、屋根は苔《こけ》で真っ青だ。

自宅をもう少し先まで行くと、ドナルド・ロス・ゴルフコースとクレーのテニスコート、クラブハウス、有閑マダムの日焼けした肢体がずらりと並ぶプールをそなえたカントリークラブがある。わたしの妻もそのどこかで、自分たちは金持ちで幸せだという芝居を演じているにちがいない。

この界隈《かいわい》にくわしい者ならば、ゴルフコースの反対側に、ソールズベリーでもっとも高級な新築住宅ばかりが建ち並ぶ、美しい団地があるのを知っているはずだ。そこに住むのは医者や弁護士、その他もろもろの金持ち連中ばかりで、そのなかにはバート・ワースター医師とその妻のグリーナ——最低の性悪女——もいる。グリーナとジーンはその昔、ジーンが外科医の妻で、テニス選手のように日焼けした脚をして、ダイヤの魔よけのブレスレットをつけていた時代につるんでいた仲だ。いや、実際には、同じような立場の女性六、七人のグループがあって、彼女たちはあるときはブリッジ、あるときはテニスに興じ、その合間にマルガリータを飲み、週末には亭主抜きでフィギュア・エイト島でのんびり過ごしたりしていた。ジーンの名無しの店長が教えてくれたところによれば、その女性グループはいまも毎週木曜日になるとブリッジに興じ、ピザを注文する。

これが妹の人生だ。

ワースター医師の自宅、ツタのからまる石造りの豪邸から一ブロック先の縁石に車をとめた。ほかの人間なら歓迎されているように感じる石段をのぼっていくジーンのうしろ姿を見つめながら、あのピザはさぞかし重いだろうと思った。

かわりに運んでやりたかった。グリーナ・ワースターを遠くからライフルで仕留めてやりたかった。

しかしそうはせず、わたしはゆっくりバックして車を出した。ここにいるのを見られたら、ただでさえ問題をかかえたか弱い肩に、よけいな重荷を背負わせそうで恐かった。

自宅に引き返す途中、カントリークラブの前を通り過ぎたが、陽射しを浴びてきらめく色あざやかな服には目をくれなかった。自宅のドライブウェイを奥まで行ってエンジンを切り、高い塀の陰でじっとしていた。壁の剝げかけたペンキがわたしをあざ笑っている。誰にも見られていないとたしかめると窓を閉め、妹にかわって泣いた。

3

気持ちが落ち着くまで二十分かかった。それからビールを取りに家に入った。キッチンカウンターに郵便物が散乱し、留守電のライトが点滅してメッセージが五件あると伝えている。そんなことはどうでもよかった。まっすぐ冷蔵庫に歩み寄り、瓶二本を首のところでつかんだ。瓶同士がぶつかって音をたてた。わたしは最初の一本を飲みながら、上着をキッチンの椅子に脱ぎ捨て、がらんとした子どものいない家を抜けて玄関に出た。そこからだと眼下の風景がよく見わたせる。ステップの最上段に腰をおろし、暖かい陽射しに目を閉じ、瓶からビールをあおった。

この家を買ったのは数年前、エズラのおかげで弁護士としての箔《はく》がつき、藁《わら》にもすがりたい人々がたんまりと報酬を払ってくれた結果、父の足元程度に到達しかけたころだった。父は郡でいちばんの弁護士で、そのせいもあって仕事には恵まれていた。共同で事務所をかまえ、事務所名も共有した。つまり扱う裁判をえり好みできたわけで、地元の食料品店のトラックが駐車場でバックするさいに六歳の子どもを轢《ひ》いた六週間後、わたしは十万ドルの頭金をぽんと支払うことができた。

ビールをもうひとくち飲んだところで、ふいにパニックに襲われた。死んだ子どもの名前が思い出せなかったからだ。そこまで冷血漢になりさがったのかと長いこと悶々としたあげく、ふいに子どもの名前が頭に浮かびあがった。

リーアン・ウィリアム・マクレー。葬式の日のその子の母親の顔が、悲しみで刻まれた深い皺《しわ》を涙が伝ってよそいきの白いレースの襟《えり》に落ちる様子がまぶたによみがえった。彼女の絞り出すような声を思い出した。幼いわが子にパイン材の棺しか用意してやれないことを恥じ、貯水塔の陰にひっそりたたずむ低所得者向け墓地にしか埋葬できないことを恥じていた。あんな場所では午後の陽射しが当たらなくて不憫《ふびん》だと気にしていた。

息子の死で得た金を彼女はどう使っただろうか。願わくば、わたしよりまともな使い方をしていてほしい。白状すると、わたしはこの家が嫌いだ。大きすぎ、目立ちすぎる。この家にいると、ブリキの缶に入れた二十五セント硬貨のように自分がカラカラ音をたてている気になってくる。だが、一日の終わりにここにこうしてすわっているのは好きだ。太陽が当たって暖かい。公園が見晴らせるし、オークの木が風にそよいで音楽をかなでる。これまでにおこなった数々の選択も過去も考えない。ここは心をからっぽにする場で贖罪《しょくざい》の場だが、わたしひとりの場になることはめったにない。たいてい、バーバラがぶち壊しにする。

二本目のビールを飲み終え、もう一本いこうと決めた。ズボンの尻をはたき、家に入った。キッチンを抜けるとき、留守電のメッセージが七件になっているのに気づき、そのうちの一件は、なんとなくだが、妻からだろうと思った。おもてに戻って指定席に腰をおろすと、公園を散歩する常連のひとりが角を曲がってくるところだった。

その人物の醜怪さにはある種の貫禄すら感じられた。季節に関係なく裏に毛皮のついた鳥打ち帽をかぶり、しかも防寒用の耳覆いを下まで垂らしている。擦りきれたカーキ色のズボンが痩せこけた脚のまわりではためき、腕は飢えた子どものように骨と皮だけだ。重そうな眼鏡を鼻にのせ、いつ見ても無精ひげに覆われている口は苦痛にゆがんでいるのか、上を向いている。スケジュールなどというものとは無縁で、強迫観念にとらわれたように歩いている。どしゃぶりの雨が降る深夜に、街の西の未舗装路をうろつきまわるかと思えば、朝の陽射しのなか、歴史地区一帯をものすごいスピードで通り抜けていくこともある。

男がこの界隈に出没するようになって長いが、くわしいことを知る者はいない。いつだったか、パーティの席上で男の名を知った——マクスウェル・クリーソン。たまたまその晩、男のことが話題にのぼったのだ。彼は街の名物的存在で、歩く姿を見かけはしても、声をかけた者はいないらしい。どうやって生活しているのか知る者はおらず、ホームレスだとか、この街にある数少ない保護施設の常連だとか、ひょっとしたら地元の復員軍人病院の患者かもしれないとうわさされていた。しかしどれもまじめに考えたうえでの発言ではなかった。たいていは笑いながら議論した——男の風体や、なぜあんな取り憑かれたように歩くのかをめぐって。どの意見も聞いていて気持ちのいいものではなかった。

わたしの見方はまったくちがっていた。わたしにとって男は謎に満ちた人物であり、ある意味、ローワン郡でもっとも興味深い人物だった。男と並んで歩きながら質問する場面をよく思い描いた。きみが向から先にはなにが見えるのか、と。

ドアのあく音は聞こえず、突然、バーバラが背後にあらわれ、その声に肝をつぶした。

「まったくもう、ワークったら。ビールを飲むのは裏のパティオにしてと、いったい何度言わせれば気がすむの？　こんなところにしゃがんでいたら、世間に育ちが悪いのを言いふらしてるようなものでしょ」

「おかえり、バーバラ」わたしは振り向かず、謎の歩行者に目を据えたまま言った。

きつい言い方をしたと気づいたのか、妻は声をやわらげた。

「ごめんなさい、あなた。ただいま」彼女が近づいてくるのを五感で感じた。香水と軽蔑の念が入り混じり、わたしのまわりで灰のように舞っている。「なにをしていたの？」

答える気になれなかった。どう言えばいい？　だから「あの男、貫禄があると思わないか？」と言って、男をしめした。

「誰？　あの男？」妻は銃を向けるみたいに指差した。

「うん」

「勘弁して、ワーク。あたし、ときどきあなたがわからなくなるわ。まったくもう」

わたしはようやく振り返り、妻を見あげ、美しいと思った。「となりにすわったらどうだ。昔を思い出して」

妻が笑い、その笑い方が美しかった顔をとたんに醜く変え、期待するだけではなにも変わらないのを思い知らされた。

「あたしだって昔はジーンズくらい履いてたけどね。でもいまは夕食のしたくをしなくちゃ」

「頼む、バーバラ。ほんの一分か二分でいい」わたしの声がよっぽどせっぱ詰まっていたのだろう、妻は背を向けるのを途中でやめ、そばにやってきた。その唇にはすっぱな笑みが浮かんだ。ほんの一瞬だったが、それを見てわたしは、これほど興ざめでもなく偽善めいてもいなかった笑顔に、その笑顔に目がくらんださほど遠くない昔に思いをめぐらせた。当時わたしは彼女を愛していた——いや、少なくとも愛していると信じていたし、自分の選択がまちがっていたとは露《つゆ》ほども思っていなかった。あのころの妻は、わたしたち夫婦はうまくいくと信じ、預言者のような熱っぽさをこめてふたりの将来を語った。ふたりは完璧な夫婦となって完璧な人生を歩むのだと彼女は言い、わたしもその言葉を信じた。わたしは彼女の弟子となり、彼女の目をとおしてまばゆい未来を見せられた。

もうずいぶん昔のことだが、いまも目を閉じればそのころの夢がセピア色になってよみがえってくる。あのころは、簡単に実現できると思いこんでいた。

玄関ステップについた南部の春特有の松ヤニをぬぐい、壊れかけたタイルを軽く叩いた。妻はのろのろと腰をかがめた。前腕を膝にのせてすわった彼女の目のなかで、かつての愛が揺れ動いているのが見えた気がした。

「大丈夫？」妻が尋ねた。その顔つきからすると、まじめに訊いているらしい。

一瞬、喉がふさがれ、なにか言おうものなら涙がこぼれてしまいそうになった。だから公園を歩く男の痩せこけた身体をいま一度しめし、さっきの言葉を繰り返した。「あの男、貫禄があると思わないか？」

「やめてよ、ワーク」妻は腰をあげた。「ただの薄気味悪いおじいさんじゃないの。やめてほしいのよね、うちの前を歩くのは」赤の他人を見るような目つきでにらまれ、返す言葉が見つからなかった。「まったくもう。どうしてそう世話が焼けるのよ？　ビールを持って裏に行けばいいだけでしょ。あたしのためと思って、そうしてもらえないかしら、お願いよ」

妻が大股で家のなかに消えると、わたしは自分の顔をなでた。これまであの男が老人だとは考えもしなかったし、わたしには見抜けなかったことが、なぜ妻には見抜けたのか不思議に思った。見ていると男は、草深い土手を伝って公園の中央部にある小さな湖のほとりまで降りていき、年々縮小される運動場に姿を消した。

家のなかはひんやりしていた。バーバラと声をかけたが返事がなく、ビールをもう一本取りにキッチンに入った。飲まないほうがいいのはわかっていたが、どうせもともと飲むつもりだったのだ。居間に通じるドアからのぞくと、バーバラが背中を丸めて新聞を読みふけっていた。すぐそばには白ワインの入ったグラスが手つかずのままおかれている。身動きひとつしない妻など、めったにお目にかかったことがない。

「なんの記事だい？」自分の耳にさえ異様に小さな声だった。

ビールを手に妻の醸《かも》す静寂の世界に足を踏み入れ、お気に入りの椅子に腰をおろした。妻は首を垂れていた。肌がエズラの骨のように青白く光り、音のない闇が落ちくぼんだ頬を満たしていた。顔をあげた妻の目は赤かったが、さらに赤みを増しつつあった。唇が少し薄くなったように見える。一瞬、怯えたような表情になったが、まなざしはすぐに和らいだ。「ああ、ワーク」ににじみ出た涙が顔の高い部分を油のごとく滑り落ちた。「さっきはごめんなさい」

そう言われて見出しに目をやった。わたしが泣けないのに妻が泣けるのがおかしかった。

その晩、ベッドに横になり、バーバラが浴室から出てくるのを待ちながら、新聞の記事を、そこに書いてあったことと書かれなかったことを反芻《はんすう》していた。記事は父を聖人かなにかのように描き、市民の擁護者であり地域の柱とおだてていた。そのせいか、概念としての真実についてと、本質であるべきものを露骨に主観的に論じることについて、ふたたび考えさせられる結果となった。父がこの記事を読んだら、当を得た墓碑銘と言っただろう。そう考えると虫酸《むしず》が走った。

窓の外に目をこらすと、満ちていく月が夜をいっそうきわだたせている。バーバラの自意識過剰な咳払いがして、わたしはようやく振り返った。彼女は月と、浴室から漏れる柔らかな明かりの中間で金縛りにあったように立っていた。見覚えのない薄手のなにかをはおり、その下から青白い肢体が透けて見える。わたしの視線にもぞもぞと体を動かすと、乳房が一緒になって揺れた。いつもすらりと長い脚がいつも以上に長く見え、二本の脚が接合するあたりの黒っぽい部分に、わたしの目が吸い寄せられた。

もう何週間もセックスしておらず、妻が義務感から抱かれるつもりなのはわかっていた。

それがわたしの体に火をつけたのか、切実で痛いほどの欲望につき動かされた。べつに妻を欲したわけではない。意思の疎通もなく、相手を思いやる気持ちもなかった。ただ、やわ肌に抱かれ、きょうという日の現実をこの体から叩き出したかったのだ。

妻はわたしが差し出した手を取り、あくまで義務だといわんばかりに、無言で上掛けの下にもぐりこんだ。荒々しくキスをすると、まだ乾ききらない涙の塩辛い味がした。わたしの手が彼女の体の内と外をまさぐるうち、着ていたナイトウェアはどこかに消えた。妻がわたしの胸に髪を垂らし、乳首を口もとまで近づける。嚙むとくぐもった悲鳴が聞こえたが、やがてたぎる血と、汗にまみれた肉体が激しくぶつかり合う音のなかで、わたしはわれを忘れた。

4

妻が不在のときにはある特殊な静けさがただようことを、この何年かでわたしは悟った。家そのものがほっとして息を吐き出したような感じとでも言えばいいのだろうか。だから翌朝目覚めたときも、腫れぼったい目をあけないうちから妻がいないことはわかっていた。ベッドに横になったまま、残りの人生の初日が五秒過ぎたところで、妻はもはやわたしを愛していないのだという結論に達した。なぜそう思ったのかは不明だが、疑いの余地はない。厳然たる事実だ。わたしの骨が厳然と存在するのと同じで。

ベッドわきのテーブルに目をやったが、電気スタンドと、銀色の縁に口紅の跡が残るコップ以外なにもなかった。以前の妻なら、必ずメモを残した。〝本屋に行ってくる〟とか〝女友だちとお茶してくる〟とか〝愛してるわ〟といったメモを。しかしそれも家計が苦しくなる前のことだ。どこに出かけたのか心当たりを考え、おそらくジムで、ゆうべのわたしの名残りを汗とともに流し去ろうとしているのだとぴんと来た。鏡のなかの自分を見つめ、やつれた頬に笑みを浮かべ、冷え切った結婚生活とわずかばかりの金のために人生を売り渡したんじゃないと自分に言い聞かせるのだろう。

上掛けの下から足を振り出し、起きあがった。置き時計に目をやると、まもなく七時だった。きょうという日が目の前に立ちはだかったように感じ、たいへんな一日になりそうな予感をおぼえた。すでにエズラの死は郡一帯に知れわたっているだろうから、きょうは行く先々でいろいろあるだろう。そんなことをつらつら考えながら浴室に入ってシャワーを浴び、追いたてられるようにひげを剃って歯を磨いた。クローゼットにはきれいなスーツが一着しかなく、不承不承それを身につけた。ジーンズとサンダル履きのほうがいいと思いながら。キッチンをのぞくと、ポットに半分だけコーヒーが残っていたので、それをカップに注いでミルクを入れた。どんよりとした、いまにも降りだしそうな空のもと、コーヒーを持って外に出た。

出勤するには早すぎるし、裁判所は九時まであかないので少しドライブすることにした。あてもなく走るつもりだったが、そんなことはできっこない。すべての道はどこかに通じている。どの道を選ぶかが問題なのだ。いま走っている道は、市街地を抜けてグランツ・クリークの向こう岸へと通じている。ジョンソン邸の前を過ぎたところで、〝無料で仔犬を差しあげます〟という手書き看板が見えた。アクセル・ペダルから足を離し、速度を落とした。もらっていこうかという考えが頭をよぎったがバーバラの反応を想像したとたん、寄っていくのはあきらめた。それでも車の速度を落としたまま、片目をルームミラーにこらしていた。看板は少しずつ小さくなって白い点と化し、やがて視界から消えた。カーブのあたりまで来ると速度制限が五十五マイルまであがっていた。エンジンをふかし、窓を閉め、土に帰って二年になる愛犬をしのんだ。愛犬の思い出を頭から締め出そうとしても無理だった。あの犬は本当にいい犬だった。だからわたしは運転に集中した。追い越し禁止の黄色いラインが引かれた道路を進み、小さなレンガ造りの家並みを過ぎ、〈プランテーション・リッジ〉だとか〈セイント・ジョンズ・ウッド〉といったこじゃれた名前のついた住宅地を過ぎた。「田舎が都会にやってきた」妻は自分の父親も貧乏白人として育った事実を無視して、口癖のようにそう言う。

十マイルほど走ったところで、ストールン・ファーム・ロードをしめす色褪せた道路標識が目に入った。速度をゆるめ、タイヤが砂利を踏みしめる感覚と、ハンドルが手のなかで小刻みに揺れるのを楽しみながら曲がった。道は壁のように林立する木々のあいだを抜け、未開発の土地へと入っていった。

ストールン農場《ファーム》はこの郡が歴史あるのと同じ意味で古く、代々特定の一族に受け継がれてきた。南北戦争以前に作られたフェンスぎわに、ヒマラヤスギが植わっている。かつては広大な農場だったが、世の中は変わる。時とともに敷地は削られ、いまや九十エーカーを残すのみ、しかもいまも昔も破産の危機にさらされつづけているのをわたしは知っている。一族で残っているのはヴァネッサ・ストールンただひとりで、彼女は子どものころから貧乏白人と見なされてきた。

いったいなんの権利があって、わたしは自分の苦悩をこの場に持ちこもうとしているのか？　答えはわかっている、昔から。なんの権利もない。しかしどうしようもなかった。草が露で濡れ、彼女はいまごろ、裏のポーチでコーヒーを飲んでいることだろう。きっと顔に苦悩の色を浮かべ、ほかの人なら若返った気分になるはずの田畑をじっと見ているが、古ぼけた木綿のシャツの下にはなにもつけていない。彼女に会いたかった。昔と同じようにわたしを受け入れてくれるとわかっているからだ。わたしの手をあたたかな下腹部に持っていき、わたしの目にキスし、なにもかもうまくいくと言ってくれるとわかっているからだ。これまで何度も信じたように、その言葉を信じられればいいのだが、今度ばかりはそうはいかない。絶対に。

敷地内通路がカーブしているところでいったんとまり、そのままゆるゆる車を進めていくと目的の家が見えてきた。家はみずからの重みで傾き、上の階の窓に打ちつけた板が増えているのに胸が痛んだ。以前は夜になるとあの窓辺に立って、遠くに見える川をながめたものだ。最後にストールン農場を訪れてから一年半の時が経過したが、彼女の腕が裸のわたしの胸を抱きしめるときの感触は、いまも覚えている。

「なにを考えてたの？」わたしの肩に頭をあずけ、窓に映る彼女が尋ねる。

「はじめて出会ったときのことを」とわたしは答える。

「そんな胸の悪くなるようなことを考えるのはやめて」と彼女は言う。「ベッドに戻りましょう」

最後に会ったときのふたりの会話だ。しかし玄関ポーチにはいまも明かりが煌々《こうこう》とつき、わたしのためにそうしているのはわかっていた。

車のギヤをバックに入れたが、それでもまだ、しばらくぐずぐずしていた。ヴァネッサとこの土地とが強く結びついているのは以前から感じていた。彼女は絶対にこの地を離れないだろうし、いつかは私有地の森にひっそりとある小さな墓所に埋葬されることだろう。来世を過ごす場所がわかっているのはうらやましいと思い、わかっていれば心は安らぐものなのだろうかと考えた。おそらく安らぐにちがいない。

車の向きを変えその場を去った。いつものごとく、わたしの小さなかけらをあとに残して。

黒い舗装路に戻ると、世の中から穏やかさが消え、オフィスまでの道は殺伐として騒音に満ちているように思えた。かれこれ九年にわたり、わたしは地元民が〝弁護士街〟と呼ぶ、細長い長屋形式のオフィスで仕事をしてきた。角を曲がればすぐ裁判所があり、通りの反対側には古い聖公会教会が立っている。となりの事務所の秘書数人をべつにすれば、教会はこのブロックで唯一魅力あるものだ。あそこのステンドグラスの柄《がら》はすべて、完璧に頭に入っている。

車をとめてロックした。頭上の空はますます暗くなり、昼前から雨になると予測したシャーロット市の気象予報士の予報は当たりそうだと思った。こんな日にはおあつらえ向きの天気だ。オフィスの入り口のところで足をとめて振り返った。赤土が愛車のタイヤを口紅のように縁取っている。それからなかに入った。

最後にひとりだけ残った秘書がコーヒーを手にわたしを出迎え、抱擁はやがて抑えようのないすすり泣きに変わった。なにが理由かは知らないが、彼女は父を慕っており、きっとどこかのビーチで英気を養い、いずれ彼女の前に嵐のように戻ってくると信じこんでいた。秘書は、数えきれないほどお電話がありました、ほとんどは法律家のみなさんでお悔やみの言葉をくださいましたが、なかには地元新聞からの電話もありまして、わざわざ州都のローリー市からかけてよこした記者の方もいましたと報告した。殺された弁護士にはいまも記事にするだけの価値があるらしい。秘書から法廷に出るのに必要なファイルの束《たば》を渡された。そのほとんどは交通違反関係で、未成年による違反も一件あった。秘書は留守はまかせてくださいと請け合った。

九時ちょっと前にオフィスを出た。裁判所があいてすぐに入れば、悔やみの言葉をかけてくる輩《やから》や単なる野次馬とむやみに遭遇しなくてすむと考えたからだ。だから治安判事のオフィスから建物のなかに入った。まだこんな時間だというのに、狭い待合室はおなじみのならず者やごろつきであふれかえっている。男がふたり、手錠で長椅子につながれ、逮捕した警官は退屈そうな顔でひとつの新聞を分け合って読んでいる。ティーンエイジャーの息子が暴行をふるうとして告訴状を提出しに来た夫婦がいるかと思えば、血まみれで傷だらけの六十代の男ふたりが、疲れきったのか酔いが冷めたのか、もういがみ合う気力もない様子ですわっている。わたしは少なくとも連中の半分を地区刑事裁判所で見かけて知っている。彼らはこの業界で言う〝懲りない依頼人〟だ。つまりけちな罪――不法侵入、暴行、薬物単純所持、その他もろもろ――を犯しては、数カ月単位で刑務所を出たり入ったりする連中だ。彼らのひとりがわたしに気づいて名刺を一枚所望した。わたしはからのポケットを叩き、先を急いだ。

治安判事のオフィスを出て、新しく建て増した一角に向かった。地裁の審理はそこでおこなわれる。アリスという名の半盲女性が経営する売店の前を過ぎ、〝関係者以外立入禁止〟の小さなプレートがついた目立たないドアをすり抜けた。その先にまたドアがあり、今度は暗証番号を入力するキーパッドがついている。

うしろから法廷に入ると、廷吏のひとりがまず会釈をよこした。それが合図だったのか、法廷内にいたすべての法律家の目が突然、わたしに向けられた。あまりにたくさんの気遣わしげな表情を目の当たりにして、わたしは一瞬すくみあがった。人生がうまく行かないと、世の中には善良な人だって大勢いるという事実をつい忘れがちだ。年配の魅力的な女性判事までもがカレンダーコール（公判の日程を決めるヒアリング）を中断し、判事席までいらっしゃいと手招きし、静かなきわだって思いやりのある口調で悔やみの言葉を言ってくれた。この女性判事の目がこんなにも青いことをはじめて知った。手を軽く握られ、気恥ずかしさに思わずうつむくと、メモ用紙に彼女が描いた子どもっぽいいたずら書きが目に入った。判事は担当の案件を延期しようかと言ってくれたが、わたしは断った。すると彼女はふたたびわたしの手を軽く叩き、エズラはすぐれた弁護士だったと言い、着席するよう求めた。

その後二時間にわたり、わたしは悲しんでいるようにふるまい、一生会うことはなさそうな依頼人にかわって答弁取引をおこなった。それが終わると、となりの少年裁判所に入った。ここでの依頼人は十歳で、年かさの子どもたちがマリファナを吸ったりセックスする場所として使っていた無人のトレーラーに火をつけ、放火の重罪で起訴されていた。火をつけたのはたしかだが、あれは事故だと少年は主張した。本当のことを言っているとは思えなかった。

出廷していた地区検事補は、ロースクールを出て二年の生意気な青二才だった。そのえらそうな態度が検事仲間からも弁護士からも反感を買っていた――少年裁判所は有罪を勝ち取る率を競う場ではなく、青少年に手を差しのべる場だということがまったくわかっていないあんぽんたんだからだ。審理は検事から転身した判事のもとでおこなわれ、判事は少年を有罪と認めた。しかし、脳みそがわずかなりともある人間なら誰でもそうするように、判事は少年のやったことは案外社会のためになったのではないかと考え、保護観察処分ということで放免した。親と子の双方を正すための処罰だ。わたしから見れば妥当な線だった。少年は救いの手を必要としていた。

地区検事補がうすら笑いを浮かべた。弁護人席に近づいてくると、ばかでかい歯でくわえていた唇を元に戻し、お父さんの件は聞きましたと言った。それから裏が紫色の舌で歯をはじき、お母さんが亡くなられたときもそうでしたが、今回もまたいろいろ物議をかもしているようですねなどと言いだした。

わたしはあやうくやつを殴り倒すところだったが、そんなことをしたら相手の思う壺だとすんでのところで気がつき、中指を立てるだけにとどめた。そのときミルズ刑事の姿が見えた。出入り口付近の暗がりに立つ彼女が見えたとたん、しばらく前からそこにいたのがわかった。こんなにぼんやりしているときでなければ、そうとう肝を冷やしたことだろう。彼女が前触れもなくあらわれるのは心臓によくない。荷物をブリーフケースにしまって近づいていくと、彼女はぶっきらぼうな仕種《しぐさ》で指示した。

「外へ」そう言われてわたしはついていった。

ホールはほてった体で混み合っていた。弁護士仲間が足をとめ、目を見張った。ミルズ刑事は事件の担当刑事。わたしは殺された同業者の息子。無理もない。

「どうかしたのか？」とわたしは訊いた。

「ここじゃだめ」彼女はわたしの腕をつかむと、人の流れに逆らい、階段があるほうに向けた。わたしたちは地区検事のオフィスに通じる廊下を無言で歩いていった。

「ダグラスが会いたいそうよ」わたしにまた質問されたかのような口ぶりだった。

「そうじゃないかと思った。なにか手がかりが見つかったのか？」

彼女の顔はひどく強張《こわば》っており、前日のことをまだ怒っているらしいと察した。しかしそれくらいは承知の上だ。なにかまずいことになれば、尻に火がつくのはミルズだし、わたしが現場に足を踏み入れたことはすでに知れわたっているはずだ。あれはとんでもない掟破りだった。警察は刑事弁護士が犯行現場を歩きまわり、場合によっては証拠をだめにしてしまうような行為を許さない。ミルズは頭がきれるし、いざというときのために予防線を張っておくことにも慣れているから、わたしがなにに手を触れてなにに触れなかったか、ほかの警官から証言をとって、それを書面にしたためているはずだ。

そういうわけで、彼女の沈黙は意外でもなんでもなかった。

ダグラスは一睡もしていないような顔をしていた。

「まったく、ブン屋連中ときたら、なんだってこんなにはやく情報をつかむのかさっぱりわからん」わたしがドアをくぐったとたん、彼は椅子から腰を半分浮かせた。「だがきみはかかわり合いにならんほうがいいぞ、ワーク」

わたしは彼の顔を見つめるだけだった。

「とにかく入りたまえ」彼はそう言うとふたたび椅子に腰をおろした。「ミルズ、そこのドアを閉めろ」

ミルズ刑事はドアを閉め、ダグラスの右肩のすぐうしろに立った。ジーンズのポケットに手を突っこみ、そのせいで上着がめくれてショルダーホルスターにおさまった拳銃の床尾がのぞいた。彼女は壁にもたれ、容疑者を見るような目つきでわたしをにらんだ。

よくある手で、たぶんつい癖でやってしまったのだろうが、その姿は、一度食らいついたら離さないブルドッグそっくりだ。ダグラスは吹き矢が命中して空気が抜けたように、椅子の背にぐったりともたれた。彼は善良な人間であり、わたしが同じく善良な人間であるのもわかっている。

「なにか手がかりをつかんだのですか？」

「具体的なものはなにも」

「容疑者はどうなんです？」

「世の中の人間全員だ。きみの親父さんには敵が多かった。不満を抱いている依頼人、判断を誤ったビジネスマン、ほかにもいろいろといるだろう。エズラは手びろく仕事をしていたが、波風立てずに行動することだけは苦手だった」

ずいぶんと控えめな言い方だ。

「具体的な名前は浮かんでいますか？」

「いや」そう言って彼は眉毛を引っ張った。

ミルズが咳払いし、ダグラスは眉から手を離した。彼女が露骨に渋い顔をしているところを見ると、わたしにどこまで話すか、あらかじめ協議してあったのだろう。

「ほかにはなにか？」とわたしは訊いた。

「彼は失踪した晩に死んだと思われる」

ミルズが目を剝き、同じ監房に十年も入っている男のように、オフィス内をぶらぶら歩きはじめた。

「どうしてそんなことがわかるんです？」どれほど有能な検死官でもそこまで特定できるはずがない。一年半も経過しているというのに。

「親父さんの腕時計だ」この業界に長いせいか、ダグラスは自分の頭のよさに悦《えつ》に入ったりはしない。「自動巻タイプだった。時計屋に訊いたところ、身につけている当人が動かなくなっても三十六時間は動きつづけるそうだ。そこから逆算した」

父の腕時計の記憶を振り返った。あれには日付表示の機能もあったのだろうか。

「父は撃たれたんですか？」

「頭をな」地区検事は答えた。「二発」

そう言えば、父の頭は派手なストライプ柄の制服に隠れ、青白い顎の線だけがのぞいていた。犯人は殺したあと父の顔を覆ったのだ。人殺しにしては異様な行動だ。

ミルズが大きな窓の前で足をとめた。そこからメインストリートの向こうに地元銀行の建物が見える。霧雨が降り、灰色の雲が綿くずのように薄く空にたなびいているが、太陽の光はまだかろうじて射しこんでいる。雨と太陽が一緒のときは悪魔が奥さんを殴っているのよと、いつも母が言っていたのを思い出した。

ミルズが窓台に腰かけ、腕を組んだ。そのうしろで、雲が厚くなって空がどんよりしはじめた。最後の陽射しが消えた。悪魔の女房が血を流して倒れたのだろう。

「エズラの自宅を捜索しなくてはならん」ダグラスの話はつづいていた。わたしはうなずいた。どっと疲れが襲ってきた。ダグラスはしばし間をおき、説明に戻った。「オフィスも調べる必要がある。ファイルに目をとおし、恨みを抱いてもおかしくない人間を見つける」

そこでわたしは顔をあげた。にわかに合点がいったのだ。エズラは死んだ。事務所の責任者はわたしだ。つまり、ダグラスも警察もわたしが必要なのだ。捜査機関に刑事弁護士の依頼人のファイルをいじらせるのは……いわば、刑事弁護士を犯行現場に立ち入らせるのにひとしい。わたしが嫌だと言えば、向こうとしては令状を取らざるをえない。そうなれば聴聞会がひらかれ、おそらくわたしの主張がとおる。判事は弁護士と依頼人間《かん》の秘匿特権を損なうことを極度に嫌うからだ。

そこで気がついた。きのうわたしをオフィスに呼びつける前に、ダグラスはここまで見越していたのだと。そう思ったとたん、言いしれぬ悲しみがわたしを襲った。友人同士の交換条件とはかくも醜いものなのか。

「ちょっと考えさせてください」わたしがそう言うとダグラスはうなずき、腹の底が知れない顔をミルズ刑事に向けた。

「弾が見つかった」彼は言った。「二発ともクローゼットのなかで。一発は壁にめりこみ、もう一発は床に落ちていた」

それがどういうことかはわかる。エズラがみずからクローゼットに入ったとは思えない。銃を突きつけられて入れと命令されたのだ。一発目は立っているところを撃たれ、弾は頭を貫通して壁にめりこんだ。倒れたところにさらに二発目が撃ちこまれた。犯人は確実に仕留めたかったのだ。

「それで?」わたしは尋ねた。

ダグラスはふたたびミルズに目をやり、右の眉毛を引っ張りはじめた。

「まだ正式な鑑識結果は出ていないが、三五七口径の銃から発射されたものだ」ダグラスは椅子にすわったまま身をぐっと前に乗り出し、そのせいで尻を痛めたような顔をした。「記録を調べたところ、親父さんは三五七口径のリボルバーを所持していた。ステンレス製のスミス&ウェッソンだ」わたしは黙っていた。「その銃を見つけたい、ワーク。どこにしまってあるか知ってるか?」

彼の右手がふたたびあがって、またもや眉をいじりだした。わたしは慎重に検討したあげく、口をひらいた。

「銃の保管場所は知りません」

ダグラスは背もたれに背をあずけ、両手を膝においた。

「探してもらえないか？　見つけたら知らせてくれ」

「そうします。用件はそれだけですか？」

「ああ、それだけだ。例のファイルの件は連絡してくれ。どうしても調べたいが、なるべくなら判事をわずらわせたくない」

「わかります」たしかにその気持ちはわたしにもわかる。わたしは立ちあがった。

「ちょっと待って」ミルズが声をかけた。「お父さんが失踪した晩のことを聞かせてちょうだい。答えてもらってない質問がいっぱいあるわ。そこに重要な手がかりがあるかもしれない」

エズラが失踪した夜は、母が死んだ夜でもある。わたしとしてはあまり触れたくない話題だ。「あとにしてほしい。いいかな？」

彼女は地区検事に目をやったが、相手はなにも言わなかった。

「きょうのうちなら」彼女は答えた。

「わかった」わたしはうなずいた。「きょうのうちに」

ミルズがドアをあけてくれ、ダグラスは椅子から立たなかった。

「連絡を忘れんでくれ」ダグラスが言って片手をあげると、ミルズ刑事がわたしの鼻先に叩きつけるようにドアを閉めた。廊下に出されると、指をさすような視線がいくつも突き刺さってきて、激しい孤独感に襲われた。

裏階段を使ってこっそり下に降り、ふたたび治安判事のオフィスを抜けた。今度は無人というわけにはいかず、わたしは金網入りの窓の奥にすわる女性に会釈した。女性はわたしにガムをふくらませてみせ、無言で目をそむけた。外に出ると太陽はまだ隠れたままだったが、雨脚が弱まり霧雨に変わっていた。本当は篠《しの》つく雨が降っていてくれたらよかった。空がどんよりと曇って、雨が激しい音を立てて虚空《こくう》から落ちてくるほうがよかった。顔からすべてが洗い流され、スリーシーズン用スーツが雨を含んで重くなり、捨てざるをえないほど台無しになればいいと思った。このままなんとなく消えてしまいたかった。ここから連れ去られ、ほんのしばらくでいいから、誰もわたしのことを知らない場所に閉じこめてほしかった。けっきょく、少年ふたりにすれちがいざまににらまれただけだった。けっきょく、服がぐっしょり濡れただけだった。

オフィスに戻ったのはまだ午前《ひる》で、きょうは帰っていいと告げると秘書はとまどったような顔をした。手をつけていないランチ、法律用箋、同意語辞典をまとめ、傷心した足取りで出ていった。わたしは上に行ってエズラの私室を調べたかったが、階段をのぼる途中で彼の魂に行く手をさえぎられた。もう半年もあの部屋には足を踏み入れておらず、しかもいまはあまりに気が沈んでいて、はからずもわたしのものになった藁の帝国の、埃をかぶったきらびやかさなど見る気になれなかった。だから昼食を適当にすませ、子ども時代を過ごした家と、表階段に敷いた染みのついた絨毯のごとく放置された死体の記憶に、あらためて立ち向かう勇気を奮い起こすことにした。

ひとりになれそうな店を求めて二十分ほど車でうろうろした。けっきょく断念して〈バーガー・キング〉のドライブスルーに入った。チーズバーガーを二個食べながら、父の家の前を二度通りすぎた。太い柱、陰気な窓、完璧な雪花石膏仕上げの家が挑むように立っている。住宅というよりは城という風情のその家は生垣の奥にうずくまるようにして立っていた。この生垣を見ると、その昔、エズラに連れていかれたノーマンディーのビーチで見たマッチ箱のようなコテージを思い出す。父はわたしに闘争心を植えつけ、彼の輝かしい偉業にけちをつけたがる昔からの特権階級相手の戦争を引き継がせようとした。しかしいま思えばよくわかる。いや、昔からわかっていた。そんなことは無理だと。戦いを挑むには強い信念が必要だが、わたしとしては父を駆り立てた精神力に理解をしめしつつも、どうしても受け入れることはできなかった。世の中に不愉快なものはいくらでもある。わたしだってそこまで愚かではなかった。

ドライブウェイに車を向け、門番がわりの木が枝をからみ合わせている下をくぐったとたん、割れたガラスのような子ども時代が絶好のタイミングでよみがえった。鍵の触れ合う音がしたが、そのあとは物音ひとつしない静寂のなかで、わたしはぼんやりすわっていた。いくつものなつかしいものが目に浮かんだ。はじめて買ってもらった自転車とおもちゃ。勝訴に興奮する駆けだしだったころの父、元気で幸せだった母が、ジーンの物問いたげな笑顔をじっと見つめる姿。どれも少しも色褪《あ》せていない。しかしまばたきしたとたん、突然の風に舞いあがった灰のごとく、まぼろしは消えた。

警察はまだ来ておらず、めったに使わないせいで重くなったドアをあけてなかに入った。警報装置を解除し電気のスイッチを入れて、家の奥へと足を進めた。床にも、家具にかぶせたシーツにも埃がこんもりと積もっていた。ふたつある食堂、居間、ビリヤード室、父のワインセラーに通じるドアなど、下の階をゆっくり見てまわったところ、前に来たときについた足跡がはっきり残っていた。台所でステンレスが鈍い光を放つのを見て、黒檀《こくたん》の握りがついたナイフや、血の気のない母のほっそりした手が記憶によみがえった。

手はじめに書斎を調べた。てっきり拳銃はいちばん上の抽斗《ひきだし》に、銀のペーパーナイフとジーンが孫にかわってプレゼントした革の日記帳と一緒に入っているものとばかり思っていたが、実はなかった。しばらく父の椅子にすわって、一枚だけ額に入れた写真に目をこらした。いまにも倒れそうな掘っ立て小屋と、そこに住むむすっとした家族の褪せた白黒写真。いちばん幼く、足の汚れたずんぐりした少年がエズラで、デニムの半ズボンに裸足という恰好だ。その日の黒い点を食い入るように見つめ、この日、父はなにを考えていたのだろうかと思いをはせた。日記帳を手に取りページをめくった。父が素顔の自分を紙に書き留めるはずがないのはわかっていたが、どうしても期待せずにはいられなかった。なかがまっさらとわかると、しまってあった場所に戻した。目をあちこちにさまよわせ、かつてはわかっていると思いこんでいたこの男の人となりをあらわすものがないかと探したが、この部屋からはなにも感じとれなかった。古地図、革の家具、記念の品で飾りたてられてはいるが、空疎な感じしかしない。父にとってこの部屋はステータスだった。二階の大きなベッドで妻が泣いているのを知りながら、この部屋でにんまりとほくそえむ父の姿が目に浮かんだ。

父の椅子にすわっていると自分も同罪のような気がして落ち着かなかった。書斎を出ようとしたところで、埃をかぶった床についているのはわたしの足跡だけではないのに気がついた。ひとまわり小さな足跡を見て、ジーンがこの家に入ったのだなと思った。足跡は書斎から廊下へ、さらには幅広の階段へとのびていた。階段に敷いた細長い絨毯のところでいったん途切れ、両親の部屋に通じる硬材の床にふたたびあらわれた。わたしは一年以上、二階にはあがっていないし、足跡は鮮明だ。寝室の床を覆うペルシャ絨毯のところでまたもや途切れていたが、ベッドの近く、銃をしまってあるのではないかと思われるテーブルのそばで、埃のなかに半分だけの足跡が見つかった。ベッドに目をやると、動物かなにかが丸まって寝たあとのように、上掛けが丸くくぼんでいた。

銃はないかと調べたが見つからず、ベッドに腰をおろしてくぼみをならした。しばらく物思いにふけってから、立ちあがった。家を出るとき、昔は子どもふたりでよく遊んだ埃まみれの床を、音をたてぬようすり足で歩いた。

外に出て、鍵をかけたドアにもたれた。そのうちミルズ刑事がパトカーを何台も従えてドライブウェイに入ってくるだろうと思いながら。異様なほど静まり返った世界では息づかいのにおいがただよってくる。

あの晩、父は銃を母の顔に突きつけていた。寝室のドアのところに立つわたしに気づくと、父は冗談で片づけようとしたが、母の顔に浮かんだ恐怖は真に迫っていた。はやく寝なさいとわたしに言ったときの涙に濡れた目にも、そぶりにも、化粧着の帯を引っ張る手の動きにも、恐怖は歴然とあらわれていた。ベッドに戻ったのは母に言われたからだが、母が唯一知る方法で和解するときの、家の静けさとベッドスプリングが軋《きし》む音はいまも覚えている。あの晩を境にわたしは父が嫌いになったが、その感情がいかに深いかに気づくには、まだまだ長い時間がかかった。

いさかいの原因はわからずじまいだったが、あの光景が封印されることはけっしてなかった。わたしは家から目をそむけ、ゆうべ妻が流した涙と気の抜けたようなしおらしさを、破《は》廉恥《れんち》にもその妻を利用して得たわびしい満足感を振り返った。妻は大声で泣いた。あの塩辛い涙の味を思い出すと、悪魔の気持ちがわかった気がする。セックスと涙は、太陽と雨と同じで、もともと同時に存在しえないものだ。しかし堕落した者にとって、邪悪な行為はときとして大いなる快感をもたらす。わたしは思わず背筋が寒くなった。

車に乗りこみ、エンジンをかけた。家の見張り番である木をふたたびくぐり、公園と自宅がある方向に車を向けたとき、思い出すべきでなかった記憶で、頭のなかが真っ暗になった。

5

ただひたすら、スーツを脱ぎ捨てベッドに倒れこみ、黒くざらついた深淵の向こうに、まともなにかを見つけたかった。しかし自宅付近まで来たところで、その願いはかなわないと悟った。ゆるやかな曲線を描く上り坂のドライブウェイは、こういうときこそ主《あるじ》をあたたかく出迎えてくれるはずだが、ぴかぴかの黒やシルバーの車で目もくらむほどまぶしく光っていた。もうサメどもが集まってきている。妻の友だち連中が、ハニー・ハムやキャセロールをたずさえ、野次馬根性むき出しの質問を浴びせようと押しかけてきていた。どんなふうに亡くなった？　ワークは取り乱してない？　しかしバーバラに聞こえないところでは、声をひそめて噂する。まったくどんなことに巻きこまれたんだか。頭を二発撃たれたんですってよ。さらに声を落としてこう言う。まあ、身から出た錆《さび》ね。そのうち、ほとんどの連中が思っていることを誰かが口に出す。成り上がり者だもの。そう言って、ひきつった笑みを繰り返したがためにひび割れた唇の上で、目をきらりと光らせる。かわいそうなバーバラ。なんてばかなんだ。

本来なら自分の家から締め出しをくうのはごめんこうむるところだが、車がどうしてもドライブウェイに入っていってくれなかった。あきらめてハイスクールのとなりにあるコンビニエンスストアでビールと煙草を買った。買い物袋をぶらさげてフットボール・スタジアムに入り、観客席に陣取って長方形の枯れた芝地でも見ながらのんびり酔っぱらうつもりでいた。しかし門には錠がおろされ、引っ張っても鎖がやかましい音をさせるだけだった。しかたなく車に乗って父の家まで戻り、そこのドライブウェイで飲んだ。六本入りパックのほとんどを飲み干したところで、自宅に帰ることにした。

自宅近くまで戻ると、車の数はさっきより増え、わが家は不祝儀のにぎわいを呈していた。車を二軒先の道端にとめて歩いた。自宅のなかは予想どおり、ごった返していた——隣人、別の町に住む知人、医者とその妻、会社経営者、それに地元法曹界メンバーの半数も顔を見せていた。そのなかに、いろいろな意味で父の最大のライバルだったクラレンス・ハンブリーの姿があった。彼はすぐにわたしの目を惹いた。というのも、この金持ち連中の集まりのなかでさえ、自信満々で尊大ですらあったからだ。壁を背にして片肘をマントルピースにつき、飲み物を手にしている。誰よりも先にわたしに気づいたくせに、目が合ったとたん顔をそむけた。軽い苛立ちをおぼえつつも、彼のことは無視して妻はどこかと人混みに視線をさまよわせたところ、部屋の奥にいるのを見つけた。こうして見ると、妻は実に美人だと、なんのためらいもなく言える。しみひとつない肌、高い頬骨、明るく光る瞳。この晩の妻は髪を美容室で完璧にセットし、昨シーズンの高級ドレスがすばらしく似合っていた。その妻のまわりをいつもの仲間が取り囲んでいた。宝石と低血圧のせいで手が冷たい女たち。妻がわたしに気づいて話をやめ、友だち連中も一斉に振り返った。女たちの目がわたしを値踏みしていき、手のなかのビール瓶でとまった。バーバラが輪のなかから抜けても誰もなにも言わなかったが、鋭い舌先がわたしの背中の皮を剝ごうと待ちかまえている光景が目に浮かんだ。新しく煙草に火をつけ、まだなにも決まっていない葬儀をどうしようかと考えた。そこへバーバラがあらわれ、わたしたちはしばらくふたりきりになった。

「楽しいパーティじゃないか」言ってから、いまの言葉を嫌味にとられぬようほほえんだ。

妻はこわばった唇をわたしの頰に押しつけた。

「酔ってるのね。あたしに恥をかかせないでよ」

ここでグリーナ・ワースターが玄関から颯爽《さっそう》と入ってこなければ、そうとう険悪なことになっていただろう。グリーナは油でも塗ったのかと思うような歯を見せてにこやかにほほえみ、着ている黒のドレスは丈《たけ》が短くはちきれそうだ。うちのなかにこの女がいるだけで胸が悪くなる。グリーナ・ワースターの豪邸へとつづく階段をのぼるジーンの重い足取りを思った。

「あの女、なにしに来たんだ？」

バーバラがワイン・グラス越しに見守るなか、グリーナは隅に固まっていた仲間の輪にもぐりこんだ。妻の目が不安で曇ったのをわたしは見逃さなかった。彼女はわたしに向きなおり、ひそひそ声ながら毒を含んだ口調で言った。

「失礼なこと言わないでよ、ワーク。彼女はこの街の有力者なんだから」

妻は〝有力者〟という言葉を使って、グリーナ・ワースターがカントリークラブの理事であり、うなるほど金を持っており、面白半分に他人の評判を傷つけることなど屁とも思わぬ卑劣な人間であることを暗に告げた。

「あの女に出ていってもらえ」わたしは言い、バーバラの父の肖像画の下に集まった女たちを漠然としめした。「あいつら全員、出ていってもらえ」顔をぐっと近づけると、妻は異様なほどすばやくあとずさりした。純然たる本能から出た行動というわけだ。かまわずわたしは言った。「話がある、バーバラ」

「シャツが汗でびっしょりじゃないの」彼女は襟の下のボタンに三本の指をのばした。「着替えてらっしゃい」そこで彼女はいったん背を向けかけたが、いま一度振り返った。わたしの顔に手をのばしてきたので、こっちも顔を近づけた。「ひげも剃るのよ、いい?」それだけ言うと寡黙《かもく》な友人の輪のなかに戻っていった。

そういうわけで、わたしは自宅にいるにもかかわらず所在なげにひとりぽつんと立っていた。いろんな人が励ましの言葉をかけ、わたしは相手の言うことはすべて同感だといわんばかりにうなずいていた。それでもわたしがいるのは不気味なほど音のない世界であり、励ましの言葉は難聴の男に当たって砕ける波も同然だった。なかには心のこもった言葉もあったが、そもそも父を理解している者など――なにが父をあれほどまでに不可解で風変わりで邪悪な存在にしたのかを理解している者など、ひとりもいなかった。

もごもごとはっきりしない言葉を聞き流しながら、ようやく台所までたどり着いた。そこなら冷えたビールにありつけると思っていた。しかしなんと、本格的なバーが用意されているのを見て、心のなかで妻の手腕に舌を巻いた。人がひとり死んだというのに、その非常事態さえチャンスに変えてしまうとは。バーボンをロックでと頼んだところ、肩に手がおかれるのを感じ、クラッシュアイスのような声がバーテンダーに同じものをと注文するのが聞こえた。振り返ると、近所に住むストークス医師がいた。ブーツによく似た顔の形と白い顎ひげのせいで、マーク・トウェインによく似ている。

「ありがとう」彼はバーテンダーに言った。それから、いかにも医者らしく有無を言わさぬ手の動きで、わたしをバーからべつの場所へと誘導した。「ちょっと歩こう」そう言って台所を抜け、ガレージに出た。弱くなった陽射しが床の上に長方形を描いている。ドクターはわたしから手を離すと、うめき声をあげ、大げさな身ぶりでステップに腰をおろした。グラスに口をつけ、舌を鳴らす。「こいつはよき友だ」

「ええ、そういうときもあります」

ドクターはわたしから目を離さずにグラスをおき、葉巻に火をつけた。

「きみをずっと見ていた」ドクターはようやく言った。「あまりいい状態ではないな」

「さんざんな一日でしたから」

「きょうの話じゃない。もう何年も前からきみが気がかりだった。もっとも、わしは説教する立場にはないがね」

「きょうはいつもとどこがちがうんです？」

ドクターはわたしを見て紫煙を吐き出した。「わしは結婚して五十四年になる。わしになどなにがわかると思っておるのだろうな。親友にタマを蹴られたような経験などありもしないくせにと。だが、天才でなくともわかる。ワイフも見抜いておる」ドクターはありもしない糸くずをズボンから払う仕種をし、葉巻をじっと見つめながら話をつづけた。「とは言え、奥さんのことはわしにはどうすることもできん。結婚はしょせん他人事だからな。だが、ひとつ助言しておきたいことがある。きみに助言できる輩《やから》がほかにいるとは思えんからな」

どう答えていいかわからず、わたしはひっくり返った手押し車にグラスを落ちないようにおき、煙草に火をつけた。わたしがもたもたと煙草のパックをシャツのポケットに戻すあいだ、沈黙はずっとつづいていた。ようやく顔をあげると、ドクターの目が暗く曇っていて、それを見てわたしはなんだか悲しくなった。ドクターは温和な目をしている。いつもなら。「きみの親父さんはわしが知るかぎり最低のくず男だった」ドクターはそう言うと、まるで天気の話でもしていたみたいに葉巻を吸った。わたしはなにも言わず、数秒後、ドクターがまた口をひらいた。「あの男は世界をわがものにしようとした自己中心的なろくでなしだったが、そんなことはきみにもわかっているはずだ」

「ええ」わたしは咳払いをした。「わかっています」

「鼻持ちならない男だ、きみの親父さんは。だが、ナイフで刺すとき、相手から目をそらさぬ男でもある。言っている意味はわかると思うが」

「わかりません」

「親父さんは自分の貪欲さに正直だった。同じように正直な人間にはそれがわかっていた」

「だから？」

「もう終わりにしなくてはいかんのかね？」そう問われ、わたしは押し黙った。「では、話をつづけさせてもらおう。ジーンのこともある。親父さんの育て方は実に気に入らん。あれではまともな頭もだめになってしまう。だが子どもは親を選べない。それが彼女の不幸のはじまりだ。わしはジーンのこともずっと見守ってきた。エズラが死んだ以上、彼女はもう大丈夫だ」

思わずとげとげしい笑いがこぼれた。「妹をどれだけ間近で見てきたと言うんです？」ジーンが大丈夫だなんてとんでもない話だ。

するとドクターが顔をぐっと近づけてきた。目が鋭く光っている。「きみよりも間近に見てきたのはたしかだ」真実なだけにぐさりときた。「妹さんのことは心配していない。気になるのはむしろきみのほうだ」

「わたし？」

「そうとも、黙って聞きたまえ。だからわざわざここまで忠告に来たのだ。心して聞くのだぞ。親父さんは大きな理想と大きな夢に燃えた大きな男だった。だがきみは、ワーク、もっとまともな男だ」

涙が目にしみて、目の前のこの人が父親であったならと心の底から思った。ドクターの顔と分厚い手の動きには無愛想ながらも誠実さがうかがわれ、ほんのいっとき、彼の言うとおりだと思った。

「きみがまともなのは、ちっぽけな理由のために大きなものを望んだりしないからだ。きみがまともなのは、気遣いをしめすからだ――友人に、家族に、そして正しい物事に。きみはお母さんをそういうふうにいたわっていた」ドクターはそこでひと呼吸おいてうなずいた。「エズラに負わされた重荷のせいで道を誤ってはいかんぞ、ワーク。わしは八十三歳で、少しは世の中というものを知っているが、いちばん大事なのはこれだ。人生は短すぎる。自分がどうしたいのかを見きわめたまえ。自分に正直になれば、もっとすばらしい人間になれる」

ドクターがゆっくりと立ちあがり、関節が鳴った。彼が酒を飲み干したとき、氷がグラスにあたってからからいった。

「親父さんのことは心の奥底にしまいこむのだ、ワーク。そして気持ちの整理がついたら、ぜひともうちに食事に来てくれたまえ。きみのお母さんのことはよく知っていた――神よ、彼女の魂を安らかに眠らせたまえ。彼女が幸せだった時代のことを話してあげたいものだね。それから最後にもうひとこと――バーバラのことで夜も眠れなくなるほど悩むことはない。彼女がいやな女なのは生まれつきであって、そうならざるをえなかったわけじゃない。だから、そのことで自分を責めてはいかん」

ドクターはわたしに片目をつぶってみせ、それから葉巻をくゆらせながらほほえんだ。わたしはほかになにを言えばいいかわからず、来てくれた礼を言った。ドクターを見送ってからドアを閉め、さっきまで彼がすわっていた板間に腰をおろした。痩せた尻のぬくもりがまだ残っている。氷水と化したバーボンをひとくち飲み、自分の人生を振り返り、さっきの老人の話が全部そのとおりならいいのにと思った。

ついにグラスがからになったが、調達してくればいいだけのことだ。腕時計を見るとそろそろ五時で、腰をあげるときに一瞬だけミルズ刑事の顔が頭に浮かんだ。まだ彼女に電話していなかったが、このときはそんなことはどうでもよかった。とにかく酒のおかわりがほしかった。無言でキッチンを出入りした。それで気を悪くする人がいたなら、お気の毒様と言うしかない。わたしはもううんざりしていた。だからじめじめした小部屋に戻り、影がしだいにのびていくのを見ながら、ぬるいバーボンを飲んだ。

外が暗くなって壁が傾くまで、むさくるしいガレージで過ごした。飲んでくだを巻いていたわけでもなく、めそめそ泣いていたわけでもなく、なにひとつまともに考えられずにいた。上着は一度も捨てたことがない芝くずでいっぱいの箱のなか、ネクタイは壁に打った釘に結ばれている始末だったが、それ以外はどうにかこうにか脱がずにがまんした。ひとつ活を入れ、ぬるま湯のような雰囲気をぶち壊したくて、ほんの一瞬だが、素っ裸で家じゅうを駆けまわる自分を想像した。その恰好で妻の友人とおしゃべりし、次のくだらない集まりのときには、何事もなかったふりができるものならやってみろと挑発するのだ。あの女どもなら本当にそういうふりをするにちがいない——だから服を脱ぐのをがまんしたのだ。どいつもこいつも、次の週の酒か食事の場でわたしをちらちら見ながら、お仕事は順調ですかとまじめくさった顔で尋ね、とてもいいお葬式でしたねなどと言うに決まっている。笑いたくなると同時に、誰かを殺したくなった。

しかしそのどちらも行動に移さなかった。家のなかに戻り、人の輪に混じって歓談した。服は脱がなかったし、ばかなまねはしたかもしれないが、誰も面と向かっては注意しなかった。そうこうするうちにおもてに出た。車に乗りこみ、窓をおろして紫色の光を第二の皮膚のようにまとってすわり、あることについて神に感謝した。へべれけに酔っぱらい、無意味な顔と言葉の海に溺れながらも、脳裏に刻みこまれた取り返しのつかない言葉を一度として発しなかったことを感謝した。ルームミラーに映る酔いのまわった目をのぞきこみながら、父を殺した犯人はわかっていると自分だけに告白した。

動機。手段。機会。

調べる対象さえわかっていれば、すべてそろっている。

だがわたしは調べたくなかった。絶対に。だからミラーを上にねじ向けた。それから目を閉じ、妹のことに、単純ではあったが、つらいことに変わりなかった時代に思いをはせた。

「大丈夫？」わたしはジーンに訊いた。

妹はうなずいた。小さな尖った顎の先から涙がしたたり落ち、雨が砂に吸いこまれるように白いデニム地に染みこんでいく。しゃくりあげるたびに背中を丸め、ついには背骨が折れたみたいな恰好になり、垂れた髪が顔の上半分を隠した。わたしは涙でできた灰色の小さな円から目をそむけ、それと同時に股間に広がる血を見ないようにもした。妹があんなに自慢していた新しい白いズボンが、十二歳の誕生日の朝に母からプレゼントされた白いズボンが、真っ赤な血でぐっしょり濡れていた。

「父さんに電話したら、すぐ迎えに来るって。もうじきだよ。大丈夫。父さんが言ったんだから」

妹は押し黙り、わたしは赤い染みが黒ずんでいくのを見ていた。わたしは無言で上着を脱ぎ、妹の膝にかけてやった。そのとき妹が向けたまなざしに、わたしはなんだか自分がえらくなった気がして、兄であることを誇らしく思った。妹の肩に腕をまわし、ちっとも心細くなんかないようにふるまった。

「ごめんね」妹が涙をぼろぼろ流しながら言った。

「謝ることなんかないよ。気にするなって」

わたしたちはダウンタウンのアイスクリーム・ショップにいた。午後はシャーロット市に行くという母に途中まで乗せてきてもらったのだ。持っていた四ドルでアイスを買い、そのあと家まで歩いて帰るつもりだった。このころのわたしは女の子の生理のことなど知らないも同然だった。最初に血が見えたときは怪我でもしたのかと思ったが、すぐに妹の目にじわじわと涙がたまっていくのに気がついた。「見ちゃいや」そう言うと妹はうなだれ、涙をこぼした。

父は迎えに来なかった。一時間後、わたしたちは家に向かって歩きだした。妹の腰から下をわたしの上着で隠して。三マイル近い距離があった。

家に戻るとジーンは浴室に閉じこもり、母が帰ってくるまで出てこなかった。わたしは玄関ポーチにすわって、父をばか野郎と――ジーンを気遣ってやらず、わたしをうそつきにした大ばか野郎となじる勇気を探していたが、けっきょくなにも言えなかった。

つくづく自分が情けなかった。


目が覚めると、あたりはほとんど真っ暗だった。窓の外に顔が見え、厚いガラス窓とふさふさのひげに目をこらした。わたしは反射的に身を引いたが、窓の外の男が醜いせいだけではなかった。

「よかった」男がつぶやいた。「ひょっとして死んでるのかと思った」

男の声は南部訛《なま》りがきつく、しわがれていた。

「なんだよ……」

「車のなかで寝るのは感心しない。危険だ」男はわたしを上から下までながめまわし、後部座席をのぞきこんだ。「おまえさんみたいなブルジョアは、もう少し常識をわきまえないといかん」

顔が引っこんだと同時に男の姿が消えた。あとには、寝ぼけまなこで酔いのさめないわたしだけが残った。いまのあれはなんだったんだ？　車のドアをあけて這うように外に出た。身体じゅうが痛んだ。通りに目をこらすと、男が明るいところから暗がりに向かって歩いていくのが見えた。長いコートが足首のところではためき、耳覆いが耳のところで踊っている。例の、公園を歩く男だった。何年もうちの前を通っていながら、この日はじめてわたしたちは口をきいたことになる。せっかくのチャンスだ。歩道におりて暗がりで男を捕まえ、訊いてみよう。しかしわたしは動かなかった。

そのまま男を見送った。優柔不断な意気地なしにチャンスはもう訪れない。わたしは車に戻った。口のなかが糊《のり》のようで、ガムかミント菓子でもないかと探したがどっちも見つからなかった。しかたなく煙草に火をつけたものの、あまりのまずさに投げ捨てた。腕時計は十時を指していた。二時間か三時間も寝ていたことになる。家の前の通りに目をやった。車はなくなっていたが、明かりはまだ煌々とついている。バーバラは起きているようだ。頭が割れるように痛く、こんな状態で妻と対峙するのはごめんこうむりたい。ほしいのはビールをもう一本とひとりで寝られるベッドだ。しかし必要なものは、それとはまったくちがうものだった。車のなかにすわりながら、やらねばならないことを先延ばしにしているだけだと悟った。エズラのオフィスに行き、彼の亡霊と和解し、拳銃を探さなくては。

イグニッションをまわすと、これまで酒気帯び運転の容疑で弁護してやった愚かな飲んだくれどものことが頭に浮かんだ。そのままオフィスに向かって発進した。まったくとんでもない一日だ。

いつものように裏に車をとめ、細い廊下を通ってなかに入り、狭い休憩室、コピー室、備品置き場を過ぎた。オフィスがある区画まで来ると、明かりのスイッチを入れ、鍵をテーブルに投げた。

上の階で物音がした。ひっかくような音につづいて、ゴツンという低い音。心臓がとまった。

静寂。

一歩も動かずに耳をすましてみたが、音は二度としなかった。エズラの幽霊かとも思ったが、冗談にしてもおもしろくない。気のせいだったのだろう。ゆっくり歩を進め、オフィスの正面まで行って明かりを全部つけた。二階のエズラの帝国へと通じる階段が、のっぺりした闇と光沢《こうたく》のある壁のなかにぽっかり口をあけている。心臓が早鐘を打ちはじめ、饐《す》えたバーボンの混じった汗が出てきた。しんと静まり返ったなかにただようのは自分のにおいだけ。けっきょくわたしがびくついているせいだったのだ。静けさに手をのばしながら、古いビルは変な音がするものだし、酔っぱらうと想像力がたくましくなるのはよくあることだと自分に言い聞かせた。エズラはもうこの世にいないんだと念を押した。

室内をざっと見まわしたが、すべていつもと変わりなかった。デスク、椅子、ファイリングキャビネット――すべてあるべき場所にある。狭い階段に向きなおって、のぼりはじめた。片手を手すりにかけ、ゆっくりとのぼっていく。五段のぼったところで、なにか動いたような気がして足をとめた。もう一段、おそるおそるのぼると音が聞こえ、またも足をとめた。次の瞬間、ばかでかくて黒っぽいなにかがものすごいいきおいで落ちてきた。胸に激突し、わたしは転落した。一瞬、強烈な痛みが走ったかと思うと、すべてが闇に包まれた。

6

光が見えた。ちらちらまたたいたかと思うと消え、ふたたび点灯した。目が痛い。やめてくれ。

「意識が戻りました」声がした。

「まったく、人騒がせだこと」聞き覚えのある声。ミルズ刑事だ。

目をあけると、明るくぼんやりした光に照らされていた。まばたきしても、頭の痛みはなくならなかった。

「ここは？」

「病院」ミルズは言って顔を近づけてきた。笑顔ではなかったが、いつもの香水のにおいがした。バッグに入れっぱなしの桃のような熟れたにおいだ。

「なにがあったんだ？」

ミルズがさらに顔を近づけてきた。「こっちが聞きたいわよ」

「記憶がない」

「けさ秘書の人が階段下であなたを発見した。首の骨を折らなかったのが不幸中の幸いよ」

枕を背に身体を起こし、あたりを見まわした。ベッドのまわりに緑色のカーテンがおりている。足のあたりに大柄な看護師が世間ずれしていない笑みを浮かべて立っていた。病院ならではの声が聞こえ、病院ならではのにおいがする。バーバラはどこかと探した。見あたらなかった。

「椅子を投げつけられた」とわたしは言った。

「いまなんて?」ミルズが問い返した。

「エズラの椅子だ、たぶん。階段をのぼりかけたら、何者かが椅子を投げ落としてきた」

ミルズはしばらく無言だった。ペンで前歯を軽く叩いてわたしを見た。

「奥さんから話を聞いたわ。それによると、あなたはゆうべ酔っぱらっていたそうだけど」

「だから?」

「べろんべろんに酔っていたとか」

わたしは声も出ないほど驚き、ミルズをにらんだ。「足を踏みはずして落ちたと言ってるのか?」ミルズは答えず、わたしは怒りの第一段階が頭をもたげたのがわかった。「妻にはべろんべろんに酔うのがどういうものかわかりっこない。たとえそいつに尻を噛まれたとしてもだ」

「ゆうべおたくにいた数名から奥さんの話の裏は取れてるのよ」

「誰だ?」

「それは関連性がないわ」

「関連性ときたか！　あきれたな、まるで弁護士みたいな口ぶりだ」腹がたった。愚か者扱いされたのがおもな理由だった。「オフィスは調べたのか、ミルズ刑事？」

「いいえ」

「なら調べろ。まだ椅子があるかどうか確認しろ」

刑事はわたしの顔をしげしげと見た。心のなかで葛藤しているのが手に取るようにわかる。目の前のこの男は正直者なのか、それともただ間抜けなだけなのか。彼女がわずかなりともわたしに親近感を抱いていたにせよ、この時点ではそんな気持ちはあとかたもなく消えていた。目は容赦がなく、プレッシャーでいらいらしているようだ。新聞にはエズラのこれまでの人生、どんな死に方をしたのか、捜査に関する不確かな情報などいろんな記事が掲載され、ミルズの名前も何度となく取りあげられている。この事件が彼女の将来を左右するのはわかるが、わたしたちの関係がいま以上に進展することはなさそうだ。

「あなたの秘書の名前は？」訊かれて答えると、刑事は気まずそうにしている看護師を振り返った。「電話はどこ？」看護師がナースステーションにある電話をお使いくださいと言った。廊下を進んで二番目のドアです、と。ミルズはわたしに視線を戻した。「どこにも行かないでよ」わたしは思わずにっこりしかけたが、冗談で言ったのではなさそうだと気がついた。

刑事はカーテンをはねのけ出ていった。ヒールがタイルの床を叩く音がし、わたしは看護師とふたり残された。彼女が枕をふくらませてくれた。

「ここは救急治療室かい？」

「ええ、でも土曜の朝はあまり忙しくありません。鉄砲で撃たれたり、ナイフで刺されたりがあるのは今夜ですから」そう言って笑った彼女は、突如として生身の人間らしく見えた。

「わたしの怪我の具合はどうなんだ？」

「いえ、痣《あざ》などがちょっとあるだけです。頭痛のほうは階段から落ちなかった場合よりも長くつづくでしょうけど」そこでもう一度ほほえんだところを見ると、土曜の朝の二日酔い患者は見慣れているらしい。「じきに退院できますよ」

彼女の温かく柔らかな前腕に触れた。「妻は来てくれたのか？　身長五フィート五インチ。ショートの黒髪。美人」看護師はきょとんとなった。「冷酷な目」冗談半分で言い足した。

「押しが強い」

「お気の毒ですが……いらしてません」

わたしは憐れむような彼女の顔から目をそらした。「看護師さんは結婚してるのかい？」

「二十二年になります」

「きみなら、旦那を救急治療室にひとりで放っておくか？」相手が答えないのを見て思った。まさか、ありえない。病院のドアをくぐれば仲違いも終止符を打つものだ。

「場合によりけりですね」看護師はさんざん考えたあげくに答えた。てきぱきと手を動かして毛布の皺をのばしている。最後まで言いたくないのだろう。

「場合とは？」わたしは先をうながした。

彼女はわたしを見て、動かしていた手をぴたりととめた。「自業自得かどうかです」

なるほど、そこが彼女とわたしがちがう点だ。わたしならどんな場合でも駆けつける。なにがあっても。そう思うと突如としてこの看護師は予期せぬ友人でなくなり、その事実を厳然と突きつけられたいま、カーテンで仕切られた狭苦しい空間にただよっていたほのぼのとした雰囲気がたちどころにかき消えた。彼女はその場に残って会話をはずませようと努力してくれたが、わたしは自分に残されたものは頭痛と、前の晩の切れ切れの記憶しかないのだと悟った。

音が聞こえたのはたしかだ。フローリングの床を引きずる車輪の音。エズラの大きな革椅子が階段の上まで運ばれる音。まちがいない。椅子の重みだって覚えている。

そんなに酔っぱらっていたわけじゃない。

戻ってきたミルズはおかんむりだった。「秘書と話したわよ。階段の下に椅子はなかった。けさあなたを発見したとき、椅子なんか見なかったそうよ。おまけに、オフィスのなかはいつもと変わりなかった。窓は割れていないし、押し入った形跡もなかった」

「しかしエズラの椅子は……」

「二階の彼のデスクにあった。前と変わらず」

前日を振り返った。秘書をはやく帰したんだった。

「ひょっとしてわたしが鍵をかけるのを忘れたかもしれない。聞いてくれ、作り話なんかしてない。本当にあったことなんだ」ミルズも看護師も無言でわたしを見つめるばかりだった。

「うそじゃない、何者かが階段の上から椅子を投げ落としたんだ！」

「落ち着いてよ、ピケンズ。いまのあなたは、とてもわたしのお気に入りリストの上位にいるとは言えない。きのうはあなたを探して、一時間も無駄にした。そっちが勝手に酔っぱらったんだから、これ以上時間を無駄にするつもりはないわ。いい？」

ミルズがわたしの話を信じようとしないことと、妻が病院に顔を見せないことと、わたしはどっちに腹を立てていたのだろうか。頭が割れそうに痛み、体はマイク・タイソンとの試合に敗れたボクサーのようで、病院特有の緑色のへどを吐きそうになった。

「ああ、勝手にしろ」

ミルズは、もっと言い返してくると思っていたのか、がっかりしたような顔でわたしを見た。看護師は、サインの必要な書類があると言って、出ていった。ミルズはわたしをにらみ、わたしは、もうなにも言うまいと天井をにらんだ。きょうという日が進む道はふたつある。いまよりよくなるか、いまより悪くなるかのどっちかだ。さんざん、天井の白い防音タイルに興味があるふりをつづけていたが、ミルズがいたたまれなくなって口をひらいた。

「やっぱり、お父さんがいなくなった夜の話を聞かせてもらわないと」口調がさっきよりやわらいだ。その情報には関連性があって、それを管理しているのがわたしではないかと思いついたような口ぶりだった。黙っていると、ついに彼女の癇癪《かんしゃく》が爆発した。「いいかげんにしてよ、ワーク。自分の父親のことでしょうに」

わたしは彼女に視線を向けた。「あの事件のことなどなにも知らないくせに」言ったそばから後悔した。その言い方には毒があり、刑事の目がぎょっとなるのがわかった。「待ってくれ。まずシャワーを浴びたい。妻とも話がしたい。話を聞くのは午後にしてもらえないか?」彼女がなにか言いかけたが、わたしはそれを制した。「きみのオフィスで。三時に。こっちから出向く」

「わたしを後悔させるまねはしないでよ」

「必ず行くとも。三時に」

ミルズが出ていったあとも熟れた桃のにおいが残った。わたしは本気で事情聴取に応じるつもりなのか? おそらくは。問題の晩のことはつらくて、これまでしゃべったことがないひとことも。誰しも秘密のひとつやふたつあるが、この秘密はわたしと妹だけのものだ。いわばエズラが残した置きみやげのようなそれは、罪の意識という包装紙にくるまれたうそだった。わたしはそのうそのおかげで睡眠を奪われた。おそらくは魂も。ジーンはなんと言っていたか? エズラの真実。エズラの真実はわたしの真実でもある。そうでなければ困る。ジーンがちがうと考えているのなら、事実から逃げているだけだ。

シーツをまくった。ひも結びの検査着を着せられていた。ごていねいにも。

看護師に一時間近くも待たされた。ようやく書類を持って戻ってきたが、今度は着るものが見つからず、持ってきてもらうのにまた二十分ほど待たされた。すでにきょうという日は悪くなりつつあり、汚れた服が肌にあたる感触でその気分はいっそう加速した。

ふらつく足取りで救急治療室をあとにし、低く飛ぶちぎれ雲でどんより曇った空の下に出た。まとわりつくような蒸し暑さにたちまち汗が噴き出てくる。鍵はどこかと手探りしたが見つからず、そもそも車はここにないのに気がついた。しかたなく歩いて帰った。わたしを見かけた人がいたかもしれないが、誰も乗せていこうかとは言ってくれなかった。家に戻ると、しつこく追いかけてくる風を締め出すようにドアを閉めた。「ただいま」

思ったとおり、家のなかはがらんとしていた。バーバラの車がなかった。留守電の赤いライトがまばたきし、キッチンのカウンターにメモがあった——高級文具メーカーのベージュ色の伝言用紙にバーバラのきちょうめんな文字が書かれ、その上にきっちり対角線を結ぶようにペンが一本のせてある。べつに読みたくもなかったが、とりあえず近づいてみた。

〝親愛なるワーク〟という書き出しではじまっていて驚いた。意表を衝《つ》かれた。〝シャーロットまで買い物に行ってきます。あなたをひとりにしてあげたほうがいいと思って。ゆうべはつらくあたってごめんなさい。もっと励ましてあげなきゃいけなかったのに。それにあなたの言うとおりだと思うわ……あたしたち、話し合ったほうがよさそうね。今夜食事に出かけない？　ふたりだけで。バーバラ〟

メモをそのまま残し、シャワーを浴びることにした。ベッドが整えられているのを見て、月曜に着ていくきれいなスーツが一着もないのを思い出した。時計に目をやる。クリーニング屋はあと二十分で閉まる。汚れたスーツをクローゼットに投げこみ、シャワーを浴びた。シャワーから出ると服を着てオフィスに向かった。なかに入り、鍵をポケットに入れてあたりを見まわした。たしかにミルズの言うとおりだ。とくにおかしなところはない。しかし、あやうく殺されかけたわたしとしては、その理由を知りたかった。ここになんらかの答えがあるとすれば、二階で見つかるはずだ。

エズラのオフィスはビルの端から端までを占めていた。壁は素焼きレンガで、二万ドルもするペルシャ絨毯が敷いてあるせいで暖かい雰囲気がする。むき出しの梁《はり》、革の家具、ステンドグラスを使ったティファニーランプ。エズラにはセンスというものがなく、すべて金を払ってやらせたものだ。そのときのインテリア・コーディネーターの名前を思い出そうとしたがだめだった。油彩画と襟ぐりの深い服を好む女性だった。いつだったか、彼女が生地見本を広げたときに、胸の谷間がちらりと見えたことがある。わたしが見ているのに気づいたエズラがウィンクをよこした。わたしは背筋がぞっとなったが、色白の胸の谷間を一緒に拝んだことで、父ははじめてわたしを対等と見なした。めちゃくちゃな話だろう?

ここに飾られている絵は金《かね》、それもいわゆるブルジョアジーの金がモチーフだ。見ているだけで角笛の音が聞こえ、猟犬のにおいがしてくる。絵のなかの人物は猟場番をかかえ、銃運びをかかえ、勢子《せこ》をかかえている。狩りをするときも上等な服で、戻ってくれば銀器がずらりと並んだテーブルに召し使いがひかえている。ただの鹿ではなく成熟した雄鹿を狩り、ウズラでなくキジを狩る。自宅には名前がついている。

それが背後霊のごとく父に取り憑いていた魔物だった。ブルジョアは父を卑屈にさせたが、それ以上に怒らせた。どれほど有能でも、どれほど成功をおさめようとも、はたまたどれほど金を持っていようとも、父にはごく自然に醸し出される尊大さというものが欠けていた。貧乏は父を駆り立てる原動力だった。貧乏ゆえに突っ走ったが、その努力が自分をどれほど強くしたかを自覚することはなかった。父の高級絨毯の上に立ち、そのことを指摘してやればよかったと後悔した。ふいに自宅のデスクに飾った家族写真を思い出した。父はそこに写った疲れた顔をじっと見つめ、会話するようにうなずくことがよくあった。父が日々奮闘していたのは、わたしたちを養うためというより自分の生まれた世界から逃げ出すためであり、そう思うとわたしの心はかつてないほど傷ついた。その人たちはすでに死んで何年もたっている。冷たく朽ち果てたそのむくろは、もはや舌を巻いたり脱帽するはずがないのに、それが父にとってはなにより大事なことだった。

「過去とのシャドーボクシング」といつだったかジーンが言っていたが、言いえて妙な表現だ。

どっしりしたデスクに歩み寄り、椅子を調べた。革に引きずったような跡があるが、ゆうべより前についた可能性も否定できない。カーペットのないところまで椅子を持っていき、板間でキャスターを転がして音を聞いてみる。昨晩聞いた音と同じだ。椅子をもとの場所に戻し、階段のところの壁を調べた。ここにもこすれた跡があるが、なにでついたかはわからない。デスクに戻り、革の表面を手でなでで、思い違いではないと納得してうなずいた。

やはり、この椅子がわたしの胸にぶつかってきたにちがいない。ミルズめ、あとでほえ面をかかせてやる。

オフィスをぐるりと見まわした。ここに忍びこんだ人物はなにか目的があったはずだ。エズラの椅子に、いまはわたしのものとなった椅子に腰をおろし、両足をデスクにのせた。なにか手がかりはないかと探した。それほど大事なものとはなんなのか？

エズラがいなくなったとたん、事務所の顧客の大半もいなくなった。営業していたのはエズラだった。契約したのもエズラだった。評価されるのもエズラで、わたしがほとんどの裏方仕事をこなしていたことなど誰も知らなかった。連中は「仕事の関係でね」と言い、適当な大手事務所にファイルを移した。エズラの死によって、多くのシャーロットの弁護士の収入が増えた。もし殺されていなかったら、エズラは死ぬほど悔しがったことだろう。なにしろシャーロットの弁護士連中を毛嫌いしていたのだから。

そういうわけで、わたしの手元に残ったのは国選弁護人の仕事、すなわち最低レベルの仕事だけとなった。

だから侵入者が誰であれ、父のファイルを狙ったとは考えにくい。正直言って、ミルズにファイルを持っていかれてもいっこうにかまわなかったのだ。これといったものなどなにもないのだから。もう何カ月も前に、わずかなりともなにか残っていないかと調べたのだから。ただ、あっさり渡したくなかっただけだ。

そこで、ゆうべここに来たわけを思い出した。エズラのデスクを調べ、ファイリングキャビネットを調べ、壁際におかれた革のソファーの横にある側卓まで調べた。ない。拳銃がない。窓の下の整理棚をあけ、膝をついてデスクの下をのぞきこんだ。階下に戻り、銃が隠せそうな場所を思いつくかぎり探した。三十分後、オフィス内に銃はないと確信した。もう一度階段をのぼり、のぼりきったところで向きを変え、エズラの高級ペルシャ絨毯に足を乗せた。すぐになにかちがうのがわかった。ちょっとしたことだが、目に飛びこんできた。足をとめ、その場所に目をこらした。

部屋の奥、エズラのソファーの脚があるあたりで、絨毯の角が内側に折りこまれていた。ちょうどわたしの目線の先だ。縁が一フィートほど内側に折れている。オフィスのほかの部分にもすばやく目を走らせたが、とくに変わったところはなさそうだ。部屋を横切り、折りこまれた部分に歩み寄った。大股で七歩行ったところで足元がへこんだ。床がたわんで低く軋む音がした。一歩さがったところ、絨毯の下がほんのわずか盛りあがっている。もう一度踏んでみた。やはり軋んだ。

絨毯をめくると、そこだけ床板が固定されておらず、一端がわずかに持ちあがった幅広の床板二枚が、経年劣化か水害にやられたようにたわんでいた。ほかの床板にくらべ四分の一インチ高くなっているだけだが、切断面がほかの板と合っていない。時期は不明だが、両端をのこぎりで切ったのだろう。面はぎざぎざだし、色もまだ生白い。ほかの床板は歳月のせいでかなり黒光りし、隙間もほとんどない。

切断された端の白くぎざぎざした部分に爪をこじ入れ、引きあげた。板は簡単にあがった。下から金庫があらわれた。べつに驚くほどのことではなかったものの――父は秘密主義だった――思わずしげしげとながめてしまった。

金庫は細長くて幅が狭く、根太と根太のあいだにおさまっていた。表面は研磨した金属で、右側面に数字を打ちこむキーパッドがついていた。わたしは膝立ちになり、このあらたな問題をどうしたものかと思案した。ミルズに知らせるべきだろうか？　いやまだだ。なかのものをたしかめてからだ。

そこで扉をあけにかかった。数字の組み合わせをあれこれ考えた。家族全員の誕生日をためし、家族全員の社会保障番号をためした。エズラが司法試験に合格した日付をためし、母と結婚した日付をためした。電話番号でもやってみたあと、今度はこれまでためした全部の数字を逆にした。金庫とにらめっこし、キーをあれこれ押して三十分を無駄にした。思わずこぶしで叩いた。思いきり。皮膚がめくれた。父にそっくりだ――秘密めかし、寡黙で、歯が立たない。

あきらめて鋼鉄の塊から退却した。床板を元どおりはめ、絨毯を敷きなおした。問題の場所を厳しい目で観察する。絨毯の下のふくらみはさっきと変わらず、わずかだがあきらかに目立つ。上から踏んでみた。軋む音がはっきり聞こえた。

下の倉庫に駆けこんだ。最上段に、絵や免状をかけるときに使う釘《くぎ》抜きのついた金づちと釘があった。釘は短すぎて使い物にならなかったが、棚の奥から長さ三インチの大釘――棺桶の蓋を閉じるのに使うような長くて重い釘だ――が半箱分見つかった。それをわしづかみにした。二階に戻り、釘を四本使って板を打ちつけた。床板一枚につき二本ずつだ。金づちはばかでかい音がした。ときどき振りあげすぎて、狙いをはずし、板に傷がついた。二本の釘はまっすぐ入ったが、残り二本は途中で曲がり、それを叩いてまっすぐにした。絨毯を元どおり戻すと、今度は目立つふくらみがなくなった。上に乗ってみる。音もしない。金づちと余った釘をエズラの書棚の最上段におき、ソファーにへたりこんだ。かなり幅のあるソファーだ。「寝るならひとり用、やるならふたり用」いつだったかエズラが言い、そのときは愉快だと思った。いま思えばあまりにくだらないジョークだ。うんざりして立ちあがった。車に戻り、シャツの袖で顔をぬぐった。くたびれはて身体がぶるぶる震えたが、二日酔いのせいだと言い聞かせた。しかし心の奥底では、このまま壊れてしまいそうで不安だった。エアコンのスイッチを入れ、額を固いハンドルにあずけた。大きく息を吸い、そして吐いた。しばらくすると落ち着いてきた。なにかしなくてはいられなかった。どこかに行かなくてはいられなかった。だからギアをドライブに入れ、交通量のまばらな道路に出ていった。

ジーンに会いに行かなくては。

妹の家に行くといつも列車の音がする。彼女が住んでいるのは貧しい地区の線路わきに立つ、年月を感じさせる家だ。狭くて白くて薄汚れていて、わたしたちが子どもの時分の黒人の家のように、屋根付きの玄関ポーチと金属でできた緑色の揺り椅子がある。錆の浮いたオイルタンクが下見板に寄りかかり、あけはなした窓から吹きこむ気まぐれな風に、昔はあざやかな色だったカーテンが揺れている。以前はここに来ると歓迎された。妹とポーチの日陰でビールを飲み、貧しいなかで育つのはどんなものかと想像をめぐらせたものだ。むずかしくはなかった。フェンスには葛《くず》が生い茂り、一ブロックも離れていないところにクラックの密売所があるようなところだ。

列車は一日に五本通過する。すぐそばを通るものだから、心臓の鼓動とマッチしない轟くような振動が胸に響くし、警笛が鳴れば、あまりのけたたましさに自分の悲鳴すら聞こえないありさまだ。列車が起こす風は物体と化し、両腕を広げて立っていようものなら、押し倒されてしまいそうだ。

車を降り、通りを振り返った。ウサギ小屋のような家が無言でひしめき、鎖につながれた犬が近くの土の上を小さくぐるぐるまわっている。うらぶれた街角だと心のなかでつぶやき、妹の家があるほうに道路を渡った。ステップに足をのせると沈み、ポーチには埃がたまっている。かびくさいにおいがあけはなした窓からただよい、その奥にぼんやりと人影が見えた。スクリーンドアをノックすると、なかで人が動く気配があり、女の声がした。「はい、はい。いま行くよ」

ドアがあき、アレックス・シフテンが煙草の煙をわたしに吐きかけた。わき柱にもたれ、わたしのうしろに視線をやった。「なんだ、あんたか」

アレックスはわたしが会った誰よりも純粋に肉体というものを意識させる人間だ。この日の彼女は、カットオフの上にノーブラでタンクトップ姿だった。背が高く筋肉は引き締まり、広い肩幅とたくましい腕の持ち主だ。気性が荒く、思い込みが激しく、その気になればわたしなどこてんぱんにのしてしまうだろう。しかもそうしたくてうずうずしているのをわたしは知っている。

「やあ、アレックス」と声をかけた。

「なんの用？」アレックスはようやくわたしと目を合わせた。煙草が口からぶらりとさがっている。ブロンドの髪を幅広の頬骨と細く疲れたような目のあたりで切りそろえている。右耳にリングを五個つけ、素通しのごつい黒縁眼鏡をかけている。その目には、わたしに対するあからさまな敵意以外、なにも浮かんでいなかった。

「ジーンを探してる」

「ああ、そうだろうとも。でも出かけてるよ」そう言うとアレックスは、ドアをしっかりつかんだまま、そろそろとなかに戻りはじめた。

「待ってくれ。出かけたって行き先は？」

「知らないね」アレックスが答えた。「あの子はときどきふらっと車で出かけるんだよ」

「行き先は？」

アレックスはふたたびポーチに出てくると、わたしをうしろに押しやった。「あたしは彼女のお守りじゃないんだよ。彼女は好きなように出入りする。一緒にいたけりゃ一緒にいる。そうでないときまでつきまとったりはしないのさ。よく覚えときな」

「車がそこにあるぞ」

「あたしの車で出かけたのさ」

アレックスを見るうち自分も煙草がほしくなり、一本もらえないかと頼んだ。「全部吸っちゃったよ」彼女はそう言ったが、ふと見ると前ポケットに煙草のパックが押しこんである。彼女は挑発するような目でわたしを見た。

「きみはわたしがあまり好きじゃないらしいな」

彼女の声に変化はなかった。「恨みがあるわけじゃない」

「じゃあ、なんでだ？」アレックスがあらわれてかれこれ二年になる。その間にわたしが会ったのはおそらく五回。ジーンはなにも教えてくれない。アレックスがどこの出身なのかも、二十年あまりの人生をどう過ごしてきたのかも。わたしが知っていることといったらふたりが出会った場所くらいで、そこからまたひじょうに深刻な疑問が浮かびあがってくる。

アレックスはわたしをじろじろとながめまわし、手のなかの煙草を土がむきだしの地面に投げ捨てた。「あんたはジーンをだめにする。だから会わせたくない」

その言葉にわたしは呆然とした。「わたしがジーンをだめにするだと？」

「そうさ」彼女はじりじり間合いを詰めてきた。「あんたがいるとジーンはつらかった時代を思い出すんだ。あんたがいると自由になれないんだよ。あんたはジーンの足を引っ張ってるんだよ」

「そんなのはうそっぱちだ」わたしは自分のまわりを身ぶりでしめした。アレックスもなにもかも。「わたしといると妹は楽しかった時代を思い出すはずだ。こんなことになる前の時代を。ジーンにはわたしが必要だ。わたしは妹の過去だ。家族なんだ」

「ジーンはあんたを見てもしあわせな気分になんかならない。弱さを思い出すだけさ。あんたが持ちこんでくるのはまさにそれ。あんたを見ると、あんたが育ったレンガ造りのお屋敷で起こったくそみたいな出来事を思い出すんだよ。親父さんのたわごとに苦しめられた日々をね」アレックスがさらに歩み寄った。汗と煙草のにおいがした。わたしはまたもあとずさり、そんな自分が情けなくてたまらなかった。アレックスが声を落とした。「女は役立たずだ。女は弱い」

彼女がやっていることの意味を悟り、喉が締めつけられる思いがした。エズラの声だった。エズラの口癖だった。

「ファックとおしゃぶり」アレックスの話はまだつづいていた。「あいつはよくそう言ってたんじゃないかい、え？　家事をべつにすれば、女がまともにできることはそのふたつだけ。そう言われてジーンがどんな気持ちでいたと思う？　はじめてあいつにそれを言われたとき、彼女は十歳だった。まだ十歳だったんだよ、ワーク。ほんの子どもだったんだ」

反論できなかった。わたしの知るかぎり、父がそう言ったのは一度だけだが、一度だってじゅうぶんだ。幼い子どもがあっさり忘れるような言葉じゃない。

「あんたもそう思ってんのかい、ワーク？　あんたは親父さんの操《あやつ》り人形かい？」彼女はそこで言葉を切り、顔をぐっと近づけてきた。「あんたの親父さんは男尊女卑の卑劣漢さ。ジーンはあんたを見るとそれを思い出すんだよ。それにおふくろさんのことも。おふくろさんが仕打ちに耐え、自分の行動をジーンにも見習わせようとしたことを思い出すんだよ」

「ジーンは母を愛していた」わたしは自分の立場を守ろうと言い返した。「事実をねじ曲げようったってそうはいかない」説得力のない反論で、自分でもわかっていた。父を弁護することはできなかったし、なぜ弁護しなくてはいけないと思うのかわからなかった。

アレックスも負けじと、唾を吐きかけるように言葉を浴びせてきた。「あんたはジーンの首にはめられた石だよ、ワーク。それだけだ」

「きみがそう思ってるだけじゃないか」

「ちがうね」彼女の口ぶりはまなざしと同じで素っ気なく、疑念も疑問も伝わってこなかった。みすぼらしいポーチを見まわしたが、これといったものはなにもなく、枯れた植物とポーチ用ブランコがあるだけだった。アレックスはここで妹にうそと憎しみを植えつけたのだ。

「妹になにを吹きこんでるんだ？」とわたしは詰め寄った。

「わかってないね、あんたも。すでに問題はあるんだよ。あたしがわざわざ言ってやるまでもないことさ。あの子は賢いから、自分で突きとめたのさ」

「妹が賢いことくらいわかってる」

「あんたのふるまいからはそう思えないね。ジーンを憐れみ、見下してるだけじゃないか」

「そんなことはない」

「信じられるもんかね」アレックスは話を中断されたかのように、吐き捨てた。「あたしが全部乗り越えさせてやったんだよ。あたしがジーンをたくましくして、必要なものをあたえたんだ。それをあんたに台無しにされたくないね」

「わたしは妹を見下してなどいない」ほとんど絶叫していた。「心配しているだけだ。妹にはわたしが必要だ」

「否定したところで事実は事実だし、頭に穴をあけてほしがる人間がいないのと同じで、ジーンはあんたなんか必要としちゃいない。傲慢《ごうまん》なんだよ、親父さんと同じで。ジーンだってそれくらい見抜いてる。自分じゃジーンに必要なものがわかってる気でいるんだろうけど、本当のことを教えてやるよ。そもそもあんたは自分の妹が何者かもわかってない」

「きみはわかってると言うんだな。妹が何者かわかってると？　妹に必要なものがわかってると？」声が大きくなった。怒りに体を乗っ取られ、手がつけられなくなった。目の前に敵がいる。目で見て手で触れられる敵が。

「ああ、そのとおりさ」アレックスは言った。「あたしはちゃあんとわかってる」

「じゃあ、言ってみろ」

「あんたがほしがってるものとは大違いさ。からっぽの夢だとか幻想なんかじゃない。亭主でも、ステーションワゴンでも、週一度のブリッジの会でもない。ましてやアメリカンドリームなんかでもない。そういうありきたりなものが、彼女をすっかりだめにしちまったのさ」

彼女のぎらぎら光る目を見つめるうちに、そこに指を突っこんでやりたくなった。その目はわたしがいかに父にそっくりかを見抜いていた。たしかにわたしは、ジーンが自力で自分の道を見つけ、厳しい事実に直面できると思ったことはない。ろくに知らないこの女からその事実を乱暴に投げつけられ、がっくりと力が抜けた。

「きみは妹と寝ているのか？」

「ちょっと、ワーク、いいかげんにしな。自分のことをいちいち説明するつもりはないね。ジーンとあたしはいま一緒にいる。ふたりとも自分に必要なものはわかってるし、そこにあんたが入る余地はないんだよ」

「きみは何者なんだ？　なんでここにいる？」

「質疑応答の時間は終わりだよ、このタコ。さっさと出ていきな」

「妹をどうするつもりだ？」言い返すと、アレックスが体のわきでこぶしを握った。肌の下の筋肉が盛りあがり、ぴくぴくと動いている。首に赤みが差した。下顎がひきつった。

「さっさと消えな」

「この家はジーンのものだ」

「あたしもここに住んでんだよ！　さあ、とっととあたしのポーチから消えな」

「ジーンと話すまではいやだ」とわたしは言い、腕を組んだ。「待たせてもらう」アレックスが身をこわばらせたが、わたしは引き下がらなかった。この二十四時間でさんざんな目に遭わされてきたのだ。妹に会いたかったし、様子をたしかめたかった。いつでもわたしがついている、これから先もずっとついていると知ってほしかった。アレックスの顔にためらいの色がちらついた。するとそのうしろでなにかが動き、スクリーンドアが大きくひらいた。

ジーンがポーチにあらわれた。わたしは啞然と見つめるだけだった。

くしゃくしゃの髪の下の顔は青ざめ、むくんでいた。目のまわりが赤く、腫れぼったい。

「出てって、ワーク」妹は言った。「帰ってよ」

それだけ言うと背を向けて立ち去り、かびくさい家に呑みこまれた。アレックスが勝ちほこったように笑い、わたしの面前でドアをいきおいよく閉めた。わたしは木のドアに両手をついた。手はそのまま体のわきへとおりていき、そこでわなわなと震えだした。ジーンの顔が見えた。煙のように空中にただよっている。その顔には悲しみがあり、憐れみがあり、断固とした決意があった。

あまりのことに感覚を失い、車まで引き返したものの、そこで精神に異常をきたしたみたいにゆらゆら揺れていた。ジーンの家と土の庭を見つめるうち、列車が接近し警笛を鳴らした。息をとめ、叫びだしたいのをこらえた。次の瞬間、強い風と耳が割れんばかりの大音響が通り抜けた。

7

最後に笑う者が勝つというたとえはよく聞かされた。たいていの場合、エズラから。最後に笑う者のたとえが、けっして忘れることのない事実になるとは思わなかった。

いまも妹の笑い声が聞こえてくる。ジョークの意味がわからなくても、彼女はおかしそうによく笑った。たいていはひかえめな笑いで、途中で独特のしゃっくりが出る。笑いだす前触れに唇がひくつく。それから、そわそわしたみたいに小さな白い歯をちらりとのぞかせる。しかしときに、笑い声は大きくなり、鼻にかかったようになる。そういうふうに笑うことはめったにない。わたしはその笑い方が好きだった。なぜかと言えば、いったん笑いだしたらとまらず、涙が頰に銀色の跡をつけるからだ。その昔、わたしたちがまだ子どもだったころ、妹が笑いすぎて鼻水を垂らしたことがある。そのときはふたりして大笑いし、酸素不足で死ぬかと思ったほどだ。あれがわたしの生涯最高の笑いだ。もう二十五年も昔の話だ。

ジーンが最後に笑ったとき、わたしもその場にいた。わたしがちっともおもしろくないジョークを言ったのだ。三人の弁護士と死体の話かなにかだったと思う。妹はそこでくすっと笑った。しゃっくりつきの笑いだ。そこに妹の夫が顔を出し、ベビーシッターを家まで送ってくるよと告げた。誰も彼とベビーシッターができているとは知らなかった。だから妹は夫の頬にキスし、安全運転でねと言った。ドライブウェイを出るとき、彼はクラクションを一回鳴らし、妹は、あの人はいつもそうするのよとわたしに笑顔で教えてくれた。

事故は州間高速道路を二マイルほど行ったサービスエリアで起こった。車は駐車中だった。ふたりは裸で後部座席にいて、義弟のほうが上になっていたようだ。というのも、衝撃で彼はフロントウィンドウから投げ出され、ベビーシッターのほうは車に残ったからだ。義弟は顎の骨が折れ、脳震盪を起こし、顔と胸部と性器に裂傷を負ったが、その程度ですんでよかったと言うべきだろう。少女のほうは、痛ましいことに、意識が戻ることはなかった。

ハイウェイパトロールの話によれば、酔っぱらい運転の車が猛スピードで出ようとしてコントロールを失い、駐車中の車に衝突した。よくあることだとハイウェイパトロールは言った。よくある異常な出来事だと。

ジーンは二ヵ月間、夫に付き添ったが、それも意識不明の十七歳の少女が身ごもっていると新聞が報じるまでのことだった。その知らせに彼女は打ちのめされた。はじめて自殺をはかった妹を発見したのはわたしだった。浴室のドアの下から血に染まった水が漏れているのを見て、わたしはドアを打ち壊そうとして肩を脱臼した。妹は服を着たままだった。あとで知ったのだが、そうしたのは第一発見者がわたしだとわかっていたから、気まずい思いをさせたくなかったのだそうだ。その思いやりにわたしの心は修復不能なほど打ち砕かれた。

エズラは彼女を施設に入れるのを拒んだ。いくらわたしが哀願し、説得し、口汚く罵《ののし》ろうと、父の心は変わらなかった。家族の恥だという理由で。その結果、ジーンはエズラと母とともに実家で暮らすことになった。あの大きな家に三人だけで。

離婚に際し、一粒種は夫が引き取った。抜け殻のようになった妹に子どもの世話などできるはずもなく、彼女はまったく抵抗しなかった。夫から差し出された親権関係の書類に署名した。もし子どもが女の子でなく男の子だったら、エズラが親権をめぐって争ったのではないかと思う。しかし女の子だったから、彼もそこまではしなかった。

その晩、妹はふたたびやった。今度は薬で。ウエディングドレスを着て、両親のベッドで大の字になって死ぬのを待った。その一件ののち、妹は施設に八カ月間入った――アレックス・シフテンが同部屋だった。ジーンが退院すると、アレックスも退院した。わたしたち家族はアレックスについてなにひとつ知らされなかった。ふたりは申し合わせたように沈黙をつらぬいた。礼儀正しく発した質問は、礼儀正しく無視された。質問はしだいに険のあるものとなり、ふたりの反応も同様だった。アレックスがエズラに〝消えな〟と言ったとき、わたしはこれ以上なにを言っても無駄だと悟った。わたしたちは質問するのをやめた。ふたりをどう扱っていいのか誰もわからず、わたしたちは不愉快な思いをかかえたまま、なにもかもうまくいっているふりをしていた。まったく、とんでもない愚か者ぞろいだ。

うらぶれた貧しい通りから遠ざかりながら、笑いは呼吸に似ていると思った。どれが最後になるかわからないというところが。ジーンの最後の笑いがあまりにささやかだったことを思うにつけ、悲しくなる。もっとまともなジョークを言えたらよかった。

わたし自身が最後に笑ったのはいつだったかと記憶をたどったが、頭に思い浮かぶのはジーンが鼻水を垂らしたときのことだけだった。よっぽど印象が強烈だったのだろう。しかし記憶は水門のごとく、いったんあいたらなかなか閉まらない。そのせいで運転中も、いくつものイメージや思いが波のごとく次から次へと襲いかかった。床にぐったりする母の姿が見え、つづいてエズラの金庫、彼の冷酷なうすら笑い、さらにはアレックス・シフテンの勝ちほこった笑顔。子ども時代のジーンが見えたかと思うと、次には大人になってからの、バスタブに浮かぶ姿が見えた。水で薄まった血が透ける屍衣のごとく床に広がり、階段をしたたり落ちていく。わたしの手にひんやりと重ねられた妻の手、それから案の定、ヴァネッサ・ストールンの姿——顔に、太腿に、つんと立った乳房に汗が光る。その乳房は、湿ったフランネルのシーツを払いのけるほど背中をそらせても、ほとんど動かない。彼女のまなざしを感じ、あえぎながらわたしの名を呼ぶとぎれとぎれの声が聞こえ、これまでヴァネッサにすべてを捧げられずにきた原因である秘密について考えた。そして、ふたりのその後の人生を大きく変えた、あの深く暗い場所で、わたしが彼女をどれほど失望させたかを考えた。

しかし、この世には猜疑《さいぎ》心や自己非難よりも強い感情がある。たとえば欲求だ。受けとめてほしいという欲求。無条件に愛されたいという欲求。たとえこちらがその気持ちにむくいてやれないとわかっていても。なにかにつけて、わたしはあの場所へと、けっしてわたしを見捨てないあの人のもとへと戻っていった。あとに苦悩を残していくだけとわかっていながら、同じことを繰り返してきた。わたしはもらうばかりで、なにもあたえてこなかった。彼女のほうもなんの見返りも要求しなかった。そうするだけの権利があったにもかかわらず。だからわたしはなるべく距離をおこうとした。おこうとしたもののうまくいかなかった。今度もしくじるのは目に見えている。それほどまでにこの欲求は、わたしの心にひそむ獣性は大きかった。

だから本通りからはずれ、世間からはずれ、ストールン・ファーム・ロードというでこぼこ道をゆっくりと走った。頭のなかにスイッチが入ったとでも言おうか。重圧が薄らぎ、懸念もまた薄らいだ。呼吸が復活し、ずっと水中に潜っていたかのように息をついた。高いオークと羽の形をしたわずかばかりのシーダーの木陰を抜け、タイヤが砂利を踏みしだく。モズが鉤爪《かぎづめ》でカキネハリトカゲをつかむのを見て、自分もここの一員だという気持ちがしてきた。錯覚にすぎないが思わずうれしくなる。風の音を別にすれば、あたりはしんと静まり返っていた。

最後のカーブを曲がると、ヴァネッサの家が見えてきた。玄関ポーチに立って目に手をかざす姿を見て、ほんの一瞬、彼女のほうもわたしがやって来るのを感じたにちがいないと思った。胸が締めつけられ、体と心がうずきだした。彼女はこの場所以上に、わたしの心を浮き立たせてくれる。農作業で鍛えあげた体、髪は亜麻色で、目は水面を照らす太陽を思わせる。手はかさついているものの、その手がわたしにしてくれることを思うといとおしくなる。あの手を黒土だらけにしながら作物を植える姿が好きだ。見るたびに子どものころ教わったことを思い出す——土は善良で大地は水に流してくれる。たいらな腹の上には小ぶりの乳房、ふつうなら逆境によって冷徹で感情のない目になってもおかしくないが、彼女のまなざしはどこまでも柔和だ。目元と口元に小さな皺が寄っているが、たいして気にならない。

彼女を見つめるうち、自分の弱さを自覚した。こんなことはすべきでないし、わたしには彼女が当然受けてしかるべきものをあたえてやれないとわかっている。わかっているからこそ、一瞬心苦しく思ったが、あくまでほんの一瞬のことだった。車を降り、彼女の腕に抱かれ、唇を押しつけると、手の制御がきかなくなった。ポーチにいるのかまだ運転しているのかすらわからなくなった。動いているつもりはなかったが、なにもかもが動いていた。彼女が体をあずけてくると、気を失いそうになった。恐怖も困惑も感じず、存在するのは目の前のこの女性と、色のついた靄《もや》のごとくわたしたちのまわりをまわる世界だけとなった。

遠くでなにか声がして、名前を呼ばれているのだと気がついた。それが耳のなかで熱く燃えている。彼女の舌がそれを冷やそうとしているのがわかる。唇がわたしの上を動いていく――目、首筋、顔。彼女の手がわたしの後頭部を探りあて、そのままわたしの唇を引き寄せた。プラムの味がした。わたしが強く口を吸うと、彼女は力が抜けたようにしなだれかかった。抱きあげると脚を体に巻きつけてきた。さらにいくつかの行為をへたのち、やっとのことで家に入って階段をのぼり、ふたりの情熱の激しさを熟知しているベッドに倒れこんだ。熱くて耐えられなくなった体が火をつけたのか、着ているものがまたたく間に消え去った。わたしの唇は彼女の乳房を、固くつんと立った乳首を探りあて、たいらな腹部へとおりていった。彼女のすべてを味わいつくした。玉のような汗、奥深い秘所、ベルベットの帯のごとく耳をなでる脚。彼女はわたしの髪に爪をたて、くしゃくしゃにし、それからわたしの下になると、意味不明の言葉を口にした。ごつごつのてのひらでわたし自身を包みこむと自分のなかへと導いた。わたしの頭が反り返った。彼女は熱と化し、炎と化した。またもわたしの名を絶叫するが、こっちもまともに返事ができる状態ではなかった。

8

　わたしは何時間にも思えるほど長いあいだ、ぼんやりしていた。ふたりとも無言だった。話す必要などなかったからだ。こんな平穏なひとときはめったになく、子どもの笑顔のごとくもろい。ヴァネッサは横向きになってわたしに体をすり寄せ、片脚をわたしの脚の上に投げ出していた。手がゆるゆるとわたしの胸を這い、さらに下腹部へとおりていく。ときおり唇がわたしの首筋をかすめ、まるで羽毛で触れられたような感触が走った。

　わたしは片腕で彼女を抱き寄せ、片手をなだらかな曲線を描く腰においた。天井のファンが、クリーム色の天井からぶらさがる茶色の羽根がまわるのに目をこらしていた。窓から吹きこむそよ風が、悔悛者《かいしゅん》の息のごとくわたしたちをなでた。しかしこの時がいつまでもつづかないことはわかっている。わたしもヴァネッサも。これまでもずっとそうだった。会話がはじまり、言葉が出てくれば、現実がじわじわと迫ってくる。パターンはわかっている。最初はほんの少し、それとわからぬ程度に心がうずく。なにかやり残したようなそんな感じがする。やがて妻の顔が静かにすばやく侵入し、それに追い打ちをかけるように罪悪感が忍び寄る。しかし妻を裏切った罪悪感ではない。そんなものはとっくの昔、バーバラの笑顔が消えたのと前後して消え去った。

これはまったく別の罪悪感で、何年も昔――ふたりが出会った日であり、わたしが恋に落ちた日であり、彼女を助けられなかった日に、あの悪臭ただよう水路で感じた闇と恐怖から生まれた罪悪感だ。この罪悪感は癌と同じで、冒されればふたりを包む繭《まゆ》は消失し、わたしは出ていかざるをえない。この世で唯一自分を愛してくれる女性をまたも利用してしまった自分に嫌気がさし、過去をやり直し、彼女にふさわしい人間になりたいと願いながら。しかし、その願いはけっして実現しない。罪悪感が癌ならば、この真実は頭への銃弾だからだ。これを知られたらヴァネッサはわたしを許さないだろう。だからわたしは、これまでもずっとそうしてきたように、そうならないうちに立ち去るつもりだし、あとで電話するよと告げたときに彼女が傷ついたような目をするのを、その言葉を本気にしているかのようにうなずきほほえむのを見るのが、いまからいやでいやでたまらなかった。

目を閉じ、つかの間の喜びという毛布にもぐりこんだものの、心はうつろで、心臓を冷えた手でわしづかみにされたような気分だった。

「なにを考えてるの」ヴァネッサが口をひらいた。

ついにはじまったが、まだ大丈夫だ。さっきから彼女の声が聞きたくてたまらなかった。

「きみの聞きたくないようなことを」彼女は片肘をついて起きあがり、笑顔でわたしを見おろした。わたしもほほえみ返した。「暗くておそろしいことを考えていた」つとめて明るい声をよそおった。

「かまわないから教えて。プレゼントがわりに」

「キスしてくれ」彼女はキスしてくれた。考えていたことを話してもよかった。彼女に耐えられそうな部分だけでも。「きみに会えなくてさびしかった。いつもきみのことばかり思っている」

「うそつき」ヴァネッサは片手でわたしの顎先を持った。「どうしようもなく卑劣なうそつき」そう言ってまたキスしてきた。「もうどれくらいになるかわかってる？」

わかっている――十七ヵ月と二週間足らずだ。毎日が苦しみの連続で、つのる思いに耐えていたのだ。「わからないな」と答えた。「どのくらいになる？」

「いいのよ」と彼女は言った。「その話はやめましょう」その目に苦悩の色が浮かんだのがわかった。最後に彼女に会ったのは母が死んだ晩だった。夜の闇に目をこらすと、いまもあのときの彼女の顔が窓ガラスに浮かんでくる。あのときのわたしは、ヴァネッサに真実を告げる力を探し求めていた。しかし彼女のひとことで思いとどまった。「そんな胸の悪くなるようなことを考えるのはやめて」と彼女は言った。だからわたしは考えるのをやめた。

「エズラが死んだ。二日前、死体が見つかった」

「知ってる。お悔やみを言うわ、心から」

ヴァネッサのほうからその話題を持ち出すことはありえなかった。これもまた、ほかの連中とちがうところだ。しかし彼女は昔からそうだった。無理強いしたり穿鑿したりせず、くわしい話も聞こうとしない。ヴァネッサはいまを生きている。わたしはそういうところがうらやましかった。その強さがうらやましかった。

「ジーンはどんな様子？」

そんなことを訊いたのは彼女がはじめてだった。なにがあったかを訊くのではなく。わたしがどうしているか訊くのでもなく。彼女はまずジーンを思いやった。わたしがなにより妹を気づかっていると知っているからだ。彼女の理解の深さにわたしは愕然とした。

「ジーンのことが心配だ」わたしは言った。「あいつはちがう世界に行ってしまって、もう引き戻せるかどうかわからない」アレックスと口論になったことを話した。ポーチに出てきたジーンのことも。「妹はわたしから離れてしまったんだ、ヴァネッサ。あいつの気持ちがわからないよ。なにか問題をかかえているはずなのに、わたしの助けを必要としてくれない」

「いまからだって遅くないわ。どんなことだって。あなたは手を差しのべさえすればいい」

「そうしたさ」

「そうしたと思っているだけかもしれない」

「そうしたと言ってるだろ」

その言葉が唇から出るのと同時に、きつい言い方になったのがわかった。それだけの怒りが、いったいどこにひそんでいたのか。話題はジーンのことだったのか、それともヴァネッサのことだったのか。ヴァネッサは身を起こし、脚を組んでわたしをじっと見つめた。

「昂奮しないで、ジャクソン。ただのおしゃべりでしょうに」

ヴァネッサは一度としてわたしをワークと呼んだことがない。ファーストネームで呼ぶし、昔からそうだった。一度、どうしてかと訊いたことがある。彼女は、だってあなたはわたしにとって仕事《ワーク》じゃないものと答えた。わたしは気のきいた台詞だねと言い、これまで聞いたなかでいちばんしゃれていると言った。そのときの彼女の表情はいまも記憶に残っている。あけはなした窓から陽射しがふりそそぎ、そのときはじめて、彼女はもう昔わたしが知っていた少女でないのだと気がついた。歳月と重労働の跡が顔に刻まれていた。しかしそんなことは気にならなかった。

「そうだな、ただのおしゃべりだ。で、きみのほうはどうしてた？」

ヴァネッサの表情がやわらいだ。「最近は有機栽培に取り組んでるの。その方面の作付けをどんどん増やしてるところ。イチゴでしょ、ブルーベリーでしょ、ほかにもいろいろ。いまはそういうのが受けるのよ。お金にもなるし」

「じゃあ、そこそこ順調なんだ」

ヴァネッサは声をあげて笑った。「まさか。銀行は毎月のようにうるさく言ってきてるけど、有機栽培に関してうちは一歩も二歩も先を行ってる。いずれその効果があらわれるわ。この農場は絶対に手放さない。それだけはたしかよ」さらに彼女は有機農法のこと、古くなってきたトラクターのこと、トランスミッションを交換しないといけないトラックのことをしゃべった。彼女が今後の計画について語るのを、わたしはただ聞いていた。話の途中でヴァネッサは立ちあがり、キッチンからビールを二本取ってきた。

わたしにとってヴァネッサは新鮮な空気そのものだった。彼女は季節の移り変わりに合わせた暮らしをし、毎日欠かさず生命力にあふれた大地と触れ合う。わたしなど、雨が降っているとわかるのは雨に濡れてからだ。

「ねえ、時って皮肉なものだと思わない？」彼女はそう言いながらわたしにビールを寄こした。またベッドにもぐりこみ、枕を膝にのせた。髪がひと房、左目にかかっている。わたしは、いまのはどういう意味かと尋ねた。「うちの一族のことを考えてたの。わが一族の波瀾万丈な資産のことを」

わたしはビールをちびちび飲んだ。「それがどうかしたのかい？」

「皮肉なものだってだけ。だって考えてもみて。南北戦争末期にあなたの一族はどこにいた？」

わたしの一族がどこにいたか、ヴァネッサは正確に知っている。その話はこれまで何度もしたからだ。五世代前、わたしの祖先はペンシルヴェニア出身の歩兵で、不運にも脚を撃たれてその大部分を失った。捕虜となり、ソールズベリーにある南軍の収容所に送られ、そこで数週間生きのびたのち、けっきょく下痢と感染症で死んだ。亡骸は、穴を掘っただけの墓の四つのうちひとつに埋められた。そこには最終的に一万一千人以上の北軍兵士が葬られた。戦争末期のことだ。夫の死を知った妻は、身重でありながらソールズベリーまでやって来た。しかし夫にはこれといった身体的特徴がなく、遺骨は何千という名もなき魂とともに葬られたあとだった。彼女はひどく嘆き悲しんだらしい。医者に有り金を全部やってわたしの高祖父を生むと、その二週間後に死んだ。わたしはその祖先のことをしばしば思い起こし、彼女の死によってわが一族はなけなしの情熱を奪い取られたのではないかと考える。

彼女は傷心したあげくに死んだ。なんともむごい話だ。

その息子である高祖父は郡のなかでたらいまわしにされ、人生のほとんどを、他人の農園で堆肥《たいひ》をすくって過ごした。曾祖父は夏には氷の運搬、冬には金持ちの家のかまどで火の番をした。その息子はろくでなしの酔っぱらいで、おもしろ半分にわたしの父を殴るような男だった。ピケンズ一族はどうしようもなく貧しく、この郡ではごみ同然の扱いを受けてきた。それもエズラの代で終わった。彼はすべてを変えた。

ストールン一族は正反対だった。二百年前、この農場は千エーカー以上もの広さを誇り、ストールン一族はローワン郡を牛耳っていた。

「このベッドでたくさんの歴史が作られたんだな」わたしは言った。

「ええ」彼女はうなずいた。「たくさんの愛も」わたしは押し黙った。その沈黙がかえって多くを物語っていた。ふたりのこれまでを。ヴァネッサはわたしを愛していて、うまくいっているときには、わたしも彼女を愛しているのをわかってくれる。わたしがその気持ちを言葉にしない理由がいさかいの種だった。ヴァネッサは納得しないし、わたしには話す勇気がない。だから、わたしたちはこういう惨《みじ》めな宙ぶらりん状態でしか存在しえないのだ。冷たく終わりのない夜に、体をささえるものひとつなく。「どうしてここに来たの、ジャクソン？」ヴァネッサが尋ねた。

「理由がなくちゃだめなのかい？」安っぽい台詞《せりふ》と思いながら質問で答えた。

「ううん」彼女は感情のこもった声で言った。「そんなことない」

わたしは握り合わせた彼女の手を取った。「きみに会いたかったからだ、ヴァネッサ」

「でもずっといるわけじゃない」

わたしは言葉につまった。

「ずっといるはずがない」ふと見ると、彼女の目に涙が浮かんでいる。

「ヴァネッサ……」

「その先は言わないで、ジャクソン。お願い。昔の繰り返しになる。あなたが結婚してるのはわかってる。いったいあたし、どうしちゃったのかしら。いまのはなかったことにして」

「そういうことじゃないんだ」

「じゃあ、どういうこと？」彼女の顔に浮かんだ苦悩の色を見て、わたしは声を失った。そもそもここに来たのが間違いだった。とんでもない間違いだった。

ヴァネッサは笑おうとしたが、声が途中で途切れた。「言ってよ、ジャクソン。どういうことなの？」しかしわたしはどうしても言えなかった。彼女がわたしの目を食い入るように見つめてきた。顔の炎は燃えつき、あきらめの表情が根をおろした。キスしてくれたが、冷めたキスだった。

「わたし、シャワーを浴びてくる。まだ、帰らないで」

なにもはおらずに素足で出ていく彼女を見送った。いつもなら一緒にシャワーを浴び、石鹸まみれのわたしの手で彼女の体をほてらせてやるところだ。

　ビールを飲みほすと力なく横たわり、おもてで鳥がさえずるのを聞いていた。浴室からシャワーの音がして、ヴァネッサが水栓から出る湯に顔を上向ける姿がまぶたに浮かんだ。湯が肌に気持ちいいことだろう。髪を洗ってやりたかったが、あきらめて立ちあがり、下に降りた。冷蔵庫にはまだビールがあり、一本もらって玄関に出た。陽射しが裸の肌に心地よく、汗がすっかり乾いた。農地が遠くの、林がはじまるあたりまでのびている。植わっているのはイチゴだろう。柱にもたれ、目を閉じてそよ風に吹かれていた。ヴァネッサが降りてきた音には気づかなかった。

「まあ、ひどい。その背中、どうしたの？」そう言うと彼女はあわててポーチに出てきた。

「バットで殴られたみたいなありさまよ」そしてそっと手で触れ、傷をなぞった。

「階段から落ちた」とわたしは答えた。

「酔っぱらってたの？」

　わたしは笑った。「少しね」

「ジャクソン、気をつけてよ。へたをしたら死んでたかもしれないじゃない」

　なぜうそをついたかわからない。とにかく、本当のことをありのままに話したくなかった。彼女はすでにじゅうぶん問題をかかえているのだ。「すぐによくなるさ」

　ヴァネッサがわたしの手からビールを奪い、ひとくち飲んだ。タオル一枚を巻きつけただけの恰好で、髪はまだ濡れている。その体を抱きしめ、もう絶対に離さないと言ってやりたかった。きみを愛している、残りの人生をこうやって過ごしたいと言ってやりたかった。しかし現実には、無力な腕を肩にまわしただけで、それさえも自分ではない誰かの腕のように思えた。「ここはいいところだ」そう言うと、ヴァネッサは黙ってその言葉を聞いていた。彼女への思いを言葉にできるのはそれが限界であり、彼女のほうもそれなりに納得していた。しかし現実がそんなに単純だったことはない。

「おなか、すいてる?」ヴァネッサに訊かれ、うなずいた。「キッチンに行きましょう」わたしたちはキッチンに向かい、彼女は途中の洗濯室でバスローブを取った。「あなたはズボンを穿いてらっしゃい。素っ裸でなにをしようと勝手だけど、それで食卓につくのだけはおことわり」追い越していくわたしの尻を彼女は軽く叩いた。

ヴァネッサの家の食卓は、一八〇〇年代にまでさかのぼる組み立て式テーブルだ。ぶつけた跡や傷がついている。そのテーブルでわたしたちはハムとチーズを食べ、他愛もないことを話した。わたしはもう一本ビールを飲んだ。わたしはエズラの金庫のことと、所在不明の銃の話をした。彼女はしばし迷ったのち、エズラの死の状況を尋ねた。頭を二発撃たれていたと教えてやると、彼女は窓の外に目をやった。

「なにかちがったように感じる?」しばらくたってから彼女が訊いてきた。

「意味がわからないな」

彼女はそこでわたしに向きなおった。「エズラが死んで、あなたの生活になにか変化はあった?」彼女がなにを言いたいのかわからず、正直にそう告げた。彼女はしばらく口をつぐんでいた。話をつづけるかどうか、葛藤していたのだ。「いまはしあわせ?」さんざん考えた末にそう訊いてきた。

わたしは肩をすくめた。「まあね。よくはわからない。そんなこと、ここしばらく考えたこともない」彼女の目つきが気になった。「なにが言いたいんだよ、ヴァネッサ?」

彼女はため息をついた。「あなたは自分の人生を生きてないんじゃないかと思うの、ジャクソン。ずいぶん昔から」

わたしは息をつめ、身をこわばらせた。「じゃあ、誰の人生を生きているんだ?」

「わかってるくせに」彼女は細い声でそう言うと、わたしに殴られるのを恐れるかのように体を引いた。

「わからないな、ヴァネッサ、わからない」わたしはしだいに腹が立ってきたが、その理由はわからなかった――わかりたくもなかった。否定は凶器だ。否定は真実を殺し、心を麻痺させる。わたしはすでに否定中毒になっていた。わたしの一部はそれを認識していて、そこだけはヴァネッサの話がどこに行き着くのかわかっていたが、わたしはそれを無視した。とても耐えられないからだ。

「ごまかさないで、ジャクソン。わたしは助けようとして言ってるのよ」

「へえ、そうかい? 誰を助けようというんだ? わたしか、それともきみか?」

「ひどい」彼女の言うとおりなのはわかっていたが、知ったことではなかった。わたしは行きたくない場所に連れていかれようとしていた。「わたしが心配してるのはあなたのことよ。

あなたのことだけよ！」

「勘弁してくれよ、ヴァネッサ。プレッシャーが大きすぎる。なにもこっちから頼んでこうなったわけじゃない。物事のほうが勝手にこうなったんだ」

「それがあなたの悪い癖よ」

わたしは彼女をにらみつけた。

「物事は勝手にどうにかなったりしない。わたしたちは選んでるの。意識的にせよ、そうでないにせよ。あなただって世の中に影響をあたえているのよ、ジャクソン。エズラは死んだ。それを感じないの？」

「けっきょく話はエズラに戻るわけだ」

「わたしたちはあの人からまだ抜け出せてない。そこが問題なの。あなたはお父さんから抜け出せてない。二十年以上もお父さんの人生を生きていながら、あいかわらず気づきもしない」

なにを言っているのかさっぱりわからないでいると、ヴァネッサの顔が変化したように見えた。彼女もけっきょくほかの連中と同じなのだ。「ちがう」わたしは言った。「そんなことはない」

「ちがわない」彼女が手を握ろうとしたが、わたしはすかさず引っこめた。

「でたらめもいいとこだ！」わたしは大声で怒鳴った。

「どうしてバーバラと結婚したの？」問いただす彼女の声には、禁欲的ともいえる落ち着きがあった。

「なんだって？」

「どうしてバーバラと？　どうしてわたしじゃなかったの？」

「自分で自分の言ってることがわかってないみたいだな」

「ちゃんとわかってる。いつだってちゃんとわかってる」

「支離滅裂だよ」ヴァネッサが腰をあげ、何世代にもわたって一族の食卓をつとめてきたテーブルに手をおいた。ぐっと顔を近づけたせいで、鼻の穴が広がっているのが見える。

「聞いて、ジャクソン。よく聞いて。神に誓って同じことは二度と言わないから。でも、どうしても言わせて。十年前、あなたはわたしを愛してると言った。それもすごく真剣に。なのにバーバラと結婚した。だから、その理由を教えてほしいと言ってるの」

わたしは椅子の背にもたれ、ひらきなおっている自分を感じたが、どうすることもできなかった。心臓を守るかのように、腕を胸の前で組んだ。頭がガンガンしてきたのでこめかみのあたりを揉んでみたが、突然の頭痛は引いてくれなかった。

「バーバラと結婚したのはエズラに言われたからでしょ」ヴァネッサはてのひらでテーブルを叩いた。わたしにはそれが骨の折れる音に聞こえた。「認めなさいよ。一度でいいのよ、ジャクソン。そしたら二度とこの話は持ちださない。あなたはお父さんに言われるまま、お父さんが選んだ道を生きてきた。バーバラの実家は大金持ちだわ。彼女はりっぱな学校に通い、りっぱなお友だちがいる。それが真相でしょ。認めなさいったら。男らしくしたらどう、ジャクソン」

「ことわる！」わたしはいきなり立ちあがって叫んだ。「認めるものか、そんなのはうそっぱちだ」わたしはテーブルに背を向け、足を踏み鳴らして二階にあがり、残りの服と鍵を取りに行った。ヴァネッサはまちがっている。もうがまんできない。そこへ彼女の言葉が飛んできた。

「子どもはどうしたの？　あなた、昔から子どもをほしがってたくせに！」

「黙れ、ヴァネッサ！」声が裏返った。彼女にそんな言葉をぶつけていいはずがないのはわかっていたが、それでもまだまだ言い足りなかった。

「誰が言いだしたのよ？　え？　誰が言いだしたの、ジャクソン。昔はしょっちゅう話してたじゃない。子どもはいっぱいほしいって！　ずっとそのつもりだったじゃない――家じゅう子どもだらけで、その子たちをちゃんと育てるって。あなたがエズラに望んだ父親像に、自分がなってみせるって。ちょっと、ジャクソン。逃げないでよ。大事な話なんだから！」

わたしは相手にしなかった。シャツは床に落ちていて、鍵はベッドの下から出てきた。靴下は省略して靴を履いた。家のなかは暑くて息苦しかった。はやくここを出よう。そもそも来るべきではなかったのだ。

階段下でヴァネッサが待っていた。

「帰らないで」彼女は言った。「このままで帰らないで」

声からも目からも棘《とげ》が消えていたが、そのくらいではこっちの決意は変わらなかった。

「そこを通してくれ」わたしが言うと、彼女は一段目にのぼって行く手をふさいだ。上から見おろすと、髪の分け目が、鼻梁《びりょう》に散った淡いそばかすが、うぶというには間隔の離れすぎた目が見えた。

「お願い。お願いよ、ジャクソン。わたしが悪かったわ。さっきのは取り消す。だから帰らないで」

「どけよ、ヴァネッサ」彼女の傷ついた表情に胸が痛んだが、どうしようもなかった。わたしでなく向こうが売ってきたけんかだ。

「ジャクソン、お願い。こんなに長く待ったのよ。またあなたに会えなくなるのはいや。ここにいて。もう一本ビールはどう？」そう言って、わたしの手をつかもうとした。

階段が揺れていた。息ができない。いったいどうしたというのか。空気が必要だ、外に出なくては。手を振り払い、ヴァネッサを押しのけた。

「来るんじゃなかった」わたしはそう言い、スクリーンドアを思いっきり叩いた。ドアは壁にぶつかり大きな音をたてた。

彼女がすぐうしろをついてくるのはわかっていた。ポーチを、つづいて砂利道を歩いてくる足音が聞こえた。息づかいが荒く、いまここで振り返ったら涙を見るに決まっている。だから振り返らなかった。ひたすら歩いていくと、車のところで捕まった。

「帰らないで」

わたしは振り返らなかった。彼女が片方の手をわたしの肩に、もう一方の手を、まだ熱を帯びている首の側面におかれた。顔を背中に押し当てられ、わたしはためらった。ここにいたいのはやまやまだが、彼女はあまりに多くを求めすぎている。真実はわたしの味方ではない。「お願い、すがりつくようなまねはさせないで」そこまで言うとは、どれほど勇気がいったことか。それでもわたしは振り返らなかった。振り返れなかったのだ――一瞬でも彼女の顔を見たら、帰れなくなるからだ。本当は帰りたくなどない。そこがつらいところだった。できることならずっとここにいたいが、わたしは怒りを必要としていた。ここで折れるわけにはいかないのだ。

「申し訳ない、ヴァネッサ。そもそも来てはいけなかったんだ」

車に乗りこむわたしを彼女は引きとめようとはしなかった。わたしは彼女の顔を見ないようにして、もと来た道を戻りはじめた。スピードを出しすぎたせいで、タイヤが砂利の上で空まわりした。視線を下に向けたまま、曲がり角近くになってようやく目をあげた。するとルームミラーに彼女の姿が見えた。土煙のなかで膝をつき、いかにも農家らしいごつい手に顔を埋めていた。小さく見えた。打ちひしがれているように見えた。

怒りが引き、全身がぶるぶる震えだした。ヴァネッサはわたしが唯一愛した女性だというのに、わたしがあたえたものといったら、ひと握りの埃まみれの涙だけだ。

神よ、と心のなかで問いかけた。わたしはなんということをしでかしてしまったのか。

9

ヒナ鳥を踏みつぶすのにも似た不快感に襲われ、舗装路に出たところで車をとめた。いましがたの出来事を振り返る気にはとてもなれなかったが、すでにわたしの一部となってしまった以上、そういうわけにはいかなかった。彼女の涙と指のかすかな感触が首によみがえり、頬が背中に押しつけられたときの感覚もまだ残っていた。なにかしっかりしたものはないかと手をのばした。ハンドル、ダッシュボード、四時を少しまわった時計。大きく息をつき、ふたたび車のギヤを入れた。そのとき、ミルズ刑事と三時に約束していたのを思い出した。妻を裏切り、愛する女性を傷つけているうちに、すっかり忘れていた。

アクセルを踏んだ。黒い道路が車の下に呑みこまれていく。ラジオから音楽が流れているのに気づき、いつの間にスイッチを入れたのかと首をひねった。スイッチを乱暴に叩いた。山はしだいに遠ざかり、農場も見えなくなった。市街地に戻ると、トレーラーパークやショッピングモールが忽然《こつぜん》とあらわれ、セックスの残り香が緋文字《ひもんじ》のごとくつきまとった。バーバラがいるか確認しようと自宅に電話し、彼女が出たとたんに切った。糖蜜のようなその声が辛辣《サワー》になるかたしかめるためだけに、なにかしゃべってみようかとも思った。しかしそんなことをすれば、答えを用意していない質問を浴びせられて険悪《サワー》になるに決まっている。冷静にならなくては。とにかく頭を冷やそう。

オフィスに寄って、エズラのシャワーで体からあやまちの名残りを洗い流しながら考えた。父が同じ目的でこのシャワーを使ったことは何度あるのだろうかと。おそらく一度もあるまい。エズラは女と寝ても罪悪感などおぼえない。そういう父がうらやましいかって？ とんでもない。傷つけた相手への罪悪感をかかえながら部屋を出たが、そのときにエズラの金庫に中指を立てた。なにもかもうんざりだ。わたしにはもっとワークらしい時間が必要だ。やはり犬を飼ったほうがよさそうだ。

おもてに出て、車まで行こうとしたところで、なにかが動くのを目の端がとらえた。わたしはまわれ右した。

「きみの車が見えたものでね」地区検事のダグラスだった。年代物のワインのような色をした鼻に腫れぼったい目の彼は、見るからに疲れていた。妙な目でこっちを見るものだから、飲んでいるのかと思ったほどだ。「ノックしたのに返事がなかった。だから待っていた」

わたしは黙っていた。どうしたことか、心臓の鼓動がおさまらない。ダグラスはわたしたちを隔てる十フィートの距離を縮め、接近しすぎる直前で足をとめた。彼の目がわたしをながめまわし、髪が濡れて服がよれよれなのを見てとった。頬がかっと熱くなるのがわかったが、顔が赤らむのはどうしようもなかった。ダグラス相手にうそをつくのはむずかしい。

「無事だったのだね？」彼はそう訊くと、チューイングガムを一枚、口に押しこんだ。

「ええ」ようやく声が出た。「ええ」ばかみたいに同じ言葉を繰り返しているのはわかっていた。

「というのも、いましがたミルズ刑事と電話で話したのでね。きみは死んでしまったらしいと言っていたぞ。それ以外の言い訳は受け入れないそうだ」彼の目が、輝いたというよりぎらついたのを見て、法廷で見せる例の険悪なまなざしを向けているのがわかった。「きみは死んでいるのか?」

「そんなようなものです」わたしはそう言い、ほほえもうとしたが、空振りに終わった。

「悪いことをしました。ミルズとの約束をすっぽかして。ちょっと事情があったんです」

「その事情とやらをわたしに話してくれるのかね?」ダグラスは足を一歩も踏み出すことなく、わたしの行く手をはばんだ。

「お話しできません」声に怒りをこめたが、相手は動じなかった。両手をポケットに突っこみ、わたしの顔をまじまじと見つめてきた。わたしは弁護士モードのポーカーフェイスをよそおったものの、死んだ父の事務所ビルの陰に立っていては、大して効果はなかった。ダグラスの目に映ったものがなにかはわかるはずもないが、少なくともかつて鏡を見ながら練習した、冷静沈着な表情ではなかったと思う。

「きみにひとつ言っておくぞ、ワーク。よく聞きたまえ」わたしはまばたきすらしなかった。

「友人としてきみになにか言うのはこれが最後だ。わたしからの大事な忠告だから、従ったほうが身のためだ」彼はそこで、わたしが礼を言うのを待つかのごとく間をおいたが、なにも言わないと見るとため息をついた。「ミルズを虚仮《こけ》にするのはやめたまえ。冗談で言っているのではないぞ。彼女はすっかり腹を立てていらだっている。そうなると、きみの世界でもっとも危険な人物になるだけだ」

背筋の凍るような恐怖をおぼえた。「どういう意味ですか、ダグラス？」

「べつに意味などない。この会話はおこなわれていないのだ」

「わたしは容疑者ですか？」

「先日も言ったはずだ。誰もが容疑者だと」

「答えになっていません」

ダグラスは肩をまわし、がらんとした駐車場を見まわすと、次に視線を屋根に向け、最後にわたしに戻した。そして唇をすぼめた。「エズラは金持ちだった」それですべて説明がつくといわんばかりの口ぶりだった。

「だから？」わたしはさっぱりわからなかった。

「とぼけるのはやめたまえ、ワーク」声にいらだちがにじんでいる。彼は頭を冷やそうとでもいうのか、大きく息を吸いこんだ。「ミルズは動機の線を洗っているところで、容疑者ひとりひとりを調べている。たしかエズラは遺書を残していたはずだ」

「ばかばかしい。冗談はやめてください」

「バーバラは好みが贅沢《ぜいたく》だし、事務所の仕事はと言えば……」彼はそこで言葉を切って肩をすくめた。

「やめてくださいよ、ダグラス」

「明白な事実を述べているだけじゃないか。きみは才能あふれる策略家だ、ワーク。わたしの知るなかでも、ひじょうに鋭い法律センスの持主のひとりだ。おまけに法廷での態度にも問題ない。しかしいわゆるやり手弁護士とはちがう。いまでは対人損害訴訟は受けていないし、大口の依頼人を獲得するためにこびへつらうまねもしない。エズラはそういうことをやって、事務所をかまえ、裕福になった。しかし弁護士稼業もビジネスだ。ミルズもそのくらいは知っているし、きみがほとんど稼いでいないことも調べあげている。

いいか、きみが親父さんを殺していないのはわかってる。ミルズに痛くもない腹を探られる口実をあたえるな。協力したまえ、頼むから。ばかなまねはよすんだ。彼女が欲するものをあたえ、自分の生活に戻るのだ。単純な算数じゃないか」

「ナンセンスな算数だ!」

「一足す一は二だ。そこにゼロを六個でも七個でも足せば、この算数はいっそう説得力のあるものになる」

その言葉にわたしは啞然となった。ダグラスの顔はまるで鋭いナイフのようで、わたしの腹をひらき、はらわたで未来を占うつもりかと思ったほどだ。

「エズラはたくさんのゼロを持っていた」

彼の分厚く肉付きのよい手につかまれたかのように、はらわたがねじれた。「ミルズがそう言ったのですか?」どうしても知りたくてそう尋ねた。

「はっきりそう言ったわけじゃない。しかし天才でなくともわかる。このことからミルズ刑事がどういう結論を導くかはわかっている。だから自分の身を考えたまえ。逆らわず、じたばたせず、やるべきことをやりたまえ」

「ゆうべ何者かがわたしを殺そうとした話をミルズから聞きましたか?」

ダグラスは話の腰を折られて顔をしかめた。「そのような話をしていたかもしれん」

「それで?」

ダグラスは肩をすくめ、わたしから視線をはずした。「彼女はきみの話を真に受けてはいない」

「そしてあなたも真に受けていない」彼が言わなかった心のうちを代弁してやった。

「彼女は刑事だ」ダグラスはきっぱりと言った。

「わたしが話をでっちあげているとでも?」

「なにを信じていいのかわからんのだ」簡潔な見解。

「何者かが二階から椅子を落としたんですよ、ダグラス。殺すつもりはなかったにせよ、怪我をさせるつもりだったのは絶対にたしかです」

「それが親父さんの死と関係あると言いたいのだな?」

金庫と行方不明の銃が頭に浮かんだ。「おそらく。可能性はあります」

「そんな話をミルズが信じるとは思わんことだな。彼女はきみがいたずらに混乱をまねき、問題をあいまいにしようとしていると考えている。もしわたしがきみを犯人と思っていたら

──あくまで仮定の話で、思ってもいないことをわざと言っているのだからな──ミルズの意見に賛成したくもなるね。オッカムの剃刀《かみそり》というやつだよ、ワーク。たいていの場合、もっとも簡単な説明が正しいと言うじゃないか」

「なにをばかなことを。本当に誰かがわたしを殺そうとしたんです」

「とにかくミルズにアリバイを話せばいいんだ、ワーク。アリバイだけでなく、彼女が知りたがっていることをすべて話せ。あとは裏を取ってもらえばすむことじゃないか」

ダグラスが話せと言っていることに思いをめぐらせる。激しい衝撃に首の骨が折れる音が聞こえたような気がした。「あの晩、なにがあったかはあなたも知っているじゃありませんか、ダグラス」それは事実を述べたものであり、多くのことを語っていた。

「不幸にもおふくろさんが階段から落ちて亡くなったことは知っているが、知っているのはそれだけだ」その声はすまなそうに聞こえなかった。

「それだけ知っていればじゅうぶんです」

「いや、ワーク、じゅうぶんじゃない。なぜなら、その同じ夜に親父さんが行方不明となり、ミルズの調べたところによれば、生きている彼を最後に見たのはきみとジーンということになっているからだ。これはひじょうに重要なことで、きみの傷つきやすい感受性とやらにいつまでもつき合ってるわけにはいかんのだ。親父さんは殺された。これは殺人事件の捜査だ。ミルズ刑事に話せ」

もしダグラスがあと一度でも〝殺人〟という言葉を使ったら、殺してやると思った。思い出させてもらう必要などない。目を閉じるたび、肉の落ちた父の顎の骨がまぶたに浮かぶし、こうしているあいだも、父の亡骸にチャペル・ヒルの検死官のナイフとのこぎりが入れられる光景と必死で闘っているのだ。

ダグラスがぐっと迫ってきた。最後の言葉につづく沈黙が答えを要求していたが、わたしは目をあげなかった。彼がやらせようとしているのは、わたしがあの夜の記憶を、まるで頑固な腫瘍かなにかのように吐き出し、それをミルズがいじくりまわし、フィンガーペインティング用の絵の具のごとく塗り広げ、コーヒーや煙草をやりながら同僚と議論することだった。わたしが日々、法廷で闘っている当の相手の警官と。いくら見ても見足りないという連中の、ゆがんだのぞき見趣味がどんなものかはわかっている。法廷の奥の廊下で、レイプ被害者について好き勝手な憶測をかわし合い、写真をまわし、その日いちばんの人気者になるべく、他人の尊厳をもてあそぶ。彼らが殺人事件の被害者について面白半分に話しているのを聞いたことがある。痛かったんだろうなあ。ガイシャは命乞いしたと思うか？　ホシにファックされたとき、まだ生きてたのかい？　色白の肌にナイフが触れたときも意識はあったのかな？　やられる瞬間がわかったと思うか？　きっとちびったにちがいないぜ。

こんなにも卑劣な茶番が、被害者の神経を逆なでするような陰惨なやりとりが、この郡のどの街でもおこなわれている。しかし今度はわたしの痛みだ。わたしの家族だ。わたしの秘密だ。

階段下に倒れる母の姿がまぶたに浮かんだ。見ひらいた目に血が点々とついた口、首は残酷なジョークのようにねじ曲がっている。なにもかもがよみがえった。母が着ていた赤い服、左右の手の位置、シンデレラの靴のように脱げて階段に置き去りにされた靴。その光景はむごたらしく見るのもつらいが、目をあげたらエズラが見えるような気がして、それはもっといやだった。まだ心の準備ができていない。無理だ。どうしてもだめだ。なぜかと言えば、エズラのうしろに目をやったらジーンが見えるからだ。あの夜が妹にしたことが見えるからだ。いまもわたしの夢にあらわれるおぞましい光景が。その顔には憎悪の念が浮かび、怒りが、彼女を変貌させたけだものの力が浮かんでいる。その顔に見えるのは、人殺しも平気な赤の他人であり、だからわたしは恐いのだ。あの夜は妹になにをしたのか？　昔の彼女は二度と帰ってこないのか？

ミルズと話せば、そういったもろもろがすべてよみがえってくる。彼女は根掘り葉掘り聞きたがり、警官としての頭脳を駆使してなにもかも吐き出させようとするだろう。

「かまいませんよ。彼女と話します」

「絶対に話すのだぞ」

「心配いりません」わたしは車のロックを解除した。この場を逃げ出したくてたまらなかった。「お気遣いに感謝します」しかし皮肉は功を奏しなかった。車に乗りこんだところで、ダグラスがドアに手をかけて制した。

「ところで、エズラが失踪した晩、きみはなにをしていた？」

わたしは必死で彼と目を合わせようとした。「アリバイはあるのかということですか？」

いまのは冗談でしょうという口ぶりで聞き返した。彼はなんとも答えず、わたしは笑った。しかし笑い声はうつろだった。「友人としての質問ですか、それとも地区検事として？」

「おそらく、その両方だ」

「おかしな人だ」

「まじめに答えたまえ」

さっさとその場を立ち去りたかった。ダグラスの質問と無表情な目から逃れたかった。だから、こういう状況なら誰でもやることをやった。うそをついた。

「自宅にいました」と答えた。「寝ていたんです。バーバラと」

ダグラスは薄笑いした。「そんなむずかしく考えるほどのことではなかっただろう？」

「ええ」わたしは驚いて答えた、「むずかしく考えるほどのことじゃありませんでした」

ダグラスがいっそう相好を崩すと、歯に食べかすが、茶色いものがひっかかっているのが見えた。「いい子だ」気さくを気取ってそう言ったものの、見下しているようにしか聞こえなかった。わたしもほほえみ返そうとしたが、だめだった。うなずくのがせいいっぱいで、それすら苦痛だった。ダグラスはまだわたしを疑っている。目を見ればわかる。この男にエズラが殺せたかと考えている　それをはっきりさせるため、アリバイの裏を取るにちがいない。それに関しては、すでにミルズ刑事とも話し合っているはずだ。なにしろここは彼が管轄する郡であり、事件にはマスコミの関心が集まっている。となれば傍観者でいられるはずがない。だからわたしがうそをついたように、彼もうそをついたのであり、それが意味するところはひとつ――わたしたちの友情は終わった。ダグラスが望んでいたかどうかはべつにして。彼は明日にでも父を殺した容疑で誰かを血祭りにあげることができるが、わたしはもうあと戻りできない。渡ってきた橋はすでに灰と化したあとだ。

そこでようやく彼は立ち去った。くたびれたシヴォレーのセダンに向かって駐車場を重い足取りで歩いていく彼の大きな背中を、わたしはじっと見送った。彼は車に乗りこみ、そのまま走り去った。一度も振り返らなかった。ダグラスもわかっているのだ。エズラの死はいわば、湿った火口《ほくち》にマッチを一本落としたようなもので、いまはじわじわと燃えているだけだが、一気に燃えあがるのは時間の問題だ。燃えかすがくすぶるのをとめるには、ほかにどんな手を打てばいいのだろう。

わたしも車をスタートさせた。窓はあけたままにして。走りながら髪を乾かし、石鹸のにおいをごまかすために煙草を二本吸った。午後の陽射しに照らされたヴァネッサの顔を思い浮かべた。それだけがわたしの心のささえだった。どんなふうに終わったかではなく、どんなふうにはじまったかが。今度、自分の弱さを自覚し、彼女の慈悲深い心に赦しを乞うときに、なんと言うかではなく。

一度だけ彼女の名をつぶやき、それを心の奥にしっかりとしまいこんだ。

自宅に戻ったときには六時近くになっていた。足を踏み入れたとたん、なにか変だと感じた。ろうそくの香りがただよい、静かな音楽がステレオから流れてくる。キッチンでバーバラの呼ぶ声がしたので、わたしは返事をし、上着を椅子の背にかけると声がしたほうにゆっくり歩いていった。彼女はキッチンのドアのところで待っていた。手に持ったグラスには冷えた白ワイン、おそらくかなり値の張るシャルドネだろう。笑みを貼りつかせ、やけに小さな黒いドレスを着ていた。

「お帰りなさい、ベイビー」そう言って妻はキスしてきた。彼女の唇がひらき、舌の先が入ってきたのがわかった。彼女が最後にわたしをベイビーと呼んだのはいつだったか思い出せなかったし、最後にこんなキスをしてきたときの彼女は、たしかべろんべろんに酔っていたはずだ。妻が身体を押しつけてきた。目を下にやると、押しつけてきたせいで乳房がドレスからはみ出しそうなほどふくらんでいる。彼女はわたしの腰に両腕をまわした。

「酔ってるのか？」思わずそう訊いた。

バーバラはぎくりともしなかった。「まだよ。でもあと二杯も飲んだら、いいことがあるかもしれなくてよ」そう言って腰を押しつけてきた。わたしはなんだか落ち着かなくなった。とてもついていけないと思った。彼女の頭の向こうに目をやると、コンロの上で深鍋や平鍋がぐつぐついっているのが見えた。

「料理してるのか？」意外だった。バーバラはめったに料理をしない。

「ビーフ・ウェリントンを作ってるの」

「どういう風の吹きまわしだ？」

妻は一歩うしろにさがり、ワインをカウンターにおいた。「お詫びの印。ゆうべ、あんな態度をとったから。あなたはつらい目に遭ったんだもの、大変な目に遭ったんだもの。あたしがちゃんとささえてあげなきゃいけなかったのに」そう言って彼女は目を伏せたが、わたしは白々しいと思った。「そうしなきゃいけなかったのよ、ワーク。あなたのそばについてあげなきゃいけなかった」

もう何年もバーバラがわたしに謝ったことなどなかった。どんな場合でも。わたしは二の句が継げなかった。

妻はわたしの手を取り、さも心配そうな目で見つめてきた。「大丈夫？」おそらく、階段から落ちたことを言っているのだろう。「病院に駆けつけなきゃいけなかったのはわかってる。でもね、あのときはまだあなたが許せなかったの」彼女は唇を尖らせた。それですべてけりがついたつもりらしい。わたしが言い返す間もなく彼女は背を向け、ワイングラスをさっと取った。一気に中身の半分がなくなり、落ち着いた態度がますますわざとらしくなった。彼女はわたしに向きなおると、目をきらきらさせながら流しにもたれた。「それで」とふたたび口をひらいた。やけに声が大きかった。「きょうはどうだった？」

わたしはもう少しで笑いだすところだった。完璧に化粧した顔がどう変わるかたしかめるためだけに、妻を平手打ちするところだった。ゆうべは何者かに殺されかけ、妻のおまえは病院に顔も見せなかった。わたしは傷ついた孤独な女性とセックスしておきながら、その女性の心を泥のなかで踏みつけた。しかも臆病なわたしは、その理由をまともに考えようともしない。父は頭に銃弾を二発受けて死に、地区検事は問題の晩にわたしがどこにいたかを知りたがっている。おまえのその顔に浮かぶ、まがいものの笑みを消し去ってやりたくてしょうがない。つまりわたしの結婚生活は破綻《はたん》しているということだ。しかも、わたしがあらゆる形で失望させてきた妹は、わたしを憎んでいる。おまけにあろうことか、その妹が、わたしの大事な妹が――父を殺したにちがいないのだ。

「まあまあだ」わたしは言った。「まあまあの一日だった。きみのほうはどうなんだ？」

「似たようなものよ」彼女は答えた。「さあ、すわって。テーブルに新聞があるわ。あと三十分で、お夕食よ」

「着替えてくる」わたしは言い、ぎこちない足取りで部屋を出た。手探りしながら歩いた。壁、階段の手すり。なにが現実なのか？　なにがあったのか？　いまここで大便をほおばりながら台所に引き返したら、妻はわたしにキスしてチョコレートみたいな味がするわねと言うだろうか？

顔を洗い、カーキのズボンと、数年前のクリスマスにバーバラがくれたタートルネックの綿ニットを身につけた。鏡に映った顔をながめ、その隙のない冷静沈着ぶりに感心した。ほほえむと、幻想は崩れ去った。ヴァネッサが言ったことを思い出した。

台所に戻ると、バーバラはまだコンロの前に立っていた。ワイングラスはふたたび満たされている。わたしが自分のグラスに注ぐのを見て彼女はにっこりほほえんだ。わたしたちは無言でグラスを合わせ、飲んだ。「あと十分よ。できたら呼ぶわね」

「食卓の用意をしておこうか？」

「あたしがやるわよ。あなたはあっちでのんびりしてて」

厚くやわらかいソファーがある居間に向かった。あと十分待つくらいたいしたことはない。

「ダグラスがうちに来たわ」妻に言われ、わたしは足をとめて振り返った。

「なんだって？」

「そうなの、通り一遍《いっぺん》の聞きこみだそうよ。お義父さんが死んだ晩の話が聞きたいって」

「通り一遍の……ね」わたしは繰り返した。

「空白を埋めるためだって言ってたわ。書類の」

「書類の――」

妻が怪訝《けげん》そうな目を向けてきた。「どうしてあたしの言葉を繰り返すの？」

「そんなことしてたかい？」

「ええ、いちいちね」

「悪かった。気がつかなかったよ」

「まったくもう、ワークったら、しょうがない人ね」妻は笑った。それからコンロに向きなおり、木べらをつかんだ。わたしは根でも生えたようにその場に立ちつくし、感覚の麻痺がわたしという存在の標準状態になりつつあるのを感じていた。

「ダグラスになにを話したんだ？」ようやく尋ねることができた。

「事実に決まってるでしょ。ほかになにを言えって言うの？」

「もちろん事実を言ったのはわかってるさ、バーバラ。そうじゃなくて具体的になにを言ったんだ?」

「そんなががみがみ言わないでよ、ワーク。あたしはいま……」言葉がそこで途切れ、妻は乱雑なキッチンを木べらでしめした。なにか黄色いものがカウンターにしたたり落ち、わたしは妻と目を合わせたくなくてそこに目をこらした。どうにか顔をあげると、彼女は手で口を覆い、目に光る涙が床に落ちそうになっていた。ほかの男なら駆け寄って抱きしめてやるのだろうが、わたしの心はすでにうそで真っ黒だった。

気まずい一分が経過し、妻はようやく落ち着きを取り戻した。「ダグラスになんと言ったんだ?」わたしは同じ質問を繰り返した。今度はもっと穏やかな口調で。

「あたしの知ってることだけよ。だって、あなた、あんまり話してくれなかったじゃない」消え入りそうな声だった。「ダグラスに話したのは、病院に向かったあと……お義母さんの……」彼女は最後まで言えずに口をつぐんだ。〝お義母さんの死体〟と言いかけたのだ。

「お義母さんに付き添って病院に向かったあと、あなたはお義父さんの家に行ったと話したわ。それからここに戻ってきた。あなたが、あなたとジーンがとても動揺していたと話したわ」そこで彼女はふたたび下を向いた。「ふたりが口論したことも」

わたしは口をはさんだ。「そこまでわたしはきみに話したのか?」

「口論の原因は知らない。具体的な内容は知らない。あのふたりがなにかで言い合ったことしか知らない。ふたりともすごく動揺してたということしか」

「ほかには?」

「いいかげんにしてよ、ワーク。なんなのよ、これ？」

「いいから話してくれ、頼む」

「話すほどのことはもうないわよ。あの晩、あなたがどこにいたかと訊くから、家にいたと答えた。そしたらありがとうと言って帰っていったわ。それだけよ」

　ありがたい。しかし、きちんと確認しておく必要がある。はっきりさせておく必要がある。さりげない口調をよそおって尋ねた。「ひと晩じゅう、わたしが家にいたと断言できるのか？　証言しろと言われたらできるのか？」

「怖がらせるようなこと言わないでよ、ワーク」

「べつに怖がらなくともいいじゃないか。つい弁護士の癖が出ただけだ。妙なことを考える人間もいるだろうから、はっきりさせておいたほうがいいと思うだけさ」

　バーバラはさらに近づき、キッチンの入り口に立った。まだ木べらを持っている。目はまっすぐ前を見すえ、これからいわんとすることを格別に強調するつもりか、声を落とした。

「出かけたならわかったはずだもの」ぽつりとそう言う妻の顔を見て、本当は知っているのではないかと勘ぐった。わたしが出かけたことを。さんざんヴァネッサに慰めてもらい、夜が明ける一時間前、妻を起こしはしないかと死ぬほど怯えながらベッドにこっそり戻ったことを。

「あなたはうちにいた。あたしと一緒に。まちがいないわ」

　わたしはほほえんだ。今度は、必要以上に顔がにやけていないよう祈りながら。「そうか。

なら一件落着だ。感謝するよ、バーバラ」わたしは思わず揉み手した。「おいしそうなにおいがするな」と取って付けたように言い足すと、あやしまれない程度にそそくさと妻に背を向けた。ソファーまであと一歩というところで、ふと思いついて足をとめた。「ダグラスは何時ごろ来たんだ？」

「四時よ」妻は答え、わたしはソファーに腰をおろした。四時。わたしと駐車場で話す一時間前だ。つまりわたしはまちがっていたわけだ。われわれの友情が死んだのは、彼が質問してきた時点ではなかった。あのときにはすでに死骸は冷たくなり、悪臭を放ちはじめていたのだ。あのでぶ野郎はわたしを試していたのだ。

味がわかれば夕食はさぞかしすばらしいものだったにちがいない。カラメルソースをかけたブリーチーズのアーモンドスライス添え、シーザーサラダ、ビーフ・ウェリントン、それに焼きたてのパン。シャルドネはオーストラリア産だった。ろうそくの炎に照らされた妻は美しく、ひょっとして彼女を見損なっていたのではないかとさえ思ったほどだ。他人を傷つけずに気のきいたことを言い、最近の出来事やふたりが読んだ本について語った。ときおり、彼女の手とわたしの手が触れ合った。わたしはワインと下心とでほろ酔い気分だった。九時半をまわるころともなると、わたしたち夫婦にはまだチャンスが残っているのではないかとさえ思いはじめた。その気分も長くはつづかなかった。

皿がさげられ、洗うのは明日にして流しに積み重ねた。デザートのかすかがテーブルに点々とし、わたしたちはベイリーズをたらしたコーヒーを飲んでいるところだった。わたしは静かな満足感に包まれ、ひさしぶりに妻を抱くのを楽しみにしていた。彼女の手がわたしの脚におかれていた。

「ねえ」妻が誘うようにしなだれかかってきた。「いつ引っ越したらいいかしら?」その質問にわたしは面食らった。質問の意味が呑みこめなかったが、妻の目があらたな光を帯びたのを見て、意に反して酔いが急速に覚めていくのがわかった。彼女がワインをひとくち飲んだとき、グラスの縁の淡い色をした半円の上に黒い瞳が浮かんだ。どこからともなく日付を出してくるのはわたしの役目だといわんばかりに、彼女は黙って答えを待っている。

「引っ越すってどこへ?」しかたなくわたしは訊いた。答えを聞くのが怖かった。どういう答えが返ってくるかわかっていたからだ。

妻が笑い声をあげたが、ちっとも愉快そうには聞こえなかった。「冗談はよして」その声に含まれた残酷なまでの欲望に食い尽くされ、最後まで残っていた満足感も消えうせた。「冗談なんか言ってない。きみこそ冗談はよせ」

彼女の表情が急速にやわらいだが、無理しているのは見え見えだった。さっきはあんなに美しかった顎のあたりの筋肉がまだこわばっている。

「お義父さんの家によ。あたしたちの新居によ」

「どういう思考経路をたどれば、あの家に移り住むなんて結論になるんだ?」

「なんとなく思っただけよ……だって……」

「ばかも休み休み言え、バーバラ。この家を維持するのだってやっとなんだぞ。親父の家の半分しかないこの家を」

「とってもすてきなおうちだから」と彼女は言った。「てっきりあたし……」

「光熱費すら払えそうにない八千エーカーもの屋敷に引っ越すと、てっきり思いこんでいたわけか？」

「だけど遺言では——」

「遺言の内容なんか知るか！」わたしは声を荒らげた。「見当もつかないね！」

「だけどグリーナが言ってたけど——」

怒りが爆発した。「グリーナ！ そうか、そういうわけだったのか。夕べはふたりでそんな話をしてたのか」わたしがガレージで何時間もみじめな思いをしていたというのに、バーバラは不愉快な友とふたりして、自分が大物の仲間入りを果たす計画を練っていたのだ。

「もうすっかり計画はできあがってるんだろ」

バーバラの表情が変わった。一瞬のうちにひどく冷めた顔になった。

「これから子どもを作るんだもの、当然じゃないの」そう言って彼女はワインを飲み、ハンターのように粘り強くわたしをにらんだ。ずるいと思った。わたしがものすごく子どもをほしがっているのをバーバラは知っている。わたしは深くため息をつき、ベイリーズを生《き》のままカップに注いだ。

「それは恐喝か？ 子どもをたてにエズラの家を手に入れる気か？」

「そういうんじゃないんだってば。次の段階として子どもを産むのが理にかなってるし、そのためにはもうちょっと広いところに住みたいと言ってるだけじゃない」

わたしは必死に怒りを鎮めようとした。疲労感が生コンのようにのしかかってきたが、それでもいまこそ不愉快な事実と向き合うべきだと判断した。ヴァネッサの涙に濡れた顔が不意に頭に浮かんだ。彼女の言葉を、彼女に突きつけられた真実を思い起こした。あまりに受け入れがたく、向き合うくらいなら彼女を押しつぶしてやりたいほどの真実を。

「どうしてわたしたちは子どもを作らなかったんだ、バーバラ?」

「あなたが弁護士業に専念したいと言ったからよ」あまりにすばやくよどみない答えが返ってきたので、彼女が本気でそう思っているらしいのがわかった。不気味な静けさがわたしの頭いっぱいに広がった。身も凍りつくほどの静けさだった。

「そんなことを言った覚えはない」わたしはきっぱり言い放った。あまりにばかげている。すでにわたしは弁護士業というむなしい偶像のために、じゅうぶんすぎるほどの犠牲を払ってきたのだ。親になる夢をあきらめるはずがないではないか。

「いいえ、たしかに言ったわ」バーバラが反論した。「あたし、覚えてるもの。弁護士の仕事に専念したいって言ったのを」

「わたしが子どもを作ろうと言うたびに、バーバラ、きみのほうがまだその気になれないと言ったんじゃないか。そしていつも話題を変えた。わたしの好きにできていたら、いまごろ五人生まれてたっておかしくない」

妻の顔に、なにか思い出したというような表情が、なにかわかったような気配が浮かんだ。

「ひょっとしたらお義父さんのせいかも」言ってから、そんなことを言った自分にびっくりしたのか、彼女ははっとわれに返った。

「ひょっとしたらエズラのせい？」わたしはオウム返しに言った。

「そういう意味で言ったんじゃないわ」しかし時すでに遅し。妻のいわんとしたことを悟ったとたん、耳ががんがん言いだし、そのすさまじいまでの耳鳴りに、椅子から転げ落ちそうになった。

ひょっとしたらエズラのせい。

ひょっと……したら……エズラの……せい。

遠く離れたところから見るような目で妻を呆然と見つめるうちにわかってきた。エズラは自分の名声をわたしに引き継いでもらいたいと思っていた。バーバラはわたしにもっと稼いでもらいたいと思っていた。子どもは邪魔になる。彼女の顔が小刻みに震え、おそろしい形相に変化した。妻と父がわたしに子どもを持たせまいと共謀し、わたしはそこらの家畜のごとく唯々諾々《いいだくだく》と反論もせずに従ってきた。その歴然とした事実にわたしは打ちのめされた。椅子から転げ落ち、妻の声は遠くから聞こえる雑音と化した。気がつくとスコッチのボトルを手にして、タンブラーになみなみと注いでいた。バーバラが見ている。唇が動いたかと思うと、赤の他人の脚でキッチンに姿を消した。彼女が皿を水洗いして食器洗浄機におさめ、カウンターを拭くあいだ、時間がとまったように感じた。彼女は手を動かしながらも、わたしが消えてしまうのが心配なのか、こっちをちらちら見ていた。しかしわたしは動けなかった。導いてくれる人がいなかったからだ。それがおかしくて笑ったように思う。

ようやく妻がそばに来たときには、わたしはどうしようもないほど酔っぱらい、あると思っていなかった奈落の底に落ちていた。奪われたのだ！　ずっとほしかった自分の子どもが、学生時代からほしくてたまらなかった家族が。もっとも信頼できるはずのふたりのせいで、わたしは人生を奪われてしまった。しかもわたしときたら、手をこまねいてそれを見ているだけだった。まさに白紙委任だ。腰抜けだ。不作為の共犯だ。わたしも同罪であり、その事実の重大さに打ちのめされた。

まるで霧のなかからあらわれたように、妻の手がにゅっとのびてきた。彼女はわたしを寝室に連れていってすわらせると、その前に立ちはだかった。唇が動き、ワンテンポ遅れて言葉がつづいた。「心配しなくていいのよ、ダーリン。ふたりでがんばりましょう。お義父さんだってちゃんと考えててくれたに決まってる」その言葉はほとんど意味をなしていなかった。

彼女は服を脱ぎ、慎重な手つきで上着をかけると、振り返ってはだけた胸を見せつけた。ほかの男の目には天の恵みと映ったことだろう。スカートをおろしブロンズ像のような脚をあらわにした。命を吹きこまれた彫像のようなその肢体は、行儀良くしていたご褒美といった風情だ。彼女の指がわたしの防具たる服のファスナーを探りあてた。勝者のような笑みを浮かべてズボンを脱がせると、体の力を抜いてと言い、わたしの前にひざまずいた。こんなことはいけないとわかっていたが、妻がすさまじい威力のある魔法をもごもごと唱えるあいだ、わたしは閉じた目の奥に隠れていた。やがてわたしはわれを忘れ、そのさなか、とことん堕落した者は地獄に堕ちるのだと意識していた。

10

日曜の朝はやく、寒々しい灰色の陽射しに無理やり目をあけた。陽射しはブラインドをかいくぐりベッドにまで達していたが、部屋の大半はまだ暗かった。となりでは、バーバラが汗でべとついた脚をわたしの脚にくっつけて眠っている。わたしはそろそろとベッドの端まで移動し、そこでじっとしていた。自分の弱さが骨身にしみた。目やにでまぶたがくっつき、口のなかを占拠《せんきょ》している舌はとうの昔に死んだなにかの味がした。夜明け前の光が頻繁に届けてくる厳しい現実を思った。若い時分にもたまにあったことだが、そこから導かれる結論はけっきょくこうだ。わたしには自分というものがない。父に言われてロースクールに進学し、父に言われて結婚した。そしてその父、およびベッドをともにしてきたさもしい女のために、わたしは家族を、自分の分身を持つ夢をあきらめた。父が死んだいま、この事実だけが残された――わたしの人生はわたしのものではなかった。わたしの仮面をかぶった抜け殻のものだった。それでも自分を憐れむ気にはなれなかった。

顔をあげ、バーバラの顔をのぞきこんだ。寝癖のついた髪、肌には寝具の跡、ひらいた口のなかがつややかに光っている。その姿にわたしは顔をゆがめたが、真実を悟ったこの夜明けにおいてもなお、妻の美しさを認めないわけにはいかなかった。しかし、彼女と結婚したのはその美貌のためではない。わたしは本気でそう思っていた。勝ち気でエネルギッシュな女性だったから結婚したのだ。彼女が積極的だったという追い風も手伝った。非の打ち所のない妻になれる人だし、まともな男なら絶対に手放すはずがない女性だと思った。いつしかそんなたわごとを信じるようになっていたわたしだが、いまは虫酸《むしず》の走るような本当の理由がわかっている。ヴァネッサの言うとおり、わたしはエズラのためにバーバラと結婚したのだ。最低だ。

　足を床につけ、手探りで部屋を出た。洗濯室に寄って汚れたジーンズとサンダルを見つけた。電話と煙草のパックを手に、玄関ポーチに腰をおろした。霧が公園を覆いつくし、空気はひんやりしていた。身震いし、煙草に火をつけて世の中に向けて煙を吐き出した。なんの変化もなく、その静けさゆえに自分がたしかに生きているのを実感した。ヴァネッサの番号をまわした。留守番電話が応答した。彼女がとっくに起き出し、濡れた芝に素足で立っているのはわかっている。合図の電子音が鳴るのを待つあいだに、正直に話そうと心に決めた。きみの言うとおりだ、わたしが悪かったと。しかし、愛しているとは言わない。いまはまだ。それは相手の顔を見て言うべき言葉で、そこまで心の準備ができていない。それに、ほかにも問題がある。真実とも、わたしの人生が壊滅状態にあるという現実とも関係のない問題が。それでもわたしが理解したことを知ってもらいたかった。彼女が正しくわたしがまちがっていたことを。だから、すべてを吐き出した。言葉はしょせん言葉でしかなく、はっきりしないスタートではあるが、少しは意味があるはずだ。電話を切ったときには、気分がよくなっていた。この先なにが待ちかまえているかは見当もつかないが、そんなことはどうでもよかった。

腰をおろして煙草を吸っていると、ずっと昔からあるのはわかっていたなにかがわたしのなかで動いた。太陽が顔を出し、暖かな赤い指で触れてきた。とたんに心がなごんだ。そのとき、バーバラの存在を感じ、彼女がドアから出てきた。

「こんなところでなにしてるの？」

「煙草を吸ってる」わたしはあえて振り返らなかった。

「朝の六時四十五分よ」

「ふうん」

「あたしを見て、ワーク」

振り返った。あけはなしたドアのところに、フリースのローブにくるまった妻が立っていた。髪はぼさぼさで、がめつそうな口の上に腫れぼったい目。彼女もわたしと同じで、ゆうべのことを考えているのがわかる。「なにを考えてたの？」

わたしは威嚇するような目でバーバラをにらんだが、そこにこめたメッセージのほんの一部すら彼女には理解できっこない。理解するにはわたしという人間を知らなくてはならないが、わたしたちは赤の他人だった。だから考えていることを教えてやった。どんなに鈍い頭でもわかるよう、平凡なゴシック文字ででかでかと書くように。「自分の人生が乗っ取られ、とても払えない身代金を要求されている気分だと考えてたんだ。いままで見たことのない世界を見ているようで、なんでこんなところにいるのか不思議でならない」

「ばかなこと言って」彼女はそう言い、ごまかそうとしてほほえんだ。

「きみのことがわからないんだ、バーバラ。そもそも、わかったことがあるとも思えない」

「ベッドに戻るわよ」命令口調だった。

「戻らない」

「ここは凍えそうに寒いわ」

「なかのほうがよっぽど冷え冷えとしてる」

バーバラの渋面《じゅうめん》がいっそう深刻になった。「きついこと言うのね、ワーク」

「真実とは往々にしてきついものだ」わたしはそう言って妻に背を向けた。遠くに目をやると、男がひとり、こっちに向かって通りを歩いてくる。丈の長いトレンチコートに、鳥打ち帽をかぶっている。

「ベッドに戻るの、戻らないの？」妻がしつこく訊いてきた。

「散歩してくる」

「そんな裸みたいな恰好で」

振り返って彼女にほほえんだ。「ああ。べつにかまわないだろう？」

「あなた、怖いわ」

向きなおって公園を歩く男に目を戻した。妻がポーチに出てきたのが気配でわかった。彼女はしばらくわたしを見おろしていたが、その胸のうちは想像するしかない。ふいに彼女の両手が肩におかれ、マッサージがはじまった。「ベッドに戻りましょうよ」絹油布《オイル・シルク》のようなその声は、閨《ねや》での快楽を連想させた。

「もうすっかり目が覚めてしまったんだ」いくつもの意味をこめてそう言った。「きみだけ戻れよ」妻は手を引っこめ、そのまま無言で立っていた——腹を立てているのか、とまどっているのか、あるいはその両方か。天使の羽根を広げて高いところへ連れていってあげると言ってくれた妻を、わたしは撃ち落としてしまった。このあと彼女はどこに行くのか。熟れた肉体という最後の手段が失敗したいま、どのレバーを引いてわたしをベッドに戻らせるつもりなのか。無言の撤退が選択肢に入っていないことだけはたしかだ。

「誰と話してたの?」妻の声にはあらたな棘があった。わたしはわきにおいた電話を横目で見て、ヴァネッサ・ストールンを思い、自分の先を読む力の程度にあきれた。

「べつに」

「その電話、こっちにちょうだい」

わたしはそこで煙草をひと吸いした。

「ちょうだいってば」

見あげると、思ったとおりの顔をしている。蒼白な顔面に薄い唇。「本気か?」

彼女はすばやく腰をかがめ、電話を奪った。わたしは制止しようともしなかった。彼女がリダイヤル・ボタンを押すのを見て、わたしは目をそむけた。ロングコート姿の奇妙な男のほうへと。男はますます近づいてきている。うつむきかげんで顔はほとんど見えない。ヴァネッサは電話に出るだろうか。出ないでほしい。それ以外、なにも感じなかった。怒りも、恐れも、後悔さえも。電話を切ったバーバラは、怒りで声が尖っていた。「あの女とは終わったとばかり思ってた」

「わたしもそのつもりだった」

「いつから？」

「その話はしたくない、バーバラ。いまはまだ」わたしはゆっくりと立ちあがった。振り返りながら、妻の目に涙が浮かんでいてほしい、せめてプライドが傷ついた程度ではないことをしめすなにかがあってほしいと願いながら。「疲れてるんだ。二日酔いだ」

「そうなったのは誰のせい？」彼女はぶっきらぼうに言い返した。

わたしは深く息を吐き出した。「散歩に行ってくる。あとで話そう。きみにその気があるなら」

「逃げないでよ！」

「いまさら散歩に行ったぐらいで、ふたりの距離が広がるわけじゃないだろ」

「あらそう。じゃあ、あなたが浮気したのもあたしのせいってわけ」

「いまはその話をしてるんじゃない」

「戻ってきたときには、もうあたしはいないかもよ」彼女は脅しにかかった。わたしは玄関ステップの途中で足をとめた。

「好きなようにすればいい、バーバラ。誰もきみを責めやしない。とりわけわたしは」息をあえがせている妻に背を向け、ひんやりした朝露《あさつゆ》が光る通りと公園に向かってドライブウェイを歩きはじめた。

「薄汚いあばずれ女。あんな女のどこがいいのか、さっぱりわからない」バーバラはわたしの背中に向かって言った。声がしだいに大きくなっていく。「さっぱりわかんないわよ！」最後のひとことは絶叫に近かった。

「声が大きい、バーバラ」わたしは振り返りもせずに言った。「ご近所に聞こえる」ドアがいきおいよく閉まる音がした。鍵もかけたにちがいない。どうでもよかった。敷地を出て歩道に降り立ったとたん、わたしの日常はどこかに消えた。わたしもようやく人並みの男になれた。行動を起こし、立場を守ったのだ。本物の人間になれたようで、気分がよかった。

庭のいちばん低いところで、これまで千回は見かけていながら本当の意味で会ったとは言えない例の男を待った。近づいてくる男の顔をとっくりと観察した。みごとなほど冴えない男で、顔だちは印象が薄く、唇を茶色い歯に強く押しつけるように引き結んでいる。黒の分厚いフレームの汚らしい眼鏡をかけ、張りのない髪が鳥打ち帽の下からのぞいていた。

「一緒に歩かせてもらってもいいかな？」目の前まで来た男に声をかけた。男は足をとめ、わたしのほうに頭をかしげた。緑色の虹彩が黄色い海をただよい、口をひらくといかにも煙草吸いらしい声が飛び出した。前と同じ、強い訛りがあった。

「なんでだ？」

怪訝そうだ。

「いや、ちょっと」わたしは言った。「話したくて」

「ここは自由の国だからな」そう言って男はふたたび歩きだし、わたしはそのすぐあとを追った。

「感謝する」

男の目がわたしの裸の上半身にそそがれた。「おれはホモじゃないぞ」

「わたしもだ」

男はうめくような声をあげただけでなにも言わなかった。

「いずれにしても、あんたはわたしの好みじゃない」

男は高らかに笑い、最後にそのとおりだといわんばかりに鼻を鳴らした。「しゃれたことぬかしやがるな、え？　意外だぜ」

わたしたちは歩道づたいに進んで屋敷が立ち並ぶ一画をすぎ、公園の端から端までを歩いた。通りを行き交う車は少なく、子どもたちがアヒルに餌をやっていた。湖にただよっていた朝靄もゆっくり晴れあがりつつあった。

「おまえさんのことは以前から見ていた」男がおずおずと言った。「何年もずっと――おたくのポーチにすわっているところを。さぞかしいいながめなんだろうな」

どう返答していいかわからなかった。「世の中の動きを見るには最高の場所だ」

「ふん。それよか、世の中の一員になったほうがいい」

わたしは歩をとめた。

「どうした？」男が尋ねた。

「あたりまえのことを言われてガツンときた」

「どういうことだ？」

「つまり、あんたはすごく頭が切れそうだということだ」

「そうとも。おまえさんの言うとおりだよ」男はわたしの表情を見て笑った。「行くぞ。お世辞は歩きながらにしてくれ。そのほうがいい」

「あんたの名前を知っている」公園を過ぎ、メイン・ストリートと、その先の路地に立ち並ぶ貧しい住宅街に向かって歩きながらわたしは言った。

「ほう、そうかい」

「小耳にはさんだ。マクスウェル・クリーソン、だろ？」

「マックスでいい」

手を差し出すと男が足をとめ、そのせいでわたしも一緒に足をとめる結果となった。男はしばし、わたしの目を見すえると、両手をあげていって、わたしの顔の前でとめた。指の骨が折れ、あるいは曲がり、さらには鉤爪のごとくねじれている。爪がほとんどはがれているのを見て背筋が凍った。

「ひどい」

「おまえさんはおれの名前を知っている」男は言った。「べつに悪気があって言うわけじゃないが、いまのところはそれでじゅうぶんということにしようじゃないか」

「その指はどうしたんだ？」

「いいか、べつにおまえさんに話したくないわけじゃない――なにしろもうひどく昔のことだからな。だが、話してやれるほどおれたちはまだ親しくない」

わたしは男の両手を食い入るように見つめた。腕の先から枯れ枝がのびているようにしか見えない。

「だけど……」とわたしは言いかけた。

「おまえさんの知ったことじゃなかろう」男はぴしゃりと言った。

「あんたに興味がある」

「どうして？」

「さあ。あんたが変わっているからかな」ぴったりの表現が浮かばず、わたしはそこでまた肩をすくめた。「どんな仕事をしているかなんて質問をしない人だと思うからかもしれない」

「で、おまえさんにはそれが大事なことなのか？」

わたしは考えた。「そうだと思う」

男がかぶりを振りはじめた。

「あんたが本物だから、知りたいんだ」

「それはいったいどういう意味だ？」

男の顔が突如として生々しく見え、わたしは思わず目をそむけた。「わたしもずっと見ていたんだよ、あちこちで。だけど、誰かと一緒のことは一度もなかった。そこまで孤独を貫くのは、正直な証拠だと思った」

「で、それがおまえさんにとっては大事なことなのか？」

わたしは男に視線を戻した。「うらやましいんだ」

「なんでそんな話をおれに聞かせる？」

「あんたがわたしを知らないから……じゃないかな。せめて一度くらい、わたしも正直にものを言いたいからかもしれない――今度女房が顔を見せたら間髪入れずに撃ち殺してやるとか、ゴツンという音を聞くためだけに、往来で女房の友だちを轢き殺してやりたいとか、そんなことをさ」そこでまたも肩をすくめた。「そういうことを言ってもあんたが批判するとは思えないからかも」

マックス・クリーソンはわたしを見ていなかった。すでに横を向いていた。「おれは聖職者じゃない」

「話を聞いてもらえるだけでいいときがあるじゃないか」

彼は肩をすくめた。「なら、なにかべつのことをやれ」

「それだけか？　それがあんたの助言なのか？　なにかべつのことをやれって？」

「そうだ」公園を歩く男は言った。「めそめそするのはよすんだな」

その言葉がふたりのあいだにただよい、その向こうには男の顔が、ひどく深刻な顔があった。ぶっきらぼうなほど率直な言葉の余韻にひたりながら、わたしは笑った。あまりの大笑いに、体がぱっくりふたつに割れそうだった。笑いはじめてまもなく、マックス・クリーソンも一緒になって笑いだした。

三時間後、わたしは〝根を掘り返せ〟という黒い文字が躍る青いTシャツ姿で、手にはボーンと名づけることにした生後九週間のラブラドル・レトリーバーのリードを持ち、自宅のドライブウェイをのぼっていた。ジョンソン夫妻によれば、この犬は一緒に生まれたなかでも選り抜きの一匹だそうで、わたしはふたりの説明をそのまま信じた。昔飼っていた愛犬そっくりだった。

ボーンを連れて裏庭にまわると、浴室の窓の向こうに妻の姿が見えた。彼女はミサ用の服装で、鏡に向かって笑顔の練習中だった。一分ほどその様子を見たあと、ボーンに水をやってなかに入った。九時四十五分だった。

バーバラは寝室にいた。せわしなく動きまわりながらイヤリングをはめ、靴か、あるいはわたしの相手をするだけの忍耐を探しているかのように、床に目をこらしていた。顔はあげなかったが、声はつらつとしていた。

「教会に行ってくる。あなたも来る？」

昔から彼女がよく使う手だ。バーバラはめったに教会に行かないが、あえて行くのは、わたしが絶対に行かないとわかっているからだ。要するに罪悪感を持たせようとしているのだ。

「行かない。やることがある」

「やることって？」ここで彼女はようやく顔をあげてわたしを見た。ほかの質問はいっさいなし。さっきの口論にもわたしの不貞にも触れない。

「女にはわからないことを」

「あら、そう」バーバラは部屋から出ようとして立ちどまった。「それはよかったこと」そう言うと荒々しく出ていった。

そのすぐあとを追いかけるように家のなかを移動し、妻がハンドバッグと鍵をつかんで、乱暴にドアを閉めて出ていくのを見送った。コーヒーを注いで待つ。およそ五秒がたった。

ドアがいきおいよくあいてバーバラが転がりこみ、ドアに鍵をかけてから恐怖に引きつった顔をわたしに向けた。わたしは流しにもたれ、コーヒーをひとくち飲んだ。

「ガレージに浮浪者がいる！」

「まさか」わたしはわざとらしく目を見張った。

バーバラは窓のブラインドから外をのぞき見た。「ほら、あそこにすわってる。でも、さっきはあたしに襲いかかろうとしたんだから」

わたしは背筋をまっすぐにのばした。「わたしにまかせろ。心配しなくていい」そう言うと大股でキッチンを横切り、バーバラをドアから引き離した。外に出た。バーバラが電話を手に、すぐうしろからついてくる。「やあ！」声をかけると浮浪者は、うちのリサイクルボックスであさった古新聞から顔をあげた。目をこらしたせいで、唇が引き結ばれ、茶色くぼろぼろの歯が隠れた。「入れよ」その言葉にマックスが立ちあがった。「浴室は廊下の先だ」

「わかった」彼は言って、なかに入った。バーバラが猛スピードでドライブウェイを出ていったあと、わたしと彼は五分間も笑いつづけた。

11

一時間後、シャワーを浴び、着替えた。こんなに頭がすっきりしたのは何年かぶりのような気がする。実際、何年かぶりかもしれなかった。それでわかったことがひとつある。人生で手に入れられるものは家族だけだ。運がよければ結婚によって得られる家族もそこに含まれるだろう。わたしはあまり恵まれているとは言えないが、それでもジーンがいる。必要とあらば、彼女のかわりに罪をかぶることもいとわない。

電話を二本かけた。最初はクラレンス・ハンブリーに。父亡きあと、この郡でもっとも腕の立つ弁護士だ。エズラの遺言はこの男が作成した。電話したとき、彼は教会から戻ったばかりで、きょうのうちに会うことを渋々ながら承諾してくれた。次にかけた相手はシャーロット市で私立探偵をやっているハンク・ロビンズで、わたしはこれまでにもほとんどの殺人事件の弁護で彼に仕事を頼んできた。こっちは留守番電話が応答した。〝いまは電話に出られない。尾行のまっさいちゅうだと思ってくれ。番号を吹きこんでくれたら、調べる手間がはぶける〟。ハンクは軽薄なお調子者だ。三十歳だが、機嫌が悪いと四十歳にも見え、わたしの知るかぎり、誰よりも大胆不敵な男だ。それに、わたしは彼を気に入っている。携帯電話に折り返し連絡してほしいとメッセージを吹きこんだ。

　今夜は戻らないかもしれないというメモをバーバラに残し、ボーンを車に乗せた。そして買い物に出かけた。ボーンに新しい首輪、新しいリード、新しい餌用ボウルを買ってやった。三十ポンド入りの仔犬用ドッグフード一袋と、箱入りのおやつ用乾燥肉も買った。車に戻ると、ボーンが座席のヘッドレストの革を嚙みちぎってしまっており、それを見て思いついた。わたしの愛車はBMWで、依頼人が増えるからとバーバラに説得されて買ったものだが、いま考えるとあまりにくだらない理由だ。まだローンが数千ドル残っていて、払うたびに腹が立ってしょうがない。ハイウェイ一五〇号線を降りたところにある街路樹わきの中古車屋まで乗っていき、五年落ちのピックアップ・トラックと交換した。ひどくくさかったが、ボーンはシートの味がお気に召したようだった。

　公園で昼食をとっているところに、ようやくハンクから電話があった。「ワーク、わが相棒！　ここのところやけに新聞をにぎわしてるじゃないか。わがお気に入りの弁護士先生はいかがお過ごしかな？」

「以前にくらべてよくないのだけはたしかだ」

「なるほど、思ったとおりだ」

「仕事のスケジュールはどんな具合だ、ハンク？」

「いつも目いっぱい詰まってるよ。なんたって、このおれ様がたまに働いてるくらいだからな。で、今度はなにをやらせようってんだ？　またもや愛と裏切りが引き起こしたローワン郡の悲劇か？　競合するヤクの売人か？　まさか、またリモコン殺人じゃないだろうな」

「複雑な話なんだ」

「最良の話は複雑と相場が決まってる」

「いまひとりか？」

「まだベッドのなかだ。それで答えになってるか」

「会って話したい」

「ソールズベリー、シャーロット、あるいはその中間。時間と場所を指定してくれ」

ありがたい。街を離れてひと息つける言い訳なら、なんでも大歓迎だ。「今夜六時にダンヒルでどうだ？」ダンヒル・ホテルはシャーロット市の中心部、トライオン・ストリートにある。そこのバーは豪勢で、奥には薄暗いボックス席が山ほどあり、日曜の夜ならほとんど客はいない。

「あんたのデート相手もおれが調達するのか？」ハンクが言った。電話の向こうでくすくす笑う声がした。女の声だ。

「六時だぞ、ハンク。それからいまの悪い冗談の埋め合わせに、最初の一杯はきみが奢れ」

いささか気をよくして電話を切った。味方につけておけるならハンクはいい男だ。

エズラの弁護士からは、絶対に二時前には来るなと釘を刺されていた。まだあと三十分ある。餌用ボウルとごみをピックアップ・トラックに乗せ、口笛を吹いてボーンを呼んだ。湖で遊んだせいで毛が濡れていたが、助手席にすわらせてやった。ボーンは途中でわたしの膝に乗っかり、窓から顔を出した。おかげでわたしは、濡れた犬と中古トラックのにおいをぷんぷんさせながら、街はずれの広大な敷地に立つハンブリー邸の広いステップをのぼるはめになった。ハンブリーの自宅は豪邸で、大理石の噴水があり、ドアは高さ十二フィート、おまけに四部屋もあるゲストハウスまでついていた。玄関ドアのわきにはめこまれた銘板によれば、この家は一七八八年ごろの建造だそうだ。膝をついて祈るべきかもしれない。

クラレンス・ハンブリーの表情から察するに、この聖なる礼拝の日に出迎える博学なる友として、わたしは眼鏡にかなわなかったようだ。ハンブリーは年配で、皺だらけで、しかつめらしかったが、ダークスーツにペイズリー柄のネクタイ姿は貫禄があった。たっぷりとした白髪に同じ色の眉。おそらくこれが、一時間につき五十ドルを通常料金に上乗せする根拠なのだろう。

押しの強かった父とはちがいハンブリーの物腰はおだやかで、鼻息の荒いエズラとは対照的にみょうに気取っていたが、彼にも押しの強さと鼻息の荒さはたっぷりそなわっている。法廷でさんざん見てきたから、ペンテコステ派信者を思わせる派手なパフォーマンスも、高額の評決という大胆な目標を達成するうえでなんら支障がないのを知っている。召喚する証人は入念に訓練され、証言もよどみがない。彼のオフィスの壁に十戒は飾られていない。

ハンブリーはソールズベリーの古くからの金持ちで、そのせいで父が彼を毛嫌いしているのは知っていたが、その一方で、ハンブリーは有能であり、父はなんでも最高のものでなくては気がすまない性分だった。とりわけ、金がからむ問題では。

「明日にしてもらえたらありがたいのだが」ハンブリーはあいさつも抜きにそう言い、わたしのかかとのすり減ったブーツから、芝で汚れたブルージーンズ、襟が擦りきれているにもかかわらずどうしても捨てられないシャツへと目を移していった。

「大事なことなんです、クラレンス。どうしてもいま確認したくて。申し訳ありません」

彼はうなずいた。「同業のよしみだ」彼はそう言い、なかに入るよううながした。わたしは、靴の裏に犬の糞がついていませんようにと心のなかで祈りながら、大理石を敷きつめた玄関ロビーに足を踏み入れた。「わたしの書斎で話そう」

ハンブリーのあとから長い廊下を歩く途中、おもてのプールに通じる大きなフレンチドアをのぞきこむと、手入れの行き届いた庭が見えた。家のなかは、葉巻とつや出し剤を塗った革と老人のにおいがした。賭けてもいい、ここの使用人はお仕着せを着せられている。

書斎は間口は狭いが奥行きがあり、窓はどれも高かった。ここにもフレンチドアがあり、床から天井までの書棚があった。見たところ彼はアンティークの銃、摘んだばかりの花、青い色に凝っているようだ。高さ八フィートもある、金線細工をほどこした鏡がデスクのうしろにかかっていた。そこに映ったわたしはむさ苦しく貧相だった。きっとわざとあそこにかけてあるにちがいない。

「明日、お父上の遺産の検認手続きに入ることになっている」ハンブリーはそう言いながら、両開きドアを閉め、革の椅子を勧めた。わたしは腰をおろした。彼はデスクをまわりこんだものの腰はおろさなかった。権威の座とおぼしき場所からわたしを見おろすその姿に、自分がいかに弁護士連中を嫌っているかを、あらためて思い知らされた。「そういうわけで、いまここで具体的な話をしていけない理由はない。だがいちおう言っておく。今週中にきみに電話して、会う算段をつけるつもりだったのだ」

「それについては感謝します」あくまで礼儀として言った。エズラの遺言の執行者として彼が手に入れる巨額の手数料は、この際無視しよう。わたしは指を尖塔の形に組み、うやうやしく見えるよう気を遣った。本当なら、ハンブリーのデスクに脚をのせてやりたいところだ。「これもまたいちおう言っておくが、お父上を亡くされたことに、心からお悔やみを言わせてもらいたい。バーバラの存在が大きななぐさめになっていることだろう。彼女は良家の出だ。美しい女性だ」

いちおう言っておくが、靴の裏に犬の糞がついていればよかったのにと思った。「ありがとうございます」

「お父上とわたしはしばしば衝突したが、彼の業績は心から尊敬している。りっぱな弁護士だった」ハンブリーは上からわたしを見おろした。「目標とする人物だった」と意味ありげに締めくくった。

「よけいなお時間を取らせるつもりはありません」

「ああ、そうだった。では本題に移ろう。お父上の財産は相当な額にのぼる」

「相当な額とは？」エズラは金銭面については秘密主義をとおしていた。わたしはほとんどなにも知らされていなかった。

「相当な額だ」ハンブリーは繰り返した。わたしは無表情で待った。遺言が検認作業に入れば公文書扱いになる。いまさら出し惜しみしたところで意味がない。

ハンブリーはしぶしぶ譲歩した。「おおざっぱに言って四千万ドルだ」

わたしは椅子から転げ落ちそうになった——大げさではなく。せいぜい六、七百万ドル程度と見積もっていたからだ。

「弁護士としての腕もさることながら」ハンブリーは説明した。「お父上は有能な投資家でもあった。住宅および弁護士街にあるビルのほかはすべて、金に換えやすい有価証券にしてある」

「四千万ドル」とわたしは言った。

「正確に言うと、それよりいくらか多い」ハンブリーと目が合った。りっぱなことに彼は眉ひとつ動かさなかった。金持ちの家に生まれたとはいえ、さすがの彼も四千万ドルという大金を目にしたことはないはずだ。さぞかし苦々しく思っているにちがいない。そこでふと気がついた。父がクラレンス・ハンブリーを選んだもうひとつの理由はこれだったのだ。思わず顔がにやけそうになったが、そのときジーンと、彼女が住むみすぼらしい家が頭に浮かんだ。時間のたったピザのにおいが鼻を突き、おんぼろ車の窓ガラスに映る妹の顔が目に浮かび、欲望とエゴを祀《まつ》るグリーナ・ワースターの石造りの館に通じる玄関ステップをのぼる姿が思い出された。少なくとも、それぐらいは変えてやれそうだ。

「それで？」わたしは先をうながした。

「屋敷とビルはそのままきみのものになる。一千万ドルはエズラ・ピケンズ慈善財団の創設資金にあてられる。きみも理事のひとりだ。千五百万ドルはきみの信託財産となる。残りは税金だ」

わたしは唖然とした。「ジーンには？」

「ジーンにはなにもない」ハンブリーは言い切り、大げさに鼻を鳴らした。

わたしは椅子から腰を浮かせた。「なにもない？」とオウム返しに言った。

「すわりたまえ」

わたしは素直に従った。立ったままでいる力がなかったからだ。

「お父上の考えはきみもわかっているはずだ。女は金だの財政だのに首をつっこむべきではない。軽率のそしりを受けるのを覚悟で言うが、アレックス・シフテンが登場したがためにお父上は遺言を書き換えたのだ。もともと、二百万ドルをジーンの信託財産とし、うちの事務所か、彼女が結婚している場合は夫に管理させるつもりでいた。しかしアレックスがあらわれたせいで……お父上がどう思ったかはきみにも察しがつくだろう」

「ふたりが恋人関係にあると父は知っていたのでしょうか？」わたしは訊いてみた。

「そうではないかと思っていたようだ」

「だから相続人からはずされた」

「そういうことだ」

「ジーンはそのことを知っていますか？」

ハンブリーは肩をすくめただけで、質問に答えなかった。「人間というのはみょうな金の使い方をするものだな、ワーク。好き勝手な使い方をする」

ハンブリーが言っているのはジーンのことではないと察し、感電したかのように毛が逆立った。「つづきがあるのですね、そうでしょう?」

「きみの信託財産についてだ」ハンブリーはようやく椅子にすわった。

「それがなにか?」

「きみは六十になるまで、その財産から生じる所得をすべて好きなように使える。慎重に運用すれば、少なくとも年に百万ドルにはなるだろう。六十歳になった時点で、全額を受け取る」

「ただし?」彼の言葉に引っかかるものを感じた。

「いくつか条件がある」

「その条件とは?」

「その年齢まで現役の弁護士として活動していなくてはならない」

「なんですって?」

「明々白々だと思うがね、ワーク。お父上は、きみがこの先も弁護士をつづけ、社会的立場および弁護士としての立場を維持することが重要だと考えていたのだ。ただ金を残しただけでは、軽はずみなことをやりかねんと心配していたのだよ」

「たとえば、しあわせになることですか?」

ハンブリーはわたしの皮肉も、声にあらわれていたはずのむきだしの感情も無視した。死してもなお父はわたしの生き方に注文をつけ、思うように操ろうとしているのだ。「それに関して具体的なことは言っていなかった」ハンブリーは答えた。「しかし、それ以外については具体的な指示がある。当法律事務所が管財人をつとめる。われわれに一任されている」彼はそこでうすら笑いを浮かべた。「いや、正確に言うならわたしに一任されているのだよ。きみが現役の弁護士として活動しているかどうかの判断は。例として判断基準のひとつをあげると、少なくとも月に二万ドルを請求していなくてはならないというのがある。もちろん、貨幣価値が下落した場合は補正をかけることになるが」

「いまだってその半分も請求していないのを、ご存知でしょうに」

「ああ、知っている」またもやうすら笑い。「お父上は、それできみが奮起するのではないかと考えておられた」

「ふざけやがって」ついに怒りが声となって出た。

ハンブリーがすっくと立ちあがり、広げた両手をデスクについて顔を近づけてきた。「はっきり言っておくぞ、ミスタ・ピケンズ。わたしの家で汚い言葉を使うのは許さん。わかったかね？」

「ええ」わたしは食いしばった歯からしぼり出すように言った。「わかりました。ほかの条件を聞かせてください」

「信託証書に記された条件を満たさない年があった場合、その年に信託からあがった収入はエズラ・ピケンズ財団のものとする。信託証書に記された条件を満たさない年が五年間で二年あった場合は信託を打ち切り、元金のすべては永久に財団のものとなる。しかし、条件をしっかり満たしたうえで六十歳を迎えた場合は、全額がきみのものとなり、好きなように使ってかまわない。もちろん、書類は全部コピーしてきみにも渡そう」

「それだけですか？」誰にでもわかるほど嫌味たっぷりな言い方になってしまった。やりすぎだ。

「概要は以上だ」ハンブリーは答えた。「しかし、ささいなことだが最後にもうひとつ。万が一きみが、直接的にしろ間接的にしろ、妹のジーン・ピケンズにわずかでも金を渡したと判明したら、信託は打ち切られ、金はすべて財団のものとなる」

「あんまりだ」わたしは思わず立ちあがり、室内を歩きまわった。

「これがお父上の遺言なのだよ」ハンブリーはたしなめるように言った。「彼の遺志なのだよ。千五百万ドルが自由に使えると言われれば、ふつうは納得するものだ。そういう見地で考えたらどうだね」

「この遺言に見地があるとしたらひとつだけだ、クラレンス。父の見地だけだ。それもとてつもなくゆがんだ見地だ」老弁護士が口をひらきかけたが、わたしはそれを制した。わたしの声がうわずり、この家のルールに対する敬意が消え失せると、彼は顔を真っ赤にした。

「エズラ・ピケンズは俗悪で、他人を操る策士で、実の娘がどうなろうと屁とも思わず、わたしのことなどネズミのくそほども気にかけていなかった。いまごろあいつは、くそったれな墓のなかでばか笑いしていることでしょうよ」ハンブリーのデスクごしに身を乗り出す。唾を飛ばしているのはわかっていたが、気にしなかった。「あんな人並みはずれたくそ野郎の金などあんたにくれてやる。聞こえただろ。くれてやる！」

最後の言葉が口から出ると同時に椅子にへたりこんだ。これほど強い怒りを感じたのははじめてで、いまにも倒れそうだった。一瞬、沈黙がおりた。静けさをやぶるのは、老弁護士のこぶしがかすかに震える音だけだ。彼の口から出たその声は、ひどくいらだっていた。

「きみがひどいストレスにさらされているのはわかっておる。だからいましがたのばちあたりな言葉は忘れてやろう。しかし二度とこの家に顔を出さんでくれ」その目からは、彼を有能な弁護士にのしあげた能力の片鱗《へんりん》がうかがえた。「二度とだぞ」と繰り返した。「さて、お父上の弁護士で遺言の執行者としてひとこと言っておく。この遺言は有効だ。明日、検認手続きに入る。正気に戻れば、これによってきみの立場が微妙になったと気づくだろう。その場合には連絡をくれたまえ――オフィスのほうに。最後に、もうひとつつけくわえておく。そう言うつもりはなかったのだが、きみの態度を見て気が変わった。ミルズ刑事が会いに来た。お父上の遺言を見たいと言ってな」

ハンブリーがなんらかの反応を期待していたのなら、あてははずれなかった。わたしの怒りは消え失せ、りっぱとは言いがたい感情、腹のなかでヘビのごとくとぐろを巻いた、ひんやりとしたとらえどころのない感情がとってかわった。それは恐怖で、そんなものをかかえていると、丸裸になった気がした。

「最初は拒否したが、そのあと刑事は裁判所命令を持ってふたたびやって来た」ハンブリーはさらに顔を近づけ、てのひらの指を広げた。笑みは浮かんでいないが、腹のなかで笑っているのが手に取るようにわかる。「わたしとしては従うしかなかった。彼女はひどく関心をいだいていたぞ。千五百万ドルになど興味がないことを、彼女に説明したほうがいいんじゃないのかね」そう言うと彼は背筋をのばし、広げていた指をさっと閉じた。「さてと、わたしの好意もこれで限界だ。わたしの忍耐力も。わたしの安息日を穢《けが》した詫びを言いたくなったら、考慮してやってもいい」そしてドアのほうをしめした。「では、ごきげんよう」

頭のなかが真っ白だったが、どうしてもひとつ訊いておきたかった。「ミルズ刑事はエズラがジーンを相続人からはずしたことを知っているんですか？」

「その質問は」ハンブリーはすっかりくつろいだ様子で答えた。「ミルズ刑事にぶつけるのがよかろう。さあ、帰りたまえ」

「いま知りたいんです、クラレンス」わたしはてのひらを上にして両手を差し出した。「頼みます」

「彼女の捜査を邪魔したくないのでね。彼女にぶつけるか、さもなくばほうっておくことだ」

「父はいつ妹をはずしたんです？　具体的な日付は？」

「わたしがきみに果たすべき責務は、遺言の執行者と第一受益人という関係、およびそれによって派生する信託の管理にかぎられる。お父上の死をめぐる状況と、本件に警察が関心を寄せていることを鑑《かんが》みれば、突っこんだ話をするのは双方にとって賢明でないと考える。これ以上のコメントは差し控えさせてもらう。遺言が検認されたあとならば、関連する事項について営業時間内に相談を受けるのはかまわない。それ以外できみと話すつもりはないからそのつもりで」

「遺言はいつ作成されたのですか？」わたしは食いさがった。これは正当な質問であり、わたしには知る権利がある。

「十一月十五日だ。一昨年の」父が失踪する一週間前だ。

わたしは退散した。あまりにかっかしていたものだから、恐怖を感じる余裕もなかった。しかし、ここでわかったことが警察にどんな印象をあたえるかはわかっていた。もしもジーンが、アレックスとの関係ゆえに二百万ドルの遺産相続からはずされると知っていたなら、エズラを殺す動機がまたひとつ増えることになる。ミルズ刑事はそう見るだろう。ジーンは知っていたのか？　いつ知ったのか？　エズラはいつジーンを相続人からはずしたのか？　そんな質問をミルズがぶつける場面が目に浮かんだ。しかし、彼女は本当にそう質問したのだろうか？

クラレンス・ハンブリーも、やつの卑劣な執念深さもくそくらえだ！

ピックアップ・トラックに戻ると、ボーンが膝に乗ってきてわたしの顔を舐めはじめた。わたしは連れがいるのがうれしくて、背中をなでてやった。わたしがアルコールと悲しみと怒りでしょぼくれていたこの数日間も、世の中は動いていたのだ。ミルズはなまけていたわけではなかった。わたしに狙いをしぼっていた。わたしは容疑者にされていた。そう思っただけでいたたまれなくなった。頭にこびりついて離れなかった。この何日かで、わたしはひじょうに多くのことを知ったが、そのどれひとつとしてうれしいものではなかった。そこへこれだ。わたしは千五百万ドルを手に入れられるが、あくまでわずかなりとも残った自分というものを放棄すればの話だ。

ドライブウェイから動かずにいるわたしを、鏡張りの目のような窓が見おろしている。エズラの遺言と彼が最後までわたしを意のままに操ろうと策を弄したことを思うと、ねじれた考えに唇がゆがんで苦笑が漏れた。わたしの人生がどん詰まりであることに変わりはないが、この点に関しては、エズラがわかっていなかったこと、想像すらできなかったことをわたしは知っていた。さっきまで恐怖というヘビがとぐろを巻いていた場所にブラックユーモアが登場した。それが熱した油のごとくふつふついいながら、わたしを解き放ってくれた。エズラの顔を、恐怖――それがどんなものか知っているとして――を、きつねにつまれたような表情を思い浮かべた。父の金などほしくない。代償が大きすぎる。そう考えると思わず笑いが漏れた。だから、一七八八年建造のハンブリー邸から車で出るときも笑っていた。愚か者のように笑った。ばか笑いした。

とはいえ、自宅に戻るころにはヒステリー症状もおさまり、むなしさだけが残った。体のなかにガラス片を詰められたみたいに、全身がずたずただった。だが、マックス・クリーソンを見よ。指の骨が折れ、爪をはがされてもなお、めそめそするなと赤の他人に言える強さと気性を持ち合わせているではないか。

ボーンを裏庭に連れていって餌と水をやり、腹をなでてやってから、家のなかに入った。〝裏バーバラあての伝言がおいたときのままになっていた。ペンを取って、つけくわえた。〝裏に犬がいるが驚かないでくれ——わたしの犬だ。きみさえよければなかに入れてもらってもかまわない〟しかし、ボーンがなかに入れてもらうことはないだろう。バーバラは犬が嫌いだ。結婚したときにわたしが連れてきた、ボーンと同じく黄褐色のラブラドル・レトリーバーは、けっきょく一度として家にあがらせてもらえなかった。バーバラと結婚したときには飼って三年になっていた。やがていつもそばにいる友だった犬は、がまんならないやっかい者となった。あの犬もまた、愚かな選択の犠牲者だったのだ。あんなまちがいは二度と繰り返すまい。キッチンの窓からボーンの様子を見るうち、家がひどくがらんとして空虚なのをひしひしと感じ、ふと母を思い出した。

エズラと同じく母も貧しい家の生まれだったが、彼とは正反対であたえられた境遇に満足していた。大きな屋敷も車も名声も望まなかった。対してエズラは貪欲で、のしあがっていくにつれ、過去を思い出させる母の存在がうとましくなっていった。エズラはおのれの過去を嫌悪し、恥じてもいたが、その過去と同じベッドで寝ていた。

これはあくまでわたしの憶測にすぎないが、それ以外に、赤貧状態から身を起こした夫婦が、ふたりの子どもをもうけながらも、最後は他人以上に不仲になる理由があるだろうか。

長年にわたってうとまれつづけた母は、この家のようにうつろになり、エズラが怒りと不満と憎しみをぶちまける井戸となった。母はそれらすべてを受け入れ、耐え、最後には影同然の存在となった。彼女が子どもにしてやれたのは、きつすぎるほど抱きしめることと、口を慎めと警告することだけ。一度として子どものために立ちあがってはくれなかった。死んだあの夜までは。ほんの一瞬強さを見せ、意志の力をのぞかせたせいで母は命を失い、わたしは手をこまねいてただ見ていた。

口論の原因はアレックスだった。

目を閉じると、ルビーのように赤く染まった絨毯がよみがえった。

わたしたちは階段をのぼりきったところの、広い踊り場にいた。わたしはジーンと父から目をそむけたくて、腕時計を見た。ジーンが父に逆らい、一触即発状態となっていた。時刻は九時四分すぎで、外は暗く、妹の顔はいつもとまったくちがっていた。精神病院を退院した心神喪失患者とは思えなかった。これっぽちも。

母は口を手でおおい、呆然と立ちつくしていた。エズラが怒鳴っていた。ジーンも怒鳴り返し、指で相手の胸を突いた。このままでは丸くおさまるはずがない。わたしは列車が転覆する瞬間でも目撃するように、固唾を呑んで見守っていた。そのとき母が、小さな十本の指で列車をとめてみせるといわんばかりに手をのばした。

それでもわたしは行動を起こさなかった。

「いいかげんにせんか！」父が声を荒らげた。「それが世の中の道理というものだ」

「いやよ」ジーンが言い返した。「そうはいかない。あたしの人生なんだから！」

父がにじり寄り、ジーンを見おろすように立った。それでジーンはたじたじとなるはずだったが、ならなかった。

「自殺をこころみた時点で、おまえの人生じゃなくなった」父は言った。「だからいまはわたしの人生だ。おまえはまだ退院したばかりだ。まともにものが考えられない状態なんだ。わたしたちはがまんにがまんを重ね、理解しようとつとめてきた。だがな、今度という今度はあの女に出ていってもらう」

「アレックスのことは父さんに関係ない。出ていくよう頼む権利なんかない」

「ひとつ言っておくぞ、お嬢さん。わたしは頼んでるんじゃない。あの女はトラブルの種だ。あいつがおまえの頭に妙なことを吹きこむのが許せんのだ。あの女はおまえを利用しているだけだ」

「なにに利用してるって言うの？　あたしは金持ちじゃない。有名でもない」

「わかっているくせしおって」

「ふうん、言えないんだ？　セックスのためって言いたいんでしょ、父さん。そうよ、セックスのためよ。ええ、あたしたち、ファックしまくってる。だったらどうしようっての？」

父は突然声を落とした。「おまえはわが家の面汚しだ。おまえたちふたりがやっていることは恥さらしもいいところだ」

「ほうら、やっぱり。あたしを心配してるんじゃないのよ。自分がかわいいだけ。父さんはいつだって自分のことばっかり。もううんざり」

ジーンが背を向けて立ち去ろうとした。わたしとも、母とも目を合わせずに、くるりと背を向けて一歩踏み出した。するとエズラがつかみかかった。力まかせに振り向かせたせいで、ジーンは倒れて膝をついた。

「行かせんぞ！　絶対にな！」

ジーンは立ちあがって、力まかせに腕を払った。「二度とあたしに触らないで」

その瞬間、時がとまり、ジーンの言葉がふたりのあいだをたゆたった。母の顔にまぎれもない絶望の色が浮かび、その目がふたたびわたしに訴えかけた。なのにわたしは父の影に封じられ、動けなかった。母はそれを察したにちがいない。

「あなた」母が割って入った。

「おまえは引っこんでろ」父の目は、腕ずくでも言うことを聞かせるぞといわんばかりにジーンをにらみつけていた。

「あなた」母はもう一度呼びかけ、父に向かって記念すべき一歩を踏み出した。「好きにさせてやって。ジーンだってもう大人だし、その子の言うことのほうが正しいわ」

「おまえは黙ってろと言ってるだろうが！」父の目はまだジーンに据えられたままだった。

彼女が背を向けようとすると、飛びついて揺さぶった。腹を立てた少年が骨がなくてぐにゃぐにゃの人形を揺さぶるように。しかし、ジーンには骨があり、わたしは折れてしまうのではないかと心配になった。「絶対に行かせん！」それから父はわけのわからないことをまくしたて、ジーンの頭が首の上でぐらぐら揺れた。母がこの修羅場をみずからの手でおさめようとするのを、わたしは黙って見ていた。

「その手を離して、あなた」母は父のがっしりした腕を引っ張った。すでにジーンはぐったりしていたが、それでも父は揺さぶりつづけた。「あなた、やめて」母が叫んだ。「わたしの娘から手を離して！」そう言うと、小さなこぶしで父の肩を殴りだした。顔の皺に入りこんだ涙が光った。わたしはなにかしなくては、なにか言わなくてはと思ったものの、全身が麻痺したように動かない。そのとき父が手を払った。手の甲がはるかかなたへと飛んだ。と同時に母が落ちていった。時がとまったような気がしたが、実際はちがった。次の瞬間、母は階段下に倒れていた。父が建てた家に、ぐにゃぐにゃの人形がもう一体。

父が手を離すと、ジーンはその場にくずおれた。彼は自分の手を見つめ、それからわたしを見つめた。

「いまのは事故だ。おまえも見ていたな？」

父の目をのぞきこむと、生まれてはじめて必要とされているのがわかり、思わずうなずいた。わたしは取り返しのつかないことをしてしまったのだ。

「よし」父が言った。次の瞬間、足元が崩れ落ち、わたしは自己嫌悪という深い井戸にころげ落ちた。

いまもまだ底が見えない。

エズラが頭に受けた銃弾が一発だけだったら、自殺と思ったことだろう。そう考える以外、父がやったことと折り合いをつける方法があるだろうか。しかし、最大の罪は不作為《ふさくい》の罪だ。それこそがわたしが背負っている苦しみであり、その代償として母の命とわたしの永遠の魂が失われた。わたしにはジーンを守る義務があった。わたしは母が無力なのを知っていたし、父の気性の激しさも知っていた。母は仲裁してほしいと目で訴え、いかにも弱者らしく哀願した。手を出さなかった理由はいまもわからないが、父のせいで染みついたみじめなまでの弱さのせいで、心がゆがんでいたのかもしれない。というのも、わたしを押しとどめたのは父への愛情ではなかったからだ。断じて愛情ではなかった。ならばなんだったのか？　答えはいまだに出ず、その疑問がいまもつきまとって離れない。だからわたしはあの失態をかかえて生きているのだし、眠るたびに、赤い絨毯を敷いた階段を横ざまに転がり落ちるダンスを思い出すのだ。

事故の瞬間、ジーンはほとんど意識がなかった。だから実際になにがあったかはわかっていないが、彼女なりに推理し、わたしの目を見て、エズラの真実となったうそを見抜いた。問いつめられ、母は足を滑らせたのだとわたしは答えた。罵り合いをやめさせようと割って入ったら、足を滑らせたのだと。どうしようもなかったんだと。

なぜわたしは父をかばったのか？　たぶん頼まれたから、だろう。生まれてはじめて父に必要とされたから。母の死はあくまで事故であり、事実を言ったところでいいことはないと言う父の意見が正しく思えたから。彼はわたしの父であり、わたしはその息子だから。もしかしたら、自分のせいだと思っていたからかもしれない。そんなこと、誰にわかる？けっきょく、警察にあれこれ質問され、わたしは事実をねじ曲げた。エズラの真実はわたしの真実となった。しかし、ジーンとわたしのあいだにできた亀裂は修復不可能だった。亀裂は大きな溝となり、妹は溝の反対側にある自分の世界に引きこもった。葬儀の席で彼女を見かけた。母の棺に最後の土がシャベルでかけられたとき、わたしたち兄妹の関係にも土がかけられた。ジーンにはアレックスがいたから、それでじゅうぶんだったのだ。

母が死んだ夜、午前零時をまわるころには警察も引き揚げた。わたしたちはどうすればいいかわからず、ぼんやりと見える救急車のあとをついていった。病院の裏口に到着すると、母だけが赤の他人の手で薄暗くしんと静まり返った建物のなかに運ばれ、死者が安置されている冷蔵室に入れられた。わたしたち親子三人は、街灯の下でそれぞれの思いに沈みこみ、十一月の小雨が降るなか無言で立っていた。母の死の真相が重くのしかかり、三人とも目を合わせようとしなかった。しかしわたしは折を見て父の様子をうかがった。雨のしずくが顔を落ちていく様子や、光を受けて白っぽく見える無精ひげの下で筋肉がこわばるのが見えた。ようやく言葉を発したのは、やはりエズラだった。「帰ろう」と言われ、わたしたちも了解した。ほかに言うことはなにもなかった。

家に戻ると、明かりがついたままだった。わたしたちは居間に腰をおろし、エズラが酒を注いだ。ジーンは手をつけようとしなかったが、わたしの分は魔法のごとくなくなり、エズラがもう一杯注いでくれた。ジーンの手は膝の上で握ったりひらいたりを繰り返し、てのひらに爪が食いこんでできた半月型のへこみがくっきりと見えた。小刻みに体を震わせたかと思うと、身をこわばらせ、ときおり激しく泣いた。わたしが手を差し出すと、妹は飛びのいた。わたしはエズラではないと言いたかったが、そんなことを言ったところでどうなるものでもなかっただろう。いまになってそう思う。

誰もなにも言おうとせず、時だけが過ぎていった。音といったら、氷がグラスに当たる音と、エズラが歩きまわる重い足音だけだった。

電話の音にわたしたちは飛びあがるほど驚いた。エズラが出た。話を聞き、電話を切ると、わたしたちを、自分の息子と娘を見た。そしてひとことも言わずに出ていった。残されたわたしたちは、なにがなんだかわからなかった。やがてジーンもあとを追うように出ていった。そのときの彼女の表情をわたしは一生忘れない。ドアのところで彼女が振り返った。その口から出た言葉は剃刀のごとくわたしの心を切り裂いた。「わかってるんだから、あいつが母さんを殺したんでしょ。なのに兄さんはあんなやつをかばってる」

それが生きているエズラを見た最後だった。そのあとの長い十分間、わたしは惨劇の現場に、壊れた人形の家にひとり残った。やがてわたしも家を出た。ジーンの家に寄ってみたが車はなく、ノックしても誰も出てこなかった。ドアは鍵がかかっていた。一時間待ったが、妹は戻らなかった。自宅に戻り、できるかぎり冷静な声で、その晩の出来事を妻に伝えた。そのあともう一杯やった。妻が眠りについたのを見届けてから、こっそり出かけた。その晩はストールン農場で過ごした。ヴァネッサになぐさめられながら、子どものように大泣きした。夜が明けるころ、自宅のベッドにもぐりこみ、ブラインドの隙間から漏れる灰色の光がしだいに明るくなっていくのを妻に背中を向けた恰好で見ていた。ぴくりとも動かず、エズラの真実に命がけでしがみついていた。あのときはそうする価値があると思ったが、時の流れとは残酷なものだ。

痛みを感じ、手を見おろすと、キッチンの流しを力まかせにつかんでいたせいか、血が通わなくなっていた。手を離すと痺《しび》れを感じたが、さっきの痛みよりはましだ。あの夜の記憶を過去へと、ずっとしまいこんできた場所に押しこもうとした。わたしは家にいる。ボーンは裏庭にいる。エズラは死んだ。

おもてでエンジンの音がしたので、洗濯室の窓に歩み寄った。一台の車がドライブウェイをゆっくりと走ってくる。誰の車かわかったとたん、運命だとか、必然という言葉が頭に浮かんだ。

わたしの人生はギリシア悲劇と化していたが、打つべき手はすべて打った——家族を傷つけず、いまあるものを守るための手を。エズラが殺されるとは思っていなかったし、ジーンがわたしを軽蔑するとも思っていなかったが、事実にはまぎれもない鋭さがある。母は死んだ。そしてエズラも。その事実は変えようがない。わたしの罪悪感も、そして一生つづく苦しみも。済んでしまったことはしょうがなく、どうすることもできない。だからわたしはこれまで何度となくしてきたように自問した。贖罪などなんになるのか？　どこに行けば得られるのか？

その疑問に対する答えは持ち合わせておらず、いずれその時が来ても、わたしにはあがなうだけの力がないのではないかと不安になった。だから、このがらんとした家で立ちつくしながら、ひとつ心に決めた。この件がすべて過去のものとなって振り返るときに、同じ後悔を繰り返さないようにしようと。

力をお与えくださいと祈った。

それから家の外に出た。ドライブウェイでミルズ刑事が待っていた。

12

「車のキーを持ってるんじゃないでしょうね」ミルズの声がした。わたしが固いコンクリートに降り立ち、彼女の車のフロントガラスが照り返す陽射しに目を細めたときだった。わたしはてのひらを上にして両手を差し出し、なにも持っていないことをしめした。

「安心してくれ。逃げるつもりはない」刑事はゆったりした茶のズボンにかかとの低いブーツという恰好で、サングラスをかけていた。この日もまた、拳銃の床尾がジャケットの下からのぞいていた。オートマチックだ。握りの部分は木で、チェッカリング加工されている。前に見たときには気づかなかった。彼女がこの銃で人を撃ったことはあったかと記憶をさぐった。いずれにせよ、必要とあらば引き金を引くのはまちがいない。

「まったく、あなたにも困ったものだわ、ワーク。ダグラスの口添えがなかったら、署に同行してもらうところよ。あなたの、傷ついた鳥をよそおった言い訳には、もううんざり。いい加減にしてよ。さあ、知ってることを全部話してもらうわよ、いまこの場所で。わたしの言うこと、わかった？」

彼女の顔にはプレッシャーと疲れが、それを隠そうとした化粧よりも色濃く浮かんでいた。

わたしは煙草を一本振り出し、彼女の車にもたれかかった。その態度を彼女がどう判断するかはわからなかったが、わたしにはある考えがあった。「刑事弁護士が裁判で負ける理由はなんだかわかるか？」

「悪党の味方についてるからよ」

「依頼人が愚かだからさ。そういうケースをいやと言うほど見てきた。取り返しのきかない話を、曲解されかねない話を警察にしてしまうんだ。世論のプレッシャーが大きいときは余計だ」そこで煙草に火をつけ、丘の下に目をやった。ヘッドライトを消した救急車が一台、通っていく。「まったく驚かされるよ。協力すれば警察の目をべつの人間に向けさせられると思いこんでいるのだからね。能天気にもほどがある」

「だけど、そのおかげであなたたち弁護士はやっていける」

「そのとおり」

「話す気はあるの、ないの？」ミルズが迫った。

「いま話してるじゃないか」

「利口ぶるのはやめて。きょうは。つき合ってあげる気にはとてもなれない」

「わたしは新聞だって読むし、この業界にも長い。きみがたいへんなプレッシャーにさらされているのはわかってる」ミルズがわたしの言葉を否定するように、そっぽを向いた。「わたしが利口ならこの口を閉じてるね」

「わたしを敵にまわさないほうが身のためよ、ワーク。それだけは言っておく」

「ダグラスもそう言っていた」

ミルズが感情をあらわにし、口もとを引きつらせた。「ダグラスは関係ない」

「彼からはきみに協力するよう言われただけだ」ミルズが腕を組んだ。「これでおたがい率直に話せるかな？　駆け引きなしで？」

「いいわ」

「そっちが正直に話してくれるなら、わたしも正直に話す。それでどうだ？」ミルズはうなずいた。「わたしは容疑者なのか？」

「いいえ」間髪いれない即答に、うそをついているとわかった。なんてわかりやすい女なんだと、笑いだしたくなったが、そうしたら品のない笑いになったことだろう。〝こんなくそみたいなことになるとは信じられない〟という笑いに。

「容疑者はいるのか？」

「いる」

「わたしの知ってる人間か？」

「全員よ」地区検事とそっくり同じ答えが返ってきた。わたしはジーンのことを思い、刑事がクラレンス・ハンブリーからの事情聴取の際にそこまで突きとめていませんようにと祈った。

「仕事関係は調べたのか？　かつての依頼人とか？」

「捜査状況については教えられない」

「きみがハンブリーから話を聞いたのは知っている」わたしはそう言うと、なにか反応はないかとその顔をじっと見つめたが、なにも見あたらなかった。あいかわらず真一文字に結んだ唇と、見抜けない目があるだけだった。「遺言について調べたこともわかってる。わたしを犯人と見なしてもおかしくない、千五百万ドルの理由があるようだな」

「まったくハンブリーときたら。鼻持ちならないおしゃべり野郎だわ。ちょっとは口を閉じてることを覚えなさいよ」その様子を見るうち、彼女が弁護士をひどく嫌う理由がようやくわかった。弁護士が彼女の脅しに動じず、それどころか首を絞めてくるからなのだ。

「それで」とわたしはうながした。「わたしは容疑者ではないのか？」

「ダグラスからはあなたにつきまとうなと言われてる。あなたが父親を殺したはずがない、それもお金のために、というのが彼の言い分。でも、お金以外の動機が見つからない」

「それでも調べたわけだ」

「調べたわ」

「で、彼の意見にしたがうのか？」

「あなたが正直に話してくれさえすれば、ダグラスの言うとおりにする。当面は。だけど最終的には事件の担当はわたしよ。へたなまねをしたら、ただじゃおかないし、身近な人までとばっちりを受けることになる。わかった？」

「一点の曇りもなく」とわたしは答えた。「ほかにハンブリーからはなにを聞き出したんだ？」喉から手が出るほど知りたい気持ちを悟られまいとしながら訊いた。

ミルズはまたもや肩をすくめた。「お父さんが鼻持ちならない金持ちだってことと、殺したのがあなたでなければ、まったく運のいい野郎だってことを」

「たかが金じゃないか」わたしは言った。

「気に入ったわ、その台詞。たかが金ね」

「そろそろ本題に入るか？」

「いいわね。そろそろはじめましょう」

「なら車でそのへんをまわりながら話そう。バーバラがじきに帰ってくるだろうが、彼女を巻きこむのはごめんだ」

「あら、奥さんからも話を聞くつもりよ」ミルズは辛辣な口調でそう言い、自分が警官であることを明確にわからせた。

「だけど、あとでかまわないだろ？　さあ。きみの車で行こう」

ミルズは上着を脱いで、後部座席に放りこんだ。車内は病院で嗅いだのと同じ、熟した桃のにおいがした。車にはお決まりの警察無線が装備され、ダッシュボードにショットガンが固定してあった。無線から雑音まじりの声がした。ミルズはボリュームを落とし、わが家のドライブウェイからバックで車を出した。わたしは横目で彼女を観察し、手錠と催涙ガスのスプレー缶と予備の弾倉がベルトにぶらさがっているのを確認した。シャツの前が広がって、彼女に似つかわしくない淡い色のレースのブラがのぞいていた。顎の筋肉が浮き出ているのを見るかぎり、市の金を使ってわたしとドライブなんかするよりは、さっさとしょっぴきたくてうずうずしているように思える。わたしは彼女が有能な警官であることを思い出し、発言は慎重にと自分に言い聞かせた。彼女はなにか口実がないかと、虎視眈々と狙っているのだ。

通りに出ると、右折して公園の前を通りすぎた。わたしたちは無言でメイン・ストリートに向かった。そこで彼女は郊外の方向に進路を変え、この郡によくある、長く、ありえないほど狭い道路を目指した。「さあ、話して」彼女が言った。「ひとつ残らず。お父さんが失踪した晩になにがあったか、すべて知っておきたい。省くのはだめ。選ぶのもだめ。全部話して」

わたしは車に揺られながら、慎重に慎重をかさねて話すようにこころがけた。

「あなたはなんであそこにいたの、つまりお父さんの家にということだけど」

「母の思いつきだった。夕食を一緒にしようと。たぶん、仲直りさせたかったんだろう」

ミルズが道路から目を離し、ほんの少し顔を振り向けてきた。「仲直りというのは……?」

「ジーンと父がだ」

「けんかの原因はなに?」

「けんかというのは言いすぎだな。意見の相違があっただけだ。父親と娘のあいだにはよくあることさ」

「具体的にはなんだったの?」

うそをついてジーンを徹底的に守りたかったが、ミルズがよそで真相を突きとめないともかぎらない。ここでうそをつくと、変に関心を惹いてしまうだけだ。それが警官と話すときに困る点だ。相手がどこまで知っているのかこっちにはわからない。けっきょくそれで捕まってしまうのだ。

「アレックスとのことだと思う」

「妹さんの女友だちね？」

「そうだ」

「お父さんは気に入ってなかったわけね」

「そうだ。しかし以前からそれで対立してた。前にも似たようなことはあった」

「お父さんの遺言は妹さんについて触れてなかった」

「妹が相続人になったことはない」わたしはうそをついた。「父は女性に対して、古くさい考えの持主だった」

「それで、どうしてお母さんが割って入ることになったの？」

「心配になったんだ。大声で言い合ってたものだから」

ミルズは道路から目を離さずに言った。「お父さんは妹さんを殴った？」

「いや」

今度はわたしに目を向けた。「なら、お母さんを殴った？」

「いや」

「また訊くけど、電話をかけてきたのは誰？」

「知らない」

「だけど、かかってきたとき、あなたもその場にいたんでしょ」

「出たのはわたしじゃない」

「お父さんがなんと言ったか、正確に話して」

わたしは記憶をたどった。「十分でそっちに行く、と言っていた。電話に出て、相手の話を聞いたあと、十分でそっちに行くと言ったんだ」

「どことは言わなかったのね」

「言わなかった」

「どこに出かけるのか、あなたに言わなかったの？」

「言わなかった」

「電話をしてきたのは誰？」

「さあ、心当たりはない。とにかく父は出ていった」

「電話で話してた時間はどれくらいだった？」

わたしは考えた。「三十秒」

「三十秒といったら、けっこう長いわ」

「かもしれない」

「つまり、電話の相手にはしゃべることがたくさんあったわけね」

「通話記録は調べたのか？　ログだとか個人識別番号だとか、そういうものは？」

「収穫はなし」そう言ってから、ミルズはうっかり捜査状況を漏らしたことに気づき、あわてて話題を変えた。「なにか見落としてるものがあるはずよ。お父さんはなにか持って出なかった？　なにか言い残していかなかった？　どんな表情だった？　怒ってたとか、悲しそうだったとか、考えこんでいる様子だったとか。車はどっちの方向に行ったの？」

わたしは記憶をたどった。必死にたどった。そんなことをするのははじめてだった。あのときの父はどんな様子だったか？　どんな顔をしていたか？　なにかあったはずだ。覚悟……おそらくは。決意……そうだ。それに怒りも。しかしほかにもあった。驕《おご》り、ではなかったか。そう、あのろくでなしは驕っていた。

「悲しそうに見えた」わたしはミルズに答えた。「妻をなくしたばかりで沈んでいた」

「ほかには？」ミルズが急かす。「なにか持っていかなかった？　電話を終えてドアを出ていくまで、どこかで足をとめなかった？　よく考えて」

「鍵を取るのに立ちどまった」とわたしは言った。「持っていったのは鍵だけだ」そこでふと思った。そうだ――鍵だ。エズラはキッチンのドアのわきにあるフックボードに鍵をかけていた。車の鍵とオフィスの鍵を。けさ起こったばかりのようにあのときのことがよみがえった。父はわたしの前を通りすぎ、キッチンに入ると、手をのばした――そして両方の鍵を手に取った。たしかに見た。父はオフィスに行くつもりだったのだ！　しかしなぜ？　殺される前にオフィスに寄ったのだろうか？

「お父さんの遺体から鍵は出てこなかった」ミルズが言った。

「父の車の手がかりは？」わたしは話の矛先をよそに向けようと必死になって質問した。鍵の話はしたくなかった。どういうことだったのかがわかるまでは。なぜエズラはオフィスに向かったのか？　行方のわからない父の銃が頭に浮かび、さらに父の金庫が頭に浮かんだ。こうなったら、是が非でもあれをあけなくては。

「それについては話せない。その後お父さんから連絡はあった？」

「ない」

「電話は？　手紙は？」

「なにもない」

「どうして失踪届を出さなかったの？」

「ちゃんと出した」

「六週間もたってからでしょ。間があきすぎだわ。わたしが引っかかっているのはそこよ」

「すべてから逃げ出し、どこかで喪に服していると思ってたからだ。立派な大人なんだし」

「立派な大人だったよ」

「なにが言いたい？」

「お父さんが葬儀にあらわれないというのに、あなたが失踪届を出さなかったと言ってるのよ。あやしいでしょ。あやしいという言葉以外、思いつかない」

どう説明しろというのか？　父が葬儀にあらわれなかったのは、自分が殺したからだ。母をはり倒して階段から落とし、首の骨を折ったからだ！　罪悪感で身も心もぼろぼろになっているにちがいないと思っていたのだ。さすがの父も、ジーンとわたしに面と向かって、むなしい言葉を吐き、そら涙を流すほどの恥知らずではなかったのだ。さすがのエズラも、自分の手で殺しておいて、惜しい人を亡くしたなどと弔辞を述べるわけにはいかなかったのだと。飲んだくれているか、高架橋の下にでもいるとばかり思っていた。そう考えれば納得できた。じゅうぶん納得できた。

「悲しみのあまり人はおかしな行動をするものだ」わたしは答えた。

ミルズがひどく険悪な目を向けてきた。「わたしもずっとそう思ってるんだけどね。言ってる意味わかるかしら」

言っている意味はわからないが、表情を見れば想像がつく。彼女はまだわたしの犯行と思いたがっている。それならジーンにとって好都合だし、わたしとしてもありがたい。だからと言って刑務所に入れられるのはごめんだ。終身刑になるくらいなら死んだほうがましだ。そんなことにはなりっこない。わたしは自分に言い聞かせた。なにか道があるはずだ。

「となると、大きな疑問に突きあたる」ミルズは言った。車は公園まで来ていた。彼女は湖の先までのびている脇道に折れ、そこで車をとめた。わたしの自宅が見え、彼女の無言のメッセージを理解した。まだ帰さないわよ。彼女はそう言っていた。絶対に帰さない、と。

エンジンがカチカチと音をたてながら冷えていった。ミルズの視線を感じた。わたしの顔を見て、心のなかをのぞきたがっている。陽射しのせいで車のなかがしだいに暑くなり、空気がよどみ、わたしは煙草が吸いたくなった。刑事の目を穴があくほど見つめながら言った。

「問題のあの晩、わたしがどこにいたかという疑問だな」

「納得のいく説明をして」

決断の時。わたしにはアリバイがある。ヴァネッサは必ずやわたしの話を裏づけてくれるだろう。その事実が冷水のごとく体内を駆けめぐった。裁判、有罪、そして刑務所行きという筋書きにくらべれば天と地ほども差がある。窮地に追いこまれた犯罪者が魂と引き替えにしてでもほしがるものだ。しかし、いまのわたしにも必要だろうか？　答えはイエスだ。ほしくてほしくてしかたがない。喉から手が出るほど。ミルズの見下すようなまなざしをよそに向けたかった。自分のベッドで眠りたかったし、刑務所で囚人仲間のなぐさみものにされることはないと確信したかった。贈り物を渡すようにミルズにアリバイを差し出してやりたかった。きれいな紙に包み、大きなリボンをかけて。

しかしだめだ。ジーンの容疑が完全に晴れるまでは。わたしがシロとなれば、ジーンに目が向けられるのは必至だ。警察は徹底的に調べあげ、彼女を容疑者に仕立てる動機を見つけるにちがいない。それは母の死かもしれないし、エズラの遺言の内容かもしれない、あるいは生まれてからずっと虐げられてきた事実かもしれない。思うに、妹はアレックスのためなら人殺しもいとわないだろう。これまでも何度となくあの晩のことを振り返ってみたが、妹がやったとしか思えない。あのときの妹の表情——母の死に対する怒りと、あれほどひどい裏切り行為を目の当たりにしたショックがすべてを物語っていた。エズラが出かけた直後に彼女も出ていった。あとを尾けるのは造作もなかったろう。それにわたしたちと同じく、銃をしまってある場所も知っていた。動機、手段、機会――刑事訴追における三位一体。ダグラスに知れたら餌食にされることまちがいなしだ。だからアリバイというカードを切る前に、ジーンが疑われないようにしておきたかった。しかし心の奥深いところでは弱い自分が震えているのも事実だった。不思議なことに、弱さを自覚したことで勇気がわいてきた。角張ったミルズの顔を見つめた。サングラスに映ったわたしの顔は不自然なほどゆがんでいる。わたしの内心がそのままあらわれている。わたしは勇気を振り絞ってもうひとつうそをついた。

「ダグラスに話したとおりだ。父が出ていった。わたしは家に帰った。あとはひと晩じゅうバーバラとベッドで寝ていた」

ミルズの顔をなにかが、捕食動物の目の輝きにも似たものがよぎった。それからそう答えると思っていたと言うようにうなずいた。いや、そう答えてほしいと思っていたのかもしれない。彼女がにっこりほほえむのを見て、わたしはなぜか落ち着かない気持ちになった。

「それだけ？　よく考えてみて」

「それで終わりだ」

「そう」ミルズは車を始動させ、家までの道を運転した。「街を離れないように」車を降りたとき、そう忠告した。

「ハハハ。おもしろいことを言うんだな」

「なにがおかしいの？」ミルズはまた例の不安にさせる笑みを一瞬だけ浮かべた。それからドライブウェイからバックで出ると走り去った。わたしは煙草に火をつけ、彼女の車があった場所を見つめた。そこでわかった——彼女の笑顔に落ち着かない気持ちになったわけが。前にも法廷で見たのだ。彼女の力量を過小評価した刑事弁護人の足元をすくう直前に、ああいうふうに笑ったところを。

13

その昔の依頼人の話だ。わたしがはじめて手がけた殺人事件だった。まだ若く理想に燃えていたわたしは、依頼人は有罪だと確信する一方、彼に同情してもいた。酔っぱらった彼は、共有するドライブウェイをめぐって隣人と喧嘩になり、そのあげくに殺してしまったのだ。依頼人は銃に弾がこめてあると思っていなかった。ただ威嚇しようとしただけだった。ここまではよくある話だ。しかし、相手の胸に血まみれの穴があいてしまった。

裁判は八日かかった。謀殺容疑は回避したものの、陪審は故殺で有罪の評決をくだした。依頼人は七年半の刑を言いわたされた。大局的に見れば軽い刑だった。評決の二時間後、郡拘置所の診療所まで来るよう連絡を受けた。依頼人が一ガロン入りの掃除用洗剤の半分を飲んで自殺をはかり、失敗したからだ。中央管理棟に出向くと、その件で看守連中が大笑いしていた。連中が笑いながら説明してくれたのだが、この拘置所で使っている洗剤は無毒性のものだった。依頼人は一週間ほど下痢に悩まされるだろうが、大事にはいたらないと言われた。よくあることだ。看守はウィンクして、またばか笑いした。

依頼人は診療所にいた。彼はわたしのことも、自殺防止の監視任務を押しつけられた看守のことも眼中にない様子で、胎児のように身体を丸めて泣いていた。五分たってようやくわたしと目を合わせ、さらに五分たってこちらの声に応じるようになった。

「あんた、わかんないのかい？」と依頼人は訴えた。

わたしは言葉につまった。さっぱりわけがわからなかった。

「ぼくを見ろよ」

わたしは、もっとくわしく話してもらわないとわからないと言うように、首を横に振った。するると依頼人は、首の血管を電気コードのように浮かせ、金切り声をあげた。「ぼくを見ろ！」

無表情な看守に目を向けると、相手は肩をすくめた。「そいつはホモなんです」と看守は答えた。「よく見てごらんなさい」依頼人は小柄で均整がとれ、色白できれいな歯並びをしていた。いい男で、見ようによっては美しいとも言える。

そこではたと気がつき、思わず胸が悪くなった。

「またムショに入るのはいやだ」依頼人はやっとの思いでそう言った。「あんなところに入るくらいなら死ぬ。自殺してやる」そうわたしに訴えた。「どんな手を使ってでも」

ようやく話が見えてきた。依頼人は以前にも服役したことがあり、それはわたしも知っていた。しかし知らない話もあった。とあるグループがあった。メンバーは三、四人のときもあれば、七人のときもあった。その連中は彼の裸の背中に見開きのヌード写真を貼って、かわるがわることにおよんだ――おとなしくさせるために、耳にねじまわしを突っこんで。一度抵抗したときについた傷を見せられた。そっちの耳はいまも聞こえないままだ。

つっかえつっかえ、ときに身も世もなく泣きじゃくりながら、彼は一部始終を語った。戻ればまた同じことの繰り返しだ。何時間にもおよぶことさえある。

「あんな思いはもういやだ。絶対にいやだ」

翌日、彼はローリー市にある中央刑務所に移送された。二週間後、ついに自殺を果たした。まだ二十七歳で、当時のわたしと同い年だった。その依頼人のことは忘れたことがない。あれほど絶望した表情を見たのは生まれてはじめてだった。以来わたしは、刑務所内に足を踏み入れるときは、ブリーフケースという盾に守られながら、異様なほど身をすくませるようになった。それでも距離をおきすぎて、あの若者の目に見たものを忘れるようなことはなかった。

というわけで、たしかに、ミルズの訪問でわたしは怯えた。縮みあがったと言っていい。わたしは危険なゲームをしており、それに賭けたものはべらぼうに大きかった。しかしエズラが死に、その影が肉体と同じく消滅したいま、ようやく自分のことが少しずつわかってきた。

ミルズの車が見えなくなるまで二分待ち、それからピックアップ・トラックに乗りこんだ。ジーンと話して、ミルズには用心しろと言わなくては。口を閉ざしていろと言わなくては。聞き入れないなら説き伏せるまでだ。どんな手を使ってでも。

力の出る言葉だ。

メイン・ストリートを飛ばしたが、近づいてくる列車に行く手を阻まれた。そこで右に折れてエリス・ストリートに入り、猛スピードで橋を渡った。その下を、ガタガタと列車が黒いヘビのごとく通過していく。ミルズがすでにジーンから話を聞いたかどうかはわからない。ひょっとしたらいま向かっている途中で、あの列車に通せんぼされているかもしれない。わたしは片目を道路に向けつつ、携帯電話でジーンの自宅にかけた。話し中のシグナルが聞こえ、しばらく待ったのちにリダイヤルボタンを押した。さらに二回、話し中がつづき、ようやく呼び出し音が鳴った。制限速度三十五マイルのところを五十マイルで走った結果、すでに道のりの半分まで来ていた。電話はまだ呼び出し中だ。十五回鳴らしたが、誰も出ない。電話を乱暴に切り、落ち着けと自分に言い聞かせたが効果はなかった。パニック寸前だった。そのとき突然、緊張と不安が汗のごとく噴き出し、顔が熱くなった。刑務所に入れられたジーンが目に浮かんだ。彼女に耐えられるはずがない。エズラの頭に撃ちこまれた銃弾と同様、刑務所はジーンを殺してしまう。

大渋滞の通りをはずれ、敷地の狭い家が立ち並ぶ路地に入ると、交通量はがくんと減った。子どもたちが歩道で遊んでいた。轢き殺さぬようスピードを落とさざるをえなかった。いくつもの未舗装のドライブウェイを通りすぎると、ふたたび線路が近づいてきた。どこの庭にも車が放置されたように無造作におかれ、二世紀めに入った製粉小屋のブリキ屋根にはすじ状のさびが浮いている。縁石がただの瓦礫でしかなくなったところがジーンの住む通りだった。彼女の家の真向かいの庭で、小柄な少年がタイヤのブランコにぶらさがって、地面を足でずりながら表情のない目でこっちを見ている。少年のうしろの窓に顔が、ふたつの目と口らしきものがあらわれたが、わたしが顔を向けるとカラシ色のカーテンがすばやく閉じられ、顔はそのうしろに隠れてしまった。

ジーンの家の前に車をとめ、エンジンを切った。アレックス・シフテンが玄関ポーチでロッキングチェアにもたれ、両脚を手すりにのせていた。くわえ煙草で、素通しの眼鏡ごしにこっちを見ている。わたしが車を降りると、彼女の口の両端がさがった。遠くから列車の音がした。風が梢を揺らしているが、わたしには風は感じられない。あいかわらず線路わきの土手には葛の花が咲いていた。

わたしはいつになく胸を張り、小枝を踏みしだきながら庭を歩いていった。アレックスは一瞬たりともわたしから目をそらさなかった。近づいてみると、彼女はナイフを手に、平然と木片を削っていた。髪がぼさぼさで、固まった房《ふさ》がそこかしこからつんつんと立っている。木を削るたび、引き締まった腕の筋肉が動く。わたしが玄関ステップの手前までたどり着くと、アレックスは立ちあがった。裸足で、色褪せたぴちぴちのジーンズを穿いている。

「なんの用？」けんか腰に尋ねてきた。

「どうして電話に出ない？」わたしは言い返した。

「かけてきた相手がわかるようになってんのさ」彼女は言って、冷ややかな笑みを浮かべた。

わたしは玄関ステップに片足をかけたところでとまった。アレックスの笑みがうすら笑いに変わり、彼女はナイフの刃をたたんでポケットにしまった。わたし相手にこんなものは必要ないとでも言うように。彼女が柱にもたれかかったのを見て、わたしは激しい既視感に襲われた。「ジーンに話がある」

「しょっちゅうジーンに話があるんだね」

「ジーンはいるのか？　大事な話なんだ」

「出かけてるよ」とアレックスは答えた。

「仕事か？」

アレックスは肩をすくめ、顔をそむけた。顔のまわりの空気を煙草の煙が浸食しはじめている。

「ふざけるな、アレックス！　ジーンは職場か？」

彼女は上からわたしをにらみつけたかと思うと、ゆっくりと中指を立てた。わたしは喉から不明瞭な音を漏らし、彼女を押しのけて家のなかに入った。彼女は追いかけてこなかった。意外だった。てっきりもみ合いになると思っていた。

スクリーンドアがうしろで大きな音をたてて閉まり、わたしは薄暗いなかで、キャベツのにおいがするかびくさい空気を吸いこんだ。うしろからアレックスの声が飛んできた。「好きなだけ調べなよ。それでなにかが変わるわけじゃなし。ジーンはいないし、あんたなんかに用はないってよ。だから見納めによく調べたら、とっとと出ていきな」

部屋はどれも狭くて天井が低く、家具は古ぼけていた。汚れた窓から射しこむ光がわたしの脚と薄っぺらな緑色の敷物にじゃれつくなか、たわんだ床の上を歩いていった。テレビの前を通りすぎるとき、額に入った母の写真が見えたが、わたしとエズラの写真を探しても無駄とわかっていたので、そのまま台所に入った。棚の上に瓶が水切りのために重ねてあった。窓のそばにある狭苦しいテーブルにはふたり分の席が作ってあり、その窓からは裏庭と、どこまでもまっすぐにのびる線路が見わたせる。窓辺に飾られたセントポーリアの紫の花が明るい色彩をはなっていた。

ジーンの名を呼んだが、アレックスが言ったとおりなのはわかっていた。無人の家がはなつ雰囲気を、わたしは知りすぎるほど知っていた。なんの気なしに寝室をのぞくと、きちんと整えられたシングルベッドがあった。わきのテーブルにはきちんと積み重ねたカタログの山と、ページをひらいて伏せた本がのっている。それにコースターを敷いた水飲みコップも。夜にジーンのベッドわきにすわって、いかにも子どもらしい話をしたころの記憶がよみがえった。妹はあのころからコースターを使っていた。木も人間も同じように守ってやらなくてはいけないと言って。あれはテーブルのことではなく、彼女自身のことだったのだといまになって思う。わたしはわかっていなかった――あのころは。

にわかにジーンが恋しくなった。彼女の存在そのものではなく、仲がよかった昔のことが。世界がいまよりずっと狭くて、秘密を共有するのがいまよりずっと簡単だったあのころのことが。テーブルに指をついて部屋を見まわし、ふたりはここで同じものを見て笑うのだろうか、ふたりの生活に喜びはあるのだろうかと考えた。そうであってほしいと思うが、疑わしい。主導権を握っているのはアレックスだ。それに対し、ジーンは指示を必要としている。

それも心の底から。だから、誰の言うことでも聞いてしまうにちがいない。ともに過ごした日々の名残りはないか、ジーンが昔のことを思い出したり、なつかしがっている証拠はないかと探したが、なにもなかった。わたしの目は飾り気のない壁から書棚へ移動し、最後にまたベッドに戻った。引き揚げようと振り返ったところで、すぐ近くを列車が通り、家が揺れた。列車は悲哀を帯びた警笛を響かせながら通りすぎ、やがて子ども時代の思い出のように見えなくなった。

ドアのすぐそばまで来たところで、それに気がついた。足をとめて振り返り、隅の細長い書棚まで引き返し、腰をかがめた。老人のように膝が鳴った。まるで隠してあるかのように最下段の隅に押しこまれていたのは、ぼろぼろになった『ホビットの冒険』の本だった。九歳の誕生日にわたしがジーンにプレゼントしたものだ。表紙はくたびれ、背は割れて指でさわるだけで壊れそうだ。二ページ目に一筆したためてあるはずだ。いまでも思い出せる。〝ジーンへ――小さな人たちだって冒険できるんだよ〟本をひらいたところ、二ページ目がなくなっていた。破り捨てたのか、ただ落ちたのか、判断がつかなかった。

慎重に本を書棚に戻した。

外に出ると、アレックスは椅子にすわっていた。「満足した？」と訊いてきた。

わたしはかっとなるのを必死の思いでこらえた。アレックスを怒らせても、望むものは手に入らない。

「ジーンはいつ戻る？」

「さあ」

財布から名刺を一枚抜き、アレックスに差し出した。彼女は一瞥《いちべつ》しただけで受け取ろうとしなかった。わたしはポーチの手すりにそれをおいた。「ジーンが戻ったら、電話するよう言ってくれないか？　携帯電話の番号がいちばん下に書いてある」

「電話しないだろうけど、いちおう伝えてやるよ」

「大事な話があるんだ、アレックス」

「もうそれは聞いた」

「頼む、とにかく伝えてくれ」アレックスは頭のうしろに両手をのばした。「妹から連絡をもらえれば、またここにあらわれてきみをわずらわせずにすむ。そこを考えるんだな」

「話ってなにさ？」

「わたしとジーンだけに関係ある話だ」

「どのみち突きとめてみせるさ」

「ご勝手に。だがわたしからは聞き出せない」わたしはポーチを降り、振り返って手すりの上の名刺をしめした。「いちばん下の番号だぞ」

「わかった、わかったってば」

アレックスからも彼女の無言の嫌味からもさっさと離れたくて、庭に降りた。そのとき、ナイフの刃を起こす音がして、小さな笑い声が聞こえた。「どうせ、なんの話かはわかってるけど」アレックスが言った。彼女の御託《ごたく》にはうんざりだったから、わたしはそのまま歩きつづけた。ピックアップの手前まで来たときだった。「あなたには黙秘する権利がある……」彼女が言い、わたしは凍りついたように立ちすくんだ。

「いまなにを言った?」わたしは鍵を手のなかでじゃらじゃらいわせながら、ピックアップから離れた。彼女の笑みが癌のごとく広がった。

「あなたの発言は法廷においてあなたに不利に扱われることがある」そこでアレックスは立ちあがり、手すりにつかまって、腰をうしろに突きだし、挑発するように身を乗り出した。

わたしが近づいていくと、目をきらきらさせ、口を半開きにし、さらに手すりから身を乗り出した。おもしろがっている。

「弁護士を雇えない場合でも公費で任命できる」そこでアレックスは笑った。わたしの表情を見て笑ったのか、自分の気のきいた台詞に笑ったのか。おそらくはその両方だろう。

「いったいなにを言ってるんだ?」わたしは詰め寄った。

アレックスはわたしを見おろし、わたしは彼女を見あげた。時がじりじりと過ぎていく。

「すごくきれいな女の人があたしたちに会いに来た」だいぶたって彼女は口をひらいた。

「あたしとジーンに会いに」

「なんだって?」

「すごくきれいな女の人。すごく知りたがりの女の人」彼女はそこで口をつぐんだ。わたしがなにか言うのを待っているようだったが、わたしはなにも言えなかった。「すごい鉄砲を持った女の人」

「ミルズか」その名前が唇をすり抜けた。

「その人はおもしろい質問をいっぱいしていった」アレックスは言った。

アレックスがわたしをもてあそび、はらわたをえぐって喜んでいるのはわかっていた。間に合わなかったという無念さと迫りくる運命に身がすくんだ。エズラの死体が見つかったと知った時点でジーンに言っておくべきだった。せっかく取った法律の学位を生かして、忠告してやるべきだった。しかしはじめのうち、わたしは怖かった。〈ピザ・ハット〉に訪ねていった日は、ジーンが遠くに行ってしまいそうで、永遠にわたしから離れてしまいそうで怖かった。妹の目を見たら真相が、彼女が父を殺したことがわかってしまいそうで怖かった。漠然といだいていた疑念が決定的な事実になってしまいそうで怖かった。その場合、どう対処すればいいのか不安だった。だから何日も酒におぼれ、自己憐憫《れんびん》にひたりつづけた。口を閉ざし、破滅への扉をひらいた。ジーンは刑事になにを話したのだろう？　腐りきった結婚生活と酔いどれた毎日にもがくわたしを尻目に、彼女はどこまで行ってしまったのだろう？　絶望の苦い味が口に広がった。ミルズ刑事だってばかじゃない。ジーンを調べるのは当然だ。

「あんたのことを訊いてった」アレックスの話はまだ終わっていなかった。

わたしはいくらか落ち着きを取り戻した。「なぜきみはそんなにもわたしを嫌う？」

「嫌ってなんかいない。邪魔なだけさ」

「こっちが知りたいことを話す気はないんだろ。ミルズのことを」

「自分でも言ったじゃないか……あんたとジーンだけに関係ある話さ」

その顔に、話は終わりと書いてあった。彼女は言うべきことを言って満足していた。椅子に背中をあずけると、削りかけの木片を手に取り、それでわたしのピックアップをしめした。

「帰んな。あんたが寄ったことは、ジーンに伝えとく」

その場をあとにし、ピックアップに乗りこんでエンジンをかけるまでうしろを振り返らなかった。アレックスは気づいていないが、おかげでひとつわかった。彼女が意図していなかったことが。わたしが邪魔だと彼女は言った。つまり、ジーンはまだ完全にわたしをうとましいと思っているわけではなく、そう考えるといくらか気分がよくなった。

運転しながら〈ピザ・ハット〉に電話すると、ジーンはきょうは来ていないと告げられた。それから一時間、妹の車を求めて街じゅうを走りまわった。ショッピングモールを調べ、映画館を調べ、ドーナツショップを調べた。どこにも見あたらなかった。最後には苦しまぎれに、もう一度妹の家に電話した。誰も出なかった。

五時、ハンク・ロビンズに会うため、シャーロットに向けて出発した。州間高速道路八五号線がいつになくすいていたので、余裕で間に合った。六時にはバーの奥にある、人目につきにくい革張りのボックス席に腰を落ち着けていた。店内は薄暗く、アイルランド音楽ふうの落ち着いた曲が流れていた。ガラスの灰皿のわきに、フランス煙草のジタンの半分残ったパックを見つけ、一本振り出した。紙マッチを一本むしって火をつけ、ラッカー仕上げの木のテーブルにパックを落としたところで、ウェイトレスが縫うようにテーブルに近づいてきた。歩き方がどことなくジーンに似ていた。陳腐な笑顔だった。マンハッタンのような強い酒が飲みたかったが、それはやめてビールを注文した。ベックス・ビールを。

店はほぼ貸し切り状態で、わたしはビールをひとくち飲み、上からテーブルを照らすぼんやりした光に向けて、煙の輪を吐き出した。

「うまいもんだ」声がして、ハンク・ロビンズが向かいの席にすっと腰をおろした。彼はいびつになった煙の輪を指差した。「ちゃんと輪になってる」

「遅いぞ」とわたしは言った。

「なら訴えろよ」

彼はわたしの手を取ると、二度ほど上下に振り、煙の向こうから笑顔を向けてきた。「どうしてた、ワーク？」そう訊くと、間髪をいれずに話をつづけた。「今度のことは本当に気の毒だった。さぞかしつらかったろう」

「きみにはその半分もわからないさ」

「そんなにつらかったのか？」

わたしは肩をすくめた。

「この店じゃ酒の注文も取りに来ないのか？」彼はそう言うと声を張りあげた。「おねえさん、同じものを二杯」

ハンクは過去の遺物のような男だ。身長五フィート八インチ、体重はおよそ百四十ポンドと大きくはないが、わたしの知る誰よりも怖いもの知らずだ。この目で見たわけではないが、ひとまわりも大きな相手と喧嘩して負かしたという話もある。たっぷりした黒髪、快活そうな緑色の瞳、欠けた前歯。なぜか女にもてる。

わたしたちは十件ほどの事件で組んだ経験があり、彼が有能なのはわかっていた。彼とはウマがあった。ふたりとも変な幻想をいだかない現実主義者だからだ。と言っても、彼には肩肘張ったところがまったくない。ハンクにとって世の中は不条理なものであって、それにさからってもしょうがないのだ。なにがあっても動じないが、どんなものにも必ずユーモアを見出す。彼のそういうところがすごいと思う。わたしの目に映る世界は醜怪きわまりないというのに。

ウェイトレスがさっきと同じ陳腐な笑みを浮かべ、飲み物を持ってあらわれた。彼女の目がハンクに向いていたおかげで、わたしはじっくり観察できた。四十代半ばだろう。陰気な顔立ちに嚙んだ跡がある爪。「ありがとう、別嬪《べっぴん》さん」ハンクはそう言うと、前歯の欠けた口元にまばゆい笑みを浮かべた。ウェイトレスは困ったような顔をしたが、来たときよりも軽い足取りで去っていった。

「きみでも女を怒らせることはあるのか？」とわたしは訊いた。

「小生意気な女はな」

わたしはかぶりを振った。

「いいじゃないか。お世辞を言われて気を悪くするやつなんていない。それで世の中がうまく行くなら安いもんさ」彼はそこでビールをひとくち飲んだ。「で、どうしたんだ？　くそみたいな顔をしてるぞ」

「わたしにはお世辞を言ってくれないのか？」

「いまのがお世辞だ」

「うれしいね」

「冗談はともかく、どうなってるんだ？」

突如として目が重くなった。ビールを一心不乱に見つめるばかりで、あがっていかない。ハンクの質問には答えようがなかった。なぜなら、わたしがどうなっているのか、本当のところを聞きたい人間などいるはずがないからだ。

「なんとか踏んばってるよ」ようやくそれだけ言った。

「その答えを言うのにも飽きてきたと見た」ハンクは言い、そんな台詞はおれには通用しないぞと暗にほのめかした。それから、べつにかまわないけどなと言うように笑ってみせた。

「もし気が変わったら……」

「わかった、ハンク。感謝するよ」

「じゃあ、仕事の話といこうぜ。親父さんを殺した犯人を突きとめろって言うんだろ」

わたしの顔に驚きの色が浮かんだにちがいない。しかし、彼がそう考えるのはしごく当然で、予測してしかるべきだった。慎重にことを運ばなくては。ハンクは仕事仲間で、たまに一緒に飲む仲だが、彼がどこまで信義を尽くしてくれるかは不透明だ。彼は見るからにきょとんとした表情を浮かべていた。

「父のことはあまり好きじゃなかった」わたしは言った。「そっちは警察にまかせてある」

「そうか」ハンクはのろのろと言った。あきらかにとまどっているが、無理に聞き出すつもりはないらしい。指でテーブルを二回コツコツと叩いた。「それで……」そう言って、わたしがその先を話すのを待った。そこでわたしは説明した。一部分だけを。時間がかかった。それからやってもらいたいことを告げた。

「たまげたな」ハンクは言った。「あんたがおれをそこまで買ってるとは思ってもいなかった」

「やってもらえるか？」

「まかせろと言いたいところだが、無理だ。階段の上からあんたに椅子を投げつけた犯人を突きとめたい気持ちはわかる。だが、おれは指紋の専門家じゃないし、指紋照合システム《AFIS》にしろそれ以外の指紋データベースにしろ、アクセスする手段がない。あんたに必要なのは警察と正規の科学捜査班だ。おれの手には負えないよ」

「警察はやってくれないんだよ。連中はわたしの言うことなど信じてないし、これ以上せっついてもしょうがない」

「なら、八方ふさがりだな。あいにくと」

わたしは肩をすくめた。ハンクの答えはべつに意外でもなんでもなかった。だが、どうしても犯人を突きとめたかった。あれはたしかに起こったことであり、起こった以上、なにか理由があるはずだ。ひょっとしたらエズラの死に関係あるかもしれないし、ないかもしれない。いずれにせよ、重要な意味を持っている。「金庫のほうはどうだ？」

「そいつについては、錠前屋か金庫破りが必要だ。おれはそのどっちでもない」

「ひょっとしたらきみが……」

「なんだと？　ひょっとしたらおれに心あたりがあるんじゃないかと言いたいのか？」わたしはうなずいた。「実を言うと」と彼は言った。「心あたりはある。だが、そいつはムショのなかだ。十年か十二年は出られない。どうして錠前屋に頼まない？」

「なかになにが入っているかわからないし、赤の他人に知られるのは困る。警察の目が向いていない段階では」

「銃が出てくると思ってるんだな？」

わたしはうなずいた。銃が金庫のなかにあれば、けっきょく父を殺したのはジーンではないということになるだろう。そしてジーンがやったのでなければ……証拠となる銃を始末するつもりだった。それ以外に、エズラが金庫にしまっておくような秘密は考えられない。

「申し訳ない、ワーク。なんだかあんたをどんどん落ちこませているみたいだ。おれにもひとつだけ言えることがある。人間てのは想像力に欠ける生き物だ。ダイヤル錠の番号を決めるにも、自分に意味のある数字を使うのがふつうだ。その線で攻めてみろ」

「とっくにためしてみたさ。家族の誕生日、社会保障番号、電話番号」

ハンクは嘆かわしそうにかぶりを振ったが、その目の輝きは思いやりのないものではなかった。「おれは想像力に欠けると言ったんだぞ、ワーク。間抜けだとは言ってない。親父さんのことを思い出せ。親父さんにとって意味のあるものはなんだったか考えろ。ひょっとしたらひょっとするかもしれないぜ」

「ひょっとしたら、か」わたしは納得しかねて繰り返した。

「なあ、無駄足を踏ませて悪かったな。力になれればよかったんだが」

「いや、用件はもうひとつある。個人の調査だ」

「個人の調査ならまかせろ」彼はビールをあおり、耳をそばだてた。

「ジーンがからんでる」

「あんたの妹だな」

「そうだ」そしてわたしは、やってもらいたいことを説明した。

彼は紙切れとペンを出した。「さあ、いいぞ。そのアレックス・シフテンについて知ってることを教えろ」

そこでわたしは知っていることを話した。たいして時間はかからなかった。

ハンクが紙切れをシャツのポケットにおさめるのと同時に、女性がふたり、カウンターにすわった。ふたりとも二十代半ばで、ふたりとも美人だった。わたしたちのほうを見ると、片方がこっそり手を振った。ハンクはへたな芝居を打っていたが、わたしはだまされなかった。「きみが仕組んだんだな？」女性のほうを身ぶりでしめして問いつめた。

口をひらくよりはやく、にやけた顔で彼のたくらみが露見した。「あんたにも少しはお楽しみが必要かと思ったんだよ」

「ありがたいが、わたしの人生にはじゅうぶんすぎるほどの女性がいる。これ以上はおことわりだ」わたしはボックス席から腰を浮かしかけた。ハンクが腕をつかんで引きとめた。

「べつにあんたの人生の一部にしてやらなくていいんだ、ワーク。一回やればそれで終わりだ。面倒なことにはならないさ」

「それでもけっこうだ。次の機会にでも頼む」

ハンクは肩をすくめた。「好きにするがいいさ。だが帰る前にひとつ言わせてくれ」ハンクの声は低く真剣だった。「用心しろ、いいな？　親父さんの事件はマスコミを騒がせつつある。ここシャーロットでもな。あの連中は人を怒らせることなど屁とも思っちゃいない。だから、油断するなよ」

一瞬、わたしは軽率にすぎたかと、あけっぴろげになんでもしゃべりすぎたかと思った。ハンクに裏を見抜かれたかと思った。しかし彼の目にあるのは正真正銘の善意だけだった。

「そうするよ」わたしは言い、二十ドル札を一枚テーブルにおいた。

「いいってことよ。おれの奢りだ」

「それで友だちに一杯奢ってやってくれ。じゃあまたな」

外に出ると、一日はゆっくりと紫色の最後を迎えるところで、風がまるでいまわのきわのごとく、人気《ひとけ》のほとんどない通りにそよいでいた。オレンジ色の細い刃が暗さを増していく雲を切り裂いたかと思うと、見る見るうちに消えていった。足元のコンクリートに一日分の熱がこもっているのを感じ、思わず地獄を想像したが、歩いていくうちに熱は引いていった。

ジーンを救うなら、最後まで守りとおしたい。それには、アレックスをなんとかしなくてはならない。そのためには情報が必要だ。だからハンクを頼ったのだ。どんなことでもいい、アレックスの目的を突きとめてほしかった。ジーンはアレックスを愛している。それはかまわない。だが、アレックスはなにを狙っているのか？　どうひいき目に見ても、彼女に人が愛せるようには思えない。ということは妹のなにかが狙いなのだ。そのなにかがよからぬものではないと確信したかった。

14

州間高速道路に戻り、わがピックアップ・トラックが出せるかぎりのスピードで飛ばし、四十分後には彼女が住む通りに入っていた。街灯は電球が切れているか壊れているかしていたが、彼女の家の窓から光が漏れていた。車を降りると、動物の遠吠えが聞こえ、線路沿いの茂みでコオロギが鳴いていた。どこからかテレビの音も聞こえてくる。奥行きのない玄関ステップをのぼってポーチにあがり、カーテンのわずかな隙間からなかをのぞきこんだ。窓のすぐ向こうの部屋は暗かったが、台所でテーブルを囲むふたりの姿が見えた。ジーンはわたしに背中を向けていた。その肩の上に、アレックスの顔らしきものがぼんやりと見える。テーブルの上でキャンドルの暖かな光がちらちらと揺れ、ジーンの笑い声がした。アレックスを非難するとは、わたしは何様のつもりなのか。わたしが妹を笑わせたのはもうはるか昔、彼女の夫がベビーシッターと出かけた結果、州間高速道路八五号線のサービスエリアで妹の世界が消滅したあの晩が最後ではないか。

いったんは帰りかけたが、父の死体が見つかった事実は変わらず、ミルズが追及の手をゆるめるはずがない。ノックすると、笑い声がやみ、椅子を引く音がした。やがてジーンが目の前にあらわれた。物憂そうな目で、驚いたようにわたしの名前を呼んだ。そのうしろでアレックスがいらだたしげに顔をしかめ、ジーンの首に腕をまわし、先細の長い指で肩を包みこんだ。

「やあ、ジーン」わたしは声をかけた。「邪魔してすまない」

「なにしに来たの？」

その表情は、前に寄ったときよりもおだやかで、わたしはアレックスが目と呼ぶ冷酷な黒い点をすばやく一瞥した。「アレックスから聞いてないのかい？　さっきおまえを訪ねてきたんだが」ジーンが身じろぎすると、アレックスは肩においた手に力をこめた。

「ううん」ジーンはおぼつかなげに言い、頭をほんのわずかうしろに向け、すぐにまたまっすぐわたしに向きなおった。「聞いてない」

わたしはふたりの顔を、ジーンの青白い顔と恋人の冷酷そうな顔だちを見くらべた。ジーンの目がうるみ、ワインのにおいがした。「あがらせてもらっていいかな？」わたしは訊いた。

「だめ」ジーンが答えるよりはやくアレックスが言った。「もうこんな時間だから」

ジーンがアレックスの腕に手をおき、ぎゅっと握った。「いいの。大丈夫。あがってもらうわ」彼女が笑みらしきものを浮かべたのを見て、感謝の気持ちがこみあげた。

「すまない」家にあがった。アレックスを押しのけたとき、つけている香水がにおった。明かりがつくと、ジーンがワンピース姿で淡いピンクの口紅を塗っているのがわかった。見るとアレックスもよそいきの恰好だ。家のなかはまだ料理のにおいがこもっている。「まずいときに来てしまったかな？」そう訊くとジーンは言いよどんだが、アレックスが沈黙を埋めた。

「記念日のお祝いをしてたんだよ」そこでわたしに質問してほしそうに間をおいた。「つき合って二年のお祝いを」そこで手をジーンの首のうしろに持っていった。言いたいことは歴然としていた。だからわたしはジーンに話しかけた。

「話がある。大事な話だ」アレックスが鼻で笑うのが見え、さっき訪ねてきたときに投げつけられた嘲《あざけ》りの言葉が思い出された。「邪魔したのはわかってるが、すぐすむ」アレックスが妹から手を離し、カウチに荒々しくすわった。またもや両手を頭のうしろで組み、目を大きく見ひらき、興味津々の表情を浮かべた。「ふたりだけで話したい」とわたしは言った。

ジーンのまなざしがわたしとアレックスのあいだを行ったり来たりした。頭が混乱して臆病になっている証拠だ。子どものころはわたしが行くところどこにでもついてきたのを思い出した。

「ここで話しなよ」アレックスがジーンに言った。

「ここで話して」ジーンもオウム返しに言い、そのままアレックスのとなりに腰をおろして彼女にもたれかかった。「話ってなに？」

「ほらほら、ワーク」アレックスが口を出した。「話ってなんなのさ？」その目は笑っていた。あなたには黙秘する権利がある。

最良の攻め口はないか、この微妙な問題を持ち出すうまい方法はないかと考えたが、あらかじめ用意した台詞も、シャーロットを往復する車のなかで思いついた気のきいたアイデアもからからに乾燥し、塵《ちり》のごとく吹き飛んだ。

「おまえは警察と話さなくていい」するとジーンは身をこわばらせ、警戒し、アレックスを振り返った。「もっとはっきり言うと、話さないのがいちばんいい」

「兄さんの言ってること、ちっともわかんない」ジーンの口がべつの言葉を求めて動いた。

「警察？　いったいなんの話よ」彼女は怯え、びくつき、突如としてカウチにすわったまま身を震わせた。アレックスがその脚に手をのせると、妹は目に見えて落ち着きを取り戻した。そこで避けられない事態を受け入れるかのように言った。「そうか、ミルズ刑事のことね？」

「そうだ」わたしはうなずいた。「父さんが殺された事件は彼女が担当している。もっとはやく話し合っておくべきだった……警察の捜査がどういうものか、おまえに教えておきたい。おまえには権利が――」

ジーンは狂気を帯びた目になって、わたしの言葉をさえぎった。「その話はしたくない。するわけにいかない」そう言って低いカウチから腰を浮かせかけた。

「わたしはなにも――」

「事件について誰とも話しちゃいけないとミルズ刑事さんに言われた。黙ってろと言われた」

妹の態度にわたしはとまどい、不安をおぼえた。「ジーン」

「兄さんのことはなにも話さなかった。本当よ。次から次へといっぱい質問されたけど、兄さんのことはなにも話さなかった」

うろたえて黙りこんだわたしを尻目にアレックスが口をはさんだ。「言ってやんなよ、ジーン。それが知りたくて来たんだから」

「なんの話だ?」問いかけると、ジーンが赤の他人を見るような目でわたしをにらんだ。口をひらいた。舌から伝ってきた唾液で唇が濡れて光っている。

「ミルズはあんたのしわざと思ってんだよ」アレックスが言った。「それをあたしたちに伝えたかったのさ。あんたが親父さんを殺したと思ってんだよ」

「本当にそう言ったのか?」

「はっきり言ったわけじゃないさ」

「ならなんと言ったんだ?」目はアレックスに据えたままだが、質問はジーンに向けたものだった。アレックスはひとことも言わず、ジーンは別の世界に入りこんでしまいそうだった。

何度も何度もうなずいている。

「話せない」ジーンは言った。「話せない。どうしても」

見ると目に涙がたまっていた。うろたえ、檻に入れられた動物のようにうろうろ歩きまわった。

「大丈夫だ、ジーン。なにもかもうまくいく」

「うそ！」ジーンが大声をあげた。「うそばっかり」

「いいから落ち着けよ」

「父さんは死んだ。死んだの。殺されたのよ。父さんが母さんを殺し、誰かが父さんを殺した。誰かが、誰かが」声がしだいにかすれ、視線があてどなく床の上を動きまわる。歩きまわるのをやめ、血の気がなくなるほど強く指と指をからみ合わせ、身体を揺らしはじめた。ジーンの青ざめた顔を見つめながら、ついにわたしはもっとも怖れていた事実を受け入れた。やはり妹がエズラを殺したのだ。引き金を引いたのは彼女であり、そのせいで精神のバランスを崩しつつあるのだ。言語を絶するような恐怖を見てしまった目の奥に、寄る辺《べ》を失い、すっかり放心した彼女がいた。いつからこんな状態だったのか。もう完全におかしくなっているのだろうか。

ふと気づくとわたしも立ちあがって、なんとかなぐさめようと手をのばしていた。肩に触れると妹の目がぱっとひらいた。「さわらないで！　誰もあたしにさわらないで！」

彼女は両腕を思いきり前にのばした恰好であとずさった。背中に寝室のドアがあたり、押しあけた。「帰って、兄さん。兄さんと話しちゃいけないんだから」

「ジーン」わたしはすがるように言った。

まだ濡れている目がほの暗い電球に照らされて光っていた。ジーンはそのまま寝室のなかへとあとずさり、いまにも閉めるぞといわんばかりに手をドアにかけている。「父さんがいつも言ってたでしょ、過ぎたことをあれこれ言ってもしょうがないって。あたしたちはいまそういう状態なの。自分のことは話したわよ。でも、兄さんのことはひとこともあの女刑事にしゃべってない。だからもう帰って。過ぎたことはしょうがないんだから」ゴボゴボいう奇妙な音がジーンの口から漏れた。しゃくりあげるような、笑っているような声だ。「父さんは死んだ……過ぎたことはしょうがない」目がわたしからアレックスへと移動した。「そうよね、アレックス。そう思うでしょ、ね？」それだけ言うと、狂気を帯びた目のままドアを閉めた。

頭のなかが朦朧《もうろう》としていた。ジーンの言葉で頭のなかがいっぱいだった。彼女の言葉と彼女の顔——あの表情は一生忘れられそうにない。歩きかけたところでアレックスの手が肩におかれた。玄関のドアがあいていて、彼女はそこを指差している。

「もう来ないでよ。絶対に」

わたしは妹が隠れたドアを力なくしめした。「妹になにをした？」今度ばかりは、アレックスになんの罪もないとわかっていた。わかっていたがどうでもよかった。わたしは腕をわきにおろした。「妹には助けが必要だ、アレックス」

「あんたの助けはいらないね」

「きみがなにを言おうと、なにをしようと、わたしは妹を絶対に見捨てない」そして彼女に詰め寄った。「きみが助けてやらなければわたしが助ける。わかったか？」

アレックスも負けてはいなかった。わたしの胸に指を強く突きつけた。「ジーンには近寄るなって言ってんだろ。あたしたちにも、この家にも近づくんじゃないよ！」そして凶暴な目をしてわたしを小突いた。「あんたが」そこでふたたび小突く。「悪いんだよ。あんたがね！」

ふたりしてにらみ合った。すでに境界線が引かれていたが、彼女の目が恐るべき事実を告げていた。わたしが悪いのだ。すべてではないにしろ、責任の一端はある。口のなかに罪悪感が広がった。

「話はまだ終わってない」わたしは言った。

「さっさと消えな」

もう反論しなかった。気持ちのいい夜へと無言で出ていった。ドアがカチリと音をたてて閉まり、かんぬきがかかる音がした。

門の外に出たわたしはどうしようもなく孤独だった。

ピックアップの子宮のような静けさに引きこもり、真っ暗な家をじっと見つめながら、ジーンが錯乱した瞬間を頭のなかで再現した。次に彼女が自殺をはかるまで、あとどれだけ猶予があるだろう？　すでに徴候はあらわれている。おぞましい言葉が心の奥深くから聞こえてきた。

三度目の正直。

おそらく時間の問題だろう。

ピックアップ・トラックを始動させると、エンジンの振動が身体の奥まで伝わった。この訪問でわかった事実が心臓を圧迫し、動きが悪くなった。もはや疑う余地はない。ジーンが父を殺したのだ。わたしの大事な妹が。彼女が父の頭に二発の銃弾を撃ちこみ、そのまま放置し朽ち果てさせたのだ。さっきの言葉が頭のなかで反響し――過ぎたことはしょうがない――わたしはいままで以上に自覚した。妹を守るのはわたしの役目だと。妹が刑務所でやっていけるわけがない。きっと死んでしまう。

しかしどんな手段を使えばいいのか？　簡単な算数ではなく、ミルズが二と二を足して結論を導き出すのを阻止するにはどうすればいいのか？　答えはひとつしか浮かばなかった。このまま彼女の目をわたしに向けさせておくしかない。ほかに手がなければジーンのかわりに逮捕されてもかまわない。だが、それはあくまで最後の手段だ。

なにか打つ手はあるはずだ。

自宅前の公園まで来たところで、どうやってここまで運転してきたのか、さっぱり記憶がないことに気がついた。さっきまでジーンの家にいたはずなのに、いつの間にか公園にいる。まばたきひとつで景色が変わる。気味が悪い。

湖沿いに走る脇道を自宅に向かって走っていくと、縁石にピックアップ・トラックが一台、明かりのついたわたしの家に向けてとまっていた。見覚えのある車だ。スピードをゆるめて近づいた。ヴァネッサの車だった。

となりに車をとめ、エンジンを切った。窓の向こうに彼女が見えた。ハンドルの上のほうを両手で握り、眠っているのか祈っているのか、頭を手に押しつけている。わたしに気づいていたとしても、そんなそぶりは見せなかった。静かな車内に響く自分の息づかいを意識しながら、わたしはしばらくヴァネッサを見ていた。やがてゆっくりと、気が進まぬように彼女は頭をあげ、顔をこちらに向けた。あたりは暗く、知りつくしている顔の輪郭《りんかく》以外、顔の造作はほとんど見えなかった。わたしは窓をおろした。

「どうしたんだ、こんなところで」

「いやだ、脅かさないでよ」彼女は身をこわばらせた。

「そんなつもりはなかったんだよ」ヴァネッサが洟をすすった音で、いままで泣いていたのだとわかった。わたしの家を見ながら泣いていたのだ。

「留守電のメッセージを聞いたわ。それであなたに会いたくなって。だけど……」彼女はわたしの家をしめした。「そこでようやく、ドライブウェイに見知らぬ車が何台もとまり、家の明かりが全部ついていることに気がついた」ヴァネッサが頬をぬぐったのを見て、気まずい思いをさせてしまったのだとわかった。

「もしかしてきみは……」と言いかけた。

長いあいだヴァネッサは黙っていた。一台の車が曲がってきた。そのヘッドライトに照らされた彼女は、憔悴《しょうすい》していたものの美しかった。「あなたはわたしを傷つけたのよ、ジャクソン」間があいた。「もうあんなふうに傷つけられるのはごめんだわ。なのに今度はあんなメッセージなんか残して……」涙声になった。やがて小さなすすり泣きが漏れ、ふたたび泣き崩れた。

「あれはわたしの本心だ。なにからなにまで」

「もう帰る」ヴァネッサは唐突に言い出した。手がイグニッションキーを探しあてる。

「待ってくれ。わたしも一緒に行く。農場に」ヴァネッサにすべて話すつもりだった。ジーンのこと、エズラのこと、そしてなによりも彼女への思いを。そしてずっと隠しとおしてきた恥ずべき行為についても。「話したいことがいっぱいある」

「いや」その声は刺々しく大きかった。それから少し声がやわらいだ。「あのときには戻れない。もう二度と」

「戻れるさ」

「いいえ、戻れない。戻ったら、きっとあなたはわたしをだめにする。もう決めたのよ、世の中に人生を賭けるほどのものなんかないって」彼女は自分のピックアップ・トラックのギヤを入れた。「たとえそれがあなたでも」

「ヴァネッサ、待てよ」

「ついてこないで、ジャクソン」

そう言い残し、彼女は走り去り、わたしはテールランプを見送った。ランプはしだいに小さくなり、曲がり、そして見えなくなった。目を閉じても、まだ赤いランプが焼きついていた。けっきょくわたしは自宅に向かい、メルセデスとBMWのあいだに車をとめ、ガレージから台所に入った。奥のダイニングルームで笑い声がした。入っていくと、その笑い声が一気に押し寄せてきた。

「あら、お帰りなさい」妻が言った。「ちょうどいま、二品目をお出ししようと思ってたの」

そう言って席を立つと、なにを考えているかわからない目の下に笑い皺をこしらえ、颯爽と近づいてきた。ほかにふた組の男女がいた。ワースター夫妻と、見覚えのないふたりだ。みんな楽しそうにほほえんでいる。ふと気づくとバーバラが、香水とワインのにおいをぷんぷんさせながら目の前に立っていた。わたしのシャツに軽く触れる。間近で見ると、心配そうな顔をしていた。いや、ちがう。怯えているのだ。彼女は身を乗り出すようにしてわたしを抱きしめ、声を落として言った。「みっともないまねはしないで」そして体を離した。「みんなで心配してたのよ」

妻のうしろに目をやると、四人がにこにこ笑いながら、うなずいている。非の打ちどころのない身なりで、リネンのテーブルクロスと磨きあげた銀器を前にすわっている。カットクリスタルに注がれた赤ワインが一ダースものキャンドルの光を受けているのを見て、ジーンを、あの家の不安定なキッチンテーブルに落ちた溶けた蠟を思い出した。オレンジ色の囚人服姿の妹が昼食の列に並び、ぬるくなった茶色い食べ物を鋳物《いもの》のトレイにスプーンで乱暴に盛りつけられる様子が目に浮かんだ。あまりにリアルなその心象に思わず目をつぶった。目をあけたとき、バート・ワースターがまだわたしの席にすわっていた。「着替えてくる」そう言って背を向け、歩きだした。キッチンを横切り、バーボンのボトルを手に、そのまま奥のドアから出た。

ドアがうしろで閉まると、ふたたびどっと笑い声があがった。外に出て、夜風にあたりながら空を見あげ、張りつめた気持ちを解きほぐそうとした。そこへ走り去る車の音のようにまたも笑い声がして、そう簡単にはいきそうにないと悟った。どのくらいの時間が経過すれば、彼らはわたしが戻ってこないのに気づくだろう？　ぎくしゃくした結婚生活を、バーバラはどうごまかすのだろう？

裏にまわると、ボーンがフェンスをくぐろうと奮闘していた。犬をピックアップに乗せ、一度も振り返らずに走り去った。ジーンを救えなかった。今夜のところは。しかしヴァネッサが苦しんでいる。今度こそこのゴタゴタにけりをつけるときだ。ヘッドライトが照らし出す道路に目をこらしながら、ヴァネッサになんと言おうかと考えた。はじめて出会った日のことを思い出していた。みんなでジミーのために縄跳びをした日のことを。あのときわたしは十二歳で、みんなからヒーロー扱いされた。勇敢だと言われたが、自分ではぴんとこなかった。いま思い出しても、恐かったことと恥ずかしかったことしか記憶にない。

彼の名前はジミー・ウェイキャスター。誰もが〝ジミー・ワン・T〟と呼んだ。それにはわけがある。

15

ジミーは生まれつき睾丸《テスティクル》が一個しかなく、よその郡のどこかから転校してきたときにもその事実はついてまわった。彼はひとりっ子だったが、だからと言って、野球部の監督は翌春にジミーをショートのポジションにつけるのをためらわなかった。シーズン最初の試合でジミーは第二球をあそこにくらった。ジミーが倒れた瞬間、あたりは水を打ったように静まり返った。やがて彼が大きな悲鳴をあげた。

実はジミーの家は貧しかった。唯一の睾丸を救う手術には多額の金がかかる。保護者のひとりの呼びかけによって、二週間後、わたしたちはジミーのために縄跳びをすることになった。場所は例の〈タウン・モール〉。当時はまだ開業したてで、はやってもいた。営業をやめて板張りした店のなかで死体が見つかるようになる以前の話だ。計画は単純だった。子どもたちで寄付をつのり、四人ひと組で縄跳びをするのだ。どのチームも一時間おきに縄跳びをする。その日いっぱいつづける計画だった。チームは全部で二十。八十人の少年少女が集まった。

ヴァネッサもそのなかにいた。わたしも。

彼女は美しかった。

年は十五前後、ハイスクールの一年か二年だろうと見当をつけた。だからよけいにいかしてると思った。ジミーの睾丸のために縄跳びをしに来たハイスクールの生徒はあまりいなかったからだ。会場に足を踏み入れたとたん、彼女の紫色のドレスが目に入った。彼女はスカイ・シティの真向かいにある、長い廊下に立っていた。わたしがじっと見つめているのに一度か二度気づいたはずだが、不愉快そうなそぶりは見せなかった。それどころか笑顔を見せてくれもした。それも、ふしだらとかそんな感じでなく、とびきりすてきな笑顔だった。

その瞬間から、わたしの頭のなかは彼女の笑顔でいっぱいになり、そこにキスしたらどんな気持ちだろうかと考えていた。ずっとそんなことばかり考えていた。そういう気にさせる笑顔だった。

親も大勢見に来ていたが、まともに見ている親はひとりもいなかった。なにしろたくさんの子どもが縄跳びをするだけなのだ。十分おきに交替するから、次の番がまわってくるまでには三十分あった。そのあき時間に商店街に繰り出し、友だちとだべり、紫色の服の少女に見とれた。そしてまた自分の番が来て跳ぶ。一日じゅうその繰り返しだった。親は顔を見せたかと思うとすぐいなくなり、買い物をし、コーヒーを飲みに行った。

はじまって二時間もたつころには、彼女のことが頭から離れなくなった。彼女はブロンドの髪に大きな青い目をしていた。少し張り出し気味の腰からすらりとした脚がのびている。

よく笑い、年下の子にも親切だった。いままで見た誰よりもすてきだと思い、わたしたちは目だけでわかり合えたと思った。

「なに、ぼけっとしてんのよ」声がした。顔をあげなくても誰かわかった——高慢ちきで、なんにでも首を突っこんでくるディーリア・ウォルトンだ。彼女とほかのふたりの少女はいつもつるんでいる。すべすべの肌に喉元で光る金色のロザリオで有名だった。

「あの女の子の名前は？」とわたしは訊いた。

「ヴァネッサ・ストールン」ディーリアが教えてくれた。「オバンよ。ハイスクールの人だもん」

わたしはヴァネッサ・ストールンから目を離さずに、ただうなずいた。ディーリアはそれが気に入らなかった。彼女はわたしの気持ちを見抜いていた。

「貧乏白人よ」と言った。

「きみが跳ぶ番じゃないのか？」

「そうよ」彼女はどうでもいいでしょとばかりに手を振った。

「なら、行って跳んでこいよ」そう言ってわたしは立ち去った。

昼食の時間はまたたく間に終わり、子どもたちは縄跳びをつづけた。大人のひとりが、この分なら八千ドル以上集まりそうだと言ったのを聞き、睾丸一個にはじゅうぶんな額だと思った。

三時ごろ、紫色の服の少女が出ていった。当然のようにわたしはあとをつけたが、少し不安でもあった。しかし、このままこの日が永遠につづくわけではないのだ。

　外は熱風が吹いていた。風に乗って排気ガスのにおいが駐車場まで流れこんでくる。州間高速道路を車が飛ぶように走っていた。電線で鳥が見物していた。水路が駐車場の下に流れこんでいるあたりに彼女の姿があった。足元をじっと見つめ、小石を蹴っている。その深刻そうな表情に、いったいなにを考えているのか、なんとか勇気が出たらどう声をかけたらいいものかと悩んだ。

　彼女はいちばん奥の車のさらに向こうへと歩いていった。わたしたちはモールからかなり遠いところまで来ていた。近くには誰もいなかった。子どもも。大人も。わたしと彼女だけだった。すでに彼女は水路のすぐ手前まで、草の生い茂る急勾配の土手から入りこむ暗渠の手前まで達していた。雲が太陽をかき消し、空がしだいに暗くなった。風がやみ、一瞬わたしは上を見あげた。

　そのときヴァネッサが跳びすさり、なにかを捕まえるように両手をぱっとあげたが、声は出さなかった。それから一歩うしろにさがった。次の瞬間、腕が長くいかがわしそうな男が川床から襲いかかった。着ているものは不潔で、目が赤く、ひげはぼさぼさだ。男はヴァネッサにつかみかかると、片手で口を覆い、姿を消した。駐車場の下をくぐる暗渠に引っこんだ。

　わたしは助けを求めようとあたりを見まわしたが、あるのは無人の車ばかりで、モールはあまりに遠すぎる。金縛りにあったように突っ立っていたわたしの耳に、くぐもった悲鳴が聞こえた。思わず知らず、わたしは土手を降りた。恐怖心のあまりまともに呼吸できなかった。そこへまた彼女の声がした。今度のは悲鳴というよりすすり泣きに近く、わたしは暗闇に呑みこまれた。紫色の服と、彼女が見せた笑顔が目に浮かんだ。さらに一歩、真っ暗な穴へと歩を進めると、そこにいるのはわたしたち三人だけになった。しかしわたしは彼女の顔を、垢まみれの指の上で大きく見ひらかれた青い目だけを考えた。男に引きずられながら青白い脚が宙を蹴るのが見えた——わたしはおぼつかない足取りで奥へと進んだ。夢のなかを歩くように……

風にあたりたくなって車の窓をおろした。こんなにも鮮明に思い出したのはひさしぶりで、わたしを傷つけようとする何者かの策略ではないかとすら思った。見ひらいた目を思わせるブルーデイジーの花がふと頭に浮かび、わたしはふたたび昔に、あの暗がりに引き戻された。二十三年前でなく、いま目の前で起こっているような錯覚にとらわれた。

……黒い水はまるでタールのごとく闇のなかを流れていた。その水がスニーカーに浸みこみ、わたしの脛《すね》を舐める。前方でふたりの音がする。甲高い悲鳴が一回、そのあとは水路の音だけになった——せせらぎの音と、水がはねるかすかな音が数回。わたしは足をとめ、すでにはるか遠くなった四角い光を振り返った。

引き返したかったが、それは臆病者のすることで、めめしすぎる。だからわたしは歩みつづけ、あたりはさらに暗さを増した。目の見えない男のように、両手を前に突き出した。石ころにつまずき、暗いせいで何度も倒れそうになったが、頭のなかにはまだあの少女の姿が見えていた。やがてはるか前方に弱い光が見え、ふたりの姿を見たように思った。

わたしはつまずいていきおいよく倒れた。両手がどろどろの汚泥に沈み、ぬるぬるした水が顔にかかる。なにかが腕を這い、思わず悲鳴をあげそうになる。しかし黙って立ちあがった。しっかりしろ、と自分に言い聞かせ、ふたたび両手を前にのばし、遠くに見える光に向かって歩きだした。

本当に目が見えないように錯覚したが、目が見えないよりもひどかった。ずっとずっとひどかった……

目が見えない男ならわたしのようなことはしないはずだ。そう小声でつぶやきながら、ヴァネッサの家に車をとめ、エンジンを切った。

「目が見えない男ならあんなことはしないはずだ」

頭をひょいとさげ、フロントガラスの向こうに目をこらした。家には煌々と明かりがともっている。窓から漏れた光が、刃のように暗闇を切り裂いていた。板を打ちつけた窓はべつだが、と心のなかでつぶやく。その部分は暗くて、なにも見えない。

目をえぐられたように。

なにも見えない。

……少女が悲鳴をあげた。長く引きのばされた〝ノー〟は封じられた。それから低く切羽詰まった男の声が言った。

「黙れ、この薄汚いあばずれが。黙らねえと……」

最後までは聞こえなかった。みだらな声がもごもご言うばかりだった。

そのときふたりの姿が見えた。はっきり見えた。薄明かりに黒い人影がふたつ映し出された。ヴァネッサの脚が抵抗して水を蹴りあげるが、男は彼女を揺さぶるようにして引きずっていく。男の腕にかかえられた頭がねじれたように見える。両腕がしきりに男をひっぱたくが、腕の力が弱すぎた。ヴァネッサがまた悲鳴をあげ、男が殴った。一回、二回、三回と殴られると、もう動かなくなった。男の腕からぶらさがっているだけになった。彼女は無力で、ほかには誰もいなかった。わたし以外。

突然わたしはまたつまずいて派手に倒れ、ガソリンと泥の味がする水に顔から突っ伏した。目に水が入ってよく見えないまま顔をあげたところ、いまの音を聞かれたのがわかった。男はぴくりとも動かず……うしろを振り返った。わたしはうずくまった。血が流れるどくどくという音が耳に大きく響く。どれくらい男がそうして立っていたのかはわからないが、わたしには永遠にも感じられた。

男はきっと引き返してくる。見つかったら殺される。

しかし引き返してこなかった。けっきょく男は前を向き、そのまま歩きつづけた。わたしは戻りかけたが、ヴァネッサの笑顔をささえに踏みとどまり、神に祈った。教会でもこれほど真剣に祈ったことはなかったと思う。男に勘づかれたかどうかは不明だが、とにかく引き返すのはやめて歩を進めた。男のこぶしが彼女の顔にあたる音がまだ聞こえてくる。一回、二回、三回……。

どうか彼女をお助けください。

小走りするように水のなかを進んでいく男の足音がはっきりと聞こえ、薄明かりのせいで周囲は暗闇から濃い灰色へと変化し、自分の手が見えるまでになった。光はまだ遠いが、たしかに見える。前方に雨水口が見え、そうとう奥まで来てしまったと思った。壁に手をのばすと、鼻水のようにぬるぬるしたコンクリートに指が触れた、

前のふたりは上から薄暗い光が射しこむ雨水口の下でとまった。棚状のコンクリートが祭壇のようにそびえている場所があり、男はそこに彼女を乱暴におろした。わたしがいるほうに目を向けたが、向こうからこっちは見えないはずだ。それでも男は、わたしがいるのが五感でわかるのか、目をこらしてきた。わたしはあわてふためき、来た道を振り返った。背後には、どこまでものびる暗渠が、喉のような暗渠があるばかりだ。

やがて待ちきれなくなったのか、男の視線が消えた。そしてまたもやひとりぶつぶつつぶやきはじめた。その声には気合いがこもっていた。

「おお、おお、こいつは……」

男の指がヴァネッサをまさぐった。布地が裂ける音が聞こえ、わたしは間合いをつめた。

紫色の服が引き裂かれ、男の声が高くなった。体の下に広げられた服は折れた翼を思わせ、光を受けた全身が冷たい大理石のように輝いている。男の声が高くなったり低くなったりを繰り返す。歌のように、いかれた男の歌のように。

「ああ、ありがてえ。神様、ありがとうよ。ああ、ついにおれにも。ついにおれにも。ああ、ありがてえ」

　男はわたしとヴァネッサのあいだで動いていた。わたしに背を向けていたから、彼女の顔と脚の下半分が見えた。ふたたび生地が引き裂かれ、男の声がした。

「ああああ……」

　うめくような低い声だった。ヴァネッサのパンティが、静かな水の流れにのって、わたしのそばを流れていった。視線を落とし、真っ黒な野に咲くブルーデイジーを――暗闇に見ひらかれた目を凝視した。パンティはわたしの脚まで流れ着いたかと思うとくるくるまわりながら離れていき、やがて水のたまった喉をうしろに流れていった。

　目を無理やり上に向けると、もうかなり近いところまで来ていた。ふたりとのあいだは二十フィートもなく、光がわたしのところまで届いていた。ヴァネッサの目が大きくあいて、じっとなにかを見つめている。口もまたあいていて、男に殴られた痕が見えた。口もとが引きつり、低いゴボゴボいう音が漏れた。わたしがいるほうに向けられた指がぴくぴくと動いた。男がまた殴ると、それっきり唇は動かなくなった。目はまだあいたままだが、ほとんど白目しか見えない。わたしはこみあげてきた怒りをしっかりと胸に抱いた。それが必要だった。おかげで大胆になれた。

水底で足に触れるものがあった。それがなにかはわかっている。

手を下にのばし、赤んぼうの頭ほどもある石をつかんで……

ヴァネッサの自宅から漏れる光に目をこらしたが、それでもまぶたに浮かぶ過去の記憶は追い払えなかった。目を閉じ、まぶたを揉んだ。そうしなくては自分の目になにをするかわからなかった。

……石を頭上高く持ちあげ、また一歩近づいた。てっきり男が振り返り、わたしを見て向かってくるものと思っていた。しかし男は振り返らなかった。男はヴァネッサしか見ていなかった。

さらに一歩近づいたところで、怒りとともに恐怖がわき起こった。しかも恐怖のほうが強かった。男はわたしもヴァネッサも殺すだろう。まちがいない。父を呼びに戻ればよかった。目の前のこの男は図体が大きく、頭がいかれている。わたしたちは殺される。絶対に殺される。まわれ右して走りだそうとした。わたしはあきらめかけていた。見ないふりをしそうになった。

そのとき男が動いた。ヴァネッサが見えた。コンクリートの台座に横たえられた大理石像のようなヴァネッサが……。

彼女は完璧だった。

目が釘付けになった。こんなふうに、若い女性の裸を見るのははじめてだった。生身の裸体ははじめてだった。見ているうちに恥ずかしいようなあさましいような、変な気持ちがわいてきたが、それでも目をそむけられなかった。ふと気づくと足がとまっていた。石を持った手から力が抜け、肩の上の頭が軽くなった。呼吸が乱れ、ヴァネッサが目の前に迫ってくるような錯覚に襲われた。彼女の胸のふくらみに目をやり、それから股間を埋める柔らかなブロンドの毛へと視線を落とした。男の存在も、危険も、祭壇に寝かされたヴァネッサ以外、すべて頭から消え去った。わずか数秒間のことだが、もっと長く感じられ、その間わたしはひたすら食い入るように見つめていた。

男が動いた。彼女の下腹部に薄汚れた指をおき、巣にもぐろうとするヘビのごとく下へ下へとおろしていく。やがて男はけだもののようなうめき声をあげて彼女にまたがると、白く無抵抗な胸のふくらみにベイクドビーンズのような歯を立てた。

わたしは動けなかった。

そのとき彼女の目がのぞいた。なんの感情も読み取れず、そのうつろな目にわたしはわれに返った。手に力をこめた。石が持ちあがった。

光のほうへと足を踏み出した。二歩進んだところで男の顔が、狂気を帯びた目が見えた。その目はわたしに向けられていた。まっすぐわたしに！　唇を引き結んで、プディングのようにぐにゃぐにゃの歯は見えないものの、目は笑っている。下半身はべつの生き物のように、まだピストン運動を繰り返している。そこで発した男の言葉がわたしに突き刺さった。

「いいながめだろ、え、坊主？」

わたしはその場に凍りついた。

「てめえが見てんのは知ってたぜ」

男の目は真っ赤で、とても人間には見えなかった。下半身はまだ動きつづけている。上に下に、上に下に。んんん。んんん。んんん。獣脂のような目をわたしに向けたまま。そしてまたもあの不気味な笑み。見抜かれていたのだ。

「いいか、よく見てな、坊主……次はてめえの番だからよ」

そう言うと男はヴァネッサから離れ、ばか笑いしながらわたしに向かってきた。わたしの肩にまわそうとするように、片腕を前にのばしている。

「神よ、わがいとしの神よ」

男の口は悪臭のたまった暗い穴だった。指がぴくぴく動いている。いつだったか道路わきで見つけた死んだ犬のように、これでもかと悪臭が襲いかかった。

「アダムとイヴ！」男が叫んだ。「イヴのお次はアダムだ」男は腰をかがめ、大きなねずみのように丸まった。「さあ、祈れ《pray》」

男は同じ言葉を繰り返した。何度も何度も。「さあ、祈れ。さあ祈れ……」最後にその声が甲高いわめき声となるころには、男はわたしからほんの数フィートのところまで接近していた。それから男は口をゆがめ、言葉を変え、ゆっくりと言った。「さあ、遊べ《play》……さあ、遊べ」

次の瞬間、男に触れられわたしは悲鳴をあげた。

しかし悲鳴をあげながらも、持っていた石を振りまわした。あたりはしたものの、相手はますます大声で笑うばかりだった。もう一度殴りかかろうとしたが、男はわたしの手から石を奪って投げ捨てた。とても深い井戸に落ちたような水音があがった。それから顔が壁に叩きつけられ、口のなかに血の味が広がった。繰り返し繰り返し、悲鳴をあげることすらできなくなるまでそれはつづいた。男の手に全身をなでまわされても、身動きひとつできなかった。わたしは存在を消そうとした。かろうじて消したが、やはり……男に触られているのはわかった。ぬめぬめとした舌に頬をなでられた。

……わたしはすすり泣いた。

しかしそのとき、まぶしい光が見え、遠くから何人もの大声がした。男は唇を離し、腐った肉のような舌を出したまま、その方向に目をこらした。それからふたたび視線を戻し、片手でわたしの顔をなでた。

「運がいい坊主だぜ」と男は言った。「残念だけどよ」そして男はわたしを水のなかに突き飛ばした。頭がまたも壁面に激突し、目の前を星が飛んだ。星が消えても男はまだそこにいた。目をぎらつかせ、片手をわたしの股間に押し当てながらかがみこんでいた。「だけどてめえのことは忘れねえぞ。十字架にかけられたアダムよ……そうとも。またいつかかわいがってやるからな、かわいいアダム」

そう言い残すと、まだかなり遠いが確実に近づいてくる光と声とは逆方向に、おぼつかない足取りで逃げていった。一糸まとわぬ姿でなすすべのないヴァネッサのことがまず頭に浮かんだが、さっきとは意味がちがう。泥のなかで体を起こし、立ちあがった。彼女の服の残骸を集めてまわり、それで裸体を隠した。下腹部を彼女の両手で隠し、血にまみれた脚を閉じてやった。

そのとき、彼女に見つめられているのに気がついた。腫れあがった顔のなかで唯一それとわかる片方の目が青く光った。

「ありがとう」聞こえるか聞こえないかの声だった。

「やつはいなくなったよ」とわたしは言った。「もう大丈夫さ」

しかしわたしは本気で大丈夫とは思っていなかったし、彼女も思っていなかったはずだ。

昔話はこれで終わりだ、これでひと安心と思ったのもつかの間、べつの記憶が、捕食動物のごとく猛スピードで追いかけてきた。

父が言った言葉だった。そのときわたしはベッドのなかにいた。夜遅かったが、眠れなかった。暗渠から助け出され、目を丸くした野次馬連中に無神経に指を差されたあの日から二週間、まともに眠っていなかった。あのとき少女のほうは、誰かが肩にかけてやったジャケットの前をきっちりかき合わせていた。わたしは血まみれの歯をガタガタいわせながら、泣くまいと必死にこらえていた。

両親がわたしの部屋のドアにほど近い廊下で言い争っていた。口論のきっかけがなんだったのかはわからない。母の声が先に聞こえた。

「どうしてあの子にそんなつらくあたるの、あなた？　まだ子どもなのよ。それもとても勇敢な子どもなのよ」

わたしはドアにしのび寄り、少しだけあけて外をのぞいた。父は手に飲み物を持っていた。ネクタイをゆるめていた。薄暗い明かりのなかで、母は父にくらべてやけに小さく見えた。

「あいつがヒーローなものか」と父が言った。「新聞がなんと書きたてようともな」

父は飲み物をうしろに投げ捨て、母の頭の上の壁に手をついた。どうしてかはわからないが、父はわたしの恥ずかしい行動を知っていたのだ。頭に焼きついて、夜も眠れないほど恥ずかしく思っているあのことを。どうやって知ったかはわからないが、とにかく父は知っている。熱い涙が頰を伝った。

「あの子はたいへんな目に遭ったのよ。あなたが誇りに思っていると言ってあげなければいけないわ」

「誇りに思うだと！　ふん、笑わせるな。あいつはとんだ阿呆で、もっと分別ってものを持たなきゃならん。おまえがあいつを甘やかすからこんなことに……」

そこから先は聞かなかった。ドアを閉め、ベッドに戻った。

父は知っていたわけではないのだ。

知っている者は誰もいない。わたし以外に。それにあの男と。

てめえが見てんのは知ってたぜ……。

それ以上は耐えられなくて目をあけた。さあ、今度こそ、ヴァネッサにだましていたことを打ち明けよう。彼女は十五歳で犯され、わたしはそれをただ見ていた。手をこまねいて見ていた。

なにか手を打つべきだったのに。

目をあげて彼女の家を見ると、急に吐き気をもよおした。ポーチに男がひとり立って、こっちをじっと見ている。出てくるところは見ていなかった。どれくらいそこに立っていたのか。何者なのか、なぜそこにいるのか。男がゆっくりと玄関ステップを降りてきた。わたしもピックアップを降りて、車の前で男と向かい合った。わたしより若く、見たところ三十歳くらいだろう。豊かな茶色の髪、寄り気味の目。長身で、肩幅が広く、デニムのシャツの袖からは大きくがっしりした手がのぞいている。

「ミズ・ストールンはあんたに会いたくないと言ってる」男は唐突にそう言うと、指を広げた手を前にのばした。「帰ってほしいそうだ」

「きみは誰だ?」

「あんたには関係ない」男はさらに間合いを詰めた。手がわたしの胸まであと数インチまで迫っている。「さっさと車に乗って自分の家に帰んな」

男のうしろに目をやると、台所の窓にぼんやりとヴァネッサの顔が見えた。てめえが見てんのは知ってたぜ……。

「ことわる」わたしは腹がたってきた。「きみには関係ない用事があるんだ」わたしは荒々しく手を振り動かし、この農場、わたし自身、ヴァネッサ、その他もろもろをしめした。言いたいことがあったし、どうしても言うつもりだった。「ヴァネッサと話したい」一歩踏みだすと、男の手が重りのように胸におかれる恰好になった。

「それは無理だ」

突如として怒りが飽和状態に達して爆発寸前となった。これまでの人生におけるあらゆる不満が、ほんの数秒で沸点に達したように思え、目の前にいるこの名無しの男はそのすべての象徴だった。

「そこをどけ」低く冷酷なその声は、自分の耳にさえ物騒に聞こえた。

「どくものか」

腹立ち。憤り。それらが体内にみなぎり、いまにもはち切れそうだった。男の顔は非情で敵意に満ち、わたしのなかで圧力が上昇していく。殺人事件。捜査。ヴァネッサと話さなくてはという切なる欲求。虫の知らせか、ミルズ刑事がジーンに手錠をかける場面が、大事な妹が薄暗い監房で、切れ味の悪いぎざぎざの金属片で手首を切る場面が見えた。なにもかも失われ、残っているのはこの瞬間と、それを明確に定義する怒りだけだ。その結果、男に胸を突かれると、わたしは力まかせに相手を殴った。殴った瞬間に腕全体に走った衝撃がありがたかった。地面に倒れた男を見おろした。相手が立ちあがって逃げ口上を言うのを待った。

しかし男は横ざまに身を起こして土の上にすわると、驚きと痛みの入り混じった顔をした。「ひどいよ、あんた。なんで殴るんだよ」男はさっきより若く見えた。せいぜい二十歳くらいに。

怒りが底をつき、わたしは一気に老けこんだ。

そこへヴァネッサが飛び出し、両手を腰にあててわたしの前に立ちはだかった。「どうしたのよ、ジャクソン？　なんなのこれは？」

わたしは面食らった。酔いがまわってきていた。

「なんでわざわざうちに来て、こんなまねをするわけ？　帰ってちょうだい。いますぐ。帰って。ここから出てって」

ヴァネッサは男に手を貸して立たせてやっていた。男に握られたその手がひどく小さく見えた。ふたりがひとつのベッドで寝ている姿が目に浮かび、またも胸が痛んだ。

「きみに話したいことがあったんだ」自分でも苦しい言い訳だと思った。言葉に詰まり、両手を差し出した。

「ついてこないでと言ったでしょ」

「これはちがうんだ」

しかしヴァネッサはわたしを無視して歩きだした。ポーチのところで立ちどまり、ドアを押さえて男を入れてやった。それから振り返って、はるかな高みにいるようにわたしを見おろした。その姿をポーチの明かりが弱々しく照らしだした。

「うちの敷地から出てってよ、ジャクソン。はやく！」

わたしを食いつくそうとわきあがってきた痛みに圧倒され、わたしは呆然と立ちつくしていた。しかし、彼女の姿が消え、天空にできた裂け目のようにドアがふたりのあいだに立ちはだかってはじめて、彼女が紫色の服を着ていたことに気がついた。

窓を透かして、キッチンのテーブルに彼女の姿が見えた。男の手がのった肩を、小刻みに震わせて泣いている。

ヴァネッサが言わせてくれなかった言葉の重みを引きずりながら、わたしはその場をあとにした。農場を出て黒い舗装路に出たところで、今夜寝る場所がないのを思い出した。オフィスに行き、エズラの部屋に入り、ひとつだけつけた電気スタンドのやわらかな光が天井を照らすなか、革のソファーに寝そべりボーンを胸の上に引っぱりあげた。ボーンは目を閉じ、すぐ眠りについた。わたしは深夜遅くまで天井をにらんでいたが、細長いアンティークの敷物に何度も何度も目が行った。手をのばしてそこに触れた。

金庫と、父が隠してきた秘密に思いをはせた。

ようやく眠りが訪れたが、あとになって気がついた。翌日が月曜で、法廷に行かなくてはならないことに。まったく現実感がなかった。

16

暗闇のなかで目を覚ました。どこにいるのかわからなかったが、どうでもよかった。わたしは夢のなかにいた。ふたつの手がからみ合い、緑の草原を歩いていく。犬の声に笑い声。どこまでも果てしなくつづく青空が垣間見え、絹のようなブロンドの髪がわたしの顔をなでる。

ヴァネッサと、かなわぬ望みの夢。

子どもの姿もあった。輝くような肌に、母と同じ矢車草のような青紫色の目をしている。歳は四つか五つか。まばゆいばかりの笑みを浮かべている。

お話をして、パパ……丈の高い草のなかをスキップしていく。

なんのお話だい？

少女が声をあげて笑う。どのお話か知ってるくせに、パパ。あたしの大好きなお話……。

しかしわたしにはわからなかった。お話などないし、大好きなお話などない。この先もずっと。そんな夢は消え去った。ヴァネッサはいつでもそばにいてくれると思っていた。まだ時間はあると思っていた。漠然と、いずれ万事うまくいくと信じこんでいた。

救いようのない愚か者だ。

お話をして、パパ……。

体を起こしてソファーから脚をおろし、手で顔をぬぐった。いまからでも遅くない、と自分に言い聞かせる。しかし暗闇のなかではその言葉に説得力はなく、少年時代の自分を思い出した。そこでもう一度、声に力をこめ口に出した。「いまからでも遅くない」

腕時計に目をやった。五時十五分。月曜日。三日前、わたしは父の死体を見おろしていた。エズラがいなくなったいま、幻想という安らぎも失われた。ヴァネッサの指摘は鋭かった。父は骨組みであり定義であった。その力の出所はどこなのだろう？　わたしが贈呈したものなのか、それとも父が盗んだのか。つまるところ、どっちでも同じだ。わたしの人生はトランプで建てた家のようにもろく、エズラの死という風が吹いて跡形もなく崩れ去ったのだから。

靴を履きながら、きょうはいかにも月曜にふさわしい一日だと思った。

ボーンが張りぐるみの椅子で寝ているところを見ると、わたしはいびきをかいていたようだ。だらんとした温かいボーンをピックアップ・トラックまで運んだ。自宅に戻り、シャワーを浴びて服を着替えるあいだにコーヒーをいれようと、コーヒーメーカーをセットした。シャワーから出ると、バーバラが待ちかまえていた。前日にも着ていたフリースのローブ姿でカウンターに腰かけていた。ぞっとするような形相だった。

「おはよう《グッド・モーニング》」気持ちをおもてに出さぬよう用心しながら声をかけた。タオルで体をふくわたしを無言で見つめる妻を見て、なにを知っているのだろうといぶかった。

「いい朝《グッド・モーニング》だなんて冗談でしょ。あたし、ほとんど眠れなかったんだから」タオルを腰に巻いたわたしに向かって、妻は言わずもがなのことを言った。「ゆうべは帰って来なかったわね」

「ああ」もう少しなにか言うべきだと思ったが、やめておいた。

「まさか……」彼女はそこで言いよどんだ。「あの女のところに行ってたの？」

細かいいきさつを話す必要はない。「ちがう」

「だったら……」

「オフィスに泊まった」

妻はうなずき、クローゼットをひっかきまわすわたしを無言で見ていた。クリーニング済みのスーツが一着もないのを忘れていた。しかたなくカーキのズボンを穿き、ふだん家で着ているしわくちゃのボタンダウンの綿シャツを着た。妻がずっと様子をうかがっているのはわかっていたが、なにを言えばいいかわからず、十年の結婚生活でますますぎくしゃくしてきた沈黙のなかで着替えた。

「ワーク」妻が耐えきれずに口をひらいた。「いつまでもこんな生活をつづけるのはいや」その声が不自然なほど冷静なのに気づき、わたしもそれに合わせた声を出した。妻の顔を見ながら話した。そうしなくてはならなかった。

「別れたいのか？」

彼女はあわててカウンターを降りた。声のトーンが高くなった。「まさか。なに言ってんの！　なんでそんなこと言い出すのよ？」

そのときはじめて、自分がどれほどこの結婚生活に終止符を打ちたがっているかを悟り、わたしは落胆した表情を必死で隠した。

「ならなにが……？」

バーバラが近づいてきて両手をわたしの胸においた。ほほえもうとする姿が、見ていて痛々しい。彼女の息に顔を探られ、思わず横を向きたくなった。この先の展開は読める。彼女はわたしの両手をとって自分の腰にまわさせると、体をあずけてきた。

「昔に戻りたいのよ、ワーク。一からやり直したい」そう言ってきつく抱きしめてきた。冗談めかしていたものの、効果はなかった。「あなたをしあわせにしてあげたいの。ふたりでしあわせになりたいの」

「そんなことが可能だと思ってるのか？」

「可能に決まってるでしょ」

「わたしたちはもう昔のわたしたちじゃないんだ、バーバラ。ふたりとも変わってしまったんだ」わたしは妻の腰にまわした腕をふりほどき、あとずさった。次に口をひらいたとき、彼女の声にはさんざん聞き慣れた棘があった。甲高く早口だった。

「人が変わるんじゃないわ、ワーク。変わるのは状況よ」

「ほら、わかっただろ。そこがわたしときみの意見がちがうところだ」わたしはコートをはおった。「もう出かけないと。午前中に裁判がある」

妻はわたしを追いかけるように家のなかを歩きまわった。「逃げようったってそうはいかないわよ、ワーク」その大声に、父の顔を見た気がした。台所のカウンターから自分の鍵を取りあげた。突如として胆汁《たんじゅう》のようなにおいを放ちはじめたコーヒーには目もくれず。ドアのところで妻の手がわたしの腕をつかみ、引きとめた。「お願い。ちょっとだけ待って」わたしは態度をやわらげ、壁にもたれかかった。「あたしたちの結婚生活にはまだ希望があるわ、ワーク」

「どうしてそんなことが言えるんだ、バーバラ？」

「そうに決まっているからよ」

「それじゃ答えになってない」

「夫婦ってもともと不完全な者同士でしょ」そう言ってわたしの顔に触れた。「ふたりで補い合っていかなくちゃ」

「まだわたしを愛してると言うのか、バーバラ？」

「ええ」間髪いれずに答えが返ってきた。「いまも愛してる」しかしその目にうそが浮かんでいるのをわたしは見逃さず、彼女も気づかれたと察した。

「あとで話そう」

「今夜はお夕食を作るわね」妻はとたんに笑顔になって言った。「いいこと、万事うまくいくから」そして結婚したてのころのように、わたしの頬にキスして仕事に送り出した。笑顔も、頬に触れる唇の感触も、過去千回のそれとなんら変わらなかった。だからなんだと言われてもわからなかったが、いい徴候でないのはたしかだ。

　朝食とコーヒーをとりに出かけた。ベーコン、卵料理、チーズサンドイッチを食べた。新聞の日曜版が目に入らなければ、さぞかしおいしく食べられたことだろう。エズラの死と継続中の捜査がまだ一面を飾っていたが、記事になるようなことはもうほとんどなかった。どうしたことか、エズラの自宅の写真が掲載されていた。いまではわたしの家だが。記事を斜め読みし、自分の名前がないのに安堵した。助かった。

　金を払って外に出た。薄鈍色の空に強い風が吹く、ひんやりとした朝だった。ポケットに手を突っこんで、行き来する車を見つめていた。駐車場にミルズ刑事の車が入ってきても、不思議なことに驚かなかった。こうなるよう運命づけられていたというか、ごく当たり前のことに思えた。刑事が窓をおろし、わたしはそこに顔を近づけた。

「わたしを尾行してるのか？」

　刑事はにこりともしなかった。「偶然よ」

「そうかな？」

　すると刑事はわたしのうしろにあるレストランを身ぶりでしめした。「その店で週に二日食べてる。水曜と金曜に」

　わたしは刑事をしげしげと観察した。ぴったりした茶色のセーターにジーンズ姿だ。銃はとなりの席においてある。香水のにおいがしなかった。「きょうは月曜日だ」

「だから言ったでしょ。偶然だって」

「本当に？」

「いいえ」刑事は答えた。「お宅に寄ったの。奥さんから、たぶんあなたはここだと言われて」

不吉な予感に身震いしたが、ミルズ刑事がわたしを探していたせいなのか、刑事と妻が同じ空気を吸っていたせいなのかはわからなかった。

「なんの用だ？」

「ダグラスもわたしも、お父さんのファイルのことで協力をあおぎたい気持ちは変わってない。もうファイルには目をとおしたかしら」

「まだ途中だ」うそだ。

「きょうはオフィスにいる？」

「午前中は裁判がある。そのあと、一時間ほど拘置所に寄って依頼人に何人か会わなきゃならない。正午にはオフィスに戻る」

ミルズはうなずいた。「また連絡する」そう言って走り去った。わたしはそれを黙って見送った。やがてピックアップに乗りこみ、オフィスに向かった。まだはやかったので、秘書が出勤していないのが幸いだった。彼女の憐れむようなまなざしにも、わたしを見るときにそのまなざしが放つ落胆の色にも耐えられそうになかったからだ。上の広々としたオフィスに通じる階段には目もくれず、建物の奥の隅にある自分の狭いオフィスの椅子に落ち着いた。

留守電のランプが点滅しているのを見て、小さくため息をついてボタンを押した。すべてのメッセージを聞くのに十分かかった。その大半は記者連中からだった。どの記者もじゅうぶんに配慮すると約束していた……死んだ父親についてわたしが二、三コメントをするならば。しかしひとつだけ興味をおぼえたメッセージがあった。けさ、それもほんの一時間前にかかってきたものだ。

記者の名前はタラ・レイノルズ。彼女のことはよく知っている。《シャーロット・オブザーバー》紙所属で、ノース・メクレンバーグおよび、キャバラス、アイアデル、ローワンといったシャーロット以北にある郡の事件担当記者だ。わたしたちは何度か顔を合わせたことがある。わたしの言葉をまちがって引用したことはなく、信用していちばんに話したことを悪用したこともない。殺人事件がマスコミによって裁かれることは多く、わたしは必要とあらば、彼女を利用することも辞さないつもりだ。彼女のほうも同じだろう。それでもふたりのあいだには、おたがい越えてはならない見えない線が引かれている。相手への尊敬の念とでも言おうか。あるいは好意と言っていいかもしれない。

タラは五十代半ば、がっしりした体格に、目はあざやかな緑色で喫煙者特有の声をしている。疲れとは無縁で、他人の不幸を心待ちにし、自分の仕事が世の中でもっとも重要だと信じている。実際、そうなのかもしれない。二度目の呼び出し音でタラが出た。

「こんなことはふつうしないのよ。それは頭に入れておいて」

開口一番彼女はそう言った。

わたしは全身を耳にして待ったが、そこで彼女は突然言いよどんだ。「なんなんだ、タラ？」

「え？」わたしは聞き返した。

「黙って聞いて。これからいくつかあなたに話すけど、ここだけの話にしておいてよ」

「ちょっと待って……」手で送話口を覆ったようだ。くぐもった声が聞こえてきたかと思うと、しんとなった。「ごめんなさい。手短に言うわよ。あたしに情報源がいくつかあるのは知ってるわね？」

「知ってる」この郡で起こった殺人事件について、警察と検察局の関係者をのぞけばタラほどよく知っている者はいない。どうやって情報を集めているのか教えてもらったことはないが、とにかくよく知っている。

「ソールズベリー警察関係者の話によれば、あなたの名前があがっているそうよ……それも頻繁に」

「なんだって？」

「いろいろと取り沙汰されてるみたいよ、ワーク。あなたを例の殺人事件の容疑者として有力視してる」彼女の声は低くせっぱつまっていた。まるでわたしが信じないのではないかと心配しているようだった。

「そう聞いても不思議と驚かないな」

「黙って聞いて。あなたがまだ知らないと思われる情報がいくつかあるんだから。第一に、警察はお父さんを殺した弾を特定した。ブラック・タロンという弾よ——かなりめずらしいもので、しばらく前に禁止になってる。それだけじゃ大した情報じゃないけど、警察は地元の銃砲店の記録にあたった。ブラック・タロンが市場から一掃される直前にお父さんは三箱買っている」

「つまり……」

「つまり、お父さんの銃が使われた可能性が増したということ。警察はあなたがその銃を自由に使えたと考えてる」間《ま》があく。「銃はもう見つかった？」

わたしをためし、情報を引き出そうとしているのだ。「知らないな」

「つまり、まだ出てきてないわけね。出てこないと、ますます不審に思われる」

「ほかには？」まだなにかあると思って訊いた。電話線の向こうからタラの息づかいと、ライターを点火する音、そして火をつけると同時に大きく吸いこむ音が聞こえてきた。

「あなたのアリバイが崩れたという話よ」そこでまた煙を吸いこむ音。「事件当時の所在についてうそをついたと言っている」

やはりきたか。

「警察がそう思う根拠はなんだろう？」自分の声がやけに冷静なのが意外だった。

「知らないわ。でも、かなり確信があるようね。そこにお金という動機もからめば、鉄壁だわ」

「そのお金というのは……」

「ええ、そうよ。例の千五百万ドルの遺産」

「まったく話が伝わるのははやいな」

「はやいなんてものじゃないわよ」

「ほかに容疑者はいるのか？」

「その質問をしてくれないいんじゃないかと、さっきから心配してたの」

「で、いるのか？」

「ええ、いるわ。相手がババを引いた取引がいくつかあってね。こんなこと言って申し訳ないけど、お父さんはどうしようもない人でなしだった。頭は切れるけど、良心的とはほど遠かった。たくさんの人をひどい目に遭わせてる」

「具体的には？」

「若干名。でもあなた以外、明確な動機のある人は見つかってない。お父さんが殺された時期に釈放された元刑事被告人が何人かいる。そっちは現在調査中。地区検事も、あなたのアリバイに不審な点が見つかるまでは、必死でかばってたわ。ミルズが決断を迫ったのよ。もうあなたを援護してはくれないでしょうね」

それも道理だ。わたしを犯行現場に入れたことでミルズはダグラスをさんざんやりこめたにちがいない。彼女がわたしをなかに入れたのは、ダグラスに頼まれたからだ。そのせいで捜査が行きづまっても、気に病む者はいない。なにしろ決断したのはミルズだからだ。風向きが悪くなって槍玉にあげられるのは彼女なのだ。ふつうなら、わたしはダグラスに申し訳なく思うところだ。わたしたちが友人だったせいでこんな面倒なことになったのだから。しかしいまは申し訳ないとは思わない。それどころか、なんの感情もいだいていなかった。

逮捕されるのがジーンであれわたしであれ、ダグラスはこの事件を立件する。つまり、ダグラスはわたしの家族を訴追するわけで、過去はなんの関係もない。駐車場で会ったときの彼を思い出した。熟したプラムのような鼻のまわりの肌がたるんでいた。いまやわたしは彼にとって肉も同然だ。彼はほかの連中と同じく、わたしを呑みこむかぺっと吐き出すかするだけだ。

「誰がわたしのアリバイに穴があると言っているんだ?」タラが力になれないことは承知のうえで訊いた。

「さあ。とにかく、それはちがうと言えるだけの根拠がある人よ。警察もその証言に信憑性があると考えている。ミルズは最初からあなたに目をつけていたと言ってる。捜査を攪乱《かくらん》したと言って非難してるわ。だけど彼女も苦境に立たされてる。あなたを犯行現場に入れたことは周知の事実だから。そんなところへあなたの供述に穴が見つかった。ミルズはお菓子屋に入った子どものように目の色が変わってるって、もっぱらの噂よ」

「ミルズはいけすかない女だ」

「そこまで言うつもりはないけど、反論はしないわ。彼女が弁護士を毛嫌いしてるのは知ってるけど、そのことで責めるつもりもないわね」冗談めかした言い方だったが、ちっともおもしろくなかった。「ごめんなさい。あなたを励まそうと思っただけよ」

「妻は、ひと晩じゅうわたしと一緒だったのはたしかだと言っている」自分のアリバイをためしてみたかった。タラがどう判断するか知りたかった。

「偏った証言よ、ワーク。まともな検察官なら楽勝で穴をあける」

まったくだ。バーバラの証言はないよりはましという程度で、とてもじゅうぶんとは言えない。ましてや、エズラの遺言がある以上なおさらだ。妻が夫のために偽証したと陪審が推測しても文句は言えない。遺産が千五百万ドルと聞けば当然のことだ。

「でも、ひとつ明るい材料もあるの。聞きたい？」わたしが答えないうちにタラは話をつづけた。「クラレンス・ハンブリーという弁護士を知ってる？」

「知ってる」

「その弁護士は、あなたは遺言の内容についてなにも知らなかったと証言してる。いかなる状況であろうと、あなたには遺言の内容を知らせるなと、お父さんが明確に指示してるの。これによってミルズの気勢が若干そがれたわ。ハンブリーはとても信用できる証人だから」

高みからわたしを見おろしていた老人を、嫌悪感でゆがんだ貴族的な口もとを思い浮かべた。しかしハンブリーがそう信じていても、それが事実とはかぎらない。ダグラスはそう陪審に訴えるにちがいない。彼の弁舌が聞こえてくるようだ。この高潔なる紳士の言葉はひとことなりとも疑っておりません。そこでダグラスは陪審に笑顔を見せ、老人の肩に手をおいて、ふたりは同じ側の人間だと誇示する。たしかに証人は、被告人に遺言の内容を話したことはないでしょう。彼はそこで立ちどまり、肉づきのいい指で糾弾するようにわたしをしめす。しかしほかに方法がないわけではありません、陪審のみなさん。被告人は頭がよく、豊富な知識もあります。ダグラスはそこで声のトーンをあげる。弁護士なのであります！　十年にわたって被害者と共同で事務所をひらいていたのです。生まれてから三十五年間、好きなときに被害者の自宅に出入りできたのです……実の父親なのですから！

　ダグラスはそう熱弁をふるうだろう。わたしだってそうする。動機さえ指摘すればいいのだ。

　千五百万ドルです、陪審のみなさん。たいへんな額であります……。

「それから当然のことだけど、これも忘れないで」タラが言った。「まだ凶器が発見されていない。これは大きな穴よ」

　父の頭にあいた穴ほど大きくはないさ、と心のなかでつぶやき、無神経な自分に驚いた。父に対する嫌悪の念は、本人亡きあとも大きくなりつつあるらしい。「ほかにはなにか？」

「あとひとつ。とても大事なこと」

「なんだい？」

「あたしはあなたが犯人とは思ってない。だからこうして話してる。だから後悔させないでよ」

　言いたいことはよくわかる。もしわたしにこんな話をしたとばれたら、彼女の情報源は金輪際《こんりんざい》、口をつぐんでしまうだろう。へたをすれば、彼女自身が刑事告発されかねない。

「わかってるよ」

「ねえ、ワーク。あたしはあなたが好きよ。あなたはいわば、晴れ着を着た少年みたいな存在なの。不用意なことはしないように。あなたがいなくちゃつまらない。お世辞じゃないわ」

なんと言っていいかわからず、わたしは礼を言った。

「そして時が来たら、あたしに話して。あたしだけに。話すことがあるなら、独占記事を書かせてほしいの」

「きみの望みどおりにするよ、タラ」

彼女がまた新しく煙草に火をつける音がした。小声でなにかぶつぶつ言った。次の瞬間、声は毅然《きぜん》としたものに変わった。

「最後に話すことは不愉快かもしれない。申し訳ないと思ってる。だけど、あたしにはどうにもできない」

腹のなかにおぞましい穴がぽっかりあき、心臓がそこに落ちていく感覚を味わった。言う前から彼女がなにを言うかわかっていた。「やめてくれ、タラ。そんなことはしないでくれ」

「編集長の命令なのよ、ワーク。記事がのるの。気休めにはならないかもしれないけど、具体的な内容じゃないわ。捜査関係者によれば……とか、そんな程度の記事よ。あなたが容疑者だなんて書かない。殺人事件に関係して事情を聞かれているという程度にとどめる」

「でも、わたしの名前を出すんだろう？」

「一日、ひょっとしたら二日は引きのばせるかもしれないけど、あてにしないで。記事がのるのも、一面にのるのも確実なんだから」

思わず声に恨みがましさがにじみ出た。「なんの役にも立ってくれなくて礼を言うよ」

長い沈黙が流れたのち、タラが口をひらいた。「そもそもあなたに話す必要なんかなかったのよ」

「わかってる。だからと言って気が楽になるわけじゃない」

「もう切るわ、ワーク。気をつけて」電話が切れた。

ひっそりと静まり返ったなかで、タラが言ったことを思い返した。転覆した列車が迫ってくるところを想像しようとしたが、できなかった。翌日か、あるいはその次の日。あまりに大きく、あまりに苛酷だ。彼女から聞いたべつの話を思い返した——そうする必要があった。どうしてもそうする必要があった。

ブラック・タロン。そう簡単には入手できない弾。エズラが自分の銃で撃たれたのは、これでほぼ確実に思える。この前エズラの自宅を訪ねていったときのこと、二階のベッドの、誰かが丸くなって休憩するか泣くかした場所を思い返した。あのときは、ジーンがそこで心の安らぎを求めていたのだろうとばかり思っていた。遠い昔に思えるあの晩、すべてがはじまったのがあの場所だった。妹は銃を取りに行ったのかもしれない。保管場所は家族全員が知っていた。妹はあの場所に何度戻ったのか、あそこにいてなにを考えたのか。もし可能なら、彼女は過去をもとに戻したいと思うだろうか？

それに例の千五百万ドルだ。わたしがそんなものはほしくないと言ったところで、誰も信じるはずがない。あまりに見え透た自分勝手なうそとしか思われない。それに警察は、バーバラと家にいたという証言がうそであることもつかんでいる。となると大きな疑問がわいてくる。その情報の出所はどこなのか？ そこでふと、ジーンの口が万華鏡のような目の下で妙な動きをしていたのを思い出した……過ぎたことはしょうがない……父さんは死んだ、それはどうしようもない。

しかしどうしてもタラが言ったことに考えが戻ってしまう。なぜわたしに話してくれたのか？ さっき彼女はなんと言っていたんだったか。そう、まるで〝晴れ着を着た少年〟みたいだと。タラはわたしをそう見ていたのだ。父のスーツを着た少年だと。言い得て妙だと思うが、理由はちがう。晴れ着を着たように見えるのは、父のスーツがぴったり合わないからだ。しかも問題はサイズではなく、スーツの好みだった。その事実をわたしは徐々に受け入れはじめていた。ハゲタカが屍肉《しにく》を求めて旋回している。やかましい音をたてる正義という名の機械に放りこむ屍肉を。その絵のなかに父が入ることはないのはわかっている。そんな犠牲を払うはずがない。わたしは、やらねばならぬことをやる力をおあたえくださいと神に祈った。ジーンの姿を目に浮かべたところ、力がわいてきた。しかしパニック状態はまだつづいたままで、それを押しのけ、憎悪のようなもので粉々に砕いてやった。

ジーンの言うとおりだ。父は死に、過ぎたことはしょうがない。いま大事なことはひとつしかない。

長年使ってきた椅子の背にもたれ、卒業証書と弁護士免状を飾った壁をしみじみと見つめた。まるではじめて見るようにオフィスを見まわす。ここには私生活をにおわせるものがなにもない。絵も、写真もない。妻の写真さえ。あたかもわたしがこの人生に納得せず、これは仮の姿にすぎないと心のどこかで思っているような印象を受ける。しかし本当にそうだとしても、あくまでわたしの一部が思っているにすぎない。この瞬間まで、なにもかもあたりまえだと思っていた。しかし、わたしが五分以内にこのオフィスから引き揚げたとしても、ここは過去の十年などなかったかのように存在しつづける。なにひとつ変わらずに。刑務所の監房と同じだ、と思う。この建物はわたしなどいなくてもかまわないのだ。火をつけてやりたいと思う自分がいた。

壁に絵でも飾ろうと思った。火をつけたところで問題はあるまい。監房はどれも同じだ。それからストールン農場に電話した。謝罪するためだ、過去を清算するためだと言い聞かせたが、それだけが理由ではなかった。彼女の声がどうしても聞きたかった。愛していると言ってほしかった。最後にもう一度だけ。

誰も出なかった。

裁判所に出かけるころには、陽はかげっていた。空は厚い雲に閉ざされ、いまにも雨が降りだしそうだ。空の重苦しさにうつむきがちになり、法廷に入るころにはすっかり腰が曲がっていた。すでにみんなに知れわたり、てっきりいつもとちがう扱いを受けるかと思ったが、そんなことはなかった。最悪の場合、まわりから遠巻きに見られるかもしれないと覚悟していたが、けっきょく、いつもと変わらぬ法廷風景だった。わたしはカレンダー・コールの手続きのあいだほぼ無言でとおし、担当する案件が訴訟事件表から呼ばれたときだけ発言した。一件は司法取引をし、もう一件は裁判で争うことにした。それから混雑した廊下で依頼人に会った。

どっちも取るに足りない事件で、軽罪だった。依頼人がなんの容疑をかけられているのか思い出すのに、ファイルに目を通さねばならなかった。典型的な月曜のくだらない事件だ。もっとも、ふたりのうちひとりは無実だと思った。それについては法廷で争うことにした。

わたしたちはおもてのドアのそばで、ごみ箱をデスクがわりに、燃えた煙草のにおいのなかに立っていた。まず最初に司法取引するほうの依頼人と交渉した。彼は四十三歳で太りすぎ、離婚していた。わたしの話にいちいちうんうんうなずき、煙草のヤニのついた歯をむきだし、シャツはすでに胸が悪くなるような甘ったるい汗でぐっしょり濡れていた。弁護士連中はこれを〝恐怖の汗〟と呼ぶ。この汗にはしょっちゅうお目にかかる。たいていの人間にとって、刑事裁判は遠い世界の話で、自分の身に起こるはずのないものだ。それがある日突然、現実となり、犯罪者、銃を持った廷吏、それらを見おろすようにすわる堅苦しい顔をした裁判官でいっぱいの部屋で自分の名前が呼ばれるのだ。正午近くともなると廊下はむっとするようなにおいに包まれ、法廷内はさらにひどい状態となる。この日の訴訟事件表には五百四十件の案件が記載されていた。強欲、怒り、嫉妬、そして肉欲が織りなす小宇宙。どの感情にも、そこから派生する犯罪が存在する。全員が果てしのない海のごとくわたしたちのまわりでうごめき、自分の弁護士はどこか、証人はどこか、あるいは恋人はどこかと探しまわる。なかには自分の番になるまでの長い時間をつぶすため、煙草はないかと探しているだけの者もいる。ほとんどの連中はここの常連で、慣れている。わたしの依頼人のように常連でない者は汗をかいている。

依頼人の容疑は女性への暴行で、あと一歩で重罪というA1級に分類される軽罪だった。彼の家と通り一本へだてたところに魅力あふれる若い女性が住んでいるのだが、彼女は牧師である夫とのあいだに問題をかかえていた。依頼人がどうやってその事実を知ったかって？彼は数ヵ月にわたり、無線受信機で彼女の家のコードレス電話を盗み聞きした。そのうちに、夫婦仲がうまくいっていないのは、妻のほうが自分にのぼせあがっているためだと思いこむにいたった。まともな目の持ち主ならそんなわけないとわかるはずだ。とにかく男はそう思いこんだ。事件を起こした六週間前と同じく、いまもそう思いこんでいる。その事件とは、相手の自宅であるトレーラーハウスに押し入り、女性をキッチンカウンターに押し倒すと、自分の股間を彼女の全身にこすりつけたのだ。挿入はなく、レイプにはならなかった。服はずっと着たままだった。なぜ現場から立ち去ったかについて、男は供述を拒んだ。おそらく早漏だったのだろう。

最初の面会で、男は裁判で争うことを望んだ。なぜか？あれは女のほうが望んだことだからだ。それで罰せられるのはおかしい。そうだろう？「まちがってる。彼女はおれを愛してるんだ。彼女のほうからせがんだんだよ」と男は言った。

わたしは汗かきが嫌いだ。連中はこっちの話をちゃんと聞くが、やたらとそばに寄りたがる。まるでわたしなら助けてくれると思いこんでいるように。三週間前、わたしのオフィスで依頼人と会ったとき、彼から一方的な話を聞かされた。被害者側の言い分は意外でもなんでもなかった。女性は男の名前すらろくに知らず、見るからに気味の悪い男だと思い、事件以来、夜もろくに眠れないそうだ。この女性の証言は百パーセント信用できると思った。彼女をひと目見ただけで、裁判長はわたしの依頼人に鉄槌《てっつい》を振りおろすはずだ。確実に。

どうにかこうにか依頼人を説得し、単純暴行で取引するのが最善だと理解させた。それなら罪が軽くなるし、あらかじめ地区検事とも話がついている。地域奉仕活動に従事するくらいですむだろう。刑務所はなしだ。

廊下で男が唇を舐めた。口もとに渇いた唾液がこびりついている。わたしはこのあとの手順と、法廷で言うべきことを説明したかった。男の話は被害者女性のことばかりだった。彼女、おれのことどう言ってた？　どんな様子だった？　なにを着てた？

この男は一生依頼人となる星のもとに生まれついている。次になにかやらかすとしたら、もっとたちの悪いものになるだろう。

わたしは、被害者に近づかないよう裁判長から申しわたされることになると警告し、万がいち接近したら、取引条件に違反したことになるぞと諭《さと》した。男は理解できなかった。いや、できていたとしても、本気にしていなかった。とにかく、不愉快ながらもひと仕事終わった。男はふたたび自分の穴に引きこもり、牧師の妻を思い描きながらよこしまな夢想にふけるのだろう。

もうひとりの依頼人は黒人青年で、逮捕の際に抵抗した容疑がかけられていた。警官は、男が逮捕を邪魔し、警官に消えろと怒鳴って野次馬を煽《あお》ったと主張している。依頼人の話はちがっていた。すでに逮捕された黒人男性ひとりを白人警官四人がよってたかって取り押さえたというのだ。告発した警官が依頼人のわきを通りすぎたとき、警官は煙草を吸っていた。それを見て依頼人が言った。「だから悪人を捕まえられねえんだよ。煙草なんか吸ってやがるから」警官は足をとめて言った。「ムショに入りたいのか？」依頼人は笑った。「こんなんで逮捕できるはずないだろ」

警官は依頼人に手錠をかけ、パトカーに無理やり乗せた。で、こうしているわけだ。わたしは依頼人の話を信じた。というのもわたし自身がその警官をよく知っているからだ。太っていて底意地が悪く、のべつまくなしに煙草を吸っている。そのことは裁判長も知っている。無罪放免となる公算が大きいと見た。

裁判は一時間もかからなかった。依頼人は放免された。こんなふうに、合理的な疑いが簡単に見つかることもたまにはある。見つからないこともあるが。依頼人と握手し、被告人席を去ろうとしたとき、依頼人の肩の向こうに目が行った。法廷の奥の暗がりにダグラスが立っていた。彼が地裁の場にあらわれることはない。なんの理由もなしには。わたしはつい癖で片手をあげたが、彼の両腕はでっぷりした胸の上で組まれたままだった。わたしは半分閉じたような彼の目から視線をそらし、にこにこ顔の依頼人に別れのあいさつをした。振り返るとダグラスの姿はなかった。

かくして最後の幻想も消え、午前中ずっと否定しつづけてきた事実の前にわたしは裸で残された。法廷が傾き、顔とてのひらが急にじっとりしてきた――恐怖の汗だ。それも今度は内面から噴き出してきている。おぼつかない足取りで法廷を出ると、ほかの弁護士たちと目も合わせず、言葉もかわさずに追い越した。ロビーに群がる人波をかきわけ、盲人のように手探りで進んだ。転がりこむようにトイレのドアをくぐり、個室のドアを閉める手間すらかけなかった。ファイルが無惨にも床に滑り落ち、小便の染みがついた濡れたタイルに膝が激しくぶつかった。次の瞬間、永遠とも思える長い時間、歯を食いしばったのち、悪臭ただよう便器に吐いた。

17

やっとのことで立ちあがった。おもてに出ると風が吹いていた。汚れをこそげ落とそうとするように顔に強く吹きつけてきた。背後にそびえたつ裁判所の建物が、一枚岩のように切れ目のない空をバックに青白く光っている。その光は銀色で弱く、冷え冷えとしていた。目の前の歩道を人がひっきりなしに通りすぎていく。普通の生活を送る普通の人々。とはいえ、彼らはみな、重苦しい空にうつむき、歩道に顔がくっつくほど前のめりになってレストランや店があるほうへと坂道をゆっくりのぼっていく。誰も裁判所に目を向けない。おそらく、ここがなにかなど考えたことすらないにちがいなく、わたしは彼らにいくぶんの憎しみをおぼえたが、憎しみというよりむしろ妬《ねた》みだったのかもしれない。

通りをながめわたし、繁華街によくある地元のバーの色褪せたドアが目に入った。昼食の時間だったが、アルコールが飲みたかった。飲みたくて飲みたくてたまらず、喉から手が出そうになった。ぼけっと突っ立って冷えたビールを飲むところを想像していると、この数年、飲んでばかりだと気がついた。だからと言って気にはならなかった。そんなのはたいした問題ではなく、無数にあるなかのひとつに気づいただけのことだ。しかし、飲むのはやめにした。裁判所の幅広の階段を、オフィスがあるほうに降りていった。

歩道に降り立つと、弁護士街のほうに向かった。ずっと足元を見ていたせいで、妙な表情で見られているのに気づくまで時間がかかったが、やがて雰囲気を察知した。歩いていくわたしを、誰もが足をとめてまじまじと見つめてくる。わたしの知っている人たちだ。弁護士ふたり、事務官のオフィスの女性、裁判のために法廷まで歩いていく途中のパトロール警官ふたり。全員が足をとめ、わたしが通りすぎていくのをじっと見ている。そこだけ時がとまったかのようで、ひどく現実離れしていた。どの表情もひじょうにはっきり見てとれた。不信、好奇、嫌悪。ひそひそ耳打ちする声も聞こえた。十年来の知り合いである弁護士仲間が目を合わせようとせず、手で口元を隠してなにやらしゃべっている。わたしはふらつき、のろのろとした足取りで、この奇妙な光景のなかを歩いていった。一瞬、ひょっとして自分はなにやらひとりごとを言っているのだろうか、あるいはズボンの前があいているのだろうかと考えもした。しかし角を曲がって弁護士街に入ったところで、耐えがたい現実をまのあたりにし、ようやく合点がいった。

警察がわたしのオフィスにやって来たのだ。いや、押しかけたと言うべきか。入り口のところでパトカーが回転灯を点滅させていた。覆面パトカーは片側のタイヤを歩道に、反対側のタイヤを通りにのせて、酔っぱらったように傾いていた。箱を持った警官がオフィスを出たり入ったりしている。そのほぼ全員をわたしは知っていた。同業の弁護士たち。野次馬がまばらにかたまって見ている。その秘書。その見習いと弁護士補助員。ある主婦など、わたしにアクセサリーを盗まれるとでも思ったのか、喉のところに手をやった。わたしは身をこわばらせたが、それでもなんとか威厳を取り繕った。ひとりだけ目を合わせてきた弁護士がいたが、思ったとおりの目つきをしていた。ダグラスが遠くに見えた。ずだ袋のようなグレーのロングコートに巨体を包み、ドアのところに立っている。なにも言わないのにふたりの視線が同時にからみ合った。そこで彼はかぶりを振り、人混みをかきわけてわたしのほうに歩いてきた。努力が必要だったが、わたしも対等な立場であいさつすべく前に進み出た。

彼はてのひらを上に向けて両手をあげたが、わたしが先に口をひらいた。野次馬が距離をおき、息をつめて見守っている。

「捜査令状はあるんでしょうね」

ダグラスはわたしの全身をとっくりながめた。彼が予想したとおりのありさまなのはわかっている。取り憑かれたような、真っ赤な目。見るからにクロだ。口をひらいた彼の目に憂いの色は微塵《みじん》もなかった。「こんなことになって残念だ、ワーク。だが、きみのせいで選択の余地がなくなった」

あいかわらず警官が出たり入ったりを繰り返していた。ダグラスの肩の向こうに目をやると、きょうはじめて秘書の姿を見た。ひどく小さく、打ちのめされたような様子だ。

「いつだって選択の余地はあるものです」わたしは言い返した。

「今度ばかりはべつだ」

「令状を見せてください」

「いいとも」ダグラスは令状を提示し、わたしは見るともなくその紙を見ていた。この状況はどこか妙で、なにがおかしいのか突きとめる時間が必要だったのだ。ひらめいたときには愕然《がくぜん》となった。

「ミルズはどこです？」あたりを見まわした。彼女の車がどこにもない。

ダグラスが口ごもったのを見てぴんときた。

「わたしの家ですね。そうでしょう？　わたしの家を捜索してるんだ！」

「まあ、落ち着きたまえ、ワーク。そう昂奮するな。規則にのっとってやろうじゃないか。ふたりとも捜査がどんなものかはよく知っているはずだ」

わたしはさらに詰め寄った。そのときはじめて、わたしのほうがダグラスより背が高いことに気がついた。「ええ、どういうものかよく知ってますよ。そっちは業を煮やし、わたしは破滅する。世間が忘れるとでも思ってるんですか？」わたしは身ぶりでしめした。「ほら、もうあと戻りはききませんよ」

ダグラスは憎らしいほど冷静だった。唇を突き出せばキスできるほどの距離から、わたしの顎の先を見つめている。「事態を必要以上にややこしくするな。わかったか？　みんな好きでここにいるわけじゃない」

うっかり皮肉な口調が声に出てしまった。「ミルズは例外だと思いますがね」

ダグラスはため息をついた。はじめて感情らしきものが垣間見えた。「彼女を怒らせるなと言ったはずだ。忠告してやったのに」そこで逡巡《しゅんじゅん》するかのように口ごもった。「彼女にうそをついたのはまずかったな」

「なにがうそなんです?」思った以上に声が高くなった。「わたしがうそをついたと言ったのは誰ですか?」

びっくりしたのか、ダグラスの表情が変わった。少しやわらいだように見えた。わたしの腕を取り、野次馬のいないほうを向かせた。わたしたちは誰にも聞かれる心配のない場所まで、連れだって歩道を歩いていった。遠くから見れば、いつもと変わらぬ弁護士街のひとこまで、ふたりの法律家が裁判をめぐる相談をしているか、おもしろくもない冗談を言っているとしか見えないだろう。しかし、きょうはいつもと変わらぬどころではなかった。

「話してやろう。捜査令状の根拠である宣誓供述書に記載されている以上、どうせきみにもわかってしまうのだからな。相当な理由なしには捜査令状は取れず……」

「捜索や押収に関する規則など講義してくれなくてけっこうです、ダグラス。要点を言ってください」

「アレックス・シフテンだよ、ワーク。彼女がきみのアリバイを崩したのだ。きみはミルズに、お母さんが死んだ晩、きみとジーンとエズラは病院を出たあと、エズラの家に戻ったと言った。またきみは、エズラの家を出たあと、まっすぐ自宅に戻り、あとはひと晩じゅうバーバラと一緒だったと言った。アレックスはそれは事実でないと供述している。実際、断言できると言っているのだよ」

「真実かどうかはさておき、アレックスがなぜそんなことを知っているんです?」

ダグラスがふたたびため息をついたのを見て、彼を苦しめているのはその点なのだとわかった。「ジーンから聞いたそうだ。あの晩遅く、ジーンはきみの家に寄った。きみと話したかったからだと言っている。着いたとき、ちょうどきみが出ていった。かなり遅い時間で、おそらく午前零時をまわっていた。走り去るきみの車を見送ってから自宅に戻り、アレックスに話した。そしてアレックスがミルズに話し、われわれはここにいるわけだ」ダグラスはそこで間をおき、わたしのほうに体をかたむけてきた。「きみはわれわれにうそをついた。その結果、われわれとしても選択の余地がなくなった」

わたしはうつむいて目を閉じた。あの晩の出来事が少しずつはっきりしてきた。ジーンはショッピングモールまでエズラを尾け、そこで殺した。それからわたしの自宅を訪ねたところ、ストールン農場に出かけるわたしを目撃した。妹はわたしが家をあけたことを知っていた。アレックスに見たとおりのことを話した。だが、ふたりともわたしがどこへ行ったのかも、なにをしていたのかも知らなかった。疑問なのはその理由だ。なぜジーンはわたしの家に来たのだろう。訪ねてきたときもまだ、エズラの銃を持っていたのだろうか。

顔をあげると、ダグラスはひとり悦《えつ》に入っていた。わたしは冷ややかにほほえんでみせた。

「この捜査令状は伝聞にもとづいていますね、ダグラス」

「わたしも講義してもらうにはおよばんよ、ワーク。最初に情報を提供してきたのはアレックスだ。そのあとわれわれはジーンから話を聞いた。彼女は言い渋っていた――その点は強調しておくよ。しかし、結局はミズ・シフテンの供述を裏づけた」

またもや全身に悪寒が走り、首に冷や汗が噴き出し、背骨をおりていった。ジーンの顔が見えた。取り乱したように泣きじゃくっている。「父さんは死んだ……過ぎたことはしょうがない……そうよね、アレックス？　そう思うでしょ？」しかしわたしを打ちのめしたのは、ジーンが警察にしゃべったという事実だ。ダグラスにもそれはわかっていた。その目にはっきりと浮かんでいた。

ダグラスの指がわたしの腕をつかんだ。「まさか、ジーンがうそをついたとは言わんだろうな、ワーク。ジーンはうそなどつかない。こんなことでうそはつかない」

ダグラスの向こうに目をやり、悪く言っても同僚であり、よく言えば友人だったはずの見物人をながめわたした。いまは誰がどんな存在なのか？　もはやわたしとは無関係だ。みな離れてしまった。すでにわたしが刑務所に入れられたみたいな扱いだ。恐怖という名のヘビが腹の底でとぐろをほどいたが、それは無視してどうにか地区検事に答えた。

「そんな話をでっちあげるなんて考えられません、ダグラス。ジーンにかぎって」

本気でそう思っていた。たしかにわたしは真夜中に家をあけたし、ジーンがそれを目撃したのも事実だろう。だが、それを見て妹はなにを思ったのか？　まさかわたしが父を手にかけたと信じこんだのか？　そこまで頭がおかしくなったのか？　それともわたしを嵌《は》めようとしているのか。母親を殺した男にとって死がしかるべき罰ならば、わたしにはどんな報いがふさわしいのだろう？　わたしはエズラにとっての真実を自分の真実とした。そのことで妹はどれほどわたしを憎んでいるのだろう。

「わたしのアリバイはバーバラが裏づけてくれます、ダグラス。ひと晩じゅう彼女と一緒だったし、妻も証言してもいいと言っています。彼女に聞いてください」

「もう聞いたよ」とダグラスは言った。

「いつです?」わたしは啞然となった。

「けさだ」

なるほど、そういうわけか。「ミルズですね。ミルズがけさバーバラから聞いたんだ」レストランで会ったときのミルズを頭に思い浮かべた。あのときすでに彼女は、令状が認められるとわかっていたのだ。だからわたしの予定を知りたがった。「わたしを拘留するつもりですか?」

ダグラスは唇をすぼめ、その質問には答えにくいとばかりに横を向いた。「まだ時期尚早だ」ためらった末にそう言った。つまり、逮捕できるだけの具体的な証拠がないということだ。そこではたと思いいたった。もしバーバラがちょっとでもわたしと矛盾する証言をしていたら、ダグラスは逮捕令状も執行していたはずだ。だからこそ警察は、いまごろになって妻から話を聞いたのだ。彼女がなんと言うかわかっていたからこそ、アリバイによって捜査令状の申請がボツになるのを恐れたのだ。判事が二の足を踏むのを恐れたのだ。だから令状を先にとろうと考えた。もしもバーバラがわずかなりともちがう証言をしていたら、ダグラスとわたしの会話はまったくべつのものになっていたはずだ。

わたしはうなずき、最後にもう一度、通りの様子に目をこらした。これまでなんの関心もなかった細かなことまで記憶にとどめるように。「そうですか。ならこれで失礼します」背を向けかけたところでダグラスが声をかけた。

「供述する気があるなら、ワーク、いましておいたほうがきみのためだ」

わたしは振り返り、彼に顔を近づけた。「いいかげんにしてください、ダグラス。もう供述はすんだでしょう」

ダグラスはまばたきひとつしなかった。「きみのためにならんぞ、ワーク」

「さっきの話を書面にしろとでも?」

ダグラスは顔をしかめ、わたしのオフィスのほうを顧みた。「ジーンには話すな。それでなくてもじゅうぶんすぎるほどの苦しみをかかえているんだ。それ以上増やさないでやってほしい。ジーンは宣誓供述をした。肝腎《かんじん》なのはそれだけだ」

「あんたにそんな権限はない、ダグラス。妹に接触するなと命じることはできないはずだ」

「ならばこれも忠告のひとつと考えてもらいたい。本件の捜査のいかなる局面であろうと、妨害したらこってりと絞りあげてやる」

「ほかに言っておきたいことは?」わたしは尋ねた。

「ああ、ある。きょう、ハンブリーが親父さんの遺言を検認した。おめでとう」

ダグラスが遠ざかっていくのを見送った。わたしのオフィスへと。わたしの人生へと。そんなごたいそうなものではないが。

彼の姿がオフィスに消えると、野次馬が入り口周辺に群がった。その瞬間は怒りのあまり怯えることも忘れ、わたしの人生を守ってくれるはずの安心という毛布が、いとも簡単にずたずたにされてしまった事実に愕然とするばかりだった。またも視線を感じたが、今度のは好奇の目ではなかった。それゆえわたしはいっそう憤慨し、嫌悪感すらおぼえた。彼らはみな知人であり、向こうもわたしを知っている。なのにどのまなざしにもあからさまに書いてある。わたしは単なる一容疑者ではないと。敵国でひとり死刑を宣告された気分だった。わたしはその場を離れた。そのブロックをぐるっとまわり、ビルの裏にある駐車場に戻った。ピックアップ・トラックに乗りこみ発進した。行き先も決めずに。

　けっきょく公園までやって来た。目の前の自宅が赤の他人の家にしか見えない。不気味な光を受けて輝き、暗灰色の空をバックにいつもよりずっと高くそびえている。ここにも警官の姿があり、少なくとも十人はいた。弁護士仲間と同じく、隣人もお祭り騒ぎを見ようと集まってきていた。一時間もしないうちに街じゅうに噂が広まるだろう。人々が驚き、そんなばかなという表情を浮かべるところが目に浮かぶが、そこには他人の不幸をおもしろがるという邪悪な心理も見え隠れしている。あれこれ噂話がささやかれ、エズラは殉難《じゅんなん》の英雄と、一族を貧困から救出したものの、悲惨な最期を迎えた勤勉で頭の切れる弁護士と崇《あが》められることだろう。いまから目に浮かぶようだ。そしてこのわたしは、遺産目当てに父を殺した息子とうしろ指を差される。

　警察が自宅を捜索する光景を想像した。もっとはっきり言うなら、ミルズがわたしの私物、抽斗、デスクをひっかきまわす姿を思い描いた。クローゼットを調べ、ベッドの下を調べ、屋根裏を調べる。聖域はない。ミルズなら部下にそう指示しているはずだ。わたしの私生活が裸にされ、タグをつけられ、証拠品袋に入れられる。しかもそれをやってる連中はみな顔見知りだ！　その連中に、他人からとやかく言われる筋合いのないわたしのあれこれを知られてしまった。食べる物。飲む物。使っている歯磨き粉の種類。妻の下着。ふだん講じている避妊法。頭に来たわたしは、その場から立ち去るのではなく、自宅に車を向けた。バーバラがうろたえ絶望したように、ドライブウェイを行ったり来たりしていた。

「よかった」彼女は言った。「ああ、よかった。あなたに電話したのよ。電話したんだけど……」

長いあいだの習慣で妻に腕をまわすと、ひどく動揺しているのが伝わってきた。「すまない。法廷にいたんだ。携帯電話を切っていた」

妻がわっと泣きじゃくった。わたしの胸に顔を押し当てているせいで、声が少しくぐもっている。「あの人たち、もう何時間も前からああしてるのよ、ワーク。全部調べてる。それにいろんなものを持ち出してるの！　あたしにひとこともなく」彼女の体が離れた。目が怒りに燃えている。「なんとかして！　あなた弁護士でしょ。だったらなんとかしてよ！」

「警察は令状を見せたかい？」

「ええ。なんだかよくわからないけど見せられたわ。あれがそうだと思うけど」

「なら、どうしようもない。すまない。わたしだってやりきれない気持ちでいっぱいだ」もう一度妻に腕をまわし、少しでも慰めようとしたが、彼女はわたしの胸を両手で力いっぱい押しのけた。

「さわんないでよ、ワーク！　この役立たず！　お義父さんがいればこんなことにはならなかったわ、絶対に。お義父さんはこういうことに慣れてるから、警察だってうかつなことはできないもの！」そう言うとそっぽを向き、自分の体を抱きしめた。

「わたしはエズラじゃない」その言葉にはいくつもの意味がこもっていた。

「ええ、それだけはたしかね！」バーバラは吐き捨てた。それから群がる野次馬を身ぶりでしめした。「きょうはこの話で持ちきりだわ。それだけは自信を持って言える」

「こんちきしょうめ」とわたしは言った。

「いいえ、こんちきしょうなのはあなたよ、ワーク。あたしたちの生活がこんなことになって。あたしの生活が……。これがどういうことか、あなたにはわかる？　どうなの？」

「きみよりわたしのほうがずっとわかってるさ」しかし妻は聞いていなかった。そこでもう一度声をかけた。「なあ、バーバラ。わたしたちがいてもいなくても、警察は捜索をつづけるんだ。なら、ここにいる理由なんかないじゃないか。ふたりでどこか行かないか？　わたしがなかに入って、きみの荷物をまとめてくる。どうだい？　こんな茶番、見てる必要なんかない。ふたりでホテルにでも行こう」

　妻はすでに首を横に振っていた。「いやよ。あたしはグリーナの家にやっかいになるんだから」

　つかの間いだいた情け心も失せ、白けた気分だけが残った。「グリーナの家か。ああ、いいとも」

わたしに向きなおった妻の顔は沈んでいた。「ワーク、話は明日にして。いまはここにいたくないの。ごめんなさい」そう言って彼女は背中を向けた。それが合図だったのか、クラクションが鳴った。見ると、家の手前の縁石にグリーナ・ワースターの黒いメルセデスがとまっている。妻がこっちを振り返ったのを見て、わたしはてっきり気が変わったのかと思った。

「これをなんとかしてよ、ワーク」その声は冬のように冷え冷えしていた。「なんとかして。あたし、耐えられない」彼女は背を向けかけた。

「バーバラ……」わたしは妻に歩み寄った。

「明日、わたしから会いに来る。それまでは、お願い、ほっておいて」

妻がドライブウェイを遠ざかっていき、やがてスマートなセダンに乗りこむのを見送った。彼女とグリーナは抱擁し合い、すぐに走り去った。角を曲がり、カントリークラブやグリーナの自宅という要塞がある方向に消えた。通りの向こうの公園をぼんやり見つめていると、おぞましい考えが頭をよぎった。バーバラは尋ねなかった。わたしが犯人なのかと。話題にすらしなかった。

ふと背後に人の気配を感じ、振り向くより先にミルズだとわかった。青いスラックスにそろいのジャケット姿で、拳銃は見えなかった。表情が穏やかなのが意外だった。てっきり敵意を剝き出しにしてくるものとばかり思っていた。勝ちほこった顔をするものとばかり思っていた。考えが甘かった。ミルズはプロだ。有罪判決を勝ち取るまでは悦に入ったりしない。そのあとのことは白紙だ。おそらく今度のクリスマスカードは、刑務所で受け取ることになるだろう。

「あなたの車はどこ？」

「なんだって？」その質問にわたしは虚を衝かれた。

「あなたのBMWよ。どこにあるの？」

「いったいどういうことだか」

「とぼけないでよ、ワーク。それも令状に含まれてるんだから。預からせてもらうわ」

彼女があの車を押収したがるのは当然のことだ。鑑識が徹底的に調べればなにが出てきても不思議じゃない。フロアカーペットに落ちたエズラの髪。トランクについた血痕。自分の答えがどう受け取られるかはわかっていた。

「売った」

ミルズはわたしの顔をまじまじと見つめた。そこに書かれた文字を読むかのように。

「それはまたやけにタイミングがいいこと」

「偶然だ」と言い返す。

「いつ売ったの？」

「きのう」

「きのう」と彼女は繰り返した。「何年もあの車に乗ってたんでしょ。それを、お父さんの死体が発見された翌日に、わたしが捜査令状を執行する前日に売っておいて、単なる偶然だなんて言い訳を信じろと言うの？」わたしは肩をすくめた。「どうして売ったのよ。記録に残すために訊くけど」その脅しは本人が意図した以上に効果があった。

わたしは無謀にも彼女にほほえんでみせた。

「あなたは危ない橋を渡ろうとしてる。これは忠告よ」「もっと男らしい車に乗れと忠告されてね」

「きみらはわたしの家にあがりこんだ。わたしのオフィスにもあがりこんだ。好きなだけ忠告するがいい。記録に残すために教えてやるが、車を売ったのは売りたくなったからだ。なんだかしっくりこなくなったからだ。きみにはわからない理由だよ。だが、時間を無駄にする気があるなら、街の西、ハイウェイ一五〇号線沿いの中古車屋に行けばある。勝手に探すがいい」

彼女は腹をたてていた。車がわたしのものでなくなった以上、証拠としての価値はがた落ちだ。べつにたいした問題ではないのをわたしは知っている――あの車はエズラの死と無関係だからだ――が、彼女は知らない。彼女があわてたのを見て、一瞬ほくそ笑んだ。安っぽい勝利ではあるが。

「そこのピックアップも預かるわ」ミルズは、そびえ立つ家の陰で萎縮している、古いピックアップをしめして言った。いま、わたしに残されているのはあの車しかない。

「あれも令状に含まれているのか？」「いいえ」とあきらめたように言った。

口ごもった。

わたしは下卑た笑い声をあげた。「つまり、わたしに同意を求めているんだな？」

ミルズがにらんだ。「わずかばかり残ってた温情も、これで底をついたわ。わかってるんでしょうね」

「そうか。もうあとの祭りというわけか。ピックアップを押収したいなら、もう一通令状を取ってからにしてくれ」

「そうするわ」

「けっこう。それまではおことわりだ」

視線がからみ合い、彼女はたまりにたまった怒りで青筋をたてていた。プロらしからぬ反応だった。彼女はわたしを目の敵《かたき》にしていた。わたしをブタ箱に放りこみたがっていた。どの事件でもこんなふうになるのだろうか。それとも、わたしかこの事件になにか問題があるのか。単なる好き嫌いの問題なのか。

「あっちはそろそろ終わるのか？」わたしは自宅をしめして尋ねた。

ミルズが歯を見せた。小さくて白い歯だが、前歯の一本だけが淡い黄色味を帯びている。

「まだとても終わりそうにないわ」それを聞いて、彼女は楽しんでいるのだとわかった。

「よかったらなかに入って見ていてかまわない。あなたの権利だから」

それで切れた。「わたしのなにがそんなに気に入らないんだ、ミルズ刑事？」

「個人的にどうこうじゃない。人がひとり死に、凶器は行方不明、しかも千五百万ドルという動機を持つ人物は、問題の晩の所在についてうそをついている。わたしにはそれでじゅうぶんだし、令状の根拠としてもじゅうぶんだった。ほかにもなにかあれば、いまごろあなたを逮捕してる。それだけは確実だわ。それがあなたを気に入らないことになるのなら、ええ、たしかに気に入らないわ。だから、家に入ってもいいし、ここにいてもいい。好きなようにして。まだやっと軌道に乗ってきたところだから」ミルズはそこで背を向けたかと思うと、すぐにまた向きなおり、指を一本、勃起した陰茎のように立てた。「でも、これだけは言っておく。BMWは必ず押収する。もし、車のありかについてうそをついてたとわかったら、ますますあなたが気に入らなくなるでしょうね」

わたしは歩み寄って、彼女と同じレベルにまで声を張りあげた。「けっこうだとも。自分の仕事をすればいい。だが、わたしは捜査令状をただの紙くずにしてここまでのしあがってきた。令状の取り方だけでなく、執行の仕方も含めてだ。だから慎重にやるんだな。この捜査にはすでに大きな穴がある」

それはわたしが犯行現場に入ったことを指しており、相手の急所を衝いたのが見てとれた。ミルズの頭のなかが手に取るようにわかる。わたしと犯行現場を結びつける物的証拠はどれも、エズラが死んだ日ではなく、死体発見当日に持ちこまれた可能性がある。まともな刑事弁護士なら誰でも、この事実を利用して評決不能に持ちこめる。ミルズが案じるのも無理からぬことだ。わたしたちは何度も法廷で対決してきており、わたしがそこを衝いてくるのは彼女もわかっている。令状に不備があれば、裁判長は裁判がはじまらぬうちにご破算にしてしまうかもしれない。それどころか、起訴にすら持ちこめない可能性もある。ミルズ刑事の口がぱくぱく動くのを見て、わたしはささやかな満足感に酔いしれた。たしかに、わたしとしてはまずジーンを守るのが先決だが、だからと言って、ミルズにしろ、ダグラスにしろ、ほかの誰にしろ、わざわざ相手の仕事をやりやすくしてやることもない。いちかばちかだ。

「犬を連れ出してくる」とミルズに伝えた。「あいつも調べるのでなければ」彼女は黙ったまま、顎をこわばらせた。「いずれ、そっちが謝罪することになるだろうね」はったりだった――どう考えてもわたしにとっていい結末になるはずがない。

「見てるがいいわ」ミルズは言うと、背を向け、大股で歩き去った。

「終わったら鍵をかけろよ」彼女の背中に向かって怒鳴ったが、強がりでしかなかった。わたしはいくつかパンチを決めたが、試合に勝ったのはミルズであり、彼女にもわかっていた。ドアのところで彼女が振り返ってこっちを見た。さっきと同じく、黄色い歯を見せて冷ややかに笑うと、家のなかに消えた。

18

ピックアップ・トラックに逃げこんで、出発した。何台もの車を追い越し、信号でとめられ、次から次へと道を曲がってみたが、行くところがなかった。どう道を選んでも同じ人生に引き戻されてしまう。いまは試練のときであり、不愉快な質問とえげつない答えのときなのだ。そこで子どもや老人でにぎわい、風に吹かれたごみが散らばる公園に戻った。ミルズはまだわたしの家にいた。縁石に車を寄せ、警官が出たり入ったりを繰り返し、疑惑と無関心で家を汚す光景を見ていた。見ていて腹が立ったが、迫力に欠ける怒りだった。こればかりはどうすることもできず、ハンドルを握る手に力をこめた。ミルズの首に見立てて。携帯電話が鳴り、呼び出し音にぎくりとした。電話を見つけ、どうにか応答するまでにしばらく時間がかかった。

「もしもし」

「よう、ワーク。どうだ、調子は？」

声の主を思い出すのに一瞬の間があった。「ハンクか？」

「ほかにいるかよ」疲れたような声だった。彼とシャーロットで会ったのは、本当についさのうのことなのだろうか？　もう一週間もたった気がする。わたしは雑念を振り払った。

「悪かった。進展があったのか？」

「大丈夫か？」と彼は訊いた。

「ああ」そこで言葉を切った。返事がそっけなさすぎるのはわかっている。それにいまの声では大丈夫とはほど遠い。「話をつづけてくれ」わたしは目をこすった。

「オフィスのほうに電話したんだよ。おまわりが出た。名前を言えと言われた」彼はそこで言いよどみ、言い訳するチャンスをあたえてくれたが、わたしは黙っていた。なにを言えというのだ？　わたしはもう少しで笑いだしそうになった。「それからあんたの自宅に電話した。で、どうなったと思う？」

「わかってる。まるで住宅展示会みたいに、警官がうちを出入りする様子を車のなかから見てるところだ」

「いったい、なんと言っていいか」

「なら、なにも言わなくていい」

「まずいぜ、ワーク。おれまでやばいことになりそうだ」ハンクはそこで言葉を切った。

「連中は令状を取ったんだろう？」

「警察は凶器を見つけようとしているらしい。でなければ、わたしを犯人に仕立てあげる証拠を」ハンクの考えはわかる。令状を取るには相当な理由が必要だ。つまり警察はわたしに関してなにかをつかんでいることになる。

「起訴される可能性は？」ハンクが尋ねた。

「ひじょうに高い」

ハンクは黙りこんだ。こんな話を聞かされたのだ、無理もない。わたしたちは知人であり飲み仲間でもあるが、本当の意味での友人ではない。彼の胸算用が手に取るようにわかる。彼は仕事の大半を刑事弁護士から請け負っており、立場上、警察を敵にまわすわけにはいかないのだ。「マジかよ？」ハンクがようやくそれだけ言った。彼としてはなんとしても巻きこまれるのを避けたいところだ。

「ひょっとしたらの話だ。担当捜査官はわたしを嫌っている。明日の新聞を読めばわかるさ」

「ミルズか？」と訊いてきたが返事が聞きたいからではない。この件についてどういう態度に出るか決めかね、時間稼ぎをしているだけだ。「おれにできることはあるか？」

ハンクが躊躇する気持ちはわかる。巻きこまれたところで、百害あって一利なしだ。わざわざ訊いてくれただけでもりっぱなものだが、彼が求める答えはわかっていた。

「いまはいい、ハンク。ありがたいが」

「なあ、たしかに親父さんはいやな野郎だったが、あんたが殺したなんておれは思っちゃいないぜ」

「そうか、そう言ってくれてうれしいよ。なぐさめられたよ、ハンク。こうなると、誰もそんなことは言ってくれないからな」

ハンクの声が熱を帯びた。「他人の言うことにいちいち動揺するな、ワーク。いままでさんざん見てきたじゃないか。どういうものかわかってるはずだろ」

どういうものかわかってるはずだ――ダグラスも同じ言いまわしをしていた。

わたしは話題を変えることにした。「それでなにがわかった？　いい知らせが聞けるのか？」

ハンクだってばかじゃない。意図を察したようだ。この会話をあたりさわりのない方向に持っていかなくてはならないのだと。「けさ、チャーター・ヒルズまで行ってきた」と彼は言った。「二時間ばかり聞き込みをしてまわった」

チャーター・ヒルズはシャーロット市にある精神保健センターで、この州でもトップクラスの施設だ。ジーンが二度目の自殺をはかったのち、エズラが重い腰をあげて彼女をあずけたのがそこだった。いまも脳裏にまざまざと焼きついている。暖色が使われ、新鮮な花が飾られていても、高いレンガ壁の奥に閉じこめられた者の痛みは隠しきれていなかった。自発的に施設に入った者もそうでない者も、まさに〝閉じこめられて〟いた。わたしはジーンの見舞いに何度も足を運んだ。彼女はわたしと口をきこうとしなかったが、担当医によればよくあることだそうだ。わたしは医者の言葉を信じなかった。どうして信じられよう？　ジーンは妹なのに。

ジーンの入院は長期にわたった。そこでアレックス・シフテンと出会ったのだった。

「なあ、ハンク……」とわたしは言いかけた。

「アレックス・シフテンなる名の患者の記録は存在しない」ハンクがわたしをさえぎって言った。

「なんだって？」

「なんの記録もなかった」

「ありえない」とわたしは言った。「ふたりはそこで出会ったんだぞ」

「そうじゃなさそうだ。アレックスが別の名で入院してたんでないかぎり」

考えを集中させようとしたが、無理だった。「どういうことだ、それは？」

ハンクはため息をついた。「自分でもなにを言ってるかわからん。そこが問題なんだ。腑に落ちないが、推測しようにも情報が少なすぎる。だがなにかおかしい。におうんだ」

頭のなかはまだミルズでいっぱいで、とても考えがまとまらない状態だったが、ジーンが捜査の手を逃れてもあとにアレックスと残されるだけなら、わたしがやっていることには意味がない。アレックスは危険だ。なんとなくそう思うし、これだけはきっちり始末をつけておかなくてはいけない。手遅れになる前に。しかしあいにく打つ手はなかった。

「どうしたらいい？」

「アレックスの写真がいる」ハンクはすかさず答えた。

「それでどうする？」

「もう一度チャーター・ヒルズに行く。あとは結果をご覧じろだ」

感謝の念が胸いっぱいに広がった。ハンクは警察とことをかまえる気はない。当然だろう。

だが、この調査は最後までやってくれると言う。わたしのために、そしてジーンのために。ガッツのあるやつがめっきり減ったこの世の中で、彼はまさしく男のなかの男だ。

「礼を言うよ、ハンク」そこで言葉を切ったのは、切らざるをえなかったからだ。

「いいってことよ。たいしたことじゃない」

「写真は郵便で送ればいいか？」そう訊くのがやっとだった。

「それじゃ時間がかかりすぎる。サツが引き揚げたら、おたくの郵便受けに入れておいてくれ。今夜のうちにソールズベリーまで行く用事がある。遅くなるかもしれない。あんたが家にいたら、ちょっと顔を出す。いなければ、写真だけもらって帰る。どっちにしても、なにかわかったら連絡を入れる」

「助かるよ、ハンク。手配しておく」

電話の向こうでハンクがなにか言いかけ、すぐに口をつぐんだ。何秒間か、彼の息づかいだけが聞こえてきた。「わかっただろ？　わかったよな、ワーク？」アレックスとジーンの話ではない。

「ああ。生きるってのはやっかいなものだな。きみの仕事ぶりには感謝してる」

「ああ。また連絡するよ」

そこで電話が切れ、わたしも電話を切った。ボーンに目をやると、となりの座席ですやすや寝入っている。なぜなにもかもがいっぺんに起こるのか？　あたり前だった世界が、ある日突然、燻煙室《くんえん》に変わってしまうのはなぜなのか？　わたしは目を閉じ、はるかかなたから吹いてくる風にそよぐ牧草地を思い浮かべた。目をあけると、ウィンドウから男がのぞきこんでいた。わたしはぐったりしていて、驚きもしなかった。のぞいていたのはマックス・クリーソンだった——例の鳥打ち帽に、例のとてつもない醜さ。真っ赤なポンチョを着ているところを見ると、彼も雨が降ると思っているらしい。わたしは窓をおろした。

「やあ、マックス。元気かい？」

彼は穴があくほどわたしを見つめた。薄汚れた分厚い眼鏡の奥で目が光った。それからわたしの家のほうを手でしめした。「おまえさんの家におまわりがいる」断定というより質問するような口ぶりだったが、わたしは食いつかなかった。それが気に入らなかったらしい。彼は唇の端を吊りあげ、ヤニだらけの歯を剝き出しにすると、喉の奥深くから妙な音を発した。そして顔をぐっと近づけてきた。「こないだ会ったときは、あんたが何者か知らなかった。まさかおまえさんが、毎日のように新聞をにぎわしてる殺された弁護士の息子とは思ってもいなかった」非難されているように聞こえた。マックスはわたしの家に目をやり、それからわたしに戻した。「そしたら今度は警察がおまえさんの家にいる。おまえさんがやったと思ってるのか？　おまえさんは容疑者なのか？」

「その話はしたくないんだ、マックス。とても込み入っている」

「話すのはいいことだ」

「ちがうな。話すのは苦痛だ。また会えてうれしいが、いまは都合が悪い」

彼は聞く耳持たなかった。「車を降りろ」彼はピックアップから離れながら言った。「一緒に歩こう」

「ありがたいが、ことわる」

わたしの言葉が聞こえなかったようだ。マックスはピックアップのドアをあけた。「だめだ、歩いたほうがいい。犬はそこに寝かせておけ。おまえさんは車を降りて、おれと歩くんだ」ピックアップから降りろと身ぶりで命じられ、わたしは折れた。どのみち、行くところなどない。

ピックアップのなかで眠るボーンを残し、わたしはマックスと並んで歩きだした。彼に導かれて坂をくだり、湖沿いを走る狭い未舗装路に入り、家から遠ざかる方向に歩いていった。うしろを振り返りはしなかった。大股で歩くマックスのポンチョが、脚のまわりでパタパタとはためく。九分か十分ほど歩いたろうか、湖を過ぎ、公営のテニスコートを過ぎ、砂利敷きの駐車場を横切った。低い丘の向こうに公園が隠れて見えなくなるまで、ふたりとも口をきかなかった。両わきに質素な住宅が建ち並ぶ狭い路地に入った。何軒かの庭先に、子どものおもちゃがちらばっている。ごみひとつ落ちていない庭もある。ここは住民の出入りが激しい流動地域だ。新婚家庭と余命いくばくもない人々。しかしそれのなにが悪い？

「おまえさんにひとつ話をしよう」ようやくマックスが口をひらいた。わたしを見て目玉をぐるりとまわした。「大事な話だからよく聞け。おれのこの手について話してやる」彼はわきに垂らしていた手をあげ、そのまますとんと下におろした。汚れてはいたが、赤いポンチョとは対照的に青白く、指がひどく長かった。

「覚えてるだろ。こないだおまえさんは質問した。だからいま答える」

「どうして?」

「おれなりの理由があってのことだ。だからぐちゃぐちゃ言うな。街にはこの話を聞いた者はひとりもおらんし、おれにとっても話したい内容じゃない」

「わかった」

「こうなったのはヴェトナムでだ」手のことを言っているのだとわかった。「おれはまわりの連中となんら変わらないごく普通の男で、二期目の従軍の途中だった。おれたちは偵察に出たところを襲われ、ほぼ全員がやられた。何人かは逃げおおせた。しかし、おれはちがった。弾が脚を貫通し、ベトコンの捕虜収容所に入れられた。そこで指揮を執ってた大佐が、おれがいろんなことを知ってると勘違いした」

マックスの手がぴくぴくと動いた。

「でなければ、やつはただ腹黒いだけだったのかもしれん。つまるところ、どっちだろうと関係ない。大佐は数週間おれを取り調べ、両手をさんざん痛めつけると、五年間、穴ぐらに閉じこめた。おれはそこで死ぬかと思った」声が消え入りそうに小さくなっていった。「五年もだ」マックスはもう一度言い、そこで口をつぐんだ。心がどこか遠くをさまよっているのだろう。

「牢屋に五年間」わたしは虚空につぶやき、それがどんなものか想像をめぐらせた。わたしのつぶやきに答えたマックスの声は、憎悪に満ちていた。

「あれが牢屋なものか、ばかったれ。土の上に作った、間口八フィートの檻だ。五年もだぞ。月に二回、外に出してもらえた。それ以外は、寝るか、くそをするか、歩きまわるしかない。たいていは歩きまわった。四歩進んで向きを変える。四歩進んでまた向きを変える」マックスはそこでわたしを見た。「おれは狭苦しい場所に耐えられない。だから歩く。壁が迫ってくると、とにかく外に出る。なぜかと言えば、あのときにそれができなかったからだ」彼は爪を剝がれた手でしめした――木立を、空を、すべてを。「おまえさんにはこういうものがどれだけ大事かわからんだろう」彼は目を閉じた。「広々とした場所がどれだけ大事か」

わたしはうなずいたが、いずれいやというほどわかる日が来るかもしれないと思った。

「それにしても、なぜその話をわたしに?」

目をあけたマックスを見て、気がふれているわけではないのがわかった。責めさいなまれ、なぶり者にされはしたが、頭はおかしくない。

「おれは当局ってやつがきらいだ。わかるか? 制服を見るだけでだめだ。このあたりのおまわりのやることには胸くそが悪くなる。愛情と尊敬の念を持って扱ってくれたとはとても思えん」そこで浮浪者然とした顔に笑みがはじけた。「おれからサツに話すわけにはいかん。絶対に。わかるな?」

理解はしたが、まだわからなかった。それのなにがわたしと関係あるのか? 訊いてみたが、彼は即答しなかった。そのままわれ右して歩きだした。わたしはあわててあとを追った。

「なんでおれが歩くかわかっただろう」と彼は言った。「いつでも、どんなときでも。昼も夜もかまわず。壁が迫ってくると歩く。そうするしかないからだ」

右に折れ、こぎれいな通りに入った。そのあたりの家々はそれぞれに個性的だった。そのうちの一軒の前でマックスが足をとめた。小さな一戸建てで、緑色の芝と生垣が両どなりの家との境をなしている。家は黄色で雨戸は青、玄関ポーチにはロッキングチェアが二脚並んでいる。石造りの煙突を囲う格子垣にはつるバラが這わせてある。マックスを見あげ、こんなに背が高かったのかとあらためて思った。

「サツに言えないから、おまえさんに話す」いらいらした気持ちが顔に出たのだろう。マックスは帽子を脱ぎ、隠れていたくしゃくしゃの髪をかきむしった。「親父さんは感謝祭の翌日に殺されたんだったな？　その日は雨が降っていた」

わたしは妙な胸騒ぎをおぼえながらうなずいた。

「死体は〈タウン・モール〉で見つかったんだったな。州間高速道路沿いにある廃墟で。駐車場の下を水路が流れているところだったな？」

「いったい……」わたしは言いかけたが、マックスは答えてくれなかった。まるでひとりごとを言っているようだったが、熱い視線をわたしに向けていた。肌で感じるほどの熱い視線を。

「おまえさんに話すから、よく頭に叩きこめ。大切なことだ」

「なにが大切だって？」

「なんで話すかと言えば、おまえさんが親父さんを殺したとは思ってないからだ」

腹のなかにもやもやした感覚が広がり、手足に熱が一気に流れこんで指がむずがゆくなった。「なんの話だ？」

「おれはいつも歩く。道路を歩くときもあれば、公園のなかを歩くこともある」そこで間をおいた。「州間高速道路を歩くこともある」ふと気がつくと、わたしは彼の前腕をつかんでいた。つるつるのビニールの下の腕は、かたく骨張っていた。マックスは気づいてもいないようだ。「あの晩のことを覚えているのは、雨が降っていたのと、感謝祭の翌日だったからだ。遅い時間だった。真夜中を過ぎていた。ショッピングモールの近くに車が見えた。あそこで夜に車を見かけることはめったにない。真っ暗だし、いるとしたら浮浪者くらいなもんだ。あるいはジャンキーとかな。とにかく、それくらいだ。昔、ずいぶん前だが、けんかを見たことがある。だが、車は一度もない。あんな遅い時間にはな」

心臓が高鳴りはじめ、口が渇いた。マックスはなにを言おうとしているのだろう？　なにかわからないかと、汚れた分厚い眼鏡の奥をのぞき見た。これからなにを言うのかヒントはないかと。びくびくしなくていい根拠が見えないかと。

「音を聞いたのか？」わたしは言った。「なにか見たのか？　どうしたんだ？」あまりに力いっぱい彼の腕を握ったせいで、自分の手が痛くなってきた。なのにマックスのほうは痛そうなそぶりすら見せない。

「大事なことかもしれん。そうでないかもしれん。おれにはわからん。しかし、サツには知らせたほうがいい。誰かが知らせたほうがいい」

「知らせるってなにをだ？」ほとんど怒鳴り声になった。

「あの晩、ショッピングモールから人が出てくるのを見た――急ぎ足だが、走ってはいなかった。その人物は車のそばを通りすぎると、なにかを雨水口に投げ捨て、とめてあった車のうちの一台に乗っていなくなった」

マックスに告げられた新事実の衝撃が一気に押し寄せてきた。「去年。感謝祭の次の夜。きみは〈タウン・モール〉から誰かが出てきて、雨水口になにかを投げ捨て、それから車で走り去るのを見たと言うのか？」

マックスは肩をすくめた。「いま言ったとおりだ」

「その人物の人相はわかるか？」

「わからん」

安堵の気持ちが体内を駆け抜けた。マックスはジーンだと確認できない。

「暗かったし、雨も降っていた。しかもその人物は遠く、コートを着て帽子をかぶっていた。全身真っ黒だった。だが、おまえさんじゃない」

わたしは彼の腕から手を離したが、彼はそれにも気づかなかった。「なぜわたしじゃないと？」

「そいつは背が低かったように思う。中背くらいだ。おまえさんはそれよりずっと高い」

「男だったのか、女だったのか？」

「そんなのわかるか。どっちでもおかしくない」

「それでもわたしじゃないと断言できるわけだ」

マックスはまたも肩をすくめた。「おれはずっとおまえさんを見てきた。おまえさんはなにもしない。自分の家の玄関ポーチにすわってビールを飲んでるだけだ。おれはたくさんの人殺しを知ってるし、死人もいやというほど見てきた。おまえさんに人が殺せるとは思えん。まあ、あくまでおれの意見にすぎないが」

気を悪くすべきなのだろうが、べつに気にならなかった。マックスの言うとおりだ。ロースクールを出て、所帯を持ち、弁護士事務所をやっていながら、わたしはなにひとつしていなかった。ただ惰性で生きているだけだった。

「その人物はなにを着ていた？」

「黒っぽい服。帽子。言えるのはそれだけだ」

「車はどうだ？　なにか覚えてることはないか？」

「一台は大きかった。もう一台はあまり大きくなかった。黒じゃなかったように思う。だが、濃い色だった」

わたしはしばらく考えこんだ。「その人物はどっちの車に乗っていった？」

「小さいほうだ。悪いが、それ以上はわからん。なにしろ遠かったし、おれもろくに見ていなかった」

「大きいほうの車はどうなった？」

「おれが引き揚げるときもまだそのままだった。おれはただ通りがかりで、そこにずっといたわけじゃない。二日後、同じ場所を通りかかったが、車はなくなっていた」

「その人物は水路になにを投げこんだんだ、マックス？　きみがいる場所から見えたのか？」

「いいや。だが、おまえさんにならっておれも推理してみた」

「聞かせてくれ」とわたしは言った。しかしわかっていた。

「なにかを穴に投げこむ場合、そのなにかとは見つかっては困るものに決まってる。親父さんを撃った銃をサツが探していると新聞には書いてあった。あそこの雨水口を調べれば、見つかるんじゃないかと思う。だが、これはあくまでおれの意見で、おれはサツでもなんでもない」

マックスの目の奥にそれが見えた。まるで自分がその場にいるように。もちろん、拳銃に決まっている。もし警察が見つけたらどうなる？　ゲームオーバーだ。それにしてもこの皮肉な偶然はどういうことか。はらわたにフォークを突き刺された気分になった。エズラの死体が見つかったのが〈タウン・モール〉だったのもこたえたが、あのときははるか昔のおぞましい一日の記憶を思い出しただけですんだ。しかし今度はあの暗渠に、あの喉のような暗渠に入らなくてはならない。警察より先に拳銃を手に入れるために。マックスがわたし以外にも話そうなどと思わないうちに。神よ、力をおあたえください。

「わたしに話してくれてよかったよ、マックス。ありがとう」

「おまえさんからサッに話してくれるな?」

本人を前にしてうそはつけず、うそにならない程度の返事をした。「やるべきことをやるよ。ありがとう」

「どうしてもおまえさんには話しておきたかった」マックスのその声には、言葉にならないなにかがあった。わたしが彼に向きなおったちょうどそのとき、車が一台、わきを通りすぎた。マックスはその車をじっと見つめ、見えなくなるまで目をこらしていた。それからわたしを見おろした。「この街に住んで十九年、いや、あと少しで二十年になる。そのあいだに一万マイルは歩いただろう。一緒に歩こうと言ってくれたのは、おまえさんがはじめてだ……声をかけてくれたのもおまえさんがはじめてだ。おまえさんにはどうってことないのかもしれんが、おれはうれしかった」そう言って彼は無惨な手の片方をわたしの肩におき、まばたきひとつせずにわたしを見つめた。

マックスの誠実さに心を打たれ、わたしも彼も、この街でつらい道を歩んできたのが身にしみてわかった。ふたりの道は異なるものの、孤独という意味では同じだ。

「あんたはいい人だ、マックス。知り合えてよかった」手を差し出すと、今度は握り返してくれた。彼なりに力をこめて。「そろそろ行こうか」とわたしは言った。「歩こう」わたしが前を向きかけても、マックスは動かなかった。

「ここがおれの終点だ」と彼は言った。

人通りのない道路を見まわした。「どうして?」

彼は黄色い一軒家をしめした。「あれがおれの家だ」

「てっきりわたしは……」幸いにも、その先の言葉を呑みこんだ。「しゃれた家じゃないか、マックス」

マックスはどこか手抜かりはないかと探すように自分の家をながめ、それから、なにもなかったかのようにわたしに向きなおった。「おふくろが死んだときに残してくれた。それ以来、ずっとここに住んでいる。寄っていってくれ。ビールを持って、ポーチにすわろう」

わたしは力なく身動きひとつせずに立っていた。家の前を歩く彼をただ見ていただけの自分を、勝手な想像をめぐらせていた自分を恥じた。ある意味わたしもバーバラと同罪で、穴があったら入りたかった。

「マックス？」

「なんだ？」彼は笑おうとして顔をゆがめたが、もうさほど不気味には感じない。

「ひとつ頼みを聞いてくれないか。大事なことなんだ」

「言うだけ言ってみろ。承知するかもしれん」そこでまたほほえんだ。

「もしわたしになにかあったら、さっきの犬を引き取ってほしい。世話をしてほしい。一緒に散歩に連れて行ってほしい」

そのほうがボーンにとってもしあわせだろう。

マックスはわたしの顔をのぞきこんでから口をひらいた。「おまえさんになにかあったら」と、ひどく重々しい口調で言った。「おれがおまえさんの犬の世話をする。おれたちは友だちだから、そうだな？」

「そうだ」わたしは力をこめて言った。

「なら、引き受けよう。だが、なにも起こるものか。おまえさんは警察に銃のことを話し、犬の世話も自分でするだけのことだ。さあ、入ってくれ。わざわざビールを買っておいた」

わたしたちは彼の家の玄関ポーチにすわり、よく手入れされた芝生を見わたし、瓶から直接ビールを飲んだ。話はしたが、どれも他愛のないものばかりだった。その短いひととき、わたしは孤独でなかった。おそらくマックスも同じように感じていたと思う。

19

ピックアップに戻ると、ボーンが陽のあたるところで丸くなって眠っていた。丘のほうをひと目見ただけで、家にはもう誰もいないのがわかったが、まだ向き合う勇気はなかった。まだ警察の名残りが生々しいはずだ。そこでオフィスに向かった。あいかわらずエズラのビルという感じがすることに変わりはないが、こっちからはじめるほうが楽だと思ったのだ。

四時を少し過ぎたところで、通りは閑散とし、道行く人もまばらだった。わめきちらしたいところだったが、受難者のごとく歩いた。裏口からなかに入ると、まず自分のオフィスが目に入った。抽斗はすべて出され、ファイリングキャビネットも中身が残らずぶちまけられている。訴訟ファイル、個人的な書類、なにからなにまで。わたしのふところ具合に関する情報、医療記録、写真。ごくたまにつける日記まで。わたしの生活すべてが！　抽斗を乱暴に閉めると、静まり返ったビルに指が折れるような音が響いた。休憩室をのぞくと、連中が冷蔵庫の飲み物を勝手に飲んだのがわかった。空き缶とキャンディの包み紙が傷のついた小さなテーブルに散らかり、部屋全体が煙草くさかった。ごみをかき集め、ビニール袋に乱暴に詰めこんだ。半分ほど片づけたところで、袋を床に投げつけた。やるだけ無駄だ。

二階のエズラのオフィスにあがった。ここもまたひどい荒らされ様だったが、それは無視して、死んだ父の金庫を隠した敷物の隅にまっすぐ向かった。房飾りをひとつかみ握って敷物を裏返す。すべて変わりないようだ。傷のついた板が二枚、四本の釘——二本はまっすぐ打ちこまれ、残りの二本は曲がったまま板に打ちつけてある——でしっかり固定されていた。

警察は見つけなかったのだと知って、意地の悪い満足感に酔いしれた。父の最後の秘密をあばく権利を持つ者がいるとすれば、それはわたしだ。

金づちは前においた場所にあり、釘抜きがついているほうで釘を引き抜きにかかった。折れ曲がった二本はすぐ抜けたが、残りの二本は頑固だった。釘抜きが隙間になかなかうまく入らなかったが、思いきり強く引っ張ったところ、動物の鳴き声のような甲高い音とともに抜けた。抜いた釘を放り投げ、金庫に覆いかぶさった。錠前屋に頼らずにあけたいなら、エズラにとって意味のあるものはなにかを考えろ、とハンクは言っていた。そこで、運命の導きによって父となった故人について、まっさらな気持ちで考えてみた。

父にとって意味あるものとはなにか。簡単な質問だ。権力。地位。名をなすこと。しかしいずれも、けっきょく金に行き着く。

父が建てた百万ドルの自宅の中央に書斎があり、そこのデスクには一枚の写真が額に入れて飾ってある。写真は昔からずっとあった。過去をしのび、意欲を高めるために。あれを食い入るように見つめる父を何度見かけたことだろう。あれが父の正体だ。必死に葬り去ろうとしながらも、忘れてしまうのはためらわれる。抜きんでた業績がありながら、根っこのところでは昔と変わらず、かさぶただらけの膝をした卑しい生まれの少年だった。あの暗い目は終生変わることがなかった。

わたしはめぐまれた環境に生まれ、父のようなハングリー精神が欠けていることは父子ともどもよくわかっていた。そのハングリー精神があったからこそ父は強くなれたが、その一方で非情にもなった。冷酷さは美徳であり、わたしにそれがないのは、父にとってわが子が小心者である確たる証拠だった。かくして、わたしが意義を追い求めるのと対照的に、父は力を追い求めた。父の人生はトップを目ざすことがすべてであり、とどのつまり、それは金に集約された。金がすべてのよりどころだった。金によって環境のいい場所に家を買った。金によって車を買い、パーティーの支払いをし、政治運動の資金を調達した。金は道具であり、てこだった。父は金を使って自分の周囲を変え、さらには人も変えた。自分のこれまでを振り返ってみると、たしかにわたしは安易な道を選んでいた。父はわたしまでも金で買ったのだ。いまならその事実を受け入れられる。父はわたしたち家族全員を買ったのかもしれない。ただし、ジーンはべつだ。ジーンには金が重くのしかかり、曲がることができなかったのかそのつもりがなかったのか、重みでぽきりと折れてしまった。けっきょくエズラはその代償を支払うはめになった。なにからなにまで因果応報のにおいがする。

金庫に目をこらした。これを見つけたのは偶然で、べつに知らなければ知らないでこの先の人生にはなんの支障もなかったはずだ。とはいえ、いまはこれがひどく重くのしかかっている。

金と権力。

父がはじめて百万ドルの評決を勝ち取ったときのことは覚えている。わたしが十歳のときで、父は家族を連れてシャーロットで祝賀会としゃれこんだ。葉巻をくわえ、レストランで最高のワインを誇らしく注文した父の姿が目に浮かぶ。父は母のほうを向いて言った。「もうなにものもわたしをとめられんぞ」母の表情も覚えている。取ってつけたような顔だった。

わたしたちではなかった。わたしだった。

母はジーンに腕をまわしたが、当時わたしにはその意味がわからなかった。しかしいま振り返ってみれば、母は怯えていたのだろう。

あの評決がすべてのはじまりだった。ローワン郡史上、最高額の勝訴であり、マスコミは父をもてはやした。それを機に、エズラ・ピケンズのもとに依頼人が集まりはじめた。

父の言うとおりだった。なにものも父をとめられなかった。彼は有名人であり、偶像であり、名声と財産が増えるにつれ自尊心もふくらんでいった。あの評決以来、父のすべてが変わった。

わたしたち家族も変わった。

あの評決が出た日付は覚えている。ジーンが六歳になった日だ。

その日付をキーパッドに入力した。だめだ。板を元どおりにおき、新しい釘四本を打ちこんだ。今度はていねいにやったので、釘は曲がらずにまっすぐ板に入っていった。ため息をつきながら敷物を広げ、その場をあとにした。

もっと楽にあくと思ったのに。

抽斗を閉めたり電気を消したりしながら、オフィス内を見てまわり、そろそろ出ようかというところで電話が鳴った。出ないでおこうかとも思った。

「んもう、情けなんかかけるんじゃなかったわ！」《シャーロット・オブザーバー》のタラ・レイノルズだった。「うちの編集長なんか発作を起こしそうなほどカンカンよ」

「いったいぜんたいなんの話だ、タラ？」

「《ソールズベリー・ポスト》紙は読んだ？」《オブザーバー》紙とはちがい、《ポスト》は夕刊紙だ。一時間ほど前にスタンドに並んだはずだ。

「読んでない」

「そう、なら一部買ったほうがいいわよ。あなたが一面に出てるし、記事はとんでもなく偏ってる。うそじゃない。必死に記事を書いて、さあ、うちがいちばん乗りよと張り切ってたのに、あなたのオフィスに警察が踏みこんだと聞きつけた《ポスト》のばか記者が、のこのこ出向いて行ってあなたの写真を撮ったのよ」

わたしの声は冷ややかだった。「きみに迷惑をかけて悪かった」

「〝殺害された弁護士の息子、自宅とオフィスを家宅捜索〟。それが見出し。オフィスの前で地区検事と一緒にいるあなたの写真がのってる」

「まだ四時間しかたってないのに」

「ええ、いい知らせは広まるのがはやいのよ。記事は短いわ。読んで聞かせましょうか？」

つまりこれで、あの件はおおやけに報道されたわけだ。《ポスト》の購読者は五万人。二十四時間以内に《オブサーバー》にものる。こっちの読者は百万人近い。不思議なことに、わたしはひどく冷静だった。いったん評判が落ちてしまえば、不安はより具体的になる。生か死か——自由か監獄か。それ以外はどうでもよくなる。

「いや、いい」とわたしは言った。「読んでほしくない。わたしの一日をさらにひどいものにする以外に、電話してきた理由はあるのかい？」

「ええ、あるわ。感謝してもらいたいものね。いまのところ、あなたになにかしてあげるのはあたしくらいなものだもの」

「感謝するってなにに？」わたしは皮肉めいた口調で聞き返した。

「ニュースよ。条件は前回と同じ。情報の出所を誰にも言わないことと、今度の件に決着がついたらあたしの独占取材を受けること」

すぐには答えなかった。突然、頭が割れるように痛みだした。おさまりそうになかった。このまま放っておいては。

「どこか出かける用事でもあるの？」タラがいやみを言った。「だったらそう言って。電話を切るから。ゲームにつき合ってる暇はないもの」

「駆け引きしてるわけじゃないよ、タラ。そんなあせらせないでくれ。長い一日だったんだ」

その声に絶望の色を感じ取ったにちがいない。「ええ、わかるわ。ちょっと突っ走りすぎたみたいね。猪突猛進のA型性格のせいだわ。ごめんなさい」

さほど申し訳ないとは思っていない口ぶりだった。わたしの口から出た言葉はどれも短く、ぶつ切れだった。「いいんだ」とわたしは言った。「きみはぼくを利用する。ぼくもきみを利用する。いちいち感情的になる必要はない。そうだろ?」

「仰せのとおり」タラはぼんやりと言った。「じゃあ、ニュースを教える。警察は、お父さんがなぜあの古いショッピングモールにいたかを突きとめた」

「なんだって?」

「どうやってなかに入ったかを突きとめたと言ったほうが正確ね」

「どういうことだ?」

「あの地所は差し押さえの手続きに入る予定だった。お父さんは銀行側の代理人として雇われてたの。だから建物に入る鍵を持っていてもおかしくなかった」

それを聞いて驚いた。父の業務のすべてを掌握していたわけではないが、その話は知っていなくてはおかしい。大雑把《おおざっぱ》にでも。

「地所の所有者は誰だ?」

「調査中。いまの時点でわかってるのは、地元および外部の投資家によるグループだってことだけね。そのグループが数年前、倒産寸前だったモールを買い取ってる。何百万ドルもかけて改修したけど、テナントが集まらなかった。ずっと赤字つづきで、銀行もついに斧を振りおろしたってわけ」

「事件と関係ありそうなのか？　警察はその線で捜査してるのか？」

「調べてないと思う」

「冗談だろ？　何百万ドルという事業の差し押さえに取りかかっていたエズラが、その建物のなかで殺されたのに、警察はなんのつながりも見出そうとしないのか？」

タラが煙草に火をつける音がした。彼女はひと息入れたのちに口をひらいた。「どうして見出さなきゃいけないの、ワーク。もう容疑者を捕まえてるのに」彼女が煙を吐き出した音に、皺の寄った唇と、その皺に入りこんだショッキングピンクの口紅が目に浮かんだ。

「捕まえてないよ」とわたしは言った。「いまはまだ」

「なら、二番目のニュースを教えてあげる」

その言葉に悪い予感がした。「なんだ？」

「具体的なことはわからないわよ、いい？　だけど、あなたの家から確たる証拠となるものが見つかったそうよ」

「ありえない」

「あたしは聞いたことを話してるだけ」

「しかし……知ってることがまだあるんじゃないのか？」

「そうでもないわ。ミルズが絶頂に達しそうだってことくらいね。言っておくけど、いまのは情報源の言葉をそのまま引用したんですからね」

エズラの行方がわからなくなって以来、わが家に出入りした全員を思い浮かべた。パーティー、ディナー、ちょっと寄っただけの人。ジーンも一度か二度は来たことがある。アレックスも。それに地区検事もだ。やれやれ、過去一年半で、この街の半分がうちのドアを一度は出入りした計算になる。いったいタラが言う確たる証拠とはなんなのか？

「もう隠していることはないんだろうな？」とわたしは訊いた。「とても大事なことなんだ」

「知ってることは全部話した。そういう約束でしょ」またも長々と煙を吐き出す音。まだなにかつけくわえることがあるらしい。「そっちこそ、あたしに全部話してくれたのかしら？」タラはようやく尋ねた。

「なにが知りたい？」

「けっきょく問題は拳銃なのよ、ワーク。警察は凶器を見つけようと躍起《やっき》になってる。あなた、なにか心あたりはないの？」

マックスの顔が思い浮かび、暗渠のじめじめした空気がよみがえった。ガソリンのしみこんだ泥のにおいがして、突然、息ができなくなった。一瞬、意識が飛んだ。

「いまのところ、なにひとつ思いあたらない」とようやく答えた。

「声明を出す気はある？　そしたら喜んで、あなたの主張を記事にするけど」

ダグラスの顔が頭に浮かんだ。「それはまだ時期尚早だな」しばらく考えた末に答えた。

「気が変わったら電話して」

「きみにいちばんに知らせるよ」

「あたしだけにね」

「そうだ」

彼女がそこで間をおくと、煙のにおいが漂ってきたような気がした。彼女はメンソール煙草を好んで吸う。「聞いて。あたしはべつに冷血漢なんかじゃない。この業界で三十年やってきたおかげでわかったことがいくつかあるだけ。たとえば、自分が書く記事に情をまじえるなというのもそのひとつ。個人的にどうこうじゃないのよ。一定の距離をおきたいだけ。プロ意識の問題なの」

「安心していい。きみはりっぱなプロだ」

「そんなこと言われなくてもわかってる」

「だろうな。だが、きょうのわたしはプロに囲まれて四面楚歌《しめんそか》の状態だ」

「打開策はきっとあるわよ」とタラは言ったが、ふたりともわかっている。無実の者が刑務所に送られるのはよくあることで、善人も同じように赤い血を流すのだと。

「気をつけて」タラが言った。今度ばかりはその言葉は本心からだった。

「ああ、そっちこそ」

電話が切れ、受話器を架台に戻した。急にすべてが不可解になってきた。どうしてあの晩、エズラは廃墟も同然のショッピングモールなんかに行ったのか？　妻が死んだばかりだというのに。家族が崩壊の危機にあるというのに。電話をかけてきたのは誰なのか、声をひそめてなにを話していたのか。そもそも真夜中過ぎだったたではないか。最初にオフィスに寄ったのだろうか、もしそうなら理由はなんなのか？　父は黒いリンカーン・タウンカーに乗っていた。とすると、マックスが言っていた大きな黒っぽい車というのはエズラの車にちがいない。だが、もう一台の車は誰のものなのか。ジーンも濃い色の車に乗っているが、そういう人はこの街に千人はいる。わたしは考えちがいをしていたのだろうか。父の死にはべつの理由があったのだろうか。わたしは醜い現実に考えを向けた。真正面から向き合う勇気がないというだけの理由で、ずっと避けてきた現実に。かつてモールだった場所は、いまいる場所から一マイルと離れていない。建物はほぼ解体されたが、駐車場と、その下を流れる暗渠はまだ手つかずだ。マックスの話が本当で、殺人犯が銃を雨水口に投げ捨てたのなら、まだそこにあるはずだ。わたしの人生とまでは言わないが、夢を汚した過去のように薄気味悪い場所に。もう一度あの場所を訪れ、父の死を招いたものを回収したい気持ちはあるものの、そんなことがわたしにできるだろうか。しかしやるしかない。銃がエズラのものなら見てすぐわかる。その場合は始末すればいい。ミルズがジーンに不利な証拠として使えないように。もし父の拳銃でなかったら？　奇跡が起こってわたしの勇み足とわかり、引き金を引いたのが妹ではないとしたら？

ヴァネッサのことを考え、最後に見た彼女の顔を目に浮かべた。彼女はわたしを追い払い、べつの男の手に涙をこぼしていた。頼めば証人になってくれるだろうか。わたしを自由の身にする証言をしてくれるだろうか。

そう信じるしかない。わたしがさんざん傷つけはしたが、彼女は根がまっすぐな人だ。

腕時計を見るとそろそろ五時だった。荒らされたオフィスをひとわたり見まわし、片づけようかと一瞬思ったが、ここにわたしの人生はない。戸締まりをし、なんの手もつけずにオフィスを出た。外に出ると、雲が切れ、やつれたような陽が切れ間から射していた。周辺のオフィスから人が次々に出てくる。帰り支度をし、かつてのわたしには意味のあった夢が待つ自宅へと帰っていく。誰も話しかけてこなかった。誰も手をあげてくれなかった。車で自宅に戻り、塗料がはがれかけた高い塀と砂色の鉛のごとくぱっとしない窓の下にとめた。意を決してなかに入ると、ふさがっていない傷口に足を踏み入れたような感じがした。夫婦のベッドはばらばらにされ、わたしのデスクは調べられ、衣類が床一面に散らばっていた。どの部屋も似たようなものだったが、奥へ行くほどひどかった。目を閉じると、ドライブウェイにわたしを残し、このじわじわとはらわたをえぐるような捜索に戻っていくミルズが、嫌味たらしくほほえんだのがよみがえった。

かつては自分だけの大事な物だった品に触れながら家のなかをさまよい歩いたあげく、よろける足取りで台所に入り、バーボンのボトルとグラスを一個、手に取った。注ぐときにこぼれたが、気にしなかった。朝食用のテーブルにつき、半分を飲んだところで、目の前のテーブルにおかれたものがなんだかわかった。あまりにいきおいよくグラスを叩きつけたものだから、残っていたバーボンが縁からあふれ、ミルズがわたしの目につくようおいた新聞に大きな弧の染みができた。

新聞は《ソールズベリー・ポスト》で、わたしが一面にのっていた。かっとなったのは見出しのせいではなく、ミルズがわざわざわたしの目につくよう新聞をおいた事実のせいだった。なんということのない行為だが、苦痛をあたえるべく仕組まれたものだった。ミルズは、わたしが自宅に戻ってガードをゆるめたところを襲い、一部五十セントの新聞で切り裂いたのだ。

グラスが床に落ちて割れた。わたしはいつのまにか立ちあがっていた。

記者はあまり具体的事実をつかんでいなかったが、行間には言外の意味がちりばめられていた。死んだ金満家の弁護士の息子が捜査対象になっている。その息子は生きている被害者を目撃した最後の人物のひとりで、策を弄《ろう》して犯行現場をだめにした。また彼に千五百万ドルを残すという遺言が残されている。

べつに大した内容ではないと思ったが、周囲からつるしあげを食らうにはじゅうぶんすぎる。しかもじきに、隣人や同業者から聞き出した、とても好意的とは言えない情報も含め、いろいろと出てくることは必至だ。

いま一度新聞に目をやると、近い将来の見出しが目の前をよぎった。

地元弁護士、起訴……検察側、弁論を終える……ピケンズ殺人事件裁判、陪審は有罪の評決……本日、判決言い渡し……

電話が鳴った。わたしはひったくるようにして受話器を取った。

「なんだ！」荒々しくそっけない。

最初、なんの返事もなく、つながっていないのかと思った。しかしそのうち洟をすする音が聞こえ、むせび泣きとはっきりわかる声がした。

「もしもし」と言ってみた。

嗚咽《おえつ》。すすり泣き。涙にくれながら嘆く蚊の鳴くような声が最後には甲高い慟哭《どうこく》に変わる。もしかしたらわたしが勝手に想像していただけかもしれない。ゴツンという鈍く規則的な音が聞こえ、ジーンだとわかった。壁に頭をぶつけているか、椅子を激しく揺らすものだから椅子が音で抗議しているのだろう。わたしの問題など、どこか遠くに消えてしまった。

「ジーン」わたしは声をかけた。「大丈夫だ。落ち着け」

息を大きく吸いこむ音がした。肺が餓死しかけながらも、なんとか最後にせいいっぱい勇気をふりしぼったような音だった。一気に入っていった空気は、吐き出されるときにわたしの名前も一緒に発したが、その声はあまりにか細く、聞き取るのもやっとだった。

「そうだ。わたしだよ。大丈夫か？」冷静に対処しようと思うものの、これほどひどい状態のジーンははじめてだ。彼女の血がたわんだ床にたまっている光景や、ピンク色の湯にほとばしる光景が目に浮かんだ。「なにか言ってくれ、ジーン。どうした？　なにがあったんだ？」

またも、涙まじりの苦しそうな呼吸。

「いまどこにいる？」とわたしは訊いた。「家か？」

ジーンがまたわたしの名を呼んだ。悪態。祝禱《しゅくとう》。懇願。おそらく三つすべてが入り混じっているのだろう。そのときべつの声がした。アレックスの声だが遠かった。

「なにやってんの、ジーン」木の床を歩く足音がしたかと思うと、しだいにはやく、大きくなった。「誰と話してんの？」ジーンは答えなかった。呼吸もとまった。「ワークだね、そうなんだろ？」アレックスが詰め寄る。彼女の声はさっきより大きく、わたしは受話器を斧のようにきつく握り締めた。「電話をよこしな。よこすんだよ」

電話がアレックスにかわり、わたしは電話線から手を出して彼女を殴ってやりたかった。

「ワーク？」

「ジーンを電話に出せ！　いますぐ！」

「やっぱりあんただったね」アレックスの声は冷静そのものだった。

「アレックス、信じてもらえないだろうが、こっちは真剣なんだ。妹と話がしたい、それもいますぐ！」

「ジーンのほうは、いまのところそれだけはごめんみたいだよ」

「きみが決めることじゃない」

「ジーンはショックで自分がなにをしてるかもわかってないのさ」

「だからってきみが決めていいことにはならない」

「じゃあ、誰が決めるのさ？　あんたかい？」

わたしは言い返さなかった。その瞬間、奥でジーンが泣いている声が聞こえてきた。わたしは言いしれぬ無力感に襲われた。

「ジーンがいろいろつらい思いをしてきたのは、きみだって知ってるだろう、アレックス。

彼女の過去を知ってるだろう。いくら言えばわかるんだ、ジーンには助けが必要なんだぞ」

「ああ、たしかに必要だけど、あんたの助けじゃない」口をひらこうとすると、アレックスの声が割りこんだ。「ひとつはっきり言っておくよ。ジーンがショックを受けたのは、新聞にあんたの写真がのってたからだよ、このあんぽんたん。黒い活字体で、あんたが父親殺しに関係してると書いてあったからだよ。それでショックを受けたんのは当然だろ？」

なるほど、そうだったのか。ようやくわかった。新聞記事を見てジーンの罪悪感がますますふくらんだのだ。父親を殺し、兄がその責めを負わされようとしている。自制心をなくしても不思議はない。その予感はあっただろう――ミルズ刑事に話を聞かれた日に――が、現実となるとまたべつで、それで苦しんでいるのだ。その事実にわたしは呆然となった。わたしにできることはなく、あったとしても有害無益なだけだ。かわいそうなジーン。あとどれほどの苦しみに耐えなくてはならないのか。

「妹になにかあったら、アレックス、きみのせいだぞ」

「もう切るよ。うちに来るんじゃないよ」

「愛していると伝えてくれ」とわたしは言ったが、すでに電話は切られていた。受話器をおき、キッチンの奥の隅にある朝食用テーブルについた。壁を見つめ、それから受け皿のようにした両手に顔をうずめた。すべてが――この部屋も、わたしの心も――崩れていくように思え、きょうはこのあとどんな災難が待っているのかと考えた。

顔をあげると、バーボンのボトルが見えた。手に取ってボトルの口から直接飲んだ。喉を灼《や》くような液体が一気にほとばしり出て、飲みすぎたせいでむせた。胸がかっと熱くなって目を閉じ、涙とおぼしきものをぬぐっていると、ガレージ側のドアの小窓を軽くノックする音がした。驚いて目をあげると、ドアの向こうにドクター・ストークスの顔が見えた。わたしが目を丸くして見ていると、ドクターはドアをほんの少しあけた。シアサッカー地のジャケットにワイシャツ、それにジーンズという恰好だ。白髪はきちんとととのえてある。

「都合が悪いかとは訊かんよ」と彼は言った。「入ってもかまわんか？」

誠実で穏やかな皺だらけの顔は大歓迎だ。わたしがうなずくと、ドクターは細くあけたドアをくぐり、音をたてずにドアをうしろ手に閉めるという無駄のない動きでなかに入った。背中をドアにあずけ、両手をベルトの前で組んだ。キッチン内をぐるりと見わたしたが、それもつかの間のことだった。それよりも多めに時間をかけて、わたしを観察した。

「グラスはどこにしまってあるのだね？」ドクターは威厳と気品に満ち、この上ないほど落ち着いていた。わたしはまともに声が出るか自信がなく、キャビネットを指差した。ドクターは台所の奥まで入ってくると、わたしのわきで足をとめた。てっきり手を差し出されるか、背中を軽く叩かれるものと思った。しかしドクターは新聞に手をのばして、折りたたんだそれからわたしのわきを通りすぎた。割れたグラスの破片をまたぎ、新しいグラスを二個出して氷を満たした。

「ホームバーの下に」わたしは答え、立ちあがろうとした。

「かけていたまえ、ワーク。ひどく疲れている様子だ」ドクターはテーブルに戻ると、氷の上からバーボンをそそいだ。「バーボンのジンジャーエール割りは好きかね？」と尋ねた。

「ええ、もちろん」わたしはまだ突っ立っていた。ドクターのあまりのさりげなさに、すべてが現実離れして見えた。ドクターは飲み物を作り終えると、もう一度わたしの顔をうかがった。

「さっきみたいにボトルから直接飲んでは、内臓が全部やられてしまうぞ」そう言ってわたしにグラスを差し出した。「書斎で飲まんか？」

長い玄関広間を抜け書斎に入った。緑色の壁に濃色の木のまわり縁がついた小さな部屋で、揃いの革椅子が二脚、火のない暖炉をはさむようにおいてある。あまり陰気に見えぬよう、明かりをいくつかつけた。ドクター・ストークスはわたしと向かい合ってすわり、バーボンのジンジャーエール割りをひとくち含んだ。

「バーバラがいたら、ここには来なかった」ドクターはそこで片方のてのひらを上向けた。

「だが……」

「彼女は出て行きました」

「そうらしいな」

わたしたちはしばらく無言で飲み物を口に運んだ。

「奥さんはお元気ですか？」こんなときになにをばかな質問をしているんだと思いながら尋ねた。

「家内は元気だ。この先の家でブリッジに興じておるよ」

わたしはグラスを満たす冷たい茶色の液体の底に目をこらした。「警察がやって来たとき、奥さんはご在宅だったのですか？」

「そうとも。最初から最後まで見ておった。というより、見逃すほうが無理というものだ。警官の数はすごかったし、ずいぶんと長くいたからな」彼はそこでグラスに口をつけた。「湖のわきにとめた車のなかに、きみの姿が見えた。気の毒でならなかったよ。そばに行ってやれずすまなかったが、あのときはそうしてはいけないような気がしてね」

目の前の年老いた紳士とその控えめな言い方に、思わず顔がほころんだ。「ええ、あのときのわたしは一緒にいて楽しい相手ではなかったでしょうからね」

「こんなことになって実に残念だ、ワーク。なぐさめになるかわからんが、わしはきみがやったとは思っておらん。一瞬たりとも疑ったことはない。だから、わしらで力になれることがあったら、遠慮なく言ってくれたまえ」

「ありがとうございます」

「わしらはきみの友人だ。これから先もずっと」

その言葉に感謝してわたしはうなずき、しばらく無言のまま時が過ぎた。

「うちの息子のウィリアムに会ったことはあったかな？」ドクター・ストークスが唐突に尋ねた。

「シャーロットで心臓外科医をしていらっしゃる方ですね。お会いしたことはあります。でも、最後にお会いしてからもう四、五年になります」

ドクター・ストークスはわたしを見つめ、それから自分のグラスに目を落とした。「わしはあの息子を愛しておる、自分の命以上にな。息子は文字どおり、わしの自慢の種なのだよ」

「そうですか」

「がまんして聞いてくれたまえ。まだ老いぼれたわけじゃない。この話にはつづきがあり、ちょっとした教訓が含まれているのだよ」

「そうですか」わたしはますます面食らい、さっきの言葉を繰り返した。

「マリオンとわしがはじめてソールズベリーに越してきたとき、わしはジョンズ・ホプキンズ大学病院での実習期間が終わったばかりで、いまのきみより若かった。いろんな意味でどうしようもない愚か者だったが、当時はそうは思っていなかった。しかしわしは医学を愛していた。医学にまつわるすべてを愛していた。しかもご多分に漏れず、わしは情熱に燃え、はやく開業しようと躍起になっていた。マリオンの望みは家族を持つことだった。実習期間中は辛抱してくれていたが、わしが医療に情熱をそそいでいたのと同様、家内は子どもをもうけることに情熱をそそいでおり、けっきょく息子を授かった」

「ウィリアムですね」突如としておりた沈黙にわたしは言った。

「そうではないのだよ」ドクター・ストークスはしばらく黙ったあげくに言った。「ウィリアムではない」彼はそこでまたグラスに口をつけた。大半が溶けた氷ばかりの、薄い色のついた液体を飲みほした。「マイケルは金曜日の午前四時に生まれた」そこで彼はわたしに目を向けた。「きみはマイケルを知らんだろう。きみが生まれるずっと前のことだからな。わしら夫婦は息子を溺愛《できあい》した。愛らしい子どもだった」ドクターは苦々しい笑い声をあげた。「もっとも、わしがマイケルに会えるのはほんのわずかな時間だけだったがね。週に一、二度夕食をともにする。たまに寝る前にお話を聞かせてやる。土曜の午後にはあそこの公園で遊んでやる」彼は頭を動かし、壁の向こう、丘をくだった先にある、ふたりがよく知る公園をしめした。「わしは長時間にわたって必死で働いた。もちろん息子のことは愛していたが、とにかくわしは忙しかった。次から次へと患者がやって来る。責任というものがあったのだ」

「わかります」とわたしは言ったが、聞こえなかったかもしれない。ドクターは聞こえていない様子で先をつづけた。

「もちろん、マリオンはもうひとり子どもをほしがったが、わしはだめだと言った。そのときはまだ医科大学時代の借金を返済中だったし、ひとりの子どもにだってじゅうぶんな時間が割けない状態だった。とにかく忙しすぎた。冷たい言い方だが、現実は現実だ。もっとも家内は不満だったがね。しかし納得はしてくれた」

老人がふたたびうつむくと横顔に影がよぎり、彼は皺の寄ったがっしりした指でグラスを傾けた。そして動く氷に光が透過するさまをながめていた。

「マイケルは死んだとき三歳半だった。癌に冒されて七カ月で逝った」ドクターが目をあげてわたしを見たが、その目に涙はなかった。だからといって、苦悩の色が浮かんでいないわけではなかった。「その七カ月についてくわしい話は知らなくていい、ワーク。とにかく想像を絶するほど悲惨だったとだけ言っておこう。あんなつらい思いはするものじゃない」彼はそこでかぶりを振り、口をつぐんだ。ふたたび口をひらいたとき、声が弱々しくなっていた。「しかし、マイケルが死ななければ、ウィリアムを授かることはなかった。これもまた冷たい言い方であるし、そう単純に、物々交換のように考えるのは無理だ。マイケルはいまでは思い出であり、果たせなかった約束だ。しかしウィリアムはかれこれ五十年近くも現実の存在だ。あの子のいない人生がどうなっていたかはとても想像できん。ひょっとしたらいまよりよかったかもしれない。それは永遠にわからない。わかっているのは、わしには息子がいるという事実であり、その事実に背を向けるわけにはいかないということだ」

「どうしてその話をわたしにするのですか、ドクター・ストークス」

「わからんのかね？」

「すみません。いまは頭がまともに働かなくて」

彼は顔をぐっと近づけ、わたしの肩に手をおいた。手のぬくもりが伝わり、歳月を経てなにもかも知りつくした目の力を感じた。

「地獄の苦しみは永遠につづくわけではないのだ、ワーク。希望がすべて潰《つい》えたわけではない。あの子の死が教えてくれたのはそれだ。苦しみを越えた先になにがあるかはわからない。わしにとってそれはウィリアムだった。きみにもきっとなにかが待っている。信じる気持ちをなくしてはいかん」

ドクターの言葉を噛みしめた。「もうしばらく教会に行ってません」するとドクターは老練な手でわたしの肩をぎゅっとつかむと、そこに体重をかけて立ちあがった。そして、顔を輝かせながらこう言った。

「必ずしもそういう信心でなくていいのだよ」

わたしは彼のあとを追い、家のなかを抜けてキッチンまで戻った。ドアのところでドクターを呼びとめた。「ならなにを信じろと？」と訊いた。

ドクターは振り返って、わたしの胸の心臓の上あたりを軽く叩いた。「ここをよぎるものならなんでもだ」

20

午前四時、寒く湿っぽかった。わたしは穴を、大地にできた裂け目を、見たこともないほど真っ暗な闇に目をこらした。周囲の闇はそれより淡いグレーに染まっている。うっすらした光に照らされた自分がひどく無防備に思えた。わたしは駐車場のはずれの草むらにしゃがんでいた。シダに覆われた傾斜のきつい土手の先をぬらぬら光る水が流れ、大雨で流され暗渠の入り口にたまったごみのまわりでゴボゴボと濁った音をさせている。ショッピングモールの残骸までは百ヤードも離れている。ほかのすべてのものと同じく、貧相な明かりに照らされたそれはこの世のものとは思えず、ブルドーザーやトラックに囲まれた崩れかけた要塞のようだ。遠くでは音がしているが、このあたりは不気味なほど静かだ。川の水だけが、十二歳の少年がしゃべっているような音をさせている。水の声はこう言っていた。さあ、入りたまえ、そして恐れよ。

車はモールと境を接する店の裏にとめてきた。もちろん店は閉まっているが、ほかにも何台か車がとまっており、ピックアップ・トラックなら不審に思われることもないだろう。今夜の捜索のために、黒っぽい服にブーツを履いてきていた。バットも持ってきていたが、もし拳銃があれば、それも持参していたことだろう。重い懐中電灯も用意したが、電池があまり残っていなかった。ここに来るまでに調べなかったのだ。新しいのを取りにいまここを離れたら、戻ってこない気がする。永遠に。

水路はわたしがいる場所から駐車場の下を斜めに突っ切っている。モール内を百フィートほど進んだところでイネス・ストリートのほうへと向きを変える。目ざすは、いちばん手前の雨水口だ。エズラが発見された入口とは正反対の場所にある。そこに銃が投げ捨てられたのだ。雨水口の下になにがあるかはわかっている。祭壇のようにそそり立つコンクリートの段と、わたしの意気地を奪おうと待ちかまえる赤い目の記憶だ。

「ばかばかしい」とわたしは言った。「もう昔のことじゃないか」

のろのろと草むらを歩いていった。足元がやわらかくておぼつかない。一度転んだがすぐ立ちあがり、騒がしいほどの水しぶきをあげながら水路に足を踏み入れた。キイチゴの棘に顔をひっかかれはしたが、懐中電灯は手放さず、バットもまだ握っていた。

わたしには使命がある。急がなくては。可能性はごくわずかだが、警察がいつ来るかわからない。ここで見つかったら一巻の終わりだ。山ほどの質問に不充分な答え。今度は闇と暗渠は友であり、聖地であったが、高い土手にはさまれ、風の吹かないこの場所では、自分の呼吸がやけにやかましく聞こえる。

もう二度とここには来ないと誓ったはずだ。

懐中電灯のスイッチを入れ、体をかがめて低い入り口をくぐった。記憶にあるよりも小さく、低く、狭かった。水位は脛の真ん中へんまであり、底は記憶にあるのと同じ、石ころと大量のヘドロだった。暗渠の奥に懐中電灯を向ける。じめじめした四角い空間が果てしなくつづき、遠くは闇に呑みこまれている。古いごみや枯れ枝が多く、ところどころ、泥にできた細い轍《わだち》がワニの背中のように水面から突き出ている。壁を指でなでてみた。コンクリート壁は濡れてぬるぬるしていた。昔の記憶が鮮明によみがえり、血と涙と悲鳴が頭をよぎった。壁をバットでコツコツ叩きながら、歩を進めた。

二十歩ほど進んだところで、暗渠の入り口は薄ぼんやりとした金属の四角と化した。子どものころ、二十五セント硬貨を線路におき、列車が通りすぎたあとに砂利のなかから回収する遊びをよくやったが、その二十五セント硬貨の形によく似ていた。さらに二十歩進むと、それさえ見えなくなった。喉のような暗渠のかなり奥まで来ていたが、呼吸は乱れておらず、心臓の鼓動も安定している。自信がわき、何年も前にこうしていればと後悔した。金のかからないセラピーだからだが、わたしの純潔を奪いかけたあの人でなしを見つけてやりたい気持ちもあった。しかしあの男はもういない。いるはずがない。

先を急いだ。一歩進むごとに、少年のときの恐怖が遠のいていく。しかし雨水口下の段々まで来てみると、なにもなかった。拳銃は見あたらなかった。そのときはそんなことはどうでもよかった。円錐形の弱い黄色の光に照らされた段に、血のようなしみがあり、そこに目をこらすうち、過去が幻影のように浮かびあがってきたからだ。あまりに突然で、あまりに不気味で、あまりに生々しく、とても手を触れる気になれない。あのときの感覚がよみがえ

――恐怖、痛み、それらすべてがないまぜになって。しかし今度のはわたしの感覚ではなかった。わたしの目に映ったのは彼女の恐怖であり痛みだった——彼女の太腿でどす黒く光っていたぬるぬるとした血、うつろな目、わたしに礼を言ったときに一瞬光った青い目。なんと言うことだ。彼女はわたしに礼を言ったのだ。

めまいがして、両手をコンクリートについた。過去をえぐり出そうとするようにそこをひっかく。しかし相手はただのコンクリートであり、指はしょせん体の一部にすぎない。遊び場で遊ぶ子どもが、もう一度とせがむ光景が頭に浮かんだ。しかしこれは子ども時代の話ではなく、やり直しもない。だから過去をうしろに押しやった。過ぎたことはしょうがない。

段のところに懐中電灯をおき、口もとを袖の内側でぬぐった。両手を水中に突っこみ、底を手探りした。しだいに血まなこになった。あるのは大量のヘドロと大量の石だけで、銃はいっこうに見つからない。光がちらついた。光線が暗闇とぶつかるあたりでなにかが動いた。ネズミだ。二匹いて、そのうち一匹が壁を背にうずくまり、もう一匹は水の流れにさからって泳いでいる。

膝をつき、探す範囲を広げた。絶対ここにあるはずだ！　水のなかに落ちたとしても、そう遠くまで行くはずがない。流れはほとんどないからだ。しかし大雨で流されたとしたらと考えた。急な流れに乗ってごみと枯れ枝が暗渠まで流れついているではないか。銃も流されるだろうか？　遠くまでさらわれてしまうだろうか？

重心をかかとにあずけ、下流を照らした。半マイルほど先が駐車場の反対側の出口になっている。あそこまではかなり距離がある。

ネズミはどこかと探した。一匹はいなくなっていた。もう一匹が軽蔑の目でこっちを見ている。

マックスの勘違いかもしれない。この雨水口ではないのかもしれない。そもそも銃などないのかもしれない。すでに誰かが見つけてしまった可能性だってある。コカインをやるとしたら、ここは絶好の場所だ。いろんな連中が出入りしたっておかしくない。

懐中電灯で水中を照らし、コンクリートの壁面をくまなく調べた。

なにもない。

疲れはて、息をあえがせながらコンクリートに腰をおろした。また懐中電灯がちらついた。かまうものか。消えるなら勝手に消えろ。なにも見えなくなっても知ったことか。もうこの暗渠など恐くもなんともない。悪霊は過去のものとなり、いかなる肉体を借りようとも、わたしを怯えさせるのは不可能だ。ひんやりと湿った壁に背中をあずけ、ヴァネッサが寝かされた場所に手を広げた。この場所は記憶しているだろうか？

まさかと思いながら、まわりの壁を照らした。ここは単なる場所にすぎず、思い出が入りこむ余地などない。そのときふと上を見あげた。ぴんとくるまでに一瞬の間があったが、わかってみると、あらたな希望がわいてきた。雨水口は暗渠に直接流れこんでいるのではなかった。暗渠の天井付近に幅三フィート、高さがその一・五倍はある出っ張りがあった。一見したところ、かなり深さがありそうだ。

服を汚し、水をしたたらせ、体をほとんどふたつ折りにして、コンクリートの段をよじのぼった。単なる出っ張りではなかった。ちょっとしたトンネル状になっていた。四フィートの高さのうち三フィートだけ折り返している。のぞくと奥に雨水口から漏れる明かりが見えた。小枝や枯れ草やごみでいっぱいだった。なかに手を入れ、詰まっているものを引っぱり出すと、足元に雨のように降り注ぎ、コンクリートの段から水路へと落ちていった。次から次へと引っぱり出した。スピードをあげて。死に物狂いで。いちばん奥まで手が届きそうにない。わたしは顔を壁面に押しつけるようにして、必死に手をのばした。腕の筋がのびきった。口を半びらきにしてさらに手を押しこんだ。やがて手が固いものに触れた。指を熊手の形にして掻き寄せた。その固いものをつかんだとたん、正体がわかって引っぱり出した。拳銃だ。マックスの言うとおりだった。

わたしは原始人よろしくコンクリートの段にすわりこんだ。銃に光をあてたところ、エズラの銃だとすぐにわかった。使わせてもらったことはおろか、さわらせてもらったことすらなかったが、子どものころから知っている。母の顔に押しつけられるのを見たのだ、どうして忘れられよう。特注で握りに真珠をあしらったステンレス製のスミス&ウェッソン。真珠のなかに銀のメダルが埋めこまれ、そこに父のイニシャルが彫ってある。父はこれを金持ちの銃だと言ってひどく自慢していた。だから記憶にしっかり刻みこまれている。

ジーンは銃の保管場所を知っていた。

シリンダーを振り出してみる。薬莢は全部で六個、そのうちの二発が使用済みだった。撃針でできた小さなくぼみが見える。そのくぼみに触れながら、こんな小さなくぼみがわたしの世界に巨大な穴をあけたのだと感慨にふけった。銃を手のなかでひっくり返した。重く、鈍い色をはなち、汚れている。いまここで引き金を引いても弾が出るにちがいない。ほんの一瞬、その光景を思い描いた。この場でみずからの命を絶つという無駄のないエレガントな行為に心を奪われた。

シリンダーをもとに戻し、見つけたという達成感にしばし酔いしれた。これが父を死にいたらしめた凶器であり、父がこの世で最後に見たものだ。その固い金属の塊を指が痛くなるほど握り締めながら、父の目はどんなだったか想像をめぐらせた。その目は命乞いをしただろうか。その目にさげすみの色は浮かんだろうか。それとも最後の最後で愛情らしきものを浮かべただろうか。自慢の銃を娘に向けられる運命のいたずらを、父はどう受け止めただろうか。責任を感じただろうか、それとも死を目前にしてもなお、尊大な態度を崩さなかっただろうか。シリンダーに指を這わせる。わかりきった答えに心が痛んだ。ジーンは父に軽蔑されながら生きてきた。父はそういう感情しかいだけなかった。それがジーンにあたえられた暗い遺産だった。

むごい。むごすぎる。

突然ここから逃げ出したくなった。ネズミからもにおいからも記憶からも逃げたかった。拳銃を始末しなくてはならず、次はどうするか考える必要がある。だが、まず、バンダナで銃をきれいにぬぐった。シリンダーをもう一度振り出して、なかもよくぬぐった。薬莢もすべて出し、一個一個拭いた。それを怠って死刑台送りになった例を知っているからだ。それが終わると弾をこめなおし、銃をバンダナで包んだ。

わたしの手元に銃があると警察が知れば、ジーンの疑いは晴れる。少なくとも、なんらかの手を打ったことにはなるが、まだじゅうぶんではない。

薄気味悪いこの場所を最後にもう一度見まわしてから背を向けた。立ち去るとき、なにか胸に去来するかと思ったが、なにも感じなかった。新鮮な空気と月がある世界に戻っていく足音がこだまするだけだった。壁のごとく高くそびえる土手にはさまれた銀色の場所に戻ると、ひざまずいて感謝の気持ちをささげたくなったが、やめておいた。棘に刺されながら土手をよじのぼり、暗渠の上に立って見おろした。水の声はか細く、もうほとんど聞こえなかった。

21

かくして、こういう結果となった。わたしの手には凶器があり、わたしは事後従犯となった。全身泥まみれでびしょ濡れ、あちこちから血が出ている。やるべきことをやる前に警察に見つかったらどうしようと怖れている。ここにいてはまずい。まだお尋ね者にはなっていないが、すでに首つり縄をかけられているも同然で、捕まるのも時間の問題だった。父の死体が発見されてから五日が過ぎたが、その一生とも思える期間に、わたしは生きることについていくつか学び、父が教えてくれるべきだったことを学んだ。父は口癖のように、誰の心にも殺すべきヘビがひそんでいると言っていたが、その意味がようやくわかった気がする。しかし、目をあけて見なければヘビは殺せない。その大事な点を父は教えてくれなかった。

わたしは街から五マイル離れた橋でひとりだった。夜はほぼ明け、川のせせらぎが聞こえている。その決然とした音を聞き、力を引き寄せようとわたしはガードレールから身を乗り出した。拳銃に指を這わせ、ジーンのことに、彼女がどんな思いで引き金を引き、現場をあとにし、何事もなかったかのように暮らしているのかに思いをめぐらせた。自殺未遂を繰り返した妹の気持ちがいまになってわかったと伝えたかった。わたしもわたしなりに、同じく孤独な道を歩んできた。以前はばかばかしいと思ったことも、いまなら理解できる。忘却。救済。なるほど、これらふたつの言葉には誘惑と深い慈悲が隠されている。そもそもわたしがなにを失うというのだ？　大事にしてきた経歴か？　家族か？　憎からず思っている女性の気持ちか？　極限までヴァネッサを身近に感じることと、そうであればどんなにすばらしかったかと思う気持ちくらいのものだ。

わたしに残されているのはジーンだけだ。彼女はたったひとりの血が繋がった家族であり、だからこそなにかしてやりたい。わたしがここでこの銃を使って自殺すれば、エズラを殺したのはわたしとされるだろう。一件落着。そうすれば妹の心がいくらか安らぐかもしれない。ソールズベリーを去り、愛する人の亡霊が彼女だけには取り憑かない場所に引っ越すかもしれない。ヴァネッサにも同じ効果をもたらすかもしれない。

だが、それはありえない。ヴァネッサはすでに前に進みはじめている。だからそんなふうに考えるのはよせ。ちょっと勇気を出せばいいことだ。

撃鉄を起こした。その音にはあともどりできない響きがあった。

こんなことをするために、わたしはここに来たのか？　ちがう、銃を始末するために、ジーンの不利な証拠にならぬよう絶対に見つからなくするためだ。だが、人生にけりをつけるのも悪くない。ほんの一瞬痛みが走るだけで、ジーンはすべてから解放される。ミルズもほしいものを手に入れるわけで、わたしの命が少しは他人の役に立つことになる。

川に目を転じると、水面にかかった靄にあらたな朝の光があたって立体感を添えていた。

黄金色に輝く太陽の縁が木立の上に、これで見納めだと言うように顔を出し、それが空へとのぼっていくのをわたしはじっと見つめていた。世界が一気に明るくなり、なにもかもがくっきりと見えた。緑の草地、暗い森、なにかに取り憑かれたようにいきおいよく流れる蛇行した泥の川。

銃口を顎の下に強く押しつけ、次々と浮かんでは消えるいくつもの顔のなかに、引き金を引く勇気を見出そうとした。足元の床がふいに消えたときの母の顔。打ちひしがれながらも、エズラの真実に追従したわたしを非難するジーンの姿。葬式の席での妹の顔が、手を取ろうとしたわたしに向けた嫌悪の表情が見えた。さらには、悪臭ただよう汚水のなかで気を失うまで殴られ、けだもののように陵辱《りょうじょく》されたヴァネッサの顔。あのときの屈辱感はあまりに鮮明で、いまもわたしのなかに巣くっている。それが原因でヴァネッサは去り、わたしはなんら手を打たなかった。それが最低の記憶だった。激しい自己嫌悪が一気に噴出し、ふと気づくと求めていた勇気がわいていた。燃えるように熱い指の下で引き金が動いた。銃口をさらに強く顎に押しつけると、頭が上向いた。目をあけ、もう一度空を見た。神の御業か、空は大きな曲線を描き、一羽の鷹《たか》が翼を広げ微動だにせずに浮かんでいる。ホバリングしているらしいが、わたしのことなど眼中にもないようだ。鷹が輪を描くさまをわたしは食い入るように見ていた。鷹がひと声鳴いて飛び去ったときには、引き金を引く意思をなくしていた。

銃口がくるりと下を向き、指一本にぶらさがる恰好になった。やがてしんと静まり返ったなか、涙がこみあげてきた。涙は頰を熱く濡らし、膝に池を作った。わたしは顔もあげず、下を流れる川に銃を落とした。肩を震わせながら膝をつき、ひんやりとした金属の手すりに額を押し当てた。最初のうちは過去の出来事と数々の過ちを思って泣き、思いどおりにいかない人生を思って泣いていたが、時の経過とともに、とんでもなく怖ろしい事実を突きつけられた。わたしは生きており、生きていることを思って泣いた。泣く理由はもうそれしかなく、それがために涙を流した。うれしくて泣いたのではなく、生きていることそのものを思い、いまだわたしの肺を焼く息を思い、これから空を見あげるたびに思い出すであろうことを思って泣いた。

わたしは川をあとにした。あらたな力が、決意——希望と言ってもいいだろう——がみなぎってきた。車を走らせるうち、あの川でなにがあったのかを理解した。わたしはまたもどん底に落ちたが、今度は跳ね返った。死ななかったのは勇気がなかったからじゃない。突如として勇気がわいたからだ。引き金を引こうと思えば引けたが、実行には移さなかった。なぜか？　人生は完璧ではないし、これから先も完璧にはならないからだ。マックスの言うとおりだ。

自宅に向かった。ドライブウェイの入り口で車をとめ、郵便受けをのぞいた。ハンクに渡すために入れておいたアレックスの写真がなくなっている。つまり彼は夜のうちにここに寄ったわけだ。彼と顔を合わせずにすんでよかったような気がする。彼の声には不信の色がにじんでいたが、同じものが目にも浮かんでいるのを見るのは耐えがたい。もう少し時間をおいてからならいいが、いまのわたしはぼろぼろだ。

キッチンに入ると疲れが一気に襲ってきた。ブーツを脱ぐのすらおぼつかないありさまだった。家のなかはがらんとしていたが、べつにちがう状態を期待していたわけではない。なにか腹に入れたかったし、コーヒーも飲みたかったが、まずなによりも腰をおろしたかった。そこで小さなデスクの前にすわった。バーバラがちょっとしたメモを書いたり、電話で友人とおしゃべりしたりして、一日の多くを過ごす場所だ。そこにすわると妻がいるように錯覚し、彼女のにおいがし、わざとらしい笑い声が聞こえる気がした。デスクに脚をのせた。ズボンが濡れて泥だらけだったから、バーバラの文具に汚れがついた。そうやって長いことすわり、留守番電話の赤い目がまたたいているのをじっとにらんでいた。ようやく意を決してボタンを押すと、留守電の合成音声が十七件のメッセージがあると教えてくれた。

十三件は記者からだった。消去した。残ったうち一件は、写真を受け取ったというハンクからの連絡で、三件はバーバラからだった。最初のメッセージの彼女は愛想がよかった。次はしおらしい声だった。しかし最後のメッセージでは腹をたてていた。声を荒らげてはいなかったが、抑えた早口になっているのが聞き分けられた。どこにいるの？　そう訊いていた。妻がどう考えたかはわかっている。ヴァネッサのところに行ったと思っているのだ。

妻のメッセージも消し、腕時計を見た。六時半、新しい一日のはじまりだ。とても眠れそうになく、コーヒーをいれようと立ちあがった。蛇口の下にポットを持っていったところで電話が鳴った。応答は留守電にまかせた。バーバラのよそいきの声がメッセージをどうぞと告げたときには、蛇口を閉めてポットをコーヒーメーカーにかけようとしていた。聞こえてきたのはジーンの声で、わたしはその場に凍りついた。声は弱々しく切羽《せっぱ》つまっており、この前よりもひどかった。

「兄さん、いる?」とぎれがちな声。「兄さん、お願い……」そこで彼女は咳きこんだ。

ポットが流しに落ちて粉々に砕けた。わたしは受話器をひっつかんだ。「いるよ、ジーン。切るな」

「よかった」ジーンはどうにか聞き取れる声で言った。「よかった。あたし……」そこでまた咳きこみはじめた。

「ジーン。どうしたんだ? よく聞こえない。どこにいる?」

「……言っておきたくて、あたし、言っておきたくて……」

「言っておきたくて、大丈夫だって。兄さんを許してあげるって。いまの言葉、忘れないでいてくれる?」

「ジーン」わたしは突然取り乱し、思わず大声を出した。「いまどこだ? 大丈夫か?」

わたしの声と妹が呼吸する音だけの状態がしばらくつづいた。次に口をひらいたとき、わたしは懇願していた。「頼む。どうしたのか言ってくれ」

「忘れないと言って。兄さんの口から聞きたい」

言われたとおりにした。どうしてかはわからない。とにかく妹がそう言ってほしいと言うのだから、応じるまでだ。

「忘れないよ」

「愛してる、兄さん」ジーンは聞こえるか聞こえないかの声で言った。「アレックスがそうじゃないと言っても信じないで」その声はしだいに聞こえなくなったかと思うと、ふたたび音量を増した。さっきよりも声が大きくなった。「あたしたちは血のつながった家族だもんね。大嫌いになったこともあったけど」

そのとき、ジーンがなにをしでかしたかを悟り、いてもたってもいられなくなった。そこへまた声がした。ほとんど蚊の鳴くような声だった。「もっと大切にしなきゃいけなかった。あたしがもっと……」

「ジーン！」とわたしは叫んだ。「神様のためだと思って（「後生だから」の意味もある）！」わたしが大声を出したとたんなにも聞こえなくなり、てっきり切られたと思った。しかしふたたび聞こえてきた。弱々しいあえぎ声が、草むらを抜ける風のようなか細い笑い声となった。

「ああ、おかしい」と彼女は言った。「神様のためだって」そこで息を吸いこんだ。「会ったら伝えておくね」

ジーンの手から電話が落ち、床にぶつかる音がした。それから遠く離れたところから発したような声でジーンが言った。「神様のために」しかしもう笑っていなかった。

「ジーン！」わたしは大声で呼びかけた。「ジーン！」しかしなんの返事もなく、おぞましい言葉が頭のなかを駆け抜けた。三度目の正直。

受話器を戻したが、回線はあけておいた。携帯電話で九一一にかけ、通信係に事の次第を説明し、ジーンの住所を伝えた。通信係の女性が、大至急、救急車を手配すると請け合ってくれ、わたしは電話を切った。それからジーンの自宅にかけたが、話し中だった。やはり自宅からかけてきたのだ。

さっき脱いだ泥だらけのブーツを履き、鍵束をつかむと家を飛び出した。ピックアップ・トラックはこういう運転には適さないが、まだ車通りはなく、救急車より先にジーンの家に到着した。駆け足でポーチを横切ると、ぐらぐらの板が足元で揺れた。ドアを力いっぱい叩いてアレックスの名を叫んだが、なんの応答もない。通りの反対側の犬が吠えただけだった。取っ手とドア枠のあいだに狙いをさだめ、ドアを蹴った。木くずが飛び散り、わたしはなかに入った。暗くかびくさいなか、ジーンの名を大声で呼んだ。突然、寝室のドアをふさぐようにアレックスがあらわれた。ボクサーショーツにTシャツ姿で、髪の毛がツンツンに立っている。起きたばかりらしい。

「ジーンはどこだ？」

「あんた、なにやってんのさ」アレックスが怒鳴り返す。「うちのドアを蹴破ったね？」

大股で三歩進んで、アレックスの肩をつかみ、激しく揺さぶった。彼女の歯がカタカタ鳴った。

「ジーンはどこだ、アレックス？　どこにいる？」

アレックスはわたしの腕を振りほどき、寝室のドアまで後退すると、銃を手にしてふたたびあらわれた。撃鉄を起こし銃口をわたしに向けた。

「あたしんちから出ていきな、ワーク。その体に風穴があく前に」

わたしは相手にしなかった。このときのわたしにとって、銃など脅威でもなんでもなかった。生まれてはじめて見たような気がしていた。「黙れ、アレックス。ジーンの身になにかあったんだ。わたしに電話してきた。様子がおかしかった。ジーンはどこにいる?」

その言葉がアレックスの怒りをかいくぐり、銃が揺れ動いた。「なに言ってんのさ」

「ジーンは自殺するつもりだ」

アレックスの顔にためらいの表情が浮かんだ。視線を家じゅうに飛ばした。「そんな」と彼女は言った。「ジーンがベッドにいない」

「どういうことだ? 答えろ、アレックス」

「わかんないよ。あたしは寝てたんだ。で、あんたに起こされた。ジーンがベッドにいない」

「受話器がはずれてたぞ。家のなかにいるはずだ」

「夜は受話器をはずしておくんだよ」

狭い家を注意深く観察した。部屋は寝室とキッチン、浴室、それにわたしたちがいま立っている部屋だけだ。全室を調べてまわったが、どの部屋にもジーンの姿はなかった。

「車だ」わたしは台所の窓に駆け寄り、ほこりだらけのカーテンを引きあけた。見えるのは、アレックスの車と地肌がむき出しの地面に盛りあがった木の根、それにジーンの車があるはずの場所に残った油染みだけだった。

「まずい! ないぞ」アレックスのそばまで戻ると、銃はテレビの上にのっていた。「ジーンの行き先に心あたりはないか？　考えろ、アレックス」

しかしアレックスは面食らい、とまどった様子でかぶりを振り、ぶつぶつとひとりごとを言うばかりだ。「そんなことするはずがない。あたしをおいて」そして必死の形相でわたしの腕に手をのばしてきた。声には落ち着きが戻っていた。「ジーンにかぎってそんなこと。あたしひとりおいてくはずがない」

「なら、最新ニュースを教えてやる。ジーンはそんなことをしたんだ。さあ、彼女の行き先に心あたりはないのか？」

アレックスが首を振りかけたところで、ぴんときた。妹の行き先がはっきりとわかった。

「ジーンは携帯電話を持ってるか？」

「持ってる」

「やっぱりだ。ジーンはエズラの家にいる」

「なんでわかるのさ？」

「とにかくわかるんだ」必死に頭をはたらかせながら、ドアに向かった。「エズラの住所は知ってるか？」

「知ってる」

「九一一に電話して、その住所を伝えろ」

「そのあとは？」

「ここにいろ。救急車がこっちに来るかもしれない。その場合は、エズラの住所に向かうよう言え」

「やだね」アレックスは言った。「ジーンにはあたしが必要なんだ。あたしが行く」

「いまはだめだ」

「あんたがなんと言おうと行くよ、ワーク」

わたしはドアのところで振り返った。「ジーンはわたしに電話してきたんだ、アレックス。きみにじゃない」

その言葉にアレックスはしゅんとなったが、彼女が傷ついた姿を見ても満足感はおぼえなかった。しかし、あとひとつ言わなくてはならないことがある。

「警告しただろう、アレックス。ジーンには助けが必要だと言っただろう。今度のことはきみの責任だ」

そう言い捨て、ドアを出てピックアップまでダッシュした。父の家はここから二マイルほどだが、道路はすでに渋滞がはじまっていた。制限速度三十五マイルのところを八十マイルで飛ばし、追い越し禁止車線で三台追い越した。車が轍に乗りあげて浮いたかと思うと、一方通行を逆走していたが、おかげで二ブロック分近道できた。尻を振りながらドライブウェイに突っこみ、ツゲの茂みを一部なぎ倒してジーンの車のうしろにとめた。走っていって裏口のドアに体当たりしたが跳ね返された。鍵がかかっている。くそ！　鍵はどこかと探したが、車におきっぱなしだと気がつき、走って取りに戻った。鍵穴に鍵を差しこむと、体重をかけただけであいた。なかに入り、大声で呼びながら、電気をつけてまわった。ジーンの名が大理石の床に反射してこだまし、鏡板張りの廊下を抜け、取り憑いたようにふたたびわたしのもとに返ってきた。それをのぞけば、家は静寂の涙を流していた。

猛スピードで家のなかを探しまわった。キッチン、書斎、ビリヤード室。もともと広い家だが、こんなにも広く感じたのははじめてだ。どこにいてもおかしくないが、ふと二階の寝室のことが頭に浮かんだ。しかし次の瞬間、ぴんときた。わたしは玄関広間に急いだ。角をまがると、階段下に妹の姿があった。ぴくりとも動かず、顔には血の気がない。その下の敷物が血でぐっしょり濡れている。

ジーンのそばに駆け寄った。両膝が彼女の血を含んで湿った音をたてた。両の手首は縦方向に細長い口をあけ、カーペットの上に赤く輝く剃刀が見えた。

切り口からはまだ血がわずかながら滴っている。ジーンと声をかけた。返事がない。靴を無理やり脱がせ、靴ひもを抜き、それを腕にまきつけて傷口のすぐ上のあたりでしっかり結んだ。出血はとまった。脈をはかろうと、顎の下の太い静脈を手探りした。見つからない。もっと強く手を押しつけた。とぎれとぎれで弱々しかったが、とにかく脈はある。思わず小声で神に感謝した。しかし、あとはどうすればいいのか。わたしには応急措置の知識がない。そこでジーンの腕を心臓より高いところにおこうと胸の上で交差させ、自分の膝に彼女の頭をのせて、できるだけ動かさないようにした。

ジーンの顔を食い入るように見つめ、助かると思える根拠はないかと探したが、血の気のない肌はボーンチャイナのごとく真っ白だ。閉じた目蓋《まぶた》に青い静脈が浮いて見え、痣《あざ》になっていたのかと思った。口が半びらきで、ひび割れた唇に月の形をした真っ赤な嚙み痕がのぞいていた。顔には生気がなく、全体に張りがなかったが、それでもジーンに、わたしの妹に変わりない。昔はふたりしてよく笑ったのに。もし一命をとりとめたら、わたしがもっとしあわせにしてやると心に誓った。なんとしてでもしあわせにしてやりたい。こんなふうに終わっていいはずがないからだ。妹の人生が。

髪の毛を顔からかきあげてやりながら話しかけた。どれもこれも謝罪の言葉ばかりだった。言葉はしだいにたどたどしくなり、数分が何時間にも感じられた。このときなにを言ったのか、あとになってまったく思い出せなかった。わたしをひとりにしないでくれと泣いて頼んだにちがいないのに。

すると周囲が、ストレッチャーのガラガラいう音や、冷静できびきびした声で騒然となった。何人かの手が肩におかれた。知らない顔だったが、彼らに誘導されてわたしは離れた場所で見守った。白衣姿の男たちがジーンを取り囲み、手首を縛り、腕に注射針を刺し、わずかなりとも残った体温を逃がさぬよう体を覆うと、あわただしく作業した。止血帯をしたのはわたしかと訊かれ、うなずいた。「命が助かったのはそのおかげかもしれない」相手は言った。「あぶないところだった」

わたしは両手で顔を覆い、ジーンは助かると必死に信じこもうとした。顔をあげるとアレックスの姿があった。微動だにしない恋人の体の向こうから、わたしの目を見つめてきた。すでにいつもの自尊心と怒りと力は復活していたが、この一瞬だけはふたりとも同じ思いだった。もしジーンが助かれば、わたしのおかげだ。アレックスの目と、取り返しのつかないことを言わないようにと口の前で小刻みに震えている指がその事実を認めている。それでもわたしは彼女にうなずき、彼女もうなずき返した。

やがてジーンはストレッチャーに乗せられ、みずから選んだ死に場所から連れ出された。わたしとアレックスのふたりだけが残された。壁にもたれてすわりこむわたしにアレックスが歩み寄った。真一文字に引き結ばれた唇の下で顎を動かし、こぶしに握った両手で腿の上のあたりを叩きながら、言うべき言葉を探している。

「あんたは病院に行くのかい?」アレックスがようやく口をひらいた。

「ああ、きみは?」

「行くに決まってんだろ」

うなずいて目を下にやると、アレックスは裸足だった。彼女はしきりに足を踏みかえていた。

「助かると思う?」とアレックスが訊いた。

その質問にしばらく考えこんだ。「きっと助かる」と答えた。「救急救命士もそう思ってる」そこで言葉を切り、アレックスの顔をのぞきこむと、彼女は泣いていた。「妹は大丈夫だと思うか? つまり……その、言ってる意味はわかると思うが」

「ジーンは強い」アレックスは言った。「ものすごく強いと思ってた。だけどいまはわからない。あたしにはなんにもわかっちゃいなかったみたいだ。いつも思ってたんだよ……ジーンとふたりでいつも話してたんだよ……」

その声はしだいにかすれ、アレックスは鼻をぬぐった。わたしはさっき彼女がジーンの家で言ったことを思い出し、そこでようやく腑に落ちたが、わかったとたんに背筋が凍った。

「死ぬときは一緒だといつも話してたんだな？　図星だろ？」

アレックスはびっくりしたようにあとずさった。硬材の床に血の足跡が、欠けたところのない小さな足形がついた。皺の一本一本までくっきり見える。

わたしは頭に浮かんだことをそのまま口にした。「〝あたしひとりおいて〟。さっきそう言ったな」

「なんの話？」アレックスの声は異様に大きく、図星なのがわかった。

「〝そんなことするはずがない……あたしひとりおいて〟。きみはそう言った。その言葉の意味を知りたいね」

わたしはこみあげる怒りに思わず立ちあがった。「そんなことを話し合ってたのか？　一緒に死のうと？　そういうことだったんだろう？」

「ちがう」さらにあとずさる。

「きみが妹にあたえた助力とはそんなものだったのか？　え？」声が大きくなる。「なら、妹が助かったのは奇跡としか言いようがないし、きみでなくわたしに電話してきたのも不思議じゃない」

アレックスはあとずさりをやめた。その姿と口調に突如として断固としたものがみなぎった。もう受け身一方ではなかったが、うろたえ、怒っていた——わたしのよく知るアレックスだ。

「そういうんじゃない」彼女は反論した。

「電話は助けを求めるものだったんだぞ、アレックス。ジーンはわたしにかけてきた。どうしてだ？　なぜきみじゃなかった？」

「あんたにわかってもらおうなんて無理な話だし、実際あんたはわかっちゃいない。うぬぼれんじゃないよ。あんたらはみんな同じさ」

「あんたら？　男一般か？　異性愛者のことか？」

「ピケンズ家の男のことだよ」アレックスは答えた。「男全部だ。どいつだっていいけど、とくにあんたとあんたのくそったれな親父のことさ」

「たとえばわたしはどうなんだ？　わかるように説明してみろ」

「あんたにあたしたちのことをどうこう言う権利はない」

声がますます大きくなったがかまわなかった。はらわたが煮えくりかえっていた。怯えてもいた。わたしと父が同じだと言われてがまんならなかった。わたしは無人のドアを、妹が救急車へと運ばれていった廊下を指差した。

「権利はあるとも」と怒鳴った。「なんてことを言うんだ、アレックス。権利はあるぞ。いましがたジーンに託《たく》されたんだからな。その事実は変えようがない。ジーンの命が助かったら——きみも助かるようにと祈れよ——そうしたら、誰に権利があるかはっきりさせようじゃないか。なぜなら、助かった場合、わたしはジーンを施設に入れ、適切なサポートが受けられるようにしてやるつもりだからだ」

「ムショにぶちこまれてなきゃね」アレックスの目が昆虫の目のように明るく光った。

「脅すのか？」

肩をすくめ、顔を伏せた。「あんたにはほかに心配しなきゃなんないことがあるみたいだと言ってるだけさ。ほかに頭を悩ませてることがあるんじゃないかってね」

「なにをほのめかしてる？」

「なにもほのめかしちゃいないさ。火を見るより明らかな事実を言ってるだけじゃないか。さてとあんたの長ったらしいお小言が終わったんなら、病院に行ってジーンのそばについていてやらなきゃ。だけど、これだけは覚えときな」アレックスが間合いをつめた。「あたしはあんたの思いどおりになんかならないよ、絶対に。それにあたしがそばにいるかぎり、ジーンを思いどおりにしようったって、そうはさせないからね」

アレックスと、その押し殺した怒りに目をやると、自分のなかの怒りが引いていくのがわかった。どうしてこんなことになってしまったのか？

「ジーンはわたしを愛していると言ったんだ、アレックス。いろいろあってもやはり兄であるわたしを愛していると。いいか、わたしはべつにジーンを思いどおりにしようなんて思ってない。そんなつもりはない。彼女が電話してきたから、わたしは命を救おうと駆けつけた。きみと出会う前にも同じことをしてきた。そこをよく考えてほしい。わたしたちふたりが心から大事に思っている者を助けるにはなにができるか、一緒に考えようじゃないか」

それでアレックスが歩み寄ると思っていたのだから、わたしもそうとうおめでたい。

「そんなつもりは毛ほどもないよ、ワーク。わかってるくせに。弁護士然としてすかした口をきくのはやめな」

アレックスは背を向け、裸足で音もなく真実から逃げていった。ドアが閉まる大きな音につづいて彼女の車のくぐもった音が聞こえ、とうとうわたしは昔から知っているこの屋敷にひとり残された。階段下の絨毯に目をやると、そこだけ血の海が広がり、独特のにおいがただよっていた。いくつもの足跡とストレッチャーの車輪の跡がそこを起点にのび、遠くなるにつれて淡くなり、やがてかすれ、最後にはまったく見えなくなっている。ジーンの携帯電話を見つけて拾いあげた。手に持ち、乾いた血の跡に目をこらしてから、ドアのそばの小さなテーブルにおいた。

頭は病院に行けと命じるが、わたしが付き添おうが付き添うまいが、ジーンの生死には関係ないと苦い経験からわかっていた。それに心底疲れきっていて、またアレックスとやり合う気力がなかった。二階の大きなベッドが目に浮かび、雪のように白いシーツに寝ころぶ自分を想像した。シーツにくるまり、洗いたての感触を味わい、なにも心配することのなかった子ども時代に戻ったふりをしたかった。しかしそれはできない相談だった。いまのわたしはそんな人間ではない。子どもでもなく詐欺師でもない。そこでわたしは絨毯の上に横になった。乾いていく妹の命の名残りのとなりに。

22

病院に寄ったところ、ジーンは助かると告げられた。わたしの到着があと一分でも遅かったら、助からなかったかもしれない。心拍数が極度に低下し、かなりきわどいところだった。面会は一度にひとりだけと制限されていたので、五分だけ会わせてもらうよう看護師からアレックスに言ってもらった。ジーンの病室の前の廊下でアレックスとすれちがった。険悪な雰囲気を出さぬよう、向こうもこっちも気をつかった。ひどく不自然だったし、まぶしく透明な光のもとでは、ふたりとも被災者かなにかのように見えた。

「容態はどうだ?」とわたしは尋ねた。

「なんとか持ちこたえそうだと言ってる」

「脳に損傷は?」

アレックスは首を横に振り、薄汚れたジーンズのポケットに入れた手をさらに深く突っこんだ。ふと見ると、足の指のあいだについたジーンの血が乾いていた。「ないらしいと言ってる。でも、絶対ないとは言ってくれない」

「医者も弁護士みたいな口をきくんだな」とわたしは言ったが、アレックスはにこりともしなかった。

「うん」

「意識は戻ったのか？」

「まだ」

「聞いてくれ、アレックス。意識が戻ったジーンの目には、彼女を気づかう人間が映らなきゃいけない。憎み合うふたりではなく。そうしてやりたいんだ」

「だませってことだね」

「そうだ」

「ジーンのためだからやってやるけど、あんたと仲直りするわけじゃない。ふざけたまねをしたら承知しないよ。あんたはジーンの疫病神だ。彼女のほうではそう思ってなくともね」

「ジーンが回復してくれればそれでいい。彼女を愛している人間がいるのをわかってくれればいいんだ」

アレックスはジーンのほうもわたしのほうも見ずに廊下に目をやった。「コーヒーを飲んでくる。十分くらいかな」

「わかった。感謝する」

アレックスは二歩進んだところで振り向いた。「べつに撃つ気はなかったんだよ」と言った。

そのひとことにびっくりした。そのときまで、アレックスが銃をかまえたことも、狙いがまったくぶれていなかったこともすっかり忘れていたからだ。「ありがとう」

「それだけはどうしても言っておきたかった」

ジーンの病室は、過去に自殺未遂をしでかして目覚めたこれまでの病室と、そっくり同じだった。ベッドはスチールの手すりがついた安っぽく小さなもので、シーツはごわごわ、あざやかな色のはずのベッドカバーはなぜかくすんで見える。何本ものチューブ類がくねくねとのびて体につなげられ、監視装置のランプの光を受けて緑に色づいている。カーテンは閉まっていた。ベッドをまわりこむように移動してカーテンをあけた。温かい朝の光を受けたジーンは蠟人形のように青白く、とても生きているようには見えなかった。ほかのものに、不死身の体に作り替えてやりたかった。しかしわたしにその資格はなく、いまも顎に押し当てた銃口の感触が忘れられない。そこではじめて、わたしもジーンもあぶないところだったのだと気づき、彼女を見おろしながらその意義を理解しようとした。けっきょくわかったのは、わたしたちは生きているという、奥深くも悲しい事実だけだった。腰をおろし、妹の手を取った。顔をのぞきこむと、目があいてわたしをじっと見つめている。唇が動いたのを見て、わたしは顔を近づけた。

「あたし、生きてるの？」ジーンがか細い声で訊いた。

「そうだ」声がかすれた。「生きてる」唇を強く嚙んだ。妹の様子はひどく痛々しかった。

「あぶないところだった」

ジーンは顔をそむけたが、きつく閉じた目から涙がすべり落ちるのをわたしは見逃さなかった。アレックスが戻ったときには、ジーンはふたたび眠りに落ち、わたしはこの話をひとこともせずに病室をあとにした。薄情だったかもしれない。知ったことではなかった。

わたしは廊下の壁に寄りかかり、ずいぶん長い時間、そうしていた。帰る前に、ワイヤー入りの小さな窓ガラスごしに病室をのぞいた。カーテンはまた閉められ、さっきわたしがすわっていた場所にアレックスがすわり、ジーンの手を握っていた。ジーンはぴくりとも動かない。顔を壁に向けていた。本当にまだ眠っているのだろうか？　わたしから顔をそむけたように、アレックスからも顔をそむけているのだろうか？　それとも、わたしは人生の終わりに必要なだけで、アレックスこそがもっとも大事な存在なのだろうか？

帰りかけたところで、ジーンが動くのが見えた。寝返りをうち、アレックスを見ると、顔を覆った。アレックスがなにか言うと、ジーンは体を震わせはじめ、前腕の下でチューブ類が踊った。アレックスが立ちあがってジーンの上にかがみこんだ。ジーンの顔に自分の顔をくっつけ、ふたりはそのままじっと動かなかった。そこで、ささやかな家族の歓迎されざる一員であるわたしは立ち去った。

エレベーターにはわたしひとりだけだったが、ロビー階に着いて扉がひらくと、出口のそばにミルズ刑事が立っていた。窓の外をながめているが、わたしを待ち伏せしていたに決まっている。近づいていくと、縁石のところにパトカーが一台、アイドリングしてとまっているのが目に入った。制服警官がボンネットにもたれ、拳銃の台尻に手をのせている。若く、鼻息が荒そうだ。

「わたしを待ってたのか？」その声にミルズは振り返り、わたしをしげしげと観察した。血塗れだし汚れている。それにくらべて彼女のほうは、いかにも正義の番人らしく見えた。靴はぴかぴか、ズボンの折り目もちゃんと残っている。口をひらくと、マウスウォッシュのにおいがした。

「そうよ」彼女は答えた。

「あいつはどういうことだ？」わたしはおもての若い警官を身ぶりでしめした。ミルズは肩をすくめただけで答えなかった。

「安っぽい芝居だ。そこまでする必要などないのに」

おもてにいた警官はパトカーに乗って走り去った。ミルズにもわたしにも目をくれずに。ミルズはパトカーが遠ざかるのを見送り、それからわたしに向きなおった。

「ちょっと神経過敏なんじゃないの、ワーク」

「なんとでも言え」

ミルズは口もとをほころばせた。「あの警官を連れてきたなんてひとことも言ってないのに」

「どうしてわたしの居場所がわかった？」

「妹さんのことを聞いたから。きっとここだろうと思って」

「お心づかいに感謝するよ」どうしても嫌味な口調になってしまう。

「なにも皮肉を言わなくてもいいでしょう」

「きみとおしゃべりする気分じゃないんだ、刑事。けさはだめだ。この病院のなかではだめだ。さて、失礼する」

彼女をよけ、出口をくぐって駐車場に出た。すでに気温があがり、空はすっきり青く晴れあがっている。刈りこまれた生垣の向こうの道路を車がひっきりなしに往来し、大勢の人がわたしのまわりを行き来していたが、ミルズがあとからついてくるのはわかっていた。ヒールのある靴が、高らかで小刻みな音を響かせている。そう簡単に解放してくれないに決まっているとあきらめ、振り返って彼女に向きなおった。

「なんの用だ、刑事？」

ミルズはわたしから数フィートという安全な距離をおいてとまり、ジャケットから拳銃の台尻をのぞかせた。いつものクールな笑みを浮かべた。

「ちょっと話せないかと思って。訊きたいことがいくつかあるのよ。それにあなたのほうも言いたいことがあるんじゃないかしら。いずれにせよ、いまのところやることはなにもないし」

「あいにくとわたしにはあるんだ」そう言って背を向けた。

「その顔、どうしたの？」ミルズが尋ねた。

「は？」わたしは振り返った。

「顔よ。切れてる」

わたしはうしろめたいことでもあるように、指で顔に触れた。「かすり傷だ」と言った。

「ちょっとしたかすり傷だ」

「どこでつけたの？」ミルズが軽い口調で訊いた。

「林を散歩したんだ」

彼女は目をそらしてうなずいた。「泥だらけになったのも同じ場所？」

「その質問になにか意味はあるのか？」

「林に行ったのはなぜ？」

「死体を埋めてたんだ」

「またそうやって茶化す」ミルズはうんざりしたように言った。

今度はわたしが肩をすくめる番だった。

「このつづきは署でやったほうがよさそうね」

「署でね」わたしは素っ気なく繰り返した。

ミルズは駐車場を見まわし、洗い流されたような青空を見あげると、あまり気に入らないというような顔をした。視線がふたたびわたしに戻ったときも、その表情は変わらなかった。

「そのほうがいろいろ話が聞けそうだと思う」と彼女は言った。

「逮捕令状はあるのか？」ミルズは首を横に振った。「ならおことわりだ」

「じゃあ、お父さんの遺言を見たことがないと主張するのね？」

意表を衝いた質問に度肝を抜かれた。予想もしていなかった。その質問を発した瞬間、ミルズ刑事の顔にベールがおりた。わたしは危険を察知した。「なんでそんなことを訊く？」

ミルズは肩をすくめた。「前に自分でそう言ったでしょ。つかんだ事実が本当かどうか確認したいだけよ。あなたは、遺言は見ていない、内容についてはなにも知らないと言った。本当にそう?」

ミルズの狙いはわかっている。遺言の内容を知っていることは、そのまま動機につながる。後頭部で警報ベルがけたたましく鳴りだした。警官は弁護士と同じだ。最良の質問とは、自分がすでに答えを知っている質問なのだ。

「まだそういう話をする気にはなれない。妹が自殺をはかったばかりだ。妹の血が体のあちこちについたままだ。それで納得してもらえないか?」

「わたしは真実を知りたいだけよ、ワーク。世の中の人と同じく」

「きみの狙いはわかってるんだぞ、刑事」

わたしの不快感にもしれっとして彼女は言った。「あら、そう?」

「真実を知りたいなら、どうしてショッピングモールの差し押さえの件を調べない? あれだって何百万ドルという金がからんでいる。投資家は憤慨し、父はその渦中にいた。そもそも、父はあのモールで殺されたんじゃないか。その事実はどうでもいいのか?」

ミルズは顔をしかめた。「あなたが知ってるとは思わなかったわ」

「ほかにもきみの知らないことがいろいろあるかもしれないぞ。その件は調べているのか、いないのか? だいたいにして、投資家が誰かわかってるのか?」

「わたしは自分がいいと思うやり方で捜査を進める」

「そうらしいな」

「生意気な口をきくのはやめたほうがいいわよ、ワーク。そんなことをしてもなんの得にもならない」

「ならきみも先入観を捨てて、ちゃんと仕事をしたらどうだ」

ミルズは声を落とした。「お父さんは単なる使いにすぎなかった。殺したところで差し押さえそのものをやめさせることはできない。あなただって弁護士でしょ。そのくらいわかるはずよ」

「冷酷におこなわれる殺人などめったにない。たいていの人間は、昂奮状態で人を殺す。憎しみ、怒り、復讐、肉欲。かかわっている人間を突きとめないうちに、除外するのはおかしいじゃないか。ほかにも何千という動機があるかもしれないんだぞ」

「ひとつ動機を忘れてる」ミルズが言った。

「なんだと?」

「強欲よ」

「話はこれで終わりか?」

「ええ。いまのところは」

「それはよかった。風呂に入りたいんだ」そう言ってわたしは背を向けた。

「街の外に出ないように」ミルズの声が飛んできた。わたしはまわれ右をすると、大股でミルズのもとに戻った。

「つまらんパワーゲームはやめろ、刑事。わたしだって警察の捜査くらいこころえている。逮捕するかしないかどっちかにするんだな。逮捕されるまでは、どこに行こうがわたしの勝手だ」

ミルズの目がきらりと光ったものの、反論はしてこなかった。わたしは自分のピックアップまで歩いていき、ミルズと彼女に象徴されるすべてのものを締め出すべくドアをいきおいよく閉めた。狭苦しい車内は、泥とガソリンと血のにおいで満ちていたが、刑事が使っていたマウスウォッシュの甘ったるいにおいがそれらすべてを凌駕《りょうが》した。エンジンをかけ、駐車場を出た。あと少しで自宅というところで、ミルズが尾けてくるのに気がついた。そういうことか。たしかにどこに行こうがわたしの勝手だが、同じことは彼女にも言えるわけだ。

ドライブウェイの奥まで乗り入れ、車を降りた。ミルズの車は、前の通りの、うちの郵便受けのすぐわきにとまっている。彼女はクラクションを二回鳴らすと車を出したが、引き揚げたわけではなかった。そのブロックを一周し、湖沿いの脇道にとまった。わたしが見ると、彼女も見つめ返してきた。わたしが家に入るまでそれはつづいた。

キッチンに入ってカウンターを強く握るうち、両腕が震えてきた。怒りで部屋全体が揺れた。手を放したとたん、最後まで残っていた力が抜けた。体は死んだも同然だったが、頭はたったひとつの目的を果たす決意を固めていた。正しかろうがまちがっていようが、よかろうが悪かろうが、やるべきことはわかっている。

耳にあてた受話器があたたかく、一瞬、彼女の心臓の鼓動を感じたように思った。まるで彼女の胸に頭を押し当てている気分だった。床にすわって番号をダイヤルした。この自宅ではなく向こうにいるのではないかと思うほど、呼び出し音が鮮明に聞こえた――台所でけたたましく鳴る電話、廊下に響きわたるくぐもった音。彼女が大急ぎで電話を取ろうと駆けてくる姿が目に浮かんだ。玄関ポーチを横切る姿、網戸が閉まる大きな音、耕《たがや》した土と愛用している石鹼のにおい。わたしの名を声に出すときに唇が弧を描くのさえ見えるようだ。しかし彼女は出ず、聞こえるのは留守電に吹きこまれた声だけだった。同じものではない。似てもいない。とてもメッセージを残す気になれなかった。

受話器を架台に戻し、床からよろよろと腰をあげた。シャワーを三十分浴びたが、ちっとも温まらなかった。湯を使い果たしたところで、体を拭いてベッドにもぐりこんだ。恐くてとても眠れまいと思ったが、大間違いだった。

モノクロの夢を見た。床に落ちた影が素足にまで筋状にのびている。わたしの爪先は血でどす黒い。わたしは苦痛にうめきながら走っていた。そこへ、太陽とわたしのあいだに巨大な扇が立ちはだかったかのごとく影が射した。明るいところが次々に暗くなっていき、最後に暗闇だけが残された。わたしは走るのをやめた。なにも見えない。なにも聞こえない。それでもわかった。なにかが近づいてくる。

「やあ、バーバラ」わたしは寝返りもうたずに言った。

「もう三時よ」

「ゆうべはあまり寝てないんだ」

「知ってるわ」バーバラは言った。

わたしはしぶしぶ向きを変えた。妻はピンクのシャネルのスーツに縁なし帽子をかぶっていた。顔は完璧に化粧していたが、斜めに射す陽光のせいで、口もとに小さな影ができている。

「なんで知ってる？」とわたしは尋ねた。

バーバラはバッグを鏡台におくと、電気をつけてまわった。顔を見られたくないのか、歩きながら説明した。

「あなたが電話に出ないものだから、来てみたのよ。朝の四時ごろだったかしら。心配だったの。そばにいてあげられないのが気になったの」彼女は最後の明かりのスイッチを入れ、きまり悪そうに立って、皺ひとつないはずのスカートをなでつけていた。まだわたしを見ようとしない。「家のなかがからっぽで、あたしがどんなにびっくりしたか、あなたにはわからないでしょうね」

「バーバラ」言うべき言葉を思いつかないまま声をかけた。

「言い訳は聞きたくないの、ワーク。侮辱されるのはごめんよ。あの女のところに行ってた事実は受け入れる。だってあたしはそばにいてあげなかったんだから。それについてはあたしにも少し責任がある。だけど、その話はしたくないし、そのことでうそをつかれたくない。あなた、うそがすごく下手なんだもの」

わたしはヘッドボードにもたれて上体を起こした。「すわれよ、バーバラ」わたしは自分のわきのベッドを軽く叩いた。

「こうやって話してるからって、べつにあなたを許したわけじゃありませんからね。これから先のことを話し合うために来たの。ちゃんとした家族として、この危機を乗り越えるために。最初に言っておくけど、あなたがお義父さんを殺したなんて、あたし思ってないわ」

わたしは口をはさんだ。「そうか、それはありがたい」

「べつに皮肉で言ってるんじゃないわよ。最後まで言わせて」

「わかったよ、バーバラ。つづけてくれ」

「あなたはもう二度と、ヴァネッサなんとかという女に会わないこと。あたしはこの家に戻り、あなたをささえ、一緒にこの危機を乗り越える。どんな事態が待っていようと、ふたりでがんばるの。お義父さんが殺されたとされている時刻にあなたはあたしと一緒だったとあくまで主張するつもりよ」バーバラはそこでようやくわたしを見た。目に不思議な光がやどり、話のつづきに入ったときの声は張りつめ、頁岩《けつがん》のごとく硬かった。「ご近所の人にはにこにこと笑顔を見せること。絶対に恥ずかしがって隠れたりしないこと。元気かと訊かれたらこう答えるの。最高ですと。最高の気分ですと。あたしはお料理を作るし、いずれ同じベッドで寝るようにもなる。こんなことはそのうち終わる。終わったあとも、あたしたちはこの街に住みつづける」

妻の声は一貫して淡々としていた。妻が今後の生活について説明するあいだ、わたしは信じられない思いで聞いていた。

「なるべく家からは出ないけど、たまには外に出かけましょう。体裁《ていさい》をつくろうために。なにもかもいままでどおりにするの。グリーナがあちこちに電話をかけてくれたわ。状況はよくないけど、いずれよくなる。嵐が過ぎ去れば、もう大丈夫よ」

「バーバラ」

「だめ」彼女は大声でさえぎった。「話のじゃまをしないで。いまはだめ。この先もだめ」そこで少し落ち着きを取り戻し、わたしを見おろして無理に笑みを浮かべた。「あたしはチャンスをあげると言ってんのよ、ワーク。今回の件に片がついたら、戻れるわ」

「戻れるってなにに？」

「まともな状態によ」

バーバラはよりによってそのタイミングで腰をおろし、わたしの脚に手をのせた。わたしは笑いだした。喜びのかけらもない、下卑た笑い声だった。自分の耳にすら気がふれたように響き、面食らったバーバラの腰がひけるのを、板ガラスの向こうからのぞくように見ていた。

「〝まともな状態〟」とわたしはオウム返しに言った。「昔のわたしたち。そんなのはありがたくもなんともないよ、バーバラ。自分が作りあげたリハビリプログラムにのめりこみすぎて、そんなことも見えなくなっているのか？」

バーバラが立ちあがった。「どういうことよ、それ」

わたしはゆっくりとした動作でベッドから出た。素っ裸でいつものわたしらしくなかった。

目の前の女性を、わたしの妻だという女性を見つめた。ふたりのこれまでを振り返ると、薄っぺらな喜びとちっぽけな夢ばかりで、むなしくなった。彼女の肩に手をおいた。

「この時点ではっきりわかっていることがいくつかあるが、そのうちのひとつはこうだ。わわたしには昔の生活に戻るつもりはない」夢に出てきた細長い影を思った。「それじゃ監獄が形を変えるだけだ」わたしはうしろにさがり、両手をわきにだらりと垂らした。バーバラは口をぽかんとあけ、すぐに閉じた。わたしは自分の姿を一瞥した。「なにか服を着てくる」そして妻のわきをすり抜けた。彼女は浴室のなかまでついてきた。

「あの女のせいね、そうなんでしょ？」

「あの女？」

「あのあばずれのために、あたしを捨てようってのね」

わたしは振り向き、冷たく言い放った。「あばずれとはいったい誰のことだ？」

「からかわないでよ。あたしは笑い者になるつもりはないし、生まれついての田舎女にあなたを取られてなるものですか」

「いまの描写と一致する女性は知らないが、たとえ知っていたとしても、その女性といまの話はなんの関係もない。あくまでわたしの問題だ。わたしたち夫婦の問題だ。選択と優先事項の問題なんだ。いいかげんにそのかたくなな目をあけて、わたしたちがどっぷりつかっている現実を見たらどうだ。わたしたちの生活は茶番だ。わたしたち夫婦は茶番なんだよ。わからないのか？　認めたくないのか？　わたしたちが一緒に住んでいるのは単なる惰性であり、おかした間違いを認めたくないからであり、真実があまりに耐えがたいからだ」

「真実ですって！　真実が知りたいの？　そう、なら教えてあげるわよ。あなたはもうあたしを必要としてないのよ。あれだけのお金が入ってくるんだもの。あの田舎者の尻軽女と手に手を取って駆け落ちでもしようって魂胆ね」

「あれだけの金？」

「とぼけるんじゃないわよ、ワーク。あたしたち、十年も苦しい生活をしてきて、ようやく終わりが見えてきたと思ったら、あたしなんかじゃ物足りないってわけね。新聞で読んだわよ。お義父さんがあなたに千五百万ドルを残したって知ってるんだから」

あまりのばかばかしさに、わたしは思わず声をあげて笑った。「そもそも、わたしたちが苦しい生活をしてきたと思っているのはきみだけだ。稼いだ金は一セント残らずきみに渡していると言うのに。それからエズラの遺言だが、わたしがその金を拝むことはない」

「そりゃそうでしょうよ。だってあなたのアリバイ証人であるあたしをこうして怒らせてるんだもの」

「アリバイなんかほしくない。そんなものは必要ない。きみは勝手に体裁を取りつくろっていればいい。わたしのことはほっておいてくれ」

水晶のような静寂がおり、わたしは彼女の背中を見ながら服を着た。靴下を履いていると、バーバラがまた口をひらいた。「ふたりとも少しカッカしすぎたみたい。けんかはしたくないし、あなたがパニックになってるのはわかってる。それであたしに八つ当たりしてるんだわ、たぶん。しばらく休戦といきましょうよ」

「けっこうだ。好きにしてくれ」わたしはかかとのすり減った革靴に足を押しこめ、ベルトをぎゅっと締めた。

「とにかくいまはこのいざこざを乗り切って、それからあたしたち夫婦の関係をもう少し冷静に見直すべきね。こんな長く一緒に暮らしてきたんだもの。それなりの理由があるはずよ。あたしたち、いまも愛し合ってると思う。ちゃんとわかってるんだから。今度のことが過去のものになって、お金の心配もなくなったら、すべてちがって見えるはずよ」

「金をあてにするのはやめるんだな、バーバラ。あの金を手に入れるにはわたしは魂を売らなくちゃならない。これからの人生を犠牲にしなくちゃならない。そんなのはごめんこうむる。父が最後に笑うなんてごめんこうむる」

「最後に笑うってなんのことよ？　いったい誰の話をしてんの？　ばかなこと言わないでよ、ワーク。千五百万ドルもの大金なのよ！」

「十億だろうが、わたしの知ったことか」妻を押しのけた。「あとで話すのはかまわないが、まだ話すことがあるとは思えないな」

「時機が悪いのよ、ワーク。いまの状況が悪いのよ」バーバラも一緒になって家のなかを移動してくる。「そのうちすべて忘れ去られるわよ。見ててごらんなさいな。よくなるから」

キッチンを抜け、鍵と財布を手に取った。「とてもそうは思えないな、バーバラ。今度ばかりは」そう言い残し、ドライブウェイに出た。背後では妻がドアをふさぐように立っている。

「あなたはあたしの夫なのよ、ワーク。捨てるなんて許せない」

エンジンをかけた。

「待ってよ！　あなたはあたしの夫だって言ってるでしょ！」

ある一点において妻は正しいと思いつつ、車を出した。すべて忘れ去られる。

23

オフィスに向かったのは、なにかしなくてはいられなかったからだ。なにかしなくては飲んでしまうし、飲んでしまったら酔っぱらうことになる。それもいいなと思った自分に背筋が寒くなった。しかし飲酒は、否定や自己欺瞞と同じく、単なる現実逃避にすぎない。

デスクにつき、散らかった室内には見て見ぬふりをして、チャペル・ヒルの監察医の電話番号を調べた。彼は元フットボール選手で、元喫煙者で、元女房持ちだった。監察医としては有能で、証言台でもそこそこの仕事ぶりを発揮する。彼には何度か参考意見を聞いたことがあり、わたしたちはウマが合う。彼はたいそうな大酒飲みなのだ。

向こうの秘書が電話をつないでくれた。

「あんたとしゃべっていいものかどうか」あいさつも抜きに彼はいきなり言った。予想外の応対だった。

「どうしてだめなんだ?」

「こんな商売をしてたって世事に疎《うと》いわけじゃない。ちゃんと新聞だって読んでる」

話の行き着く先はわかっていた。「だから?」

「検死結果をあんたに漏らすわけにはいかない」

「被害者はわたしの父だ」

「おいおい、ワーク。あんたは容疑者なんだぞ」

「いいか、父が二発撃たれたのは知ってる。弾薬の種類もわかってる。ただ、ほかになにかわかったことはないか知りたいだけだ。なにかおかしなこととか」

「たしかにおれたちは長いつき合いだ。それは認める。だがな、あんたはおれをむずかしい立場に追いこもうとしてるんだぞ。おれから話せることはなにもない。担当刑事か地区検事が許可を出すまではな。かんべんしてくれよ、ワーク。そのくらいあんたもわかってるくせに」

「わたしがやったと思ってるんだな」

「おれがどう思ってるかは関係ない」

「きみは監察医だ。殺人事件においてきみの考えが関係ないはずがない」

「こうして話しているだけでもやばいんだ、ワーク。裁判でばれてみろ、証人として適切でないとされ、証言台でボコボコにされちまう。もう切るからな」

「待て」

一瞬の間。「なんだ?」

「葬儀の手配をする必要がある。死体はいつ引き渡してもらえる?」

さっきよりも長い間があいたのち、彼はようやく口をひらいた。「地区検事のオフィスから書類が来しだい引き渡す。いつもと同じだ」彼がまたも口をつぐんだ様子で、なにか引っかかっているのだと察知した。

「なんだ？」

「妹さんに引き渡すほうがよさそうだ」彼はのろのろと答えた。「理由はさっきと同じだ」

「妹はいま入院している。けさ、自殺をはかった」

「それは知らなかった」

「なら、いま知ったわけだ」

　ふたりのあいだに沈黙が広がった。彼はジーンに一、二度会ったことがある。

「それについては検討しておくよ、ワーク。書類があがってくるまでに。じゃあ、またな」

「なにもしてくれなくて礼を言うよ」

「いまの会話をメモしてファイルに残しておく。書類がそろったら、うちのオフィスからあんたに連絡させよう。この件が片づくまで、もうここに電話してくれるな」

「どうしたんだ？」

「おれを破滅させるな。おれを利用するな。あんたが犯行現場に立ち入った話は聞いてるんだぞ。あんたがミルズを利用したせいで、彼女はいまそのツケを払わされてる。あのせいで事件が未解決のまま終わるかもしれないし、へたをすれば彼女の首も飛びかねない。そんなふうに恥をかかされるのはごめんだからな。いいように利用されるのはごめんだからな。おれもこのオフィスもだ。じゃあな」

電話が切れ、わたしは手のなかの受話器をぼんやりと見つめた。やっとのことで架台に戻した。目を閉じて受話器を耳に押しあて、わたしの声を聞いていた彼にはなにが見えていたのだろう？　弁護士としてのわたしではない。仕事仲間のわたしでも、友人のわたしでもない。光を受けて輝く解剖台ともの言わぬ死体が並ぶ殺風景なオフィスのなかで、いままで聞いたことのない声を聞いたにちがいない。無法者の声を、薬品臭と冷血を糧とする人殺しの声を聞いたのだ。八年のつき合いだというのに、彼はわたしが父を殺したと思いこんでいる。わたしは人が殺せる人間だと判断されたのだ。ダグラス、ミルズ、妻。この街の全員からそう思われている。

目を閉じると、青く薄い唇が動くのが見えた。声は聞こえないものの、なにを言っているのかはわかる。成り上がり者、と言っている。それは女の唇で、両脇でダイヤのイヤリングが太陽のごとくきらめいている。唇がゆがみ、冷ややかな笑みに変わった。かわいそうなバーバラ。あんな男と結婚なんかしなきゃよかったのに。

ふと気づくとわたしは立っていた。デスクから電話を荒々しくつかみあげ、部屋の向こうに投げつけた。電話は壁にあたってばらばらに壊れ、わたしの額ほどの穴があいた。そこにもぐりこんで消えてしまいたかった。そのかわりに電話の破片を拾い集めた。もう元どおりに直せそうになく、そのまま床に落とした。壁の穴に手で触れた。なにもかもがだめになっていく。

父のデスクを使う気にはなれず、秘書のデスクにすわった。葬儀社に電話した。葬儀屋はわたしからの電話をけげんに思っていたかもしれないが、声には出さなかった。声はよどみなく、節度があり、まるでガラスの容器から注いだのではないかと思わせた。わたしはかねがね、そのガラスの容器が葬儀屋の地下倉庫を埋めつくしているところを、勝手に思い描いていた。ご心配にはおよびません、と葬儀屋は請け合った。葬儀の日取りだけ決めていただければけっこうです。すべて手配済みですから、と。

「誰が手配した?」とわたしは尋ねた。

「お父様でございます。すべてご自分でご用意されておいでです」

「いつのことだ?」

葬儀屋はそこで口をつぐんだ。故人についてじゅうぶんな敬意を払って話すには、慎重に検討しなくてはならないとでもいうように。

「しばらく前でございます」彼は答えた。

「棺はどうなってる?」

「お選びでございます」

「墓地は?」

「お選びでございます」

「弔辞は?　音楽は?　墓標は?」

「すべてお父様のほうで手配されています」葬儀屋が答えた。「ご安心ください、準備万端抜かりありません」彼はそこで言葉を切った。「お父様はあらゆる点で、完璧な紳士であり完璧なお客様でいらっしゃいました。お金に糸目はつけませんでした」

「ああ、そうだろうとも」

「お悲しみのところ、ほかになにか、手前どもでお役に立てますことはございますでしょうか？」

これまでにも何度も同じ質問をしてきたのだろう、電話ごしでさえ誠意のなさがはっきりと感じられた。

「いや、けっこうだ」

葬儀屋の声が低くなった。「でしたら、またお電話いただけますでしょうか？　落ち着きましたらでけっこうでございます。ご希望の日取りだけご連絡ください」

「わかった。あらためて電話する」ほとんど切りかけたところで、ふと頭にわいた疑問を口にした。「父は弔辞を述べる役に誰を指名したんだ？」

葬儀屋の声は意外そうだった。「あの、あなたさまでございます、もちろん」

「もちろん」とわたしは言った。「そうだろうとも」

「ほかになにかございますでしょうか」

「いや、ありがとう」

わたしは受話器をおき考えこんだ。わたしに弔辞など述べられるだろうか？　おそらくできるだろう。しかし父が望むようなうそをつけるだろうか。エズラが指名したときのわたしは、いまのわたしとはちがい、彼のしもべであり、彼の真実の保持者だった。わたしの弔辞を通じて父はよみがえり、参列者のひとりひとりの記憶に自分を刻みつけ、平身低頭させる。だからわたしが選ばれたのだ。自分が作りあげた作品なら、見事にやってのけると確信していたのだ。しかしわたしの言葉などその場かぎりのものにすぎず、記憶は時の経過とともに薄れていく。だから父はエズラ・ピケンズ財団を創設した。自分の名を未来永劫《えいごう》残すために。しかし、それでもまだ安心できないとばかりに、偉大なる業績をわたしが確実に継承するようにと、千五百万ドルの袖の下を用意したというわけだ。

いまここで父を抱きしめ、ささやかながらもこれからずっと愛しつづけると告げ、そのあと殴って半殺しにしてやりたかった。なぜそうまでして虚栄心を満たし、不朽の名声を求めるのか？　肉体に刻もうと、大理石に刻もうと、名前はあくまで名前でしかない。いろいろな形で記憶に残すことはできるかもしれないが、そのすべてがいい形とはかぎらない。わたしたちが求めていたのは父親であり、そんなことにこだわらない人間だったのに。

ひんやりと固い木のデスクに頭をあずけた。顔を横に向けて頬をデスクに押し当て、両手の指を大きく広げた。ふとハイスクール時代の記憶がよみがえった。目を閉じ、消しゴムの、焦げたゴムのようなにおいを嗅いだとたん、部屋が溶けてなくなった。わたしは過去にタイムスリップした。

はじめてのときのことだ。わたしは十五歳、ヴァネッサは最上級生だった。ブリキ屋根を雨が不規則に叩いていたが、ストールン農場の納屋のなかは雨とは無縁で、たそがれはじめた薄明かりのなかでヴァネッサの肌が青白く光っていた。稲妻が走った瞬間、おもてがぱっと明るくなり、わたしたちは秘密の場所に閉じこめられた。わたしたちは探索者であり、雷鳴がわたしたちのためにとどろいていた。しだいに大きくなる音がわたしたちの体の動きと同じリズムを刻んでいた。下を見ると、藁のにおいがする馬小屋で、馬たちが、いいんだ、わかっているよと言うように、ひづめを鳴らしている。いまも彼女のにおいがよみがえってくる。いまも彼女の声が聞こえてくる。

愛してる？

わかってるくせに。

ちゃんと言って。

愛してるよ。

もう一度言って。何度も言って。

だからわたしは何度も言った――アイ・ラブ・ユーという三音節を、わたしたちの体のリズムに合わせて。すると今度はわたしの耳に彼女の声が入ってきた。耳にやさしい声だった。ジャクソンとわたしの名をささやいた。何度も何度も繰り返されるうち、心が満たされていくのを感じた。

声がしだいに大きくなった。

目をあけると、オフィスに逆戻りしていた。目をあげると、本物の彼女が戸口に立っていた。彼女が消えてなくなるのが恐くて、わたしはまばたきできなかった。

「ヴァネッサ？」

彼女は自分を抱きしめるようにして入ってきた。わたしが憎むようになったこの現実にあらたな現実を持ちこんできたのか、一歩近づくたびに彼女の姿がはっきりしてくる。まぼろしを見ているんじゃないかと、わたしは目をこすった。

「味方の顔が見たいんじゃないかと思って」その声が、はるか昔に死んだ恋人の亡霊のごとく、わたしのなかをすり抜けた。彼女に聞いてもらいたいことが次々に浮かんだ――わたしの過ち、わたしが必要としているもの、そしてわたしの悲しみ。

しかしその思いとは裏腹に、きつい声が期待と不安に満ちた沈黙をやぶった。「新しい男はどうした?」ヴァネッサの顔が赤の他人の顔に変容した。

「わたしに当たらないでよ、ジャクソン」ただでさえつらいのに。何度来るのをやめようと思ったことか」

わたしは立ちあがった。「思ってもいないことを言ってしまった。悪かったよ。そもそもわたしが口出しできる問題じゃないのに」そこで言葉を切り、まだ彼女が消えてしまいそうな気がして、じっと見つめた。「わたしはどうしようもない愚か者だ。自分のことすらわからない」わたしがからの両手を差し出すと、彼女はその手の届かないところで足をとめた。わたしは両手をおろした。「透明人間になった気分だ。自分の考えさえ捕まえておけない」

壊れた電話が、壁にあいた穴が目に浮かんだ。「なにもかもがだめになっていく」わたしはそこで言葉を切ったが、彼女がわたしの思いを代弁した。

「つらかったのね」

「ああ」

「わたしもつらかった」その言葉にうそはないと直感した。かかえる悩みのせいで顔の皮膚が強く引っ張られ、骨の上でぴんと張っている。目はうつろで底がなく、口のまわりにあらたな皺ができていた。

「きみの家に電話した。誰も出なかった」

彼女は頭をそらした。「あなたと話したくなかった。だけどそのあと、こんなことになって。それで思ったの、誰かそばにいてほしいんじゃないかって。思ったの……ひょっとして……」

「その判断は正しかったよ」

「最後まで言わせて。ここに来たのは、女友だちとしてじゃないし、愛人としてでもない。ここに来たのはあくまで友人としてよ。ひとりでかかえこんじゃだめと思ったからよ」

わたしは目を伏せた。「みんなわたしが犯人だといわんばかりだ。みんなわたしと目を合わせようとしない」

「奥さんはどうなの？」

「今度の件を利用してわたしを不利な立場に追いこもうとしている。武器にしてる」わたしは目をそらした。「もうわたしたち夫婦は終わりだ。よりを戻すつもりはない」

「奥さんは知ってるの？」ヴァネッサが疑うのも無理はない。わたしはこれまでにもしばしば、バーバラとは別れると口走っているのだ。

顔をあげると、ヴァネッサの目があり、わたしはその目に直接訴えかけた。わたしの話が本当だと知ってほしかった。「受け容れてはいない。だが知ってはいる」

「あたしのせいだと言ってるんでしょ？」

「ああ、そうじゃないと言ったんだが。認めようとしない」

「皮肉なものね」とヴァネッサが言った。

「え？」

「ちょっと前なら、非難も甘んじて受けたと思う。それであなたと一緒になれるなら」

「でも、いまはちがう」

「ええ、いまはちがう」

その言葉を取り消させるようなことを言いたかったが、へたをすれば彼女を失いかねず、いまここで孤立無援になったらと考えるだけで身がすくんだ。

言葉を探しあぐねるわたしを見るうち、ヴァネッサの顔が青ざめ、唇が細い一本の線になった。

「わたしはいま三十八歳。じきに四十になる」彼女は奥まで入ってくると、デスクをはさんでわたしと向かい合った。「わたしがこの世でほしいと思ったものは三つあるわ、ジャクソン。たったの三つよ。農場、子ども、そしてあなた」

体を流れる血液が突如として薄くなったのか、彼女の顔がますます青ざめた。目がやけに大きく見える。これだけ言うのにどれほど勇気がいったことか。

「あなたとの子どもがほしかった。一緒に家庭を築きたかった」涙がひと粒こぼれ落ちたが、下まで届かぬうちにぬぐった。「わたしはせいいっぱいあなたを愛してきた。十代のときからずっと。これまでずっと。わたしたちほど愛し合ったカップルなんてそうはいないと思う。それでじゅうぶんだった。なのにあなたはわたしを捨てた。十年近くもつき合ったのに、未練もなにもなく。そしてあなたはバーバラと結婚した。死ぬほどつらかったけど、なんとか気持ちに折り合いをつけた。あなたをあきらめた。なのにまた、あなたは顔を出すようになった──月に一度か二度だったけど、それでもわたしはかまわなかった。あなたがまた戻ってきた、それだけで嬉しかった。あなたはわたしを利用しながらも、やっぱり愛してくれていた。やがてあなたのお父さんの行方がわからなくなった。あの晩、お母さんが亡くなった晩、あなたがあらわれた。あたしはせいいっぱい尽くした。心のささえになろうとした。あなたを第一に考え、苦しみを肩代わりしようとした。覚えてる？ 覚えてる？」

わたしはどうにかヴァネッサの目を見て言った。「覚えてる」

「お父さんがいなくなって、ようやくあなたも自分を取り戻すと、わたしが恋に落ちた少年に戻ってくれると思った。そう願った。強くなってほしかったし、きっと強くなってくれると信じてた。だから待ったのよ。なのにあなたはふっつりと来なくなった。一年半ものあいだ、ひとことの連絡もなく、なんの意思表示もなかったから、またもやあなたを失う苦しみを一から味わうはめになった。一年半よ、ジャクソン！ それでもなんとか立ち直りかけたわ。なのに、ひどい人、先週になってあなたはまたあらわれた。しかも、あんな仕打ちをされながら、わたしはやっぱり信じてしまった。信じてなにが悪いの、と自分に問いかけた。あなただって感じたはずでしょ。十八カ月も会っていなかったのに、ふたりの情熱は昔と少しも変わってないと。まるで時などたっていないかのようだった。だけど時はたしかに経過したのよ。わたしはようやく立ち直り、前に進みはじめたところだった。わたしにはわたしの人生がある。思った以上の幸福感を満喫していた。至福とまでは言わないけど、一日一日を乗り切れるくらいにはなっていた。そしたらまたあなたがひょっこりあらわれ、わたしの心をかき乱した」

わたしを見たその目に、もう涙はなかった。「そのことは許せないと思ってる。だけど、おかげで学んだことがひとつある。不愉快で冷酷な教訓を肝に銘じたわ」

「頼む、もうやめてくれ」わたしは言ったが、ヴァネッサは容赦なく話をつづけ、言葉でわたしを刺し貫いた。

「あなたにのなかには、どうしても手の届かない部分があるわ、ジャクソン。そこに壁があって、ふたりを隔ててるの。壁は高くて分厚くて、ぶつかってもこっちが怪我をするだけ。その壁にはわたしの血の痕が残っている。もうそこにぶつかっていくのはいや。絶対に」

「ぶつかっていく必要がなければどうだ？」

ヴァネッサが驚いた表情を見せた。「壁が存在すると認めるわけ？」

「壁の正体はわかってる」とわたしは言った。

「なんですって？」訝しむような声だった。

「一度言葉にしたら、もう取り消せない。おぞましい話で、いまも自分を恥じているが、きみに話そうとしたこともある」

「どうして話してくれなかったの？」

わたしは言いよどんだ。「きみに嫌われるとわかってるからだ」

「そこまで深刻じゃないかもしれないのに」

「深刻なんてものじゃないんだ。だからわたしたちはぎくしゃくすることになった。だからきみに心をひらけなかった。だからエズラに言われるままバーバラと結婚した。このことをきみに打ち明けられなかったがために。いまだって口に出すのが恐い」彼女の目をのぞきこみ、これほど自分をさらけ出したのははじめてだと思った。「聞いたらきみはわたしの顔を見るのもいやになる」

「どうしてそう断言できるの？」

「わたしだって自分がいやだからさ」

「そんなこと言わないで」

「だけど事実だ」

「やめてよ、ジャクソン。どうしてなの？」

「いちばん肝腎なときにきみを助けなかったからさ。きみがわたしを愛してくれたそもそもの根拠がうそだからさ」わたしはデスクごしに手をのばし、ヴァネッサの手をつかんだ。

「わたしはきみが思ってるような男じゃない。昔からそうだった」

「そんなことない。あなたがどう考えようが、そんなことない。だってわたしはあなたという人をちゃんとわかってるもの」

「わかってない」

「わかってる」彼女は手を引っこめた。「あなたは自分で思ってるほどわかりにくい人じゃない」

「なら、本当に聞きたいんだね？」

「聞かなきゃいけないのよ」そう言われて合点がいった。〝聞かなきゃいけない〟と〝聞きたい〟では意味がちがう。勇ましい言葉とは裏腹に、本当は聞きたくないのだ。

わたしがデスクをまわりこむとヴァネッサは身をこわばらせた。まわれ右して出ていってしまうのではと心配したが、彼女は動物のようにじっとして動かなかった。彼女の体が小さく縮こまり、鏡面のような膜が目を覆った。わたしはその前に無様《ぶざま》な巨人よろしく立ちはだかり、あらわになった彼女の魂のなかに、これまでずっとわたしを一途に愛してくれた驚異的な力をかいま見た。

わたしがデスクに腰をのせても、ヴァネッサは目を合わせてはくれなかった。その体を抱き寄せたかったが思いとどまり、かわりに両手を握った。なんらかの感情――おそらく、恐怖だ――のせいで手には力がなく、自分の殻に引きこもってしまったのだと察した。思いきって顎を上向かせ、鏡のような目の奥に隠れた彼女を見つけ出そうと考えた。

「ヴァネッサ」と呼びかけた。

ふたりの顔が数インチの距離まで接近し、彼女の吐息が羽毛のように頬をなでた。彼女のかたくなな心がほどけ、わたしの手をゆっくりと握り返してきた。わたしは謝罪し、弁解し、許しを請いたかったが、そのいずれも口をついて出てこなかった。

「ずっときみを愛していた」とわたしは言った。「はじめて会った瞬間から。その気持ちが途切れたことはない。一瞬たりとも」

ヴァネッサが震えだし、顔に刻みこまれたかたくなさが、砂でできていたかのようにもろくも崩れた。目に涙をためた彼女を見て、包み隠さずすべて話さなくてはと思った。しかし感情がたかぶって喉がつまり、その沈黙のなかで彼女の震えはしだいに激しくなり、しまいには体を前にかたむけわたしにもたれかかってきた。わたしは震える彼女を自分の体で包んでやった。すると突然、固い決意という堰《せき》が決壊し、ヴァネッサが泣きだし、出てくる言葉がとぎれとぎれになった。体の奥深くからせりあがってくるような、聞こえるように話すには呼吸用の燃料をすべて使わなくてはならないかのような、そんなしゃべり方だった。おかげであやうく彼女の言葉を聞き逃すところだった。

「自分に言い聞かせてきたのに」とヴァネッサは言いかけたが、また最初から言わなくてはならなかった。「絶対に泣いてはいけないと言い聞かせてきたのに」

彼女をさらに強く抱きしめた。まともにものが考えられず、子ども相手によくやるように、説いて聞かせるように話しかけた。「大丈夫だ。なにもかもうまくいく」

自分でもそう信じたくて、同じ言葉を繰り返した。何度も何度も繰り返した。遠い昔、ストールン農場の納屋でのあの日のように。言葉とほてった体がふたりの魂をきらきらと輝くものに昇華させたあの日のように。またあんなふうになれるかもしれないと、わたしは彼女にささやいた。「なにもかもうまくいく」

ドアがひらく音は聞こえなかった。声が聞こえるまで、姿も見えなかったし物音も聞かなかった。

「あら」そのひとことで、わたしが言葉を使って作りあげた紙の家が崩壊した。「ずいぶんと仲がよろしくなくて？」

質問ではなかった。

ヴァネッサが身を離し、ドアと、この世のものとは思えぬ冷酷な声がしたほうを振り返った。片手に花束を、もう片方の手にワインを持ったバーバラが、十フィート向こうに立っている。

「まったく、ワークったら、油断ならない人ね」バーバラは花束をごみ箱に投げ捨て、ワインをサイドテーブルにおいた。

「なにしに来た、バーバラ？」わたしの声にはまぎれもない怒りがこもっていた。ヴァネッサはあとずさったが、バーバラはわたしの言葉など聞こえなかったかのように、話をやめなかった。

「家でそのあばずれの話をしたときの口ぶりから、もう用済みにしたとばかり思ってたわ」

バーバラの目がヴァネッサを上から下までながめまわした。熱を集束させ、意のままに肉体を黒こげにしそうないきおいで。「別れの情事としゃれこむつもりだったのよね」ヴァネッサが打ちしおれていくのを見て、わたしの胸は張り裂けそうだった。「昔のよしみってやつで」バーバラはあいかわらず憎々しげにヴァネッサをにらみながら、近づいてきた。「でもちがったようね」

「うそだ」わたしは言った。「全部うそだ」しかしすでにヴァネッサはドアに向かっていた。わたしの唇を彼女の名が通りすぎたが、足がはやく動かない。わたしが追いつくよりはやく、彼女はバーバラのわきをすり抜けた。その無防備な背中を覆う薄いよろいの下に、妻の言葉がもぐりこんだ。

「あたしに勝てると本気で思ってたわけ?」

ヴァネッサは振り返って、一度わたしと目を合わせると、オフィスを出てドアを乱暴に閉めた。もの言わぬドアに向かってバーバラがヒステリックな言葉を投げつける。

「主人に手を出すんじゃないわよ、このクズの売女《ばいた》!」

突如としてわたしは抑えがきかなくなった。怒りにまかせてバーバラに歩み寄り、その手を強くつかんだ。怒りにまかせて彼女を振り向かせた。怒りにまかせて手をあげた。その手を振りおろす。力まかせに平手打ちし、床に倒した。そこであらためて怒りがわき起こり、蹴飛ばすぞと脅し、無理に言うことをきかせようとした。怒りが血を欲した。怒りが報復を欲した。しかもその怒りは強烈だった。

怒りを抑え、純然たる意志のなかに押しこめなくてはならなかった。さもないと、妻を殺しかねない。

怒りがわたしの目のなかでめらめら燃えるのがバーバラにも見えたにちがいない。殺しの炎がおさまるまで、彼女はひとことも発しなかった。それが消えてようやく、見えると思っていたものが、この十年、夫だった男の姿が見えてきた。からっぽの男。抜け殻。

ここで真相を知れば、彼女は二度とわたしに口をきこうとはしないだろう。

「もうおしまい？」バーバラは尋ねた。「あなたの考える男らしいふるまいとやらは、もうおしまい？」

「傷つけようと思って言ってるのか？」

「真実はときとして人を傷つけるものよ」

「よく聞け、バーバラ。さっきも言っただろ。わたしたちはもう終わりだ」

バーバラは手の甲で頰をなでた。「あたしが終わりと言ってはじめて終わりにできるのよ。あたしは物笑いの種にされるつもりはないわ。あの女にも、あなたにも」

「きみは父にそっくりだ」そう言ってわたしはドアに手をついた。ほほえむバーバラを見て、どうしていままで気づかなかったのかとあきれた。バーバラは本当に父そっくりだった。価値観も同じ。薄情なところも同じ。

「いまのはお世辞と受け取っておく」バーバラはそう言うと起きあがり、尊大な仕種で着衣の乱れを直した。

「そういうつもりで言ったんじゃない」

彼女は鼻から大きく息を吸った。顔に赤みが差し、目は新品の十セント硬貨のように輝き、冷徹だった。「あたしたちのどっちかがしっかりしなきゃいけないでしょ。そのどっちかが誰かはふたりとも了解ずみのはずだわ」

わたしはオフィスを出ようとしたところで足をとめた。「うぬぼれるのもたいがいにしろ。狂人を天才と呼ぶのは勝手だが、狂ってることに変わりはない」

「それはどういう意味かしら？」

「支配欲に取り憑かれるのは力があることとイコールではなく、単なる強迫観念にすぎないという意味だ」そこでヴァネッサのことが頭に浮かんだ。「本当の力とはどういうものか、わたしは知っている」

バーバラがわたしの顔になにを見たかはわからない。嫌悪、あるいは憐れみかもしれない。実はこういうことだ。妻は怒っているだけで、強いわけではない。そのふたつには大きな差がある。そして妻も心の奥底では自覚しているのだ。

「あなたにはあたしが必要よ、ワーク。いまはわからないかもしれないけど、これからもずっとあたしが必要になる」

ヴァネッサを追ってひと気のない廊下を走っていくと、バーバラの最後の言葉が聞こえてきた。自信たっぷりの声の響きに、わたしはうそだと自分に言い聞かせた。今度ばかりは彼女のほうがまちがっている。

「あたしの居場所はわかってるわね」妻は声を張りあげ、わたしは足をはやめた。「あなたはいずれ戻ってくる」わたしは駆けだした。「絶対に戻ってくる!」

肩から玄関ドアにぶつかった。ドアがあき、午後の陽射しに目がくらんだ。光が入らぬよう目を細めると、ヴァネッサが自分のピックアップの運転席にいるのが見えた。彼女は駐車スペースからバックで出ると、猛スピードで出口に向かった。道路に出る手前でスピードをゆるめたものの一時停止はせず、そのまま右に出て加速した。マフラーから青い排気ガスを吐き出しながら。わたしはあとを追い、ヴァネッサの名を呼んだ。燃焼したガソリンのにおいがし、自分の呼吸と心臓の鼓動が聞こえた。通行人が目を丸くしていたが気にしなかった。駐車禁止のラインを全速力で追いかけ、ヴァネッサの名を呼んだ。

彼女はとまらなかった。

しかし、今度ばかりはこのまま彼女を行かせるつもりはなく、わたしは自分のピックアップに急いで戻った。途中か自宅で捕まえるつもりだった。どこでもいい。そうして、やりかけたことを最後までやるのだ。

道路と駐車場をへだてる芝地まで戻ったときには、すっかりばてて肩で息をする状態だった。足がもつれ、ころぶ手前でなんとか踏みとどまり、鍵を手探りした。正しい鍵が見つかると、鍵穴に差しこんでまわした。まだそんな遠くまでは行っていないはずだ。せいぜい一マイルだろう。

ドアをあけるときに顔をあげたところ、バーバラがビルの裏口のわきに立っているのが目に入った。まったくの無表情でわたしをじっと見つめている。わたしにはもう言うことはなかった。目がすべてを物語っているはずだ。

車に乗りこむと、まだエンジンはあたたかく、足をアクセルに乗せた。駐車スペースからバックし、ピックアップを出口に向ける。次の瞬間、世界が一変した。突如として、駐車場に次々となだれこんでくる車に周囲をかこまれた。点滅する光。制服。車に道をふさがれ身動きできなかった。

誰も武器を抜いていなかったが、銃が見えたときは心臓がとまりそうになった。息をするのもひと苦労だった。これからなにが起こるのかはわかっていた。やがてミルズがドアのそばに立って窓ガラスをコツコツ叩いた。その表情は意外にもうつろだった。

これまで何度となくこの瞬間を頭に思い描いてきた。夜中にまんじりともせず、運命の輪がギシギシと容赦なくまわるのを感じていた。なんの根拠もなくそんなことにはならないと思いこんでいたが、想像のなかのミルズは必ずと言っていいほど、露骨な歓喜の表情を浮かべていた。そのせいか、うつろな表情にいっそう不安がつのった。

窓をおろした。腕の感覚がまったくない。

「エンジンを切って、車を降りてください」他人行儀な声。

言われたとおり車を降りると、立っている地面がゴムのように感じた。

背後でミルズがピックアップのドアを閉めると、金属のドアがいきおいよく閉まる音がやけに耳に残った。制服警官がわたしの両わきをかためた。知らない顔だ。ミルズがみずから選んだにちがいない。

ミルズは手続きをつづけ、彼女がしゃべるのを聞きながら、わたしは両手をうしろにまわされ、自分の車のボンネットに顔を押しつけられた。

「ジャクソン・ピケンズ、あなたをエズラ・ピケンズ殺害容疑で逮捕する。あなたには黙秘する権利がある……」

ボンネットの鉄板は固く非情だった。前には気づかなかったが錆が浮いている。自分の息のにおいがした。うめき声が聞こえ、自分の声だと気がついた。

「あなたの発言は法廷においてあなたに不利な証拠となる可能性がある……」

顔をあげるとバーバラの姿が見えた。まだ建物にもたれて立っている。わたしはその表情を読んだ。さっきのミルズと同じくほとんどうつろだが、なにかが顔の造作をゆがめており、そのなにかとは怒りのようだ。

両手首に手錠がしっかりとかけられたのがわかった。誰かにシャツのうしろ身頃をつかまれ、まっすぐに起こされた。歩道に集まってきた野次馬が目を丸くして見ている。にらみ返すのと同時に、ミルズが手に持ったカードからミランダ警告の最後の部分を読みあげた。

「あなたには弁護士を雇う権利がある」そこで彼女は顔をあげ、わたしと目を合わせた。「弁護士を雇う金がない場合、州が代理人を任命する」

ミルズの顔を見たくなかったので、顔を上向けて空を見た。ふと、橋の上で見た鷹を思い出したからだ。しかし空にはなにもなく、たとえそこに救いがあるとしても、わたしには見えない場所に隠れているにちがいない。

「いま説明した権利をすべて理解しましたか？」ここでようやくミルズのほうを向いた。「はい、理解しました」これも聞き慣れぬ声だが、今度はわたしの口から出たものだった。

「所持品検査をして」ミルズが命じると、ふたたび手が襲いかかった。手が体を軽く叩いていき、脚を調べ、股間や腋の下をまさぐった。財布とポケットナイフを押収された。公衆の面前で、ベルトも取られた。もはやわたしは人間ではなくなっていた。制度の一部でしかなかった。

そういうものなのはわかっている。

パトカーまで連れていかれ、後部座席に押しこめられた。またもや、いきおいよく閉まるドアがたてる金属特有の大きな音で、耳がガンガンいった。音はかなり長くつづいた。それがようやく聞こえなくなると、野次馬の数が増え、バーバラの姿が消えていた。見られたくなかったからだろうが、ビルのどれかの窓から、片方の目をわたしに、もう片方の目を野次馬に向けている彼女の姿が想像できた。わたしがおおっぴらに辱めを受ける場面を誰が見ていたのか、知っておく必要があるのだろう。

車の外では、ミルズが数人の制服警官になにやら指示していた。わたしのピックアップを押収し捜索しろというのだろう。わたしはローワン郡拘置所に連行され、そこで手続きを受ける。手順はわかっている。

裸にされ、尻の穴まで調べられ、それがすむと、オレンジ色のだぶだぶのつなぎ服を着せられる。毛布、歯ブラシ、トイレットペーパー一個、それに使い古しのサンダル一足をあてがわれる。それから番号があたえられる。最後に監房が割り振られる。

いずれ尋問を受けることになるから、心の準備をしておかなくてはならない。

しかしいまは、そんなことはどうでもよかった。眼中になかった。気にかけていたのはヴァネッサのことであり、わたしが追いかけてこないと知ったら、彼女はどれほど傷つくだろうということだった。

彼女が永久にわたしを締め出すまで、どれほどの猶予があるだろう？

答えはわかりきっている。

長くはない。

猶予などというものがあるにせよ。

ジーンのことを思い、冷静でいようとつとめた。根拠だ、と自分に言い聞かせた。この逮捕劇には根拠がある。それもいい根拠だ。わたしでなければジーンが捕まっていたのだ。それだけを考えていると、ほかのことを忘れられた。これは最初のステップにすぎない。わたしが連れていかれるのは拘置所であって刑務所ではない。まだ有罪と決まったわけじゃない。

しかしいつまでも自分をだましておくのは無理だった。走る車のなかで、わたしは恐怖の汗がわたしにも訪れるときをじりじりと待っていた。

24

部屋は正方形で、電球にはワイヤー製のおおいがかぶせてあった。足のようなにおいがした。古くなって反ったリノリウムタイルの床は波打ったように見え、巨人が手でねじったかのごとく、部屋全体が曲がっているのではないかと錯覚した。建物の造りが悪いのか、それともわたしの精神状態のなせるわざか。部屋は警察署の奥にあり、拘置所のこの手の部屋はどれも似たようなものだが、ここも壁は緑、金属製のテーブルと椅子が二脚あった。それに鏡もあったが、向こう側にミルズがいるのはわかっている。向こうもわたしがわかっているのは承知の上で、なんだかばかばかしくなった。

思わず知らず、自分の顔に奇妙な笑みが広がった。アリバイがあるからかもしれない。へまをすればワン・アウトで、そうなったらすべてがもろくも崩れ去る。ひょっとしたら自分で思っている以上にきわどい状態なのかもしれない。いずれにせよ、理由はなんであれ、表情がゆるむのはとめられなかった。

わたしは裏の車庫から入って、コンクリートの廊下を移動し、足のようなにおいのするこの部屋に連れてこられた。手錠をはずされ置き去りにされた。かれこれ一時間もここにすわっているが、テーブルの上の水差しにはまだ手をつけていない。警官たちがこの作戦についてジョークを飛ばすのを聞いたことがある。容疑者は膀胱《ぼうこう》が満タンになると、さっさと取り調べをすませて便所に駆けこみたいがために、べらべらしゃべるというものだ。待たせるのもよく使われる手だ。おかれた現実を痛感させるつもりなのだ。恐怖の汗をかかせるつもりなのだ。

だからわたしはじっとすわって、心の準備をしようとしたが、本当にほしいのは煙草だった。これまでにこの部屋にすわらされた依頼人ひとりひとりを思い浮かべていった。

ミルズ刑事が熟れた桃のにおいをさせながら入ってきた。刑事がもうひとり、そのあとにつづいた。見覚えのある顔だが、名前はわからない。ミルズはわたしの正面に腰をおろし、もうひとりの刑事は壁の、鏡のすぐとなりにもたれかかった。手は大きく、顔が小さい。親指をポケットに引っかけ、まばたきもせずにわたしを見つめている。

ミルズが必要なものをテーブルにおいた——メモ用紙、ペン、テープレコーダー、マニラ紙のフォルダー。それからわたしの前に一枚の紙切れをおいた。ミランダの権利放棄書であるのはすぐわかった。ミルズはテープレコーダーのスイッチを入れ、きょうの日付と時刻を吹きこんだ。部屋にいる全員の名を明らかにし、それからわたしと目を合わせた。

「ミスタ・ピケンズ、すでにあなたにはミランダの権利について説明しました。そうですね？」

「煙草を一本もらえないか」とわたしは頼んだ。

ミルズがちらりと見やると、小顔刑事がマールボロ・ライトのパックを出した。彼の手から一本もらい、唇にくわえた。刑事はテーブルごしに身を乗り出すと、安物のピンクのライターで火をつけてくれ、また壁際の定位置に戻った。

ミルズはさっきの質問を繰り返した。「すでにミランダの権利について説明しましたね？」

「はい」

「権利を理解しましたか？」

「しました」

「あなたの目の前に、ノース・カロライナ州で一般的に使われているミランダの権利放棄書があります。そこにあなたの権利が説明されています。声に出して読んでください」

わたしは紙切れを手に取ると、テープレコーダーと、この事情聴取が正当か否か精査するよう命じられる判事のために、声に出して読んだ。

「以上の権利を理解しましたか？」ミルズは抜かりなかった。

「理解しました」

「現時点ですすんで事情聴取に応じるのであれば、その意志を権利放棄書に記載し、日付を入れて署名してください」

この手の権利放棄書には、事情聴取に応じるつもりがある場合に印をつける、小さなマスがついている。法律によれば、身柄を拘束された容疑者が弁護士の立ち合いを求めた場合、警察は事情聴取を即座に中断しなくてはならない。それ以降になにを言おうが、裁判では採用されない。そのような証言にもとづいて発見された証拠についても、この規則は適用される。

わたしは過去の依頼人全員に同じことを忠告してきた。「あの権利放棄書には絶対に署名するな。弁護士を手配し、口をしっかり閉じてろ。なにを言っても有利にはならない」

わたしはその忠告を無視し、権利放棄書に署名して渡した。ミルズは意外に思ったかもしれないが、表情には出さなかった。わたしが翻意して破り捨てるとでも思ったのか、署名した書類をさっさとマニラフォルダーに滑りこませた。どうしていいかとしばらく迷っていたところを見ると、わたしが素直に事情聴取に応じるとは想定していなかったのだろう。しかし、情報を必要としているわたしとしては協力するしかない。警察はなにかつかんだはずだ。それがなんなのか突きとめたかった。わたしは危ない橋をわたろうとしていた。

まず先手を打った。「もう起訴されたのか?」

「尋問するのはわたしよ」ミルズはあいかわらず冷静沈着だった。あいかわらずプロらしく超然とかまえていたが、その態度も長くはつづくまい。

「権利の放棄はいつだって撤回できるんだぞ」とわたしは言った。

このことはあまり知られていない。権利放棄書に血の署名をし、その日一日事情聴取に応じたあとでも、態度を変えてかまわない。その場合、警察は事情聴取を中断しなくてはならない。いきなりそんなことをされて喜ぶ警官など、まずいない。ミルズの顎の筋肉がひくついた。警察は自分たちに有利なようにシステムを作りあげており、市民が制度を熟知していないのをいいことに、好き放題やっているのだ。

「いいえ、まだ起訴はしていない」

「だが、逮捕令状は取ったわけだ」

彼女はまたためらったものの、答えた。「ええ」

「令状を取ったのは何時だ?」

彼女の唇が細くすぼまり、小顔刑事が壁にもたれたまま背筋をのばしたのがわかった。

「どうでもいいでしょ」

ミルズの顔に葛藤が読み取れた。答えはわたしを怒らせることになるだろうが、答えなくても結果は同じだ。それにわたしはミルズをよく知っている。彼女はわたしの供述を取りたいのだ。なんとしてでも取りたいのだ。喉から手が出るほど。しゃべらせさえすれば、つじつまの合わないことを言わせて、早々に勝負をつけられる。黙秘権を行使されれば、そんな歓喜は味わえない。彼女としてははやい段階でヒットがほしかった。彼女は血を欲していた。手に入れる自信があった。

「一時」とあきらめたように答えた。

「なのに五時まで待って逮捕したわけか」

ミルズはメモ用紙に目を落とした。正式な事情聴取のテープにこんなやりとりが録音されてしまい、ばつが悪いのだ。警官にはルールがある。容疑者に尋問の主導権を握らせないこと。

「おたがい理解し合えているか確認しておきたい」とわたしは話をつづけた。「きみたちが待った理由はわかってる」そう、わかっていた。五時に逮捕すれば、その日のうちに裁判官のもとに出頭し、保釈の申し立てをするチャンスがなくなるからだ。つまり、最低ひと晩は拘置所にとどめおけるわけで、キッチンのテーブルにわざとおいた新聞と同じく、一種の意趣返しだ。わたしに死の恐怖を味わわせようというだけだった。

「話はそれで終わり？」

「おたがい理解し合えたなら終わりだ」

「なら、尋問をはじめるわよ」そう言っててきぱきと取りかかった。彼女が有能なのは認めざるをえなかった。彼女は最低限のやりとりで、わたしの身元、被害者との関係、および職業を聞き出した。訂正のない簡潔な調書を取ろうとしていた。父が死んだ夜に質問がおよぶと、容赦がなかった。一分一秒にいたるまで説明を求められ、わたしは以前と同じ話を繰り返した。母が事故死したこと。病院に行ったこと。エズラの家に戻ったこと。電話がかかってきたこと。急にエズラが出かけたこと。ジーンとエズラの言い争いについてはあまり深刻でないように説明し、また、エズラの家を出たあとは朝までずっと家にいたという主張をいま一度繰り返した。「いいや」とわたしは言った。「それ以来父を見ていない」

「お父さんの銃はどうなの？」

「どうなのとは？」

「お父さんが銃をどこにしまっていたか知っていた？」

「知っていた人は大勢いる」

「わたしの質問に答えてないわね」

「どこにしまっていたか知っていた」

「あなたは銃の撃ち方を知っている？」

「狙いをさだめて引き金を引く。べつに高度な知識が必要なことじゃない」

「その銃がいまどこにあるかは知っている？」

「さあ、見当もつかない」

そこでミルズの質問は振りだしに戻った。彼女はすべての事実を一から確認していき、さらにもう一度、同じ作業を繰り返した。わたしの供述をいろんな角度からチェックし、矛盾点はないか、罪を犯した者が必ずつく小さなうそはないかと調べた。「何時に床に就いたの？　奥さんは？　どんな話をした？　言い争いの内容を話して。病院でなにがあったか説明して。お父さんは出かける前、ほかになんて言った？　かかってきた電話はどんなものだった？　じゃあ、最初からもう一度訊くわよ」

それが延々と、何時間もつづいた。「お父さんとの仲はうまくいっていた？　事務所に関する財政的な取り決めはどうなっていたの？　あなたは共同経営者だったの、それともあくまで職員のひとり？　お父さんの自宅の鍵は持ってる？　お父さんは夜、オフィスに鍵をかけてた？　デスクはどう？」

水がほしいと言うと、ミルズは水差しから一杯注いでくれた。わたしはひとくち飲んだ。

「遺言の内容をはじめて知ったのはいつ？」

「家をわたしに譲るのは知っていたが、それ以外はハンブリー弁護士に会うまでまったく知らなかった」

「お父さんからなにも聞いてなかったの？」

「父は秘密主義だった。金に関してはとくに」

「遺言の内容を聞いてあなたが激怒したとハンブリーから聞いたわ。お父さんをひどくののしったそうね」

「ジーンが除外されていたからだ」

「それが不満だった」

「ひどすぎると思った」

「お母さんの話をしましょう」ミルズが言った。わたしは身をこわばらせた。

「母のなにを知りたい？」

「お母さんを愛していた？」

「どういうつもりでそんな質問をする？」

「質問に答えてちょうだい、さあ」

「もちろん、愛してたさ」

「お父さんはどう？」

「父も母を愛していた」

「質問の意味を取りちがえてる」

「エズラはわたしの父だ」

「それじゃ答えになってない」

「なってると思うね」

ミルズは椅子に背をあずけ、わたしを支配する感覚を楽しんでいた。「あなたたちは友だちだった？」

わたしは考えこみ、思わずうそをつきそうになった。なぜ本当の気持ちが口をついて出たのかはわからないが、とにかくそういう結果になった。「エズラは父であり、ビジネス上のパートナーだった。友だちではなかった」

「どうして？」

「父は冷酷な人間だった。友だちは多くなかったと思う」

ミルズはメモ用紙をめくり、以前に書いたメモを見返した。「お母さんが亡くなった晩のことだけど」

「あれは事故だった」声がいささか大きくなりすぎた。

ミルズがページを指にはさんだまま顔をあげた。「そう供述してるわね。だけど事情を聞かれてる。検死審問もおこなわれた」

「報告書を読んでないのか？」

「読んだわよ。腑に落ちない点がいくつか出てきた」

わたしはそんなのはたいしたことではないというように肩をすくめた。「人が死ぬ。事情を聞かれる。そういうものだ」

「アレックス・シフテンはどこにいたの？」

その質問には意表を衝かれた。「アレックス？」

「そう。言い争いのあいだ。言い争いのあと。彼女はどこにいたの？」

「わからない」正直に答えた。

ミルズはメモ用紙になにやら書きつけ、それからさらりと質問の内容を変えた。「お父さんの遺言を見たことはなかった。それはたしか？」

前にも訊かれた質問だ。「父の遺言を見たことはない」と答えた。「具体的なことはなにも知らなかった。クラレンス・ハンブリーから話を聞くまでは。父の財産があれほど多額だとは思ってもいなかった」そのとき、なにかが動いたのを察知して小顔刑事に目を向けた。刑事は実際には一歩も動いていなかったが、剃刀のように薄い唇の一端があがるのを見て、わたしは突如としてこのゲームがいかに危険であるかを悟った。ミルズが仕掛けた罠は見えないものの、あるのはわかっている。そのあとの言葉はゆっくりなものになった。「本当に知らなかった、父がわたしに千五百万ドルも残していたとは」

ミルズに視線を戻すと、勝ちほこったような輝きが垣間見えた。どんな切り札を用意しているにせよ、じきに明らかになる。彼女はマニラフォルダーをあけ、透明なビニールの証拠品袋におさめられた書類らしきものを取り出した。テープに残すために証拠品番号を読みあげ、なかから書類を出してわたしの前においた。テーブルにおかれる前にそれがなにかわかった。さらに一瞥して疑念はたしかなものになった。〝エズラ・ピケンズの遺言〟と書いてある。

「本当にこの書類を見たことがない？」とミルズが質問した。

「ああ」胃にぽっかりと穴があいた。「見たことはない」

「だけど書類のタイトルからすると、これはお父さんの遺言よ。そう言ってさしつかえないかしら？」

「たしかに父の遺言と書いてある。クラレンス・ハンブリーに確認してもらえばいい」

「確認してくれたわ」ミルズはあっさり答えた。なにからなにまで確認済みだ。わたしの言葉のひとつひとつまで。「で、前に見たことはないのね？」

「ああ」

「見たことはないという意味ね？」

「そのとおり」

ミルズは書類を手に取った。

「五ページをひらくわ。黄色いマーカーで印をつけた一文がある。その文の最後の三つの単語には、赤インクで三本も下線が引いてある。それをいまからあなたに見せるから、以前に見たことがあるか答えてちょうだい」

彼女はわたしに見えるよう、該当ページを上にして書類をテーブルにおいた。わたしを守っていた超現実的な落ち着きが音をたてて崩れはじめた。

「前に見たことはない」とわたしは答えた。

「マーカーで印のついた箇所を読んで」

小顔刑事が壁から離れたのが感じでわかった。彼は部屋を横切り、ミルズのうしろに立った。か細い声でわたしは父の言葉を読んだ。あの世からの声に非難されている気がした。

「わが息子、ジャクソン・ワークマン・ピケンズには信託の形で残す。総額千五百万ドルを」赤インクで下線を引いてあるのは金額のところだった。怒りのせいか、はたまた、期待感からか、その人物はペンを強く押しつけていた。わたしはどうしても顔をあげられなかった。次にどんな質問が来るかはわかっていた。質問したのはミルズだった。

「あなたが一度も見たことがないというこの書類が、どうしてあなたの自宅にあったのか説明してもらえるかしら?」

わたしには答えられなかった。息をするのもやっとだった。父の遺言がわたしの家から見つかったのだ。

彼らは動機をつかんでいたのだ。

そこへいきなり、目の前のテーブルに手が叩きつけられた。思わずわたしは椅子のなかで飛びあがり、ミルズを見あげた。「ちょっと、ピケンズ! 質問に答えなさい。この書類はあなたの家でなにをしていたの?」

ミルズはさらに、テーブルをてのひらで叩きながら、言葉でわたしを攻撃した。

「あなたは遺言の内容を知っていた。あなたは金がほしかった、だから父親を殺した！」

「ちがう」わたしはどうにかこうにか声を出した。「そんな話はでたらめだ」

「ハンブリーの話では、お父さんは遺言を書き換えるつもりだった。あなたを相続人からはずそうとしてたのよ、ピケンズ。千五百万ドルが窓から飛んでいってしまうと知り、あなたはパニックになった。そこで父親の頭を二発撃ち、遺体が発見されるのを待った。それが一部始終よ、そうでしょ？　白状しなさい！」

二の句が継げなかった。父がわたしを相続人からはずすつもりだった？　ハンブリーはそんなことはひとことも言っていなかった。とりあえずその問題は頭の隅に追いやり、いま現在のことに考えを集中させた。この事実はかなりの打撃であり、戦略上の悪夢だったが、過去にはもっとよくない状況に相対したこともある。考えなくては。冷静にならなくては。ゆっくりと大きく息をすると、この尋問がテープ起こしされることや、やがて選任される陪審のことを考えろと言い聞かせた。これは宣誓証言なんだ、と自分に言う。それだけのことだ。

自分でもほとんどそう思いこんだ。

「そっちの話は終わりかい？」わたしは椅子にふんぞり返って尋ねた。抑えた口調で言ったのは、そうすればミルズの芝居がかった声がよけい大げさに聞こえると踏んでのことだ。彼女は立ちあがって、テーブルごしに顔を近づけてきた。わたしの顔をしげしげとながめ、背中をのばした。「手に持ってもかまわないか？」わたしは父の遺言をしめして訊いた。

ミルズはうなずき、一歩さがると腰をおろした。その顔から色の大半が消え失せていた。

「わたしに話すつもりがあるのなら」

わたしはあえて答えなかった。テーブルから書類を取りあげ、ゆっくりとページをめくった。なにか必要だった。なんでもいい。

探しているものは署名のページに見つかった。

「これはコピーだ」わたしは書類をテーブルに戻し、へりをきちんとそろえた。

「だからなんなの？」ミルズの目が一瞬、懸念でひきつったのを見逃さなかった。声にもそれがあらわれていた。

「いかなる遺言も原本はほんの二、三部しかない。ふつう、一部は依頼人が所有し、作成した弁護士も一部を所有する。これで原本は二部だ。三部ある場合もある。だが写しはその性格上、数限りなく存在する」

「的はずれもいいところだわ。肝腎なのは、あなたが遺言の内容を知っていたことなんだから」

反論したのは彼女がはじめて犯したミスらしいミスだ。ドアをあけ、わたしに私論を述べる許可をあたえてしまったのだから。今度はわたしが顔を近づける番だった。このあとの説明を記録として残しておく必要があった。わたしは聞き取りやすいようにしゃべった。

「きみはクラレンス・ハンブリーから遺言のコピーを手に入れた。わたしの自宅の捜索をおこなう前に手に入れていた。つまりコピーを持っていたとはっきりしている人間がひとりはいたことになる——きみだ。また、おそらく地区検事にもコピーが一部渡っていると思われる。これでふたりだ。もちろん、クラレンス・ハンブリーは原本を一部持っているから、彼がコピーをとった可能性もある。つまり、この数日のあいだにわが家に足を踏み入れた人物でコピーを持っていた人間は三人いる」わたしはひとりの名をあげるごとに指を折って数えていった。「ハンブリーはエズラの死体が発見された日の晩に、通夜のためうちに来ていた。これでひとり。べつの日、地区検事はうちに寄って妻と話をしている。彼はわざわざわが家まで出向いてきたのだ。ほかの場所ではなく、わが家に。これでふたり。そしてきみは、家宅捜索のあいだ立ち合っていた。これで三人。そのうちの誰がコピーをわざと残したとしてもおかしくない」

「わたしの信頼性にけちをつける気？」ミルズが迫った。「あるいは地区検事の信頼性に？」見ると、彼女の頬に赤みが戻っていた。わたしの反論が功を奏したわけだ。彼女は怒りをつのらせていた。

「そっちだってけちをつけているじゃないか。なんの文句がある？　その三人は、全員が遺言のコピーを持ち、全員がこの数日間にわたしの自宅を訪れた。これはそうとう議論を呼ぶ問題だと思わないか、ミルズ刑事。人はよくできた陰謀説というやつが大好きだ。それにハンブリーの事務所職員だって忘れちゃ困る。彼のところには十五人の下働きがいるし、弁護士もほかに五人いる。そのうちの誰かが遺言をコピーしたかもしれない。そっちはちゃんと調べたのか？　狙う相手をまちがえさえしなければ、故人の遺言など百ドルで買える。なんの実害もないんだからね、そうだろう？　この一年半、うちには妻とわたしを訪ねて数えきれないほどの客が来た。そのうちの誰かが遺言のコピーを買い、うちにこっそり隠したっておかしくない。むずかしくもなんともない。そっちも調べないといけないんじゃないのか？」

狙ったとおり、ミルズは烈火のごとく怒った。声がますます大きくなった。「好きなだけ事実をねじ曲げればいい。どうせ陪審は真《ま》に受けっこないんだから。陪審は警察を信頼してるし、地区検事局を信頼してる。遺言はあなたの自宅で見つかったの。あなたは千五百万ドルのことを知ってたに決まってる」

「わたしはこの郡の陪審員をそう短絡的に侮辱する気にはなれないな。彼らはきみが思っているよりもずっと頭がいいんだ。びっくりするほどに」

わたしがほほえんだのを見て、ミルズはこのまま主導権を握らせておくのは危険だと察知した。わたしは冷静だが彼女はそうじゃない。彼女は陪審員を愚かだと断じた。わたしは心から褒め称えた。それが全部テープに記録されている。

「この線の質問はこれで終わりにするわ」彼女の目に燃える信念の炎には正真正銘の憎悪があった。

ここで終わりにするわけにはいかない。もうひとつの仮説を記録に残しておかなくては。

「それに、エズラのオフィスに何者かが押し入った件もある。椅子を投げつけてわたしを殺そうとした人物がいる。犯人の狙いがなにかはわからない。ひょっとしたらそいつが遺言のコピーを盗んだのかもしれない」

「いいかげんにして」ミルズはふたたび立ちあがると、両手でテーブルの端をつかんだ。これ以上彼女からはなにも引き出せまい。それは明らかだった。

そこでわたしは奥の手の台詞を口にした。

「けっこうだ。ならば権利放棄を取りさげ、黙秘権を行使する。尋問は終わりだ」

ミルズの顔に血がみなぎると同時に大きくふくらんだ。せっかく獲物を追いつめる感覚を味わって楽しんでいたのに、わたしに足を引っ張られ、推理に大きな穴をいくつもあけられたのだ。まだじゅうぶんな反撃とは言えないが――わたしもそれはわかっていた――彼女の印象を悪くし、わずかながらも疑問を投げかけたことは事実だ。ミルズは遺言がコピーだった意味をじゅうぶん検討していなかった。原本だったらもっとのっぴきならない状況になっていただろう。しかしこんなのはけっきょく目くらましにすぎない。彼女は望むものを手に入れた。わたしは逮捕された。遺言を見たことがないのはたしかなのに、なぜかそれがわたしの自宅にあったのだ。

それに千五百万ドルの存在もある――これがほとんどの陪審に影響をおよぼすのはまちがいない。

なのにミルズは荒々しく部屋を出ていき、あとに残されたわたしはひとりあれこれ考えた。

さらにふたつの疑問をかかえるはめになったが、そのふたつはいっそう不可解なものだった。なぜ父はわたしを遺言から除外しようとしたのか、そしてどうしてハンブリーはそれを教えてくれなかったのか。

両手で顔をぬぐったが自分の顔ではないような感じだ。無精ひげ、深く刻まれた皺——てのひらで腫れぼったい目を強く揉んでから目をあけると、ちょうど小顔刑事がテーブルに近づいてくるところだった。刑事は電話をそこにおいた。

「一本だけかけていいよ、先生。相手の選択をまちがえないように」

「ひとりにしてもらえないのか？」

「あきらめな」彼はそう言うと、またもとの場所まで戻って壁にもたれた。

すでに尋問は記憶の彼方へと消えつつある。わたしは電話に目をやり、バーバラの声に逃げだしたヴァネッサの顔を思い浮かべた。電話をかけられるのは一回だけ。知っているかぎりの弁護士を思い出し、わずかなりとも理にかなっていると思われる唯一の番号にかけた。ストールン農場の電話が鳴りだすのが聞こえ、頭が痛くなるほど受話器をきつく押しつけた。アリバイを証明してもらいたいからだろうか？　それも少しはあるが、いちばんの理由は、彼女を見放したわけではないと知ってほしかったからだ。頼む、と心のなかで願った。頼む、出てくれ。しかし彼女は出ず、つれない声がメッセージをどうぞと言うだけだった。しかしメッセージを残すわけにはいかなかった。いったいなにを言えばいい？　しかたなく受話器を架台に戻した。刑事が好奇のまなざしを向けているのを、そしてここから遠く離れた場所で、無情な装置に苦悶に満ちたわたしのため息が録音されたという事実をぼんやりと自覚しながら。

25

想像のなかの監房はいつも冷え冷えしていたが、わたしが入れられた監房は暑かった。それが第一印象だ。次に気づいたのは大きさだった。間口が狭くてみすぼらしく、小さな窓がひとつあるきりだ。その窓には鉄格子がはまっているものと昔から想像していたが、実際にはワイヤー入りのガラス窓がはまっていた。それに気がついたのは、ミルズにぶちこまれたこの場所をもっとよく見ようと、窓に顔をくっつけたときだった。取り調べ室から荒々しく出ていったきり、ミルズの姿は見ていないが、べつにずっとひとりでほっておかれたわけではない。小顔刑事とふたりの制服警官にまたも手錠をかけられ、迷路のような廊下を歩かされたあげく、警察専用車庫に通じる出入り口を守る重い鋼鉄の扉をくぐった。それからパトカーで郡拘置所までの短い距離を移動し、そこで手続きを受けた。

その部分は想像以上にひどかった。名前を聞かれ、衣服を取られ、懐中電灯とゴム手袋によってわずかばかり残っていた威厳をはぎ取られた。小顔刑事は煙草に火をつけ、わたしが尻の穴を広げられるところを見ていた。

ようやくオレンジ色のつなぎ服を渡されて身につけたが、喜びいさんだ自分を恥じた。ズボン丈は短すぎ、股の部分が膝のあたりまでしか届かない。かかとがサンダルからはみ出したが、苦労して背すじをのばした。小顔刑事がにやりと笑って言った。「おやすみ、先生」彼が立ち去り、わたしは看守とともに残された。看守たちはわたしとは初対面であるかのように振る舞っていた。この十年間というもの、週に二、三度は顔を見せていたにもかかわらず。

わたしはその場にさらに十分立たされ、その間、年配の看守は書類を書き、若いほうはわたしを無視していた。ほかには誰も入ってこなかったし、出ていかなかった。十分間、三人だけ、ひとこともなし。ペンが三枚複写の紙の上でカリカリ音をたて、看守のたくましい前腕でデスクに湿った跡がついた。その頭のてっぺんまでもがうんざりしているように見えた。腰をおろしたかったが、残っている椅子はどれも革のストラップ付きで、すわるのは気が進まなかった。どれも頑丈そうで、汗と血のしみがつき、なかには歯型がついているものまであった。わたしはその椅子と距離をおこうと動いた。

「どこに行こうってんだ?」年配の看守が皮肉たっぷりに訊いた。わたしは首を横に振った。「あわてなさんな、弁護士先生。ここでは時間だけはたっぷりある」そう言うと彼は書類仕事に戻り、若いほうはデスクの端に腰かけて爪をいじっていた。

壁、それから床をつぶさにながめ、面会室に通じるドアには目を向けないようにした。何千回とくぐったドアだが、そっちはわたしの行き先ではない。今回、わたしはべつのドアを通って一般監房に入れられる。立って待つうち、さっきの看守の言った言葉の正しさがひしひしと伝わってきた。時間だけはたっぷりあり、その時間というものにわたしは痛感した——現実を。単なる概念や想像の産物ではなく、具体的な形を持ったものとして。わたしはいま容疑者として拘置所に入れられている。そう思った瞬間、恐怖の汗が襲ってきた。汗で部屋がゆがみ、わたしのはらわたが腐った。突如としてこみあげてきた吐き気を必死に押しとどめた。

わたしはいま拘置所にいる。やがて裁判にかけられる。

ようやく年配の看守が書類仕事を終え、顔をあげた。彼はわたしの全身をながめまわし、その目はたしかに気づいたにもかかわらず、わたしの一目瞭然の落胆ぶりに見て見ぬふりをした。これまでにもそんなものは何度となく見てきているのだ。自分でも数えきれないほど。「四号房」と後輩にわたしを入れる場所を指示した。

看守のあとについて中央管理棟を抜け、なにひとつ現実味のない世界に足を踏み入れた。腕時計は取りあげられていたが、夜遅い時間だというのは感じでわかった。窓のないドアをいくつも過ぎた。ギロチンワイヤーのついた小さな黒い窓に映った顔が、ちらちら揺れていた。

どこをどう曲がったのかさっぱりわからず、実のところ、わかったのは音とにおいだけだった。看守の磨きあげた靴がコンクリート床を叩く音に、履き古して肌のごとく薄くなったサンダルの貧弱な音。遠くで罵《ののし》り合う声がぱたりとやむ。金属と金属が触れ合う音。消毒薬のにおい、ぎゅうぎゅう詰めにされた人間のにおい、わたし以外の誰かが吐いた嘔吐物のかすかなにおい。

さらに建物の奥へと進み、エレベーターで下に降り、またべつの廊下を歩き、わずかばかりの新鮮な空気からどんどんと遠ざかった。看守の背中を追い、ひたすら奥へと進んだ。一度看守がわたしを振り向き、質問を口にしたが、わたしはなにも言えなかった。思考が停止し、粉々に砕け、あとかたもなくなっていた。なにかに追われている気がして、見通しの悪い角や暗く奥まった場所は避けてとおった。自分の体が恐怖のにおいを発しているのに気づくと、あたりまえのように尊大な態度でいられる看守がねたましくなった。えんえんと歩くうちに看守は神となり、わたしはこの場にひとり放り出される瞬間が来るのがしだいに恐くなった。

かくして案内されるままについていき、やがて四号房と呼ばれる角張ったスペースに入れられた。全体が八角形をしていて、各辺にドアがひとつずつついている。監房は全部で八つあり、小さなガラス窓に顔を押しつけている者はひとりではなかった。一枚のドアがあいており、看守はそこをしめした。ドアのところで振り返った彼を見て、神でもなんでもないのだとわかった。看守は迷っているようだった。足をもじもじさせているように見えた。やがて意を決したようにわたしと目を合わせた。

「こんなことになって残念です、ミスタ・ピケンズ。いつも気配りしてもらったのに」

それからなかに入るよう身ぶりでしめすと扉を閉め、わたしを残して立ち去った。扉が大きな音を立てて閉まると、わたしはいまの看守は誰だったかと考えた。以前に見た記憶はないが、どこかで会っているのだろう。このような薄情な場所で思いやりのある言葉をかけてくれた――思わずほろりとなった。

そういうわけで、ノース・カロライナというすばらしい州に逮捕された名もなき罪人の例に漏れず、わたしもこうしてガラス窓に顔を押しつけている。外を見てさえいれば、自分の住みかとなったこのブラックホールを広げることだってできると言うように。房の向こうにべつの人間の顔が、ガラスに押しつけたせいで潰れた鼻と一本黒い線を引いたような口の上に、二個の暗い目が浮いているのが見えた。わたしたちは長いこと視線をからませ合った。やがて相手はガラスから離れたかと思うと、ひげがまばらに生えた口をそこに押しつけた。わたしはその光景に思わずあとずさったが、どうしても目をそらせなかった。やがて相手の男の目がふたたびあらわれ、からかわれているのだとわかった。そこでわたしは男に向かって中指を立て、寝棚の狭苦しく固いマットレスにすわりこんだ。心臓が早鐘を打ち、荒くなった呼気が靄のようにまわりにただよっている。少し横になっていると、金属で囲まれたわたしの新しい世界にけたたましいブザーが鳴り響いた。その音が鳴りやまぬうちに明かりが消え、わたしは深い闇にひとり残された。わたしのまわりだけ世界がずんずん縮まっていき、わたしはふたたび、暗渠で身動きできなかった少年に戻った。またあの手にまさぐられ、あの声で耳にささやかれ、腐りかけの肉のような口臭がよみがえった。

しかし、これとあれとは別物だ。さっき看守はわたしの名を、ミスタ・ピケンズと呼んだではないか。子ども時代はもう過去のことだ。そう言い聞かせ、無理やり立ちあがり、呼吸がおさまるまで金属の流しをつかんでいた。それから暗闇のなか、盲人のごとく手探りしながら歩いた。そこでふと、マックス・クリーソンを思い出した。四歩進んで向きを変える動作を彼が五年間つづけたことを——四歩で向きを変える。彼のおかげで元気がわき、この監房とこの暗闇をセットでわが物とした。監房のなかを歩きながら思った。拘置所ならなんとか耐えられるが、刑務所で一生を過ごすのは無理だと。そんなことなら、橋の上で引き金を引いたほうがましだ。わたしは歩きながら考えた。夜が更けていくにつれ、ひとつだけはっきりと悟った。どうにかここを出られた暁《あかつき》には、選択の自由は当然のことだと思うまい。わたしは人生の大半を、自分で作った監獄のなかで、恐怖と他人の期待と考えという檻にとらわれて過ごした。そのうちのどれも大事なことではなかった。これっぽちも。父が殺され、自分が逮捕されてようやくそれに気づいたことに、わたしは思わず笑いだしたくなったが、ここは笑うのにふさわしい場所ではないし、これから先もそれは変わらない。そこでわたしは逃げ道をさぐった。明日になれば、わたしは初回出頭のために裁判所へ連れていかれる。うまくいけば、罪状認否手続きのあと保釈審問に入れるかもしれない。なんとか保釈されるかもしれない。そうなれば、裁判がはじまるまでにいくらか時間ができる。その間になにか考え出すか、あの橋に戻るかすればいい。

なんとしてでも。

夜が静かに更けていき、やがて肌のように薄くなった。その間も、わたしは歩きながら考えていた。ひじょうに多くのことを考えていた。

26

法廷内は弁護士、記者、ほかの被告で混み合っていた。家族や友人や証人がいつものごとくに入り乱れていたが、わたしの目を惹いたのは弁護士の姿だった。わたしがいない隙に裁判を受ける権利を主張しようとでも言うのか、彼らは仕切りの手すりのすぐうしろの席に身じろぎもせずにすわっていた。両わきを廷吏にかためられ、手首に鋼鉄の輪をかけられたわたしは、入廷のさいに彼らの顔をしげしげと見つめた。なにが見えると思っていたのだろう？　親しげな笑み。会釈。先日までの生活を思わせるものならなんでもよかった。しかしなにもなかった。彼らの目は、まるで赤の他人でも見るようにそむけられ、あるいはなんの反応もあらわさなかった。わたしは彼らのわきを通り過ぎ、弁護士の一員として何千回となくすわった被告人席へと連れていかれた。かつての友ダグラスと、ミルズ刑事の姿があった。検事席からこちらをうかがうふたりの目には、ほかの連中と同様、ベールがかかっていた。

この瞬間のためにと、夜明け前の数時間をかけて練習した甲斐あって、背筋をまっすぐのばしたまま被疑者用の椅子につくことができた。椅子の背に両手がのった拍子に手錠が鳴り、廷吏はうしろにさがった。法廷内に静寂がおりた。これだけ静かになるのもめずらしい。ふつう、法律家同士が口もとを隠してひそひそ話し合ったり、廷吏が静粛を求めたり、被告が裁判官の心を揺さぶろうと台詞を練習していたりと、なにかしら音がしているものだ。祈りの言葉をつぶやく声も聞いたことがあるし、しくしく泣く声も聞いてきた。みだらな言葉を叫んで法廷から連れ出された者さえいる。わたしはそういう、弁護士がしだいに耳から締め出せるようになる日々の不協和音をさんざん聞いてきたが、これほど異様な静寂は経験したことがない。

担当するのは、父の死体が発見された翌日に心から哀悼してくれた、例の年配の女性判事だった。このときも彼女の目は冷ややかではなかった。彼女からダグラスに視線を移すと、彼はしばし躊躇しているように見えた。すると彼がこっちを向き、わたしが見ていると知るや、いつになく高圧的な姿勢になった。もう逃げ道はない。彼は腹をくくり、一から十までわたしを糾弾するつもりでいる。

判事が口をひらいた。声は小さかったにもかかわらず、しんと静まり返ったなかでは雪崩《なだれ》のように響いた。「廷吏、ミスタ・ピケンズの手錠をはずしなさい」と彼女は命じた。

仕切りの手すりのうしろに陣取っていた弁護士連中からつぶやきが漏れた。ダグラスが検事席から身を乗り出した。

「異議があります、裁判長。被告人は殺人事件の容疑者です」

判事はそれをさえぎった。「まさかピケンズ弁護士が、当法廷において暴力をふるうおそれがあると言っているのではないでしょうね」その皮肉はオブラートに包まれていたが、地区検事のうなじにほんのりと赤みが差すのがわかった。

「被告人は勾留中であります。被告人には実の父を殺した容疑がかかっております」

「被告人は本法廷の一員なのですよ！　有罪であると立証されるまでは、そのように扱います。わかりましたね？」

わたしは胸がいっぱいになり、いまの判事の言葉に心の底から感謝した。

「はい、裁判長」地区検事は答えた。

「よろしい。廷吏、手錠をはずしなさい」「たいへんよくわかりました」わたしは両手を差し出した。手錠がはずれた。判事に礼を言いたかったが、会釈するだけにとどめた。

判事はわたしをまじまじと見つめた。「双方の代理人は判事席まで来るように」わたしは自分も呼ばれているのかわからず躊躇した。「あなたもですよ、ミスタ・ピケンズ」わたし被告人席をまわりこみ、地区検事と肩を触れ合わせそうになりながら、並んで判事席に歩み寄った。着くか着かぬうちにダグラスは、きついささやき声で判事に申し立てた。

「これにも異議があります、裁判長。となりにいるこの男は被告人であり、弁護人ではありません。このような光景をさらすのは、本法廷および本件におけるわたしの立場をおとしめるものであります」

判事は身を乗り出した。「すでにわたしの立場は明らかにしたはずです。あなたとは異なり、わたしとしては証拠によって明らかになるのを待ってから、彼を心のなかであれ、ほかの形であれ有罪と断じるつもりです。被告人は十年にわたって本法廷の一員として働いてきたわけですから、それを考慮しない態度をとるつもりはありません」

「異議を申し立てたことを記録に残していただきたい」

「けっこうです。記録するように。でも、ここはわたしの法廷ですから、わたしが妥当と思うように仕切ります。ミスタ・ピケンズをそこらのちんぴらのように扱うつもりはありません」

「正義は盲目と言いますからね、裁判長」

「盲目ではあっても愚かではありません」判事は反論した。そしてわたしをひたと見すえた。

「それに非情でもありません」

「ありがとうございます、裁判長」そう言うのがやっとだった。

判事は長らくわたしの顔を観察したのちに口をひらいた。「目のまわりの痣はどうしたのですか、ミスタ・ピケンズ?」

指が勝手に動き、左目の下の紫色に腫れあがった部分に触れた。「たいしたことではありません、裁判長。ほかの収容者と揉めまして。けさはやくに」

「廷吏?」判事は廷吏に目を向けた。

廷吏は咳払いした。「収容者のひとりが彼を脅したのです、裁判長。しかしあくまで言葉でです。先に手を出したのはミスタ・ピケンズです」

「それで全部ではありません、裁判長」

判事はふたたびわたしに視線を戻した。「くわしく話してもらえますか?」

「たいしたことではないんです」反対側の監房にいた収容者の顔を思い浮かべた。その男の弁護をしたことはないが、もう何年も法廷のなかでも外でもよく見かける顔だった。彼は麻薬中毒で妻に暴力をふるっていた。監房の扉があいて朝食の列に並ぶとすぐに、男はいちもくさんにわたしに歩み寄ってきた。

しかし判事はまだわたしの目をのぞきこんでおり、あきらかに答えを聞きたがっていた。わたしはしかたなく肩をすくめた。「わたしの分のオレンジジュースをよこせと言われたんです、裁判長」

判事は鷹のような目を地区検事に向けた。「被告人をほかの収監者に近づけぬよう配慮しなさい」わたしはその必死の形相を見てぴんときた。この判事が逮捕令状に署名したのだ。それで責任を感じているわけだ。

「配慮はしました、裁判長。拘置所内での出来事まで目を光らせているのは無理です」

するとまた判事の目がわたしを探りあてた。わたしの顔をながめまわすその目に、わたしは深い悲しみを見てとった。

「そうですか。それならばけっこう」

わたしたちがそれぞれの席に戻り、手続きが再開された。判事はわたしにかかっている容疑、すなわち第一級謀殺について説明し、弁護士をつける権利があると告げた。

「弁護士に代理人をつとめてもらいたいですか、ミスタ・ピケンズ」

「いいえ、裁判長」その答えに、うしろに集まった弁護士連中がざわめき、わたしはまたもぴんときた。あの連中はわたしの弁護を引き受けたかったのだ。マスコミが大勢詰めかけ、世間の注目を集めることが必至だからだ。テレビの取材、新聞、ラジオ——たとえ負けても、代理人をつとめた弁護士は名が売れる。勝てばあのエズラの後継者になれるかもしれないのだ。「自分で自分の弁護をしたいと思います」とわたしは答えた。そっとしておいたほうがいい真実を他人にほじくりかえされるのだけはごめんだ。

「権利放棄書に署名してください」と告げられた。廷吏が、裁判所に弁護人を任命してもらう権利を放棄する旨《むね》の書類をよこした。こんなのは単なる形式にすぎない。州の金で弁護士をつけてもらっていいのは、本当に貧窮している者だけだ。書類に署名すると、廷吏がそれを提出した。

ここからが肝腎だ。ふつうなら、これは被告人の初回出頭ということになる。のちに被告は予備審問の場に立たされ、検察側は被告を上級裁判所に出頭させ、かけられている容疑で裁判を受けさせるだけの相当な証拠がじゅうぶんにあると、裁判長を納得させなくてはならない。それがすむと、被告は保釈を請求できるが、そこまで行くには時間がかかりすぎる。それに重要な問題がひとつあり、それを避ける方法はわたしの知るかぎりひとつしかない。

「裁判長」とわたしは言った。「即時保釈の審問を提議します」

ダグラスがすばやく立ちあがった。「検察側は反対です、裁判長。断固として反対です」

「おすわりなさい」判事は年齢を感じさせる顔にいらだちをあらわにして命じた。「当然、そちらは反対でしょう」それからわたしに目を向け、指を組み合わせ、身を乗り出すようにして告げた。「いまのは常軌を逸しています、ミスタ・ピケンズ。あなたにもよくわかっているはずです。踏まなければならない手続きがあります。順序というものがあります。まず、予備審問をやらねばなりません。あなたの場合は上級裁判所に付されることになるでしょう」判事は言わずもがなのことを言ったと恥じたのか、そこで言葉を切った。あきらかに彼女はとまどっていた。

「予備審問を放棄します」そう言うと、うしろに陣取った弁護士たちが一気にざわめく結果となった。判事もやはり驚いたのか、椅子に背をあずけた。公判に持ちこもうという刑事弁護士が、予備審問を放棄するなどありえない。検察側は予備審問で論拠をしめさなくてはならない。全部である必要はなく、おおまかな内容でいい。論拠の長所、短所を確認する絶好の機会だ。それ以外に、判事が相当な理由が不充分だとして、起訴を取りさげる可能性もあるにはある。そのくらいわかっているが、わたしはべつの観点から考えていた。本件の予備審問を郡内のどの判事に担当させたところで、ダグラスはことごとく異議をとなえるだろう。先入観があると主張して。判事は辞退せざるをえない。べつの判事が、よその郡から出向いてくる。そうなれば時間がかかる。拘置所にいる時間が、留置される時間が長引くだけだ。何日にもなるかもしれない。

がやがやいう声はしだいにやみ、法廷はふたたびほぼ完全な静寂に包まれた。

「ご自分の要求によってどんな問題が派生するかは承知していますか？」判事は法衣の下で体を動かしながら質問した。「予備審問は法の適正な手続きにとって必要欠くべからざるものです。わたしとしてはこのまま進めるのは気が進みません、ミスタ・ピケンズ。判断が曇ってしまったのではありませんか」

わたしは判事よりも向こうの一点に神経を集中し、右にも左にも目を動かさずに口をひらいた。「もう一度、こちらの申し立てを言いましょうか、裁判長」

判事はため息をついた。彼女の言葉が、まるで後悔という重みを負わされたかのように、法廷内に降りていった。「わかりました、ミスタ・ピケンズ。被告人は予備審問の権利を放棄し、本法廷に即時保釈の申し立てをおこなったと記録します」ダグラスが立ちあがったのを見て、判事は声を荒らげた。「本法廷はただいまの申し立てを認めます」

「異議があります」ダグラスはほとんど怒鳴るようにして言った。

判事は椅子にもたれ、ほっそりした手を振った。「こちらへ」と命じた。「ふたりとも」

彼女は判事席から、女性校長を思わせるいかめしく非難がましい顔でわたしたちを見おろし、羊皮紙のような手でマイクをおおった。ダグラスが口をひらきかけたが、鋼鉄の衣をまとった言葉で一蹴した。「なんの問題があるのですか、ダグラス？　あなたは逮捕し、起訴し、本法廷に引きずり出したではありませんか。まさか本気で彼に逃亡のおそれがあると思っているわけではないでしょうね……思ってませんね？　わたしも思っていません。さて、検察側の証拠を見せてもらいましたが、ここだけの話、かなり穴があるようです。でもそれはわたしではなく、あなたの専門ですからね。わたしの専門は決定をくだすことです」判事は鋭い目をわたしに向けた。その視線が怪我をしたところにそそがれている。「容疑に反証するつもりですね、ミスタ・ピケンズ」

「そのつもりです」

「それも法廷の場で争うつもりでいる。そうですね？」

「はい」

「なら、かならず出廷するように」

「なにがなんでもまいります」

「さてと、ダグラス」判事は言った。「彼はなにがなんでも来ると言っています」歯ぎしりの音が聞こえたような気がした。「この場はオフレコで、この会話は私的なものです。わたしが公判の判事となることはありませんから、言うべきことを言っておきます」そこで判事は次の言葉をわたしに向けた。「逮捕令状に署名したのは、選択の余地がなかったからです。書類には逮捕するに足る相当な理由が述べられていましたし、わたしが署名しなくとも、ほかの判事がしたでしょうからね」それから彼女は地区検事のほうを向いた。「わたしは彼が犯人とは思っていませんよ、検事。わたしがそう発言したとよそでコメントしても否定しますけどね。しかし、わたしは彼を十年前から知っています。彼が父親を殺したとは思えません。これから先も思いません。本法廷で保釈に異議を申し立ててもらってもかまいません。好きなだけわめきちらしてもけっこう。あなたの勝手ですから。しかし、わたしは彼を拘置所に戻すつもりはありません。それがわたしの判断です。わたしの特権です」

ダグラスに目をやると、石化した表情をほとんど動かすことなく言った。「えこひいきと言われかねませんぞ、裁判長」

「わたしはもう六十九歳で、次の選挙に出るつもりはありません。そんなこと気にするはずがないでしょう。さあ、さがりなさい。ふたりとも」

足が勝手に動いてわたしは被告人席まで戻り、着席した。思いきってダグラスを横目で見ると、彼は真っ赤な顔をして、しきりにミルズ刑事を無視していた。

「ミスタ・ピケンズ」判事に呼ばれ、わたしは起立した。「さきほどの申し立てに関し、ほかに本法廷で言っておきたいことはありますか？」

「ありません、裁判長」いろいろと判事に感謝しながら腰をおろした。自分は拘置所から出しても無害である根拠を、これだけ大勢の前で論ずるのは、あまりうれしいものではない。判事はそんな屈辱を味わわずにすむよう、はからってくれたわけだ。

「検察側からはなにか？」と判事は質問した。ダグラスもひと騒動起こそうと思えばできただろう。少なからぬ点について反論することも可能で、しかもその反論の多くは的《まと》を射たものになるはずだ。判事の面目を失わせることもできたわけだが、それはやめてほしかった。彼はテーブルに目を据えたままゆっくりと立ちあがり、切れそうになるまで答えを引きのばした。

「検察側としては保釈保証金が妥当な額であるよう要望するのみです、裁判長」

またしても満杯の法廷が昂奮でざわめいた。エネルギー波がわたしの背中にあたって砕け、ふたたび期待に満ちた静寂に戻っていった。

「保釈保証金は二万五千ドルとします。被告人は上級裁判所に引き渡され、保釈保証金が支払われるまで留置されます。本法廷はこれより十五分の休憩に入ります」そう言うと小槌《こづち》を一度鳴らして立ちあがった。そのとたん、役職をしめす黒い法衣の下で、彼女はしなびて小さくなったように見えた。

「全員、起立」廷吏の声が雷鳴のごとく響きわたった。わたしは立ちあがって、判事が席のうしろの扉から出ていくのを身動きひとつせずに見送った。やがて法廷内には、無遠慮な推測が飛びかいはじめた。

ダグラスに目を向けると、彼はさっきと同じ恰好のまま固まっている。判事が出ていった扉を見つめながら、顎の筋肉をひくひく動かしている。それからわたしの視線を感じたのか、頭がこっちを向いた。彼が廷吏に合図すると、数秒もたたぬうちにふたたび手錠がかけられた。わたしたちの視線がからみ合った。ミルズがほとんど声を出さずに耳打ちしているが、あいかわらず取り合わない。彼の目に思いもかけない表情が浮かんでいた。具体的になにとは言えないが、たしかに浮かんでいた。わかっているのは、ほかの被告人に見せるいつもの表情とはちがうということだけだ。そこで彼がほほえみ、わたしはびっくりした。彼はわたしに歩み寄ると、あたためたオイルのような声で言った。

「きみにはかなり有利に運んだようだな、ワーク」ミルズはうかがい知れない表情で、テーブルのところに残っていた。背後では、何人かの弁護士が振り返って見ているが、誰も近づいてこない。わたしたちがいるのは、ふたりだけの沈黙の谷間だった。廷吏ですらその瞬間は、現実の存在でなくなった。「数時間もすれば外に出られるだろう」

わたしは視線で刺し貫いてやろうとしたが、オレンジ色のつなぎに鋼鉄の腕輪という恰好では効き目がない。同じ結論に達したのか、ダグラスの顔がほころんだ。「どうしてわたしに話しかけるんです?」

「わたしの勝手だ」と彼は答えた。

「あなたは人間のくずだ、ダグラス。なぜいままで気づかなかったのか不思議なくらいだ」

ダグラスの笑みが消えた。「気づかなかったのか不思議なくらいだ」

が気づきたくなかったからだ。きみは取引をのぞんだ。きみはわたしの友人になろうとし、わたしはきみの仕事が楽になるようはからった。これはゲームなんだよ、昔から。きみだってよくわかっているはずだ」彼の目が左に右にせわしなく動き、声がほんの少し大きくなった。「しかしゲームはもう終わり、わたしもこれ以上つき合う必要がなくなった。まあ、せいぜい、いまのささやかな勝利に酔いしれていることだ。次の判事はいまのほどきみに甘くはないし、わたしも本気でいくから覚悟したまえ」

そこでふたたびなにかおかしいと感じた。ダグラスの目の表情か、彼の言葉あるいは言いまわしか。その正体を突きとめようとしたところ、はたと気づいた。ダグラスは見物人相手にはったりをかましていたのだ。弁護士連中が見守るなかで突っ張っていたのだ。彼がスタンドプレーをする姿など、わたしは一度も見たことがない。そう思って彼の顔を見るうち、ふと疑問がわいた。前の晩から考えていたことだったが、すっかり忘れていた。どう切りだすか考えるよりも先に言葉のほうが飛び出した。効果てきめんだった。

「なぜ、わたしを犯行現場に入れてくれたのですか？」

ダグラスは気まずそうな表情を見せた。目がすばやく周囲の弁護士たちを一瞥したかと思うと、わたしに戻った。声を落とした。

「いったいなんの話だね？」

「父の死体が発見された日のことですよ。わたしが犯行現場に入る許可を求めたときのことですよ。まさか許可がおりるとは思ってませんでした。道理をわきまえた地区検事ならありえないことです。なのにあなたは許可してくれた。ミルズに死体を見せてやれとまで命じてくれた。なぜあんなことを？」

「許可した理由はきみがよく知っているはずだ」

「ジーンのため、ですか」

「そう、ジーンのためだ」

彼のその答えのあと、長く沈黙がつづいた。わたしたちのどちらに対してもジーンは影響力を持っていた。思うにそれが、いまのわたしたちに唯一共通する点なのだろう。

「あれにはきみが思っているほどの効果はない」わたしが犯行現場に入ったことを言っているのだ。「効果があってたまるものか」

「すでに効果はあったかもしれませんよ」

「どういう意味だね？」

「拘置所にいると考える時間がたっぷりあるということですよ、ダグラス。うんざりするほどたっぷりとね」

わたしはただ挑発しているだけで、彼もようやくそれに気がついた。しかしすでにわたしはポイントを稼いでいた。ほんの一瞬にせよ、疑念をいだかせることができたのだ。彼の顔がカーニバルの乗り物のように動くのをやめた。動力が切れ、なにもかも動かなくなった。一瞬、わたしたちはアイコンタクトをかわした。これまでの生涯で一度か二度しか経験がない、言葉を使わないコミュニケーション手段。それはメッセージというよりは感情だった。冷ややかな、拘置所に行けばいやというほど感じると思っていたたぐいの感情だった。とはいえ、不思議なことに、これまでのところお目にかかってはいないのだが。しかし、あの監房と同じく、ダグラスの目はうつろで暗くて時を超越していた。そのとき、得体の知れない感情によって彼の口がゆがみ、残忍な笑みを作った。彼は廷吏に一度うなずき、わたしをさがらせた。

その後の数時間、わたしは誰かが保釈金を払って出してくれるのを、無駄と知りつつ待っていた。また電話をかけてもよいと言われ、わたしはかけられる唯一の相手にかけた。しかしバーバラは不在か、いたとしても電話には出なかった。しかたなく妻あてにメッセージを残し、このままわたしを朽ち果てさせるつもりなのかたしかめることにした。

今度入れられたのは中央管理棟から廊下を行った先にあるクッション壁の治療用監房だった。判事のはからいだろう。昔はきっと壁も白かったにちがいない。いまはいくつもの色調の茶色が混じり、まるで埋もれ木のような色をしている。発作的に、壁に体をぶつけ、麻薬の禁断症状に苦しんでいるかのように叫びたくなった。こんなに長い一日ははじめてだ。一時間ごとに部屋が縮んでいくような錯覚をおぼえ、妻はどこまでわたしを憎んでいるのかと思いをめぐらせた。腹いせにわたしをここから出さないつもりなのか？　正直なところわからなかった。

ようやく迎えが来て、入れられたときとは逆の手続きをした。染みのついたマニラ封筒をカウンターに傾けた。まず腕時計がこぼれ出し、財布があとにつづいた。財布には金とクレジットカードと身分証が入っていた。なくなったものはひとつもなく、わたしはその旨を記した紙切れに署名した。着ていた服——皺だらけだ——とベルトと靴を返された。ひとつひとつ身につけるにつれ、自分が変わっていくのがわかった。わたしはふたたび人間に戻り、ふたたび拘置所のドアをくぐった。今度は、一般人がわたしのような者を待つ、かびくさいロビーに通じるドアを。誰が待っているのだろう？　バーバラか？　顔も知らない保釈保証人か？　正直言うと、ひさしぶりに下着の肌触りを実感してからというもの、そんなことは頭からすっかり抜け落ちていた。ふたたび人間として生まれ変わった昂奮からか、青空のもとを歩き、新鮮な空気を吸い、まともな食事をすることしか頭になかった。先のことはわからないと思っていただけだった。ハンク・ロビンズが来ているとは意外だった。やがて彼から聞かされることになる話も意外だった。

「ここでなにをしてる？」とわたしは訊いた。

ハンクはゆがんだ笑みを浮かべ、欠けた前歯を見せた。「それはこっちの台詞だ」

「ああ。そうだな」

部屋にはほかにふたりいた。ひとりは三十にも五十にも見えるやつれた女だった。女は固いプラスチックの椅子に腰かけ、口を半開きにして頭を壁にあずけていた。煙草と生活苦のにおいをぷんぷんさせ、顔は皺だらけだが笑い皺は一本もない。陽に灼けた太腿が、ティーンエイジャーにさえ短すぎるショートパンツの下からだらりと垂れている。バッグをお守りのようにしっかりかかえるその姿を見て、いったいいつから待っているか、そして待っている相手は誰かと気になった。もうひとりは制服警官だった。警官は防弾ガラスの窓のところで受け付けし、壁に据えつけたスチール製のロッカーのひとつに自分の銃を預けていた。彼は一度としてわたしたちに完全には背を向けず、ハンクはその様子を見るからに苦々しい様子で見ていた。ハンクがこういう状態のわたしと一緒にいたくないのはわかっており、なぜわざわざ出迎えに来たのかといぶかった。

「出よう」とわたしは言った。「話は外でだ。もうこんなところはうんざりだよ」

ハンクはうなずいてまたほほえんだ。「わかってるって。ここにいると叫びだしたくなるぜ」

外の空気はさわやかで、わたしたちは胸まである壁にもたれ、車がメイン・ストリートを這うように進んでいくのをながめた。午後も遅い時間で、太陽はかなり傾き、空を黄金色に染めあげている。地裁の刑事法廷のうちふたつでまだ陪審の評議がおこなわれており、被告人がそわそわとした様子で自分の件に決着がつくのを待っている。出てくる途中の廊下で弁護士をふたり見かけたものの、外にはひとりもおらず、わたしは思わず胸をなでおろした。

「ひょっとして煙草を持ってないか?」とわたしは訊いた。

「悪いな、持ってない。だが、ちょっと待ってろ」わたしがべつにいいんだと言うよりもはやく、ハンクは壁沿いにぽつぽつといる数人のうちのひとりに近づいていった。戻ってきたとき、彼の手にはくしゃくしゃになったマールボロのパックと紙マッチがあった。彼はそれを差し出した。

「あそこにいるやつからもらった」彼はそう言って、親指でしめした。「やつもきょう裁判だったんだとさ。あんたと同じで。やつからの伝言だ。『がんばれよ』だと」

わたしは煙草に火をつけ、あの男はなにをしでかしたのだろうかとしばし考えた。煙草のパックをシャツのポケットにしまった。

「悪い意味に取らないでほしいんだが、ハンク、まさかきみが迎えに来るとは思わなかった」

ハンクは車の往来に背を向ける恰好で壁にもたれ、腕を組んだ。すぐにはわたしを見なかった。

「おれもけさ法廷にいたんだ」ためらった末に彼は言った。「あんたと話をするつもりで来たら、あんたのパフォーマンスを目撃したってわけだ。見たところ奥さんは来てないようだったから、連絡してやらなきゃいけないと思った。保釈の手続きをするよう言ってやらなきゃいけないと思った」

「妻に連絡しようとはしたんだ」

ハンクはうなずき、憐れみとも思える表情でわたしを見た。「おれもだ。出なかったよ。だがおれはブタ箱にいるわけじゃないから、じかに会いに行った」ハンクは拘置所の屋根を見あげた。「呼び鈴を鳴らしても出ないもんだから、裏にまわった。奥さんはパティオでアイスティーを飲みながら、《コスモポリタン》なんか読んでたよ」

わたしたちのあいだに沈黙がおりた。そんな話を聞かせるのはハンクだって気まずいにちがいない。「たぶん家内は知らなかったんだろう」わたしが出廷することをという意味で言った。

「それが知ってたんだな」ハンクが言った。「おれの顔を見たとたん、えらくばつが悪そうな顔をした」

「家内は知っていながら、保釈金を払おうとしなかったのか？」

「いくらなんでもそこまで薄情じゃない。いくつか電話をかけたと言ってた。それで金が届けられるのを待ってるところだってな」

「どこに電話したんだ？」その問いにハンクは肩をすくめた。

「訊かなかった。だからわからん。だが、あんたを迎えに行ってくれないかと頼まれた」

「それだけか？」

ハンクはぎくりとなって、服のポケットを軽く叩いた。「うっかり忘れるところだった。

これをあんたに渡してくれと頼まれたんだった」彼は四つ折りにしたメモを寄こした。見てすぐ、妻愛用の便箋とわかった。彼女はいつもそれに香水を振りかけていた。あなたを愛しているからよ、と言って。メモをひらいて読んだ。簡潔で香りはしなかった。

「いまもわたしを愛している、心から、と書いている。それに例の薄汚い浮浪者に犬を盗まれたとも」

「知ってる」ハンクは言った。「読んだからな」

わたしはメモをたたみなおしてポケットに入れた。

「同情するよ。人生は残酷だ」

わたしはうなずいた。

「あんたの女房も」

「きみはどうしてここに来たんだ、ハンク」わたしはまた同じことを訊いた。

「あんたを助けるためにさ」その言葉にわたしは靴から目をあげ、彼の顔をまじまじと見ておちはなにかと探った。「本気だぞ」ハンクは言った。「なあ、たしかにおれも疑ってるさ。疑うなってほうが無理だろ？　千五百万ドルと言ったらそうとうな金だ。だから当然、おれだってあんたが親父さんを殺《や》ったんじゃないかと思ったさ。だが、アレックスのことを調べるとあんたに約束したから、約束どおり調べたんだ」

もし歩いていたら、きっとつまずいたにちがいない。運転中なら事故を起こしたにちがいない。

「アレックスがこれとなんの関係がある？」

よ」

「なにも関係ないかもしれない。あるかもしれない。それをふたりではっきりさせるんだよ」

「ちょっと待てよ、ハンク。いったいなんの話だ、これは?」

ハンクはわたしの腕を取り、コンクリートのプラットホームに降りる、広くて段差の少ない階段のほうに向かせた。「ここじゃだめだ。車で話そう」

「これからどこかに行くのか?」

「ローリーにな」と彼は答えた。

「ローリー」わたしはオウム返しに言った。

「二、三質問をしに」

「誰に?」すでに階段のいちばん上まで来ていた。下に目をやると、歩道が手招きしている。わたしは答えが聞きたくて、そこに立ちどまった。階段を降りろとせかすように、ハンクの手が肩におかれた。

「いいからこのまま歩け」その声に振り返らずにはいられなかった。彼は肩ごしになにかを見ていた。視線をたどった先には裁判所の扉がある。陽射しが窓を金色に染めている。さっぱりわからない。わからないままで終わるところだった。ふいに薄いちぎれ雲に太陽が隠れ、窓の向こうに彼の姿があった。ダグラスがなにかに集中しているのか、いかつい顔をしかめてわたしたちをじっと見ている。

「やつのことはほうっておけ」ハンクが言った。「明日考えればいいことだ」

わたしは顔を前に向け、ハンクに導かれるまま階段を降りた。「その向こうに車をとめてある」ハンクが言った。斜面をくだり、駐車中の保安官事務所の車三台を通り過ぎ、判事専用の出入り口を過ぎ、やかましくむっとするにおいのする道具でアスファルトの一部をはがしている道路工事の作業員のそばを過ぎた。ハンクは無縁墓地に沿って走る狭い路地をしめした。この墓地は、二百年ほど昔、自由民の黒人が埋葬されたところだ。左に折れると、やかましい音はしだいに小さくなった。わたしはパンチでふらふらになったボクサーではなく、自分らしさを取り戻した気持ちになってきた。ハンクの濃緑色のビュイックのセダンまで来ると、わたしたちは左右に分かれ、わたしは縁石を降りて助手席側にまわりこんだ。ハンクがロックを解除したが、わたしは乗りこむ前に屋根をはさんで彼の視線をとらえた。

「アレックスだって？」ハンクはまだ聞こえないふりをしている。運転席のドアがいきおいよく閉まった。車がいらいらしたように揺れる。わたしはなかに乗りこんだ。質問をかかえたまま。

「あの女の本名はちがう」五秒後、ハンクが語りはじめた。「だから、シャーロットの病院で記録を見つけられなかったんだ。ジーンの名はちゃんと記録に残ってるのに、アレックス・シフテンなんて名前はどこにもなかった。だからなにかにおうと思ったが、どういうことかはわからなかった。それが、あんたから預かった写真を持って戻ってみてわかったんだ」

「写真を受け取ったんだな？」わたしは呆けたように尋ねた。膝に乗っかった象ほどもある巨大な問題に目を向けられず、どうでもいいことを訊いたのだ。

「けっこうはやい時間に行けた。五時ちょっとすぎだ。それから、病院の勤務交替時間に間に合うようシャーロットに戻った。写真を見せて質問してまわったところ、ようやく探し求めていた相手が見つかった。ベンジャミン・フランクリンの絵が入った紙きれが大好きな掃除係の男だ」

「その男からなにを聞き出したんだ?」

「そいつはたしかにアレックスを知ってたが、名前がちがった。そいつの話によれば、彼女の名前はヴァージニア・テンプルだ。ジーンが入院する三カ月前からチャーター・ヒルズに入院していた。ふたりはあっという間に仲良くなったらしい。入院してたあいだ、あんたの妹は彼女としかしゃべらなかった」

「ヴァージニア」わたしは繰り返した。その名前のほうが偽名に聞こえた。アレックス・シフテンは性格がきつすぎてヴァージニアという名にそぐわない。剃刀の刃をバターナイフと詐称するようなものだ。

「まだよくない話がある」ハンクが言った。「彼女はドロセア・ディックスから転院してきたそうだ」

「ローリーにある病院か?」

「ローリーにある州立病院だ。犯罪をおかした精神障害者を収容する施設だ」

「患者全員が犯罪者なわけじゃない。一部だけだ」

「たしかに。一部だけだ。だが、そのなかには最終的に退院するやつもいて、そのほとんどはチャーター・ヒルズみたいな施設に移される。中間施設というか、一般の生活に戻るための足がかりとしてな」

「それで、アレックスもそのケースではないかと言うんだな？」

ハンクは肩をすくめた。

「まさか」とわたしは言った。

「そうなんだよ」ハンクは言ってエンジンをかけた。「おれもまったく同じことを思ったぜ」

彼はシフトノブをドライブに入れた。

「郡の外には出られない」とわたしは言った。「保釈条件のひとつになってる」

ハンクはシフトノブをパーキングに戻し、わたしと向かい合った。「決めるのはあんただ、ワーク。あんたがいやなら家まで送って、おれひとりで調べてきてもいい。めんどうでもなんでもない」

判事の恩にそむきたくはなかったが、これは規則どおりになどやっていられない大事な問題だし、それに最近になってようやく気づいたのだが、そもそも規則は必ずしも正しいとはかぎらない。生まれてからこのかた、わたしは型にはまった生き方をしてきたが、その人生そのものがいまやまともには思えなくなってきている。「かまうもんか。行こう」

「それでこそ男だ」

「だが、街を出る途中でいくつか寄りたいところがある」

「あんたの人生だ」ハンクは言い、加速して縁石から離れた。「おれはただの運転手だ」

27

クラレンス・ハンブリーのオフィスまではすぐだった。この街の弁護士の例に漏れず、彼も裁判所のほど近くを仕事場にしていた。ハンクはそこの駐車場に車を入れた。駐車場は混んでいて、レンガのアクセント装飾のおかげで、ひび割れたコンクリートがよけいにみすぼらしく見えた。建物自体は築二百年以上、南北戦争以前に建てられたワンフロアに四部屋ずつの二階建てで、裏の大きな増築部分は通りからは見えないようになっている。

「で、なにをするつもりだ？」とハンクが尋ねた。

「いくつか訊かなきゃならないことがある。長くはかからない」

ロビーは刑事被告人でごった返していた。ハンブリーは容疑の内容と司法取引する見込みがあるかどうかを見きわめ、こういう連中を時間二十五ドルかただ同然で若手弁護士に押しつけてしまうのだろう。もっと大事な顧客のためには、裏の入り口と専用の階段が用意されている。直接その階段をあがっていっても、私設アシスタントがオフィスの入り口をふさいでいる。取り次ぎなしでそのアシスタントを突破するのは無理とわかっていたので、ためしてみるまでもない。一階ロビーの人だかりを突っ切り、ぴかぴかのサクラ材のカウンターに両手をついた。ハンブリーのアシスタントのひとりの年配女性が、なにかご用ですかと訊いたが、顔をあげてわたしだとわかるとあとずさった。

「クレンスに会いたい」とわたしは告げた。

「それはできかねます」受付女性は答えた。

「いますぐ彼に会いたい。なんならここで大声を出してもいいんだぞ。さあ、わたしが来ていることを彼に伝えてくれ」

彼女はわたしをしげしげと見ながら考えこんだ。やけを起こし激怒する依頼人を何百人となくさばいてきた彼女だ、わたしを品定めしているにちがいない。数秒ののち、彼女は電話を取り、わたしが会いに来ていることをハンブリーのアシスタントに告げた。通話はたっぷり一分かかった。

「二階へどうぞ」

ハンブリーはオフィスの入り口のところで待ちかまえ、わきに寄ってわたしをなかに入れた。オフィスは細長くて洗練されており、メイン・ストリートをはさんで向かい側の裁判所がよく見える。彼はすわるようにとは勧めず、ペイズリー柄の蝶ネクタイの上からわたしをにらみつけていた。

「ふつうはあらかじめ面会の約束を取りつけるものだ」と彼は言った。

「すぐすみます」わたしは答え、ドアを閉めた。ハンブリーに一歩歩み寄ると足を広げ、踏んばるようにして立った。「父の遺言のコピーがどうしてわたしの家で見つかったのかを知りたい」

「そういうことがあったとは知らなかった」

「コピーを持っていたのは誰です?」

「その質問はきわめて不適切だ」

「たいした質問じゃないと思いますが」

「ほう、そうかね。原本のうち二部をお父さんに渡し、一部はここに保管してある。お父上がコピーを取ったとしても、それは彼の勝手だ。なぜきみの家にあったのかは見当もつかんね」

「警察が押収したものを見たはずですが」

「たしかに見たが、それがきみの家で見つかったものとはわたしには断言できん。確認をしてくれと言われたからしたまでだ」

わたしは食い下がった。「そうかもしれませんが、あれは完璧なコピーでした。警察にその点を指摘しているじゃないですか」

「たしかに」と彼は認めた。

「エズラがわたしを相続人からはずすつもりだったことを、どうして教えてくれなかったんですか?」

「どこからそんな話を思いついたのだね?」

「ミルズです」

ハンブリーは目をぎらりとさせ、こわばった笑みを浮かべた。「ミルズがそう言ったとしたら、彼女なりの理由があってのことだろう。たしかにお父上は若干の変更を検討してはいたが、きみを相続人からはずすなどということはこれっぽちも考えていなかった。その点については彼の意志は固かった。おそらくミルズ刑事は、きみをひっかけて失言させるつもりだったのではないのかね」

「変更の内容は？」

「たいしたことではないし、けっきょくどれも盛りこまれなかった。したがって、お父上の財産の相続人としてのきみにはなんの関係もないことだ」

「こちらにある原本はどうなっていますか？」

「検認裁判所に提出する書類のなかだ。申し出れば、見せてくれるはずだ」

「しかし、コピーは取ったんでしょう？」

「もちろん、コピーは取ったとも。ここは法律事務所なのだよ。遺産の管理をまかされているのだよ」

「ほかに誰にコピーを渡したんですか？　ミルズ？　ダグラス？　ほかに誰に？」

「大声を出すのはやめたまえ、お若いの。まったく、がまんがならん」

「この質問ならどうですか、クラレンス。わたしがエズラ殺害で有罪になった場合、ノース・カロライナ州の法律では相続が認められるでしょうか？」

「わが州の法律では、人を殺して利益を受けることはできん」

「その場合、エズラの遺産を管理するのは誰ですか？」

「なにが言いたいのだね？」

「誰なんです？」

「お父上の財産はすべて財団に寄付される」

「その財団を管理しているのは誰ですか？」

「きみのあてこすりにはがまんがならんな」

「あなたが総額四千万ドルを管理することになる。そうですね？」

ハンブリーは激しい怒りを抑えつけられない様子で顔をこわばらせ、わたしをにらみつけた。「きみも、きみのくだらん言いがかりも不愉快千万だ、ワーク。出ていきたまえ」

「あなたはうちにあがった。わたしがあの家を買って以来、あなたがうちにあがったのはあれがはじめてだ。どういうわけなんです？」

「バーバラに来てほしいと言われたから行ったまでだ。それが礼儀というものだろう。そんなことは説明するまでもないことだ。さあ、出ていきたまえ」ハンブリーはそう言ってわたしの腕をつかんだ。オフィスから出されたところで、美人の若いアシスタントがはじかれたように立ちあがるよりはやく、わたしは彼の手を振り払った。

「何者かが遺書をわたしの家に隠したんですよ、クラレンス。どこか出所があるはずです」

ハンブリーは背筋をのばし、わたしを蔑むように見た。その顔に赤みが差し、首のところの太い血管が脈打っているのが見える。「さっきまではきみを気の毒に思っていた。しかしもうそんな気は失せた。公判の日を楽しみに待っているよ」そして細い腕で階段をしめした。その腕は震えていた。「さあ、帰ってくれたまえ」

「よくわかりました、クラレンス。お時間をとらせて申し訳ない」わたしは振り返りもせずにハンブリーの専用階段を降りていった。彼のオフィスのドアが荒々しく閉まる音がした。

車まで戻ると、ハンクはあいた窓から片腕を出していた。

「首尾はどうだった？」

「なんとも言えない」

「本当か？」

わたしはハンクを見て答えた。「本当だ」

「さて、お次はどこだ？」

「ハイウェイ六〇一号線をモックスヴィル方向に行ってくれ。曲がる場所が来たら教える」

市街地を抜け、ストールン農場が近くなるにつれ、体内のぜんまいがきつく巻かれていくのを感じた。ぎっしりつまった感情で頭が重い。ヴァネッサの家が近づき、その前で車がとまると、頭の重さはいや増した。

「ここで待っててくれ」車を降り、あいた窓から体を入れてハンクに告げた。

「おいおい、ワーク」

わたしはてのひらを彼のほうに向けて両手をあげた。「これで最後だ」

ストールン農場は周囲の木立の陰になっていた。細い指のような光がファームハウスに向かってのびているが長さが足りず、古い納屋の褪せた赤い壁までで満足している。車をとめた場所は、家を左に、納屋を右に見る、轍だらけの通路だった。ヴァネッサの車は見あたらなかったが、名前を知らない例の男がいた。男は納屋に大きくあいた埃まみれの穴からこっちの様子をうかがっていた。ここで視線を上に向ければ、ヴァネッサとわたしが未来永劫につづくと思ったものを見出した、あの屋根裏に通じるドアが見えるはずだ。わたしは上を見なかった。男だけを見ていた。彼はトラクターと格闘していた。手はグリースにまみれ、重そうなレンチを持っている。いかにも自分のものだといわんばかりに大きなタイヤに寄りかかり、乾いた土の上を歩いていくわたしをじっと見ている。男はわたしの記憶にあるよりも大柄だった。筋肉隆々で、憂鬱になるほど若いが、たしかに前に見たあの男だ。

「それより近づくな」男が言った。まだ十フィートも手前だったがわたしは足をとめ、両手を上にあげた。

「いざこざを起こしに来たんじゃない」とわたしは言った。「ヴァネッサと話がしたいだけだ」

男の口が問いを発しようとあいたが、なにも出てこず、彼はトラクターのボンネットにスパナをおいた。両手をズボンでぬぐいながらわたしのほうに歩いてきた。不安が顔に皺を刻んでいる。

「あんたのところにいるとばかり思ってた」

わたしは間が抜けた気分で手をおろした。先日の晩はここでぶちのめしてやったかもしれないが、見たところ相手にびびった様子はない。

「どういうことだ？」

男はわたしの前に立ちはだかるように足をとめた。具体的ななにかを探しているようにわたしの顔をじろじろ見たあげく、家のほうに目を転じた。わたしもヴァネッサがいるのかと、その視線を追ったが、古い家はひっそりして暗かった。

「彼女はゆうべ帰ってこなかった」

「なんだって？」

「きょうもずっと顔を見てない」

胃に例の穴があいた。青年の目のなかでなにかが動き、その正体がなにかわたしにはわかった。彼のほうに足を踏み出した。

「最初から話してくれ。なにもかも話してくれ」

男はうなずき、ごくりと唾を呑みこんだ。彼も話したいと思っていたのだ。目のなかのものが、わたしに話せと迫っていた。それは恐怖だった。青年は不安だった。にわかにわたしも不安になった。

28

「それで、いったいどういうことなんだよ？」車は州間高速道路の、街から北に十分ほどのところを走行中だった。ハンクは少なくとも五回、口をひらきかけたが、わたしの表情を見るたび思いとどまった。わたしは答えたくなかった。話したくはなかったのに、どういうわけだか答えてしまった。声に出せばそれほど深刻には聞こえないと思ったからかもしれない。

「わたしの大事な人が行方不明になった」

「大事な人？ 誰のことを――ああ、そうか。ガールフレンドだな？」

「それ以上の存在だ」わたしはつぶやくように言った。

「いくらでもかわりはいるさ、ワーク。本当だって」

汚れていないなにかのにおいを嗅ぎたくて、窓をおろした。風がもろに顔に叩きつけ、一瞬、息ができなくなった。

「それはちがうと思うよ、ハンク」わたしは沈黙の末に言った。

「ならあんたとおれは泳いでる海がちがうんだろうよ」

泳いでるんじゃない、溺れてるんだとわたしは心のなかで反論した。そしてこの瞬間、わたしはたしかに溺れていた。

「で、さっきの男は何者なんだ?」わたしが答えないでいると、ハンクが目でその質問を繰り返した。「さっきの男だよ」

わたしはシートに背中をあずけた。拘置所の寝棚を経験した身にとってヘッドレストはやわらかく、いいにおいがした。「いいから運転だけしてろ、ハンク。いいだろう? 少し考え事をしたい」

ハンクの声が遠くから聞こえてきた。「いいとも、旦那。好きにしてな。旅路は長い」

彼の言うとおりだ。たしかにまだまだ先は長い。

しかし日暮れ時までには、ドロセア・ディックス病院の混んだ駐車場にたどり着けた。ハンクがエンジンを切るまでわたしたちはなにもしゃべらなかった。フロントガラスの向こうに目をこらす。世の中にみすぼらしい建物は数々あるが、そのなかでもここはいかにも暗い秘密が隠されているように見えた。かの有名なベツレヘム精神病院が頭に浮かび、嘔吐物でくぐもった悲鳴を想像した。「薄気味悪い病院だな」とわたしは言った。

「あんたが思うほどひどかないぜ」

「前にも来たことがあるのか?」

「一、二度な」それ以上くわしくは語らなかった。

「それで?」

「重警備の階に入ったことはない。だけど、それ以外はほかの病院と同じさ」

わたしは施設全体をもう一度見まわした。「鉄条網があるのをべつにすればな」

「それは言えてる」

「さて、どうする？」

「あんた、いまいくら持ってる？」

拘置所で返されたときに金を数えたのも忘れ、反射的に財布の中身を調べた。「三百七十ドル」

「よこしな」ハンクは三百ドル分の札だけを取り分け、残りをわたしに返した。「これだけあれば足りるだろう」彼は札をたたみ、ジーンズの前ポケットに押しこんだ。「覚悟はいいか？」

「いつだってオーケーさ」本心からそう言った。ハンクが肩を軽く叩いてきた。

「力を抜け」と彼は言った。「きっとおもしろい話が聞けるぜ」

車を降りると、ハンクはウィンドブレーカーを着こみ、内ポケットにあったなにかを確認した。なんだかわからなかったが、彼は満足したように低くうなった。わたしは濃い紫色の空をバックに、黒く角張って浮かぶ病院を見あげた。各窓から飛び出した光は、下まで到達しないうちに力尽きている。

「さあ」ハンクが声をかけた。「肩の力を抜けって」

わたしたちは病院の正面玄関に向かって歩きだした。「ちょい待ち」ハンクが言った。彼は小走りで車まで戻り、鍵をあけてなかに手を入れた。わたしが郵便受けに入れておいたアレックスの写真を持って戻ってきた。「必要かもしれないからな」写真が薄明かりを受けて光ったが、アレックスの顔ははっきりと見える。病院の建物と同じく、全体的に角張っており、これまで何度となく思ったように、なぜ彼女はここに入れられるはめになったのかと首をひねった。なぜここに入れられ、なぜよそへ移されたのか？　妹になにを吹きこんだのか。それはわたしの混乱した頭が考えているような、よからぬことなのだろうか？

どうしても答えが知りたかった。ハンクに目をやると、彼となならその答えを見つけられそうな気がした。

ロビーに足を踏み入れた。そこから廊下がタコ足のようにあちこちにのびている。正面にエレベーターの列。むっとするほどの病院のにおいがたちこめていた。

ハンクはずらりとならんだ新聞販売機に歩み寄り、ポケットの小銭をあさった。「きょうのシャーロットの新聞は読んだか？」

わたしは首を振った。「いいや」

彼は《シャーロット・オブザーバー》紙を売る販売機に小銭を落とした。新聞を取り出し、わたしに寄こす。「こいつがあったほうがいい」

わたしはわけがわからなかった。「なんのために？」そう尋ね、はじめて新聞というものを見るようにつかんだ。

「なに寝ぼけたこと言ってんだよ」そう言って彼は背を向けた。

「すまん」わたしは新聞を小脇にかかえた。ハンクは頭が混乱しそうなほど複雑な標識の数々を見あげていたが、目ざすものを見つけたようだ。それがなんなのかわたしにはとんと見当がつかなかったが、ついてこいと言われてついて行った。すぐにわたしたちは迷路に入りこんだが、標識はもっと奥に進めと案内するばかりだ。ハンクは行き先はちゃんとわかっているとばかりに、目を下に向けていた。誰の顔も見なかったし、誰も彼を見なかった。わたしも彼にならった。ようやく、突端に小さな待合室がある廊下に出た。隅の壁にあるテレビがなにも映っていない画面をこっちに向けていた。粘着メモ用紙が貼ってあり、通りかかる人たちに故障中であると告げている。

一方の壁にビニール張りの椅子が一列に並んでいた。さらに二本の廊下が正反対の方向にのび、磨きあげた床が天井の蛍光灯を反射して輝いている。周囲でいくつもの声が反響していた。通りすがりの看護師、医学生、壁にかかった箱が医者を呼び出す声。正面前方に青い自在ドアが見え、上の標識には〝職員以外立入禁止〟と書いてある。

「あれだ」ハンクが言った。わたしはなにを見落としたのだろうと、あたりを見まわした。ハンクは上着のポケットからプラスチックの身分証を出し、シャツにとめた。それには彼の写真が貼ってあり、聞いたことのない名前とこの病院の名前が書いてあった。ほかの職員がつけている身分証バッジと、そっくり同じに見える。

「どこでそんなものを手に入れた？」わたしは声をひそめて訊いた。

「偽物だ」彼はぶっきらぼうに答えた。

「しかし……」

ハンクはゆがんだ笑みを浮かべた。「言っただろ、前にも来たことがあるって」

わたしはうなずいた。「わかった。それでわたしはなにをすればいい？」

「ここで待つんだ」彼の視線の先には、すわり心地の悪そうな赤いビニール張りの椅子が並んでいる。「その新聞を読んでろ。しばらく時間がかかるかもしれん」

「わたしも一緒に行く」

「そりゃ行きたいだろうさ、無理もない。だけどな、相手がひとりだと話してくれても、ふたりだと話してくれないものなんだよ。ひとりなら楽しいおしゃべりでも、ふたりだと尋問になっちまう」

ハンクはわたしの顔に浮かんだ感情を読み取り、これがわたしにとってどれほど大事かを察した。

「落ち着け、ワーク。新聞を読んでろ。ここに見つけるべき答えがあるなら、おれがちゃんと見つける。いいな？　こういうのはおれのほうが得意なんだ。まかせとけ」

「気に入らないな」

「そういうふうに考えるのはよせ」ハンクは背を向けると同時に振り返った。「スポーツ面をよこせ」と彼は言った。わたしはのろのろと言われたページを抜き、彼に差し出した。彼は丸めた新聞でわたしに敬礼した。「話のきっかけになる。この仕事はこういうものが必要なんだ」

わたしは固い椅子にしゃちほこばって腰をおろし、ハンクが職員以外立入禁止のはずの扉を堂々とくぐっていくのを見送った。彼は振り返らなかった。ドアがばたんと閉まり、彼の姿はドアの向こうに呑みこまれた。

わたしは椅子に深くすわりなおした。新聞を広げ、踊っているような文字をぼんやりながめた。誰か通るたび、ここの者であるように自然に振る舞おうとしたが、容易なことではなかった。頭が混乱しているとは言え、自分が法を犯しているのはわかっていたからだ。わたしがそこにすわっていたのは、腕時計によればたったの四十五分間だった。時計はまちがっていた。一生分の時間が過ぎていた。

何度も何度も青いドアがさっとあいた。最初に黒人男性がひとり出てきたかと思うと、次に白人女性、それから、とてもハンク・ロビンズには見えない太った男がつづいた。さらに女性がもうひとり。男がふたり。途切れることなく次から次へと出てきたが、その全員が同じ身分証バッジをつけている。何度も何度も扉が大きくひらき、そのたびに体内のぜんまいがきつく締めあげられた。ハンクの正体がばれたのだ。だから帰ってこないのだ。

やがて、バケツを押す老人が出てきて扉が閉まったとき、そのうしろに一瞬ハンクの姿が見えた。彼が出てくる。次に扉があいたのは彼が出てくるときだった。ハンクはにこりともしなかったが、その目は猛々《たけだけ》しいほどの満足感に満ちていた。なにか言うよりはやく彼に腕を取られ、ふたり並んで歩きだした。この病院の動脈ともいえる固いタイル張りの廊下に、靴音が高く鳴り響いた。

「そんなにひどいところじゃなかったろ、え?」ごく普通の声でそう訊かれたのは意外だった。てっきり声をひそめると思っていた。

「収穫はあったのか？」わたしたちの質問に対する答えという意味で収穫と言ったのだ。猛々しさが目から口へと移動し、口もとがゆるんだ。「もちろん、あったさ」

はやく聞きたくてたまらなかった。「それで？」

「聞いて驚くな」

黙って歩きつづけていると頭がおかしくなりそうだったが、とにかくどうにかこうにか車まで戻った。ハンクはハンドルの前にすわるとエンジンをかけ、ドアロックのボタンを押した。あいかわらずひとことも発しない。駐車スペースからバックで出ると駐車車両という内海に漕ぎだした。ようやくハンクはわたしを見ると、「シートベルトを締めろ」とだけ言った。

「ばかにしてるのか？」わたしは言った。「いくらいまはまずいと言ったって」ハンクは答えず、道路に目をこらしていた。

「いま考えをまとめてるところだ、ワーク。言うことがありすぎるから、どう話せばいいか、いま一生懸命考えてんだよ。あんたを不安にさせたくないからな」

「そういう態度のほうがよっぽど不安だ」

しかしハンクは急ぐ様子もなく、口をひらいたのは州間高速道路四〇号線に乗って、速度制限をぴったり九マイル上まわる速度で西へと走りだしてからだった。

「イースト・ベンドという地名を聞いたことはあるか？」と彼はようやく尋ねた。

「ちっぽけな街だ。いいところだよ、馬がいっぱいいて。ヤドキン川沿いにあって、ウィンストン・セーラム市からもほど近い」

雑草が生えた分離帯の向こうからヘッドライトがハンクの顔を一瞬照らした。どこの誰とも知れぬ者が運転する通りすがりの対向車。そのあとまた暗くなると、ハンクの顔は輪郭がぼんやり見えるだけになった。そこで彼はわたしに顔を向けた。

「いつか行ってみるといい。川沿いに小さなブドウ園があって……」

「そういうどうでもいい話をする以上、なにか理由があるんだろうな？」

ハンクはまたわたしを見た。ヘッドライトの光がふたりを包みこんだ。「アレックスはそこの出身だ。そこで育った。少なくとも生まれてからの十四年間を」

「それで？」

「いいか、ワーク……まだ漠然とした話なんだよ。おれが得た情報てのは、さっきの掃除係のじいさんが話してくれたことだけで、金で買った情報は必ずしもたしかとは言えない。これから話すことはなにひとつ裏づけを取ってないんだ」

「わかった。誤った情報でなにかあってもきみのせいにはしない。聞いた話をそのまま教えてくれればいい」

「アレックスは父親を殺したんだ、ワーク。手錠でベッドにつなぎ、そこに火をつけた」

「なんとなく」

「なんだって？」

「当時彼女は十四歳だった。おふくろさんも同じベッドに寝ていたが、命からがら逃げ出した。アレックスが狙ってたのは親父さんのほうだった」ハンクはそこで間をおいた。「で、みごと息の根をとめたってわけだ。ベッドにくくりつけて焼き殺した」

ハンクの目がわたしの反応をうかがったが、なにも得られなかった。先をつづける彼の声は一本調子だった。

「彼女は親父さんの悲鳴がとまるのを待って九一一に通報し、家を出た。家が燃えていくのをずっと見ていた。縁石のところで駆けつける消防車を待ち受け、母親がまだ生きているかもしれないと告げた。おふくろさんは寝室の窓の下で見つかった。体の七十パーセントにやけどを負った状態でな。ガラス窓を破って逃げたせいで、切り傷もそうとう負っていた。警察が到着すると、アレックスは自分がやったことを話した。うそはつかなかったが、ほくそ笑んでもいなかった。噂によれば、一滴の涙も流さなかったらしい。話してくれた掃除係は、彼女が裁判にかけられたかどうかまでは知らなかったが、とにかく州の命令で彼女は精神病院に送られた。ドロセア・ディックスで四年を過ごしたが、事件当時、彼女は未成年だった。だから十八歳になるとそこを出てチャーター・ヒルズに移され、ジーンと出会ったというわけだ」

「それからまだ三年しかたってないぞ」

「アレックスはまだ若いんだよ」

「とてもそうには見えない」

「彼女はつらい人生を送ってきたんだ。それはたしかだ。老けて見えても当然さ」

「彼女に同情してるのか？」

「とんでもない。だが、親父さんを殺す前の彼女になにがあったかはわからない。それなりの理由があったんだろうし、それがなにか推測するのはそんなにむずかしいことじゃない」

彼が肩をすくめるのがわかった。「おれは悲惨な身の上話ってやつに弱いんだよ」そこから先は口には出さなかった。くわしくは知らないが、ハンクの子ども時代がおよそ楽しいものでなかったことはたしかだ。

沈黙がしばらくつづいた。車が次々とわたしたちを追い越していく。

「それでおしまいか？」とわたしは訊いた。「わかったことはそれで全部か？」

「診療記録のコピーを買おうとしたんだが、やつは頑《がん》としてことわった。噂話をするのと、書類を盗むのでは大ちがいなんだとさ。だけど、おれに話したことは絶対にたしかだと言っていた。職員のあいだではよく知られた話らしい」

ハンクはミラーで確認し、ピックアップ・トラックを追い越した。片方のヘッドライトが切れているせいで、追い越されるときにこっちにウィンクしたように見えた。州間高速道路八五号線をしめす標識があらわれると、わたしたちは黙ったまま四〇号線を降り、南の方向に、ジーンと、おぞましい過去をひた隠す女性が住む家があるほうに向かった。

ハンクがポケットに手を入れ、百ドル札二枚を寄こした。「一枚で用が足りた」

「で、話はさっきので終わりか？」

「いちおうな」

ハンクがためらったのがわかった。「その〝いちおう〟というのはどういう意味だ？」

ハンクはまたも肩をすくめた。「おれが話を聞いた男は彼女を怖れていた」

「アレックスをか？」

「アレックス。ヴァージニア。みんな彼女をひどく怖れていたそうだ」

「ジーン以外は」とわたしは言った。

暗闇のなかでハンクの目がわたしをながめまわしているのがわかった。「ジーン以外は」と彼はようやく言った。「ジーンは彼女を愛した」

わたしは無言でうなずき、すぐにハンクに目を戻した。彼の声にひっかかるものを感じたからだ。

「まだわたしに話してないことがあるんだろ？」

彼は首を振った。「べつにそういうわけじゃない。ただ、チャーター・ヒルズで小耳にはさんだことがある」

「なんだ？」

またも肩をすくめる気配。「ある男が言ったんだ。べつの掃除係で、こないだおれが話を聞いた連中のひとりだ。ジーンとアレックスのことを尋ねたところ、そいつの言ったことがやけにひっかかってね。ジーンは伝道者が神を愛するようにアレックスを愛していたそうだ」ハンクは道路から目をそらした。「そいつがそう言ったんだからな」

わたしは一緒にいるふたりの姿を思い浮かべた。伝道者とその神。服従。従属。

「本当に妹はそんなにもアレックスを愛しているんだろうか？」

「そんなの誰にわかる？　おれはそんな気持ちになったことはないけどな」その声はせつなそうだった。わたしはしばらく黙りこみ、ハンクもまた考え事にふけった。

「アレックスがわたしの父を殺したとは考えられるだろうか？」

「あんたがやってないと仮定してか？」

「おもしろい冗談だ」わたしは笑わなかった。

「親父さんが外出して撃たれた晩、アレックスがどこにいたかはわかってるのか？」

「いいや」

「彼女には彼の死をのぞむ理由があったのか？」

エズラはアレックスを執拗なほど軽蔑していた。彼とジーンの口論が、すべての歯車が狂ったあの晩のことが思い出された。喧嘩の原因はアレックスだった。エズラはふたりを無理やり別れさせようとしていた。

「彼女には動機があった」とわたしは答えた。

「しかも七年前、彼女は自分の父親をベッドにくくりつけて焼き殺している」

わたしはひとりうなずいた。「可能性はある」

「だろうな」

29

ソールズベリーに戻ってきたのは真夜中過ぎだった。街は静まり返り、行き交う車は少なく、街灯りはさらに少なかった。夜のしじまで声をひそめて話すうち、自分が幽霊になった気がした。ハンクでさえ声を押し殺していた。思うに彼もわたしと同じで、アレックスのやったことが頭から振り払えなかったのだろう。

自宅のドライブウェイに入ったところで降ろしてもらい、ハンクの側の窓にまわりこんだ。彼は窓をおろした。

「聞いてくれ、ハンク。きみのしてくれたことには心から感謝してる。本当にありがたい」

「ちゃんと請求書は送るさ」

「さっさと送ったほうがいいぞ」

「あんたはもうブタ箱に戻ることはないよ、ワーク。この先どうなるか、おれもあんたもわかってる。アレックスがホシだよ。おれたちがつかんだ事実をミルズに引き渡し、あとは彼女に調べさせればいい」

「そうだな。そうしよう」それでもまだジーンと話す必要がある。「そうだ、請求書と言えば……」

「ばかでかい額になるぜ」

「きみが思ってるよりでかい額を払う」

ハンクがわたしを見た。「どういう意味だ？」

わたしは窓枠に両手をつき、そこに体重をかけた。「ある人を探してほしい。大事なことなんだ」

「例のガールフレンドか？」

「名前はヴァネッサ・ストールン。住まいは知ってるな。どうしても彼女を見つけたい。話したいことがあるんだ。どうしても……」声がしだいにかすれ、またもとに戻った。「とにかく彼女が必要なんだ」

彼女は死んでいるという確信に押しつぶされそうだった。「こんなふうにいなくなるはずがない」それはあの大柄な作男が、ストールン農場のトラクターのわきで最後に言った言葉だった。「家畜の餌の手配もせずにいなくなるはずがない。ほったらかしでいなくなるわけがない」

「きみがいるじゃないか」とわたしは言った。

「おれはただ雇われてるだけだよ。留守のあいだにやってほしいことがあれば、いつもちゃんと電話をくれた。おれだって自分のところの世話で手一杯なんだ。彼女だってそれくらいわかってる」

わたしはずっと、この男とヴァネッサが一緒にいるところを、男のたこだらけの不器用な手で彼女の体が燃えあがる場面を頭に思い描いていた。てっきり彼女がこの男に身をまかせたのだとばかり思っていたから、意外な事実に最後まで残っていたわたしのまともな部分も葬られてしまった。

「とにかく彼女を見つけてほしい、ハンク。どうしても言っておきたいことがあるんだ」

「もう少し情報はないのか？　探すのに役立ちそうなことならなんでもいい。家族。友だち。立ちまわり先。その手の情報だ」

「家族はいない。彼女は一族の最後のひとりだ。友だちがいるかどうかは知らないし、わたしの知るかぎり、めったに農場から出ない。あの場所は彼女の人生そのものなんだ」

「最後に彼女を見たのはいつだ？」

「逮捕される直前だ」

「こんなことは訊きたくないんだが」とハンクは前置きした。「彼女のほうで見つけられたくないと思ってるんじゃないのか？　そういうことってあるだろ、ワーク。人間誰しも、たまにはしばらく行方をくらましたくなるもんなんだよ」彼はそこで目をそらした。そらさなくては考えていることを最後まで言えないかのように。「あんたは女房持ちだ。おまけに殺人容疑で逮捕された。もう関係をつづける意味が見いだせなくなったのかもしれんぞ。代償が大きすぎると思ったのかもしれん」

「そういうことじゃないんだ。そういう見方をするのはやめてほしい」

「落ち着けよ。おれはこういうのをいやと言うほど見てきてる。念のために訊いただけだ」

「そういうんじゃないんだ」

ハンクはただうなずいただけで、あいかわらずわたしを見ようとはせず、気詰まりな沈黙がわたしたちを包みこんだ。彼が自分の時計に目をやった。「もうこんな時間だ。おれはこれで帰る。だが、あんたの行方不明の友だちは明日から探す。それでいいだろ？　ちゃんと探してやるよ」

「きみはいいやつだな、ハンク。感謝するよ」

「また電話する」

彼は窓をあげて走り去った。そこではじめて、バーバラの車がないことに気がついた。からっぽの家に入ると、キッチンのカウンターにまたも妻からのメモがあった。今夜はグリーナの家に泊まると書いてある。

昂奮しすぎて眠れなかった。というのも、アレックスがエズラを死にいたらしめた可能性がしだいにふくらんでいったからだ。彼女は自分の父親を殺している。ならわたしの父を殺したっておかしくない。だがその筋書きにはまだなにかがあり、わたしとしてはそのすべてを知っておきたかった。知らなければならなかった。まだパズルのピースが欠けている気がしてならない。それを突きとめたら、そしてハンクがヴァネッサを見つけてくれたら、ミルズに相談に行こう。だが、それまではだめだ。

パソコンを起動させ、ノース・カロライナ州イースト・ベンドの電話番号を検索した。テンプルという姓は二軒見つかり、一軒は夫婦、もう一軒がロンダ・テンプルという名前だった。ロンダ・テンプルの住所を書きとめた。そこで、車がないことに気がついた。逮捕されたときに、ピックアップ・トラックは押収されてしまった。朝まで待とうかとも思ったが、こんながらんとした家で六時間も起きていたくはなかった。とうとうドクター・ストークスに電話した。ドクターは自宅の裏口で待っていてくれた。ストライプ柄のパジャマ姿で、髪の毛が乱れていた。

「起こしてしまって申し訳ありません、ドクター・ストークス。大事な用がありまして」

ドクターは手を振ってわたしの言葉を制した。「前に手を貸すと言ったが、あれは本気で言ったのだよ。おまけに、夜中に緊急の連絡があったのもひさしぶりだ。なつかしかったよ」彼が家から出てきたので、わたしたちはコンクリートのドライブウェイにふたり並んで立つ恰好になった。玄関ポーチの明かりのなかで見るドクターは、やけに小さかった。「どっちの車がいいかね？」ドクターはとめてある二台の車をしめした。ダークブルーのリンカーンと、ウッドパネルをほどこしたミニバン。

「どっちでもかまいません」

「なら、わしのを使うといい」ドクターは言い、いったん家に引っこむと鍵束を持って戻ってきた。その鍵束をわたしに差し出した。

わたしはリンカーンに目をやった。大型でぴかぴかだ。走りもよさそうだ。そっちをしめしながら「大事に使います」と言った。

ドクター・ストークスは忍び笑いを漏らした。「そっちは家内の車だよ、ワーク」彼はそのままかぶりを振りつづけた。「わしが乗っているのはこっちだ」と言ってミニバンを指差した。九年落ちにはなっていそうな車だった。

「そうでしたか。十時ごろには戻ります」

「急がんでいい。どうせ明日は出かける予定もないんでな」

午前二時半、イースト・ベンドの街が見つかった。ハイウェイ六七号線から突き出たこぶのような場所で、ウィンストン・セーラムのはずれ三十マイルのところにあった。街にはろくなものがなかった。レストランが一軒、不動産屋が一軒、それにコンビニエンス・ストアが何軒か。わたしは唯一あいていた店に入り、とてもコーヒーとは思えない代物を買い、イースト・ベンドの地図はあるかと店員に尋ねた。店員はおそらく二十歳くらいで、迷彩柄のハンティング・キャップの下から長髪をのぞかせていた。彼はわたしの質問に大笑いした。

「お客さん、おもしろい冗談を言いますね。いまの、覚えておきます」

「トリニティ・レーンを探しているんだが」わたしは支払いをしながら言った。

「まず見つかんないっすよ」

「だから行き方を訊いてるんじゃないか」

「トリニティ・レーンってのはちゃんとした道じゃないんすよ。だから見つかんないっつーの。舗装してない道で、地元の人が勝手に名前をつけてるだけだから。けど、標識の色が緑じゃなくて青なんすよ。それでちゃんとした道かどうかわかるってわけ。緑色《グリーン》だと本物《リアル》の道。どっちの単語にもeの字が入ってる――グリーン《green》とリアル《real》には。そう覚えれば忘れないっすよ」

「ブルー《blue》だってeの字があるじゃないか」

「げっ、本当だ」

「ロンダ・テンプルという女性を探している」店員は答えなかった。カウンターに立って、腹をさすり、ただにらみ返してくるばかりだ。「べつにその女性に危害をくわえるつもりじゃない。そういうことを心配しているのなら」

店員はまた大笑いし、ヤニだらけの歯を見せた。「べつに殺してくれたって、おれは気にしないっすよ。あんなにえげつないばあさんは、この世にふたりといないっすからね。お客さん、あのばあさんとなんの話をしようってんです？」

「その女性は七、八年前に火事に遭ってるだろ？」

「当たり」

「そのときの話を聞きに来たんだ」

「なんだ、そんな話、このあたりの人間なら誰だって話してやれるって。あのばあさんのいかれたガキが家に火をつけたんすよ。手錠で親父をベッドにくりつけて、火あぶりにしたらしいっす」

「アレックス」

「はずれ。アレックスじゃないっす」

「ヴァージニア、だったな。その娘の名前はヴァージニアだ」

「当たり」

「きみは彼女を知ってたのか？」

「知ってたってほどじゃないっすよ。おれと一、二歳しかちがわないってのに、もう男を知ってたんすからね。たしか施設に送られたときは十四歳くらいだったかな」

わたしはカウンターに身を乗り出した。「彼女がなんであんなことをしでかしたか、心あたりはあるかい？」

店員は帽子を脱いで頭を掻いた。「根性がねじ曲がってたんじゃないすか、きっと。便所ネズミみたく気がふれてたんすよ」

「それで、その女性の自宅にはどう行けばいいのか教えてもらえないか？」

「ああ、そこの道をずっと行って、点滅の黄色信号で左折して。左手に青い標識があるから、その未舗装路を行くんすよ。その道の突端がばあさんの家っす」

わたしは店員の顔をまじまじと見た。「さっきはまず見つからないと言ったはずだが」

「あれは、おれが教えてやらなきゃ見つからないって意味。で、夜のうちに行くんすか？」

「たぶん」とわたしは言った。「まだ決めてない」

「うーん、おれだったらよしとくけどね。夜中の三時に青い標識の道を行ったら、撃ち殺されたって文句は言えないっすよ」

わたしは礼を言って出ていこうとした。「ちょっと、お客さん」

「なんだ？」

「ばあさんを見ても怖がらないように」まだなにか言うだろうとわたしは待った。「化け物みたいに醜いんすよ」


ヴァージニア・テンプル、別名アレックス・シフテンの母親であるロンダ・テンプルと話したいのはやまやまだったが、さっきの店員の言うとおりだとも思った。とめた車のなかでコーヒーをちびちび飲みながら、どう攻めようかと考えた。ドクター・ストークスのことと彼が信心について言った言葉を思い出し、救済のチャンスについて考えた。そしていつのまにかうとうとしていた。

七時数分前、トリニティ・レーンが見つかった。教わったとおりの場所にあったが、うっかり見過ごすところだった。青い標識に車がぶつかったのか、向きが変わって二車線のアスファルト道路沿いの茂みに隠れて見えなくなっていたからだ。トリニティ・レーンそのものは轍のついた未舗装路で、鬱蒼とした道路端の緑地にできた切り傷のような道だった。朝の弱い光を受け、薄暗い小道はわたしから離れていくようにのびていた。廃墟となったシングルワイド形式のトレーラーハウスを何軒も過ぎ、車は森の奥へと進んでいった。家はなくなっているものもあれば、ただ古びて無人になっただけのものもあった。羽目板がそこかしこではがれてガラス繊維の断熱材が垂れさがり、錆の浮いた電気器具から雑草の生い茂る赤粘土の地面になにやら液体がにじみ出ている。ひどくうらぶれた場所だった。

五百ヤードほど進んだところで、道がぷつりと切れ、二十年落ちのダッジ・オムニの後部バンパーが見えた。そこは最後のトレーラーハウスの庭で、地肌はむき出し、シングルワイドのトレーラーのわきに衛星放送のアンテナがおいてあった。わたしは用心しながら車を降りた。トレーラーの裏、地面が川に向かって傾斜しているあたりにごみの山があった。物干し綱には生気のない洗濯物が数枚かかっている。窓のひとつに明かりがともっていた。

アルミ製のドアをノックした。

ドアをあけて出てきた女性を一見しただけで、探し求めていた相手だとわかった。顔と手は醜い傷を負っていたが、それらは火事によるものだけでなく、炎から逃れようと窓を飛び出したときにガラスでできた傷も含まれていた。顔の右側の、鼻から耳にかけての肌ときたらまるで悪夢で、ケロイド状の白く長い傷が顔に十字模様を描いていた。白髪混じりの髪はぼさぼさで、ピンクのフレームの分厚い眼鏡をかけ、吸い口にプラスチックのホルダーをつけた煙草を吸っていた。

「あんた、誰？　それに、こんな朝はやくからあたしんちでなにやってんのさ？」

「奥さん、わたしはワーク・ピケンズと言います。ソールズベリーから来ました。朝はやくおじゃまして申し訳ありませんが、お嬢さんの件でどうしてもおうかがいしたいことがありまして」

「なんであんたに話さなきゃいけないのさ」

「正直なところ、それについては返す言葉がありません。奥さんはわたしをご存知ないし、わたしに義理があるわけでもない。わたしとしてはとにかくお願いするしかありません」

「あたしの娘の話が聞きたいって？　あんた、サツとか記者とかかい？」彼女はわたしを上から下までながめまわした。

「いえ、そういう者ではありません」

「じゃあ、なんなのさ」

わたしは聞こえないふりをした。「ヴァージニア・テンプルはあなたの娘さんですね？」

彼女はプラスチックのフィルターを深々と吸い、爬虫類のような目でわたしをにらんだ。

「あたしの腹から出てきたことはたしかだよ、あんたの質問がそういう意味なら。だけど、あんなやつ、あたしの娘でなんかあるもんか」

「お話がよくわからないのですが」

「あの娘は十歳になるかならないかのうちに男を知ったんだよ。そのときからあたしの子どもじゃなくなったのさ。だけどね、あの娘があたしをこんな目に遭わせたとき、あの娘があたしの大事なアレックスに火をつけて殺したとき、その場で思ったね。もう親でも子でもないってね。いまだってそう思ってるよ」

見るまいとしてもどうしても傷に目がいってしまい、目が覚めたらまわりじゅうが火の海というのはどんなものなのかと想像をめぐらした。「ご主人のことはお気の毒です」

「あんた、ばかじゃないの？　あんな役立たずのことなんか、これっぽちも悲しんじゃいないよ。あいつは自業自得で、あたしとしちゃ死んでくれてせいせいしたね。あたしが言ってんのはアレックスのことだよ」目がかすんできたのか、彼女は片方を強く叩いた。

「アレックス？　おっしゃっている意味がわかりませんが」

「アレックスはあたしの人生でたったひとつの授かり物だった」

わたしはわけがわからず突っ立っていた。「奥さん……」

「まだ、わかんないのかい。アレックスはもうひとりの娘だよ、大事な娘だよ。あのときまだ七歳だった。性悪のヴァージニアはあの子まで殺したんだ。まさかあんた、知らなかったんじゃないだろうね？」

30

感情を爆発させたあとのロンダ・テンプルは、一転してひどく無口になった。ろくに話してくれなくなった。ヴァージニアのことも、なぜあんなことをしでかしたかも。しかし下の娘のアレックスが命を落としたいきさつについては教えてくれた。その話はソールズベリーまで車で戻るあいだも頭から離れず、ジーンと直接話す必要を感じた。どうしても訊いておきたいことがある。どうしても知っておきたいことがある。

ドクター・ストークスの車をとめ、救急治療室の入り口まで歩いていった。外で煙草を吸っていた医者に会釈し、まぶしいくらいに明るい病院に入った。あまりの静けさに、一瞬ここは病院ではなく霊廟ではないかという気がした。患者の振り分けを担当する看護師のデスクは無人だった。待合室の長椅子にもひとり掛けの椅子にも誰もすわっていなかった。聞こえるのは蛍光灯のブーンという音と、背後でドアが閉まるときの空気が抜けるような音だけだった。ガラスの衝立《ついたて》の向こうで人が動く気配がし、白衣がちらっと見えたが、それだけだった。ひっそりとしていた。そのせいで、いつも以上に幽霊になった気分で受付を通り過ぎ、長い廊下を進んだ。自動販売機を過ぎ、公衆電話の前を過ぎ、一般の病院職員が九時から五時まではたらく、小さなウサギ小屋のようなオフィスのドアの前を通り過ぎた。エレベーターホールまで来ると、そのうちの一台に乗りこんだ。三階のボタンを押した。

ジーンがいる翼棟のナースステーションは無人で、わたしはそこを早足で通り過ぎた。妹の病室の前まで来たところで、看護師がひとり角を曲がってこっちに近づいてきたが、彼女は下を向いていた。見つからないうちになかに入ってドアを閉めた。廊下にくらべると病室は暗かったが、明かりがまったくないわけではなかった。外からはいくらか光が射しこんでいたし、モニター類が薄気味悪い光を放ってもいた。アレックスがいるのではと思ったが、その場合どうするのかなにも考えていなかった。さいわいにも彼女はいなかった。ジーンに話を聞いてもらいたかった。また言い争いをするのではなく。

ジーンの手を取ると、体じゅうの血が抜けてしまったようにかさついていたが、ぬくもりはあり、わたしはその手を握り妹の寝顔を見つめた。まぶたの下で目が動いている。なんの夢を見ているのだろう。悪い夢にちがいない。なにしろ悪夢のような人生を送ってきたのだ。目を閉じても悪夢から逃れられない。起こしたかったがやめておいた。そばの椅子に腰をおろし、熱っぽい手を握りしめた。いつのまにかわたしはベッドの細いへりに頭をくっつけ、固い椅子に尻を乗せたまま前のめりになった。やがてそのまま眠りに落ちた。

いつしかわたしも夢を見ていたようだ。頭に妹の手を感じ、声が聞こえた。なんであんなことを、兄さん？　なんであんなことをしたの？　手の感触は言葉とともに遠のいていったが、夢のなかではすべてが透視可能で、妹が泣いているのがわかった。

はっとなって目を覚ました。ジーンの肌は色の褪せた炭のようで、目は暗闇にあいた二本の裂け目にしか見えなかったが、そのとき彼女がまばたきしたのを見て、起きてわたしをずっと見ていたのだと気がついた。

「いつ来たの?」その声は手と同じくかさついていた。わたしは目をこすった。

「水でも飲むか?」

「うん、お願い」

ベッドわきのテーブルにあったプラスチックのコップに水を少し注いだ。「氷がない」

「かまわないわ」ジーンは水を飲みほし、わたしはおかわりを注いだ。

上からぶらさがっている生理食塩水の袋に目がとまり、そこから出ているチューブをたどっていくと、白い絆創膏で腕につけたバツ印の下に針が刺さっていた。実家の床にできた妹の血の海が即座に頭によみがえった。おそらく一週間は脱水状態がつづくだろう。

顔をよく見ると、口のしまりがなく、どんな薬を投与されたのかと考えた。おそらくは抗鬱薬。あるいは鎮静剤か。わたしに見られているのに気づくと、ジーンは横を向いた。

訊くつもりで来た質問を発するのは気が重かった。妹はあまりにはかなげで、こんなにも弱々しい人間を見るのははじめてだった。「具合はどうだ、ジーン? 少しは良くなってきたか?」

妹が目を細めてわたしを見た瞬間は、答えてくれないのではないかと思った。膝を引き寄せて丸くなるのを見て、最後にその恰好をしたときと同じで、わたしと話すつもりがないのた。

だと思った。

「兄さんが命を救ってくれたんだってね」その言い方には感情のかけらもこもっていなかった。

あなたの車の色は青なんだってね。そんな口調だった。

思わず否定しそうになった。余計なことをしてと憎まれたくなかったからだ。

「そうみたいだな」

「アレックスも言ってた。兄さんがあたしを見つけて、腕に止血帯を巻いてくれたって。あと一分遅かったら、助からなかったって」

わたしは自分の手を見つめ、妹の血でぬるついていたことを、脈をとろうと首に指をあてるのが大変だったことを振り返った。「おまえが電話をくれたんじゃないか。だから助けに行ったんだ」

「もうこれで三度目だね」ジーンが動いたのを察知して目をあげると、ちょうど顔が反対側に向いたところだった。「あたしに嫌気が差したでしょ」

「まさか」妹の腕に手をおき、顔が見えるよう体をこっちに向けさせた。「嫌気が差したなんてとんでもない、ジーン。そんなふうに思わないでくれ。おまえを嫌うわけないじゃないか」彼女の肩をぎゅっと握り、簡単に言えていいはずなのにこれまで一度として声に出せなかった言葉を口にした。「おまえはわたしの妹じゃないか。大事な妹じゃないか」

今度はジーンがうなずく番だった。ひきつけでも起こしたみたいにうなずくと同時に、目にカーテンが降りるようにまぶたが閉じ、涙がやつれた頬の高い部分にたまっては、二本の長く熱い弧を描いて顔をこぼれ落ちていった。彼女は涙に片腕を押しつけ、手首に巻かれた分厚い包帯でぬぐい取った。なにか言おうと口をひらきかけたが、すぐに閉じた。言葉は発せられないまま終わった。なにも言わずにただうなずきつづけた。しかしわたしにはわかっていた。うまく言葉にできない。わたしたちはそう育てられたのだ。

なにかいるものはないかと訊きたかった。もっと水が飲みたいか？　枕をもう一個持ってこようか？　そう声をかけたかったが、口をついて出た言葉はちがっていた。もっと大きな質問を、リスクをともなう質問をしなくてはならなかった。しかも、もう待っている余裕はない。どうしても知っておきたかった。ジーンの口から直接聞かないかぎり、ミルズに話しに行くわけにはいかないのだ。

「おまえがやったのか？」

ジーンが怯えた表情になった。

「なにを言うの？」絞り出すような声がして、涙が落ちる速度が増したが、そこでやめるわけにはいかなかった。この一週間にわたしが取った行動はすべて、ジーンが引き金を引いたという仮定にもとづいていた。その仮定ゆえに拘置所にも入った。今度はそのために一生を刑務所で過ごすことになるかもしれないのだ。

「おまえが殺したのか？」と繰り返した。「おまえがエズラを殺したのか？」

ジーンの口が大きくあいたかと思うと、わなないた。「あたしは兄さんがやったと思ってた」子どものときのようなか細い声に、かえって言葉の真実味が増した。妹は本当にわたしが殺したと思いこんでいたのだ。

「アレックスがそう言ったのか、ジーン？　だからわたしが犯人だと思ったのか？　わたしのしわざだとアレックスが言ったからなのか？」

ジーンがかぶりを振ると、目の上を髪の毛が左右に動き、やがて額の上に落ち着いた。見るとシーツを喉元まで引きあげていた。目にはとまどいの色があふれていた。

「兄さんがやったんでしょ。兄さんがやったに決まってる」

「わたしはおまえがやったと思ってたんだよ」そう言ったとたん、銃弾に貫かれたかのごとくジーンの体がのけぞった。目を大きくあけ、下に重ねた枕に頭を強く押しつけた。

「ちがう」ジーンはまたも首を振った。「兄さんのはずよ。そうに決まってる」

「どうしてだ？」わたしは顔をぐっと近づけて訊いた。「どうしてわたしがやったと？」

「だって……」その声はしだいに小さくなった。もう一度声を出す。「だって……」

その先をかわりに言ってやった。「おまえがやってなくて、わたしもやってなければ、やったのはアレックスになるからだ。そう言いたかったんじゃないのか？」

するとジーンはくるりと背を向け、わたしに蹴られるとばかりに胎児のように丸まった。それを見てわたしはどうしていいかわからなかった。ジーンが殺したのではなかった。アレックスに関する情報を得ていなければ、その事実をすんなり受け容れはしなかったろう。

そこまでわたしは思いこんでいたのだ。

「アレックスについてわかったことがあるんだ、ジーン。たぶんおまえも知らない話だ」妹を殻のなかから引きずり出し、真実と向き合わせなくては。

わたしがふたりのあいだに作ってしまった溝の向こうからジーンが言った。「アレックスのことならどんなことでも知ってるわ、兄さん。教えてもらうことなんかない」

「アレックスが本名でないのは知ってるか？」

「やめてよ、ワーク。あたしとアレックスの仲を裂こうとするのはやめて」

「知ってるのか？」わたしは食い下がった。

ジーンはため息をついた。「ヴァージニア・テンプル。それがアレックスの本名。退院したときに変えたの」

「彼女が父親を殺したのは知ってるか？」

「知ってる」

「知ってるのか？」信じられなかった。「どうやって殺したかも知ってるのか？」ジーンはうなずいていたが、わたしは先をつづけずにはいられなかった。あの話を聞いたときの恐怖は、いまも記憶に生々しく残っている。焼け焦げた肉体。炭と化した灰。その光景に見入るアレックス、全身切り傷だらけの母親。「父親をベッドに手錠でくくりつけ、火をつけたんだ。焼き殺したんだぞ、ジーン。わかってるのか、彼女は父親を火あぶりにしたんだぞ」

ふいにわたしは立ちあがった。見おろすとジーンはさらに体を丸めている。両膝を胸にくっつけて縮こまっている。ふと見ると、生理食塩水の袋から出ているチューブがよじれていた。それを見てわたしは落ち着きを取り戻し、荒れ狂う感情の波をどうにか押しとどめた。頭に血がのぼっていた。かっとなりすぎた。深呼吸し、腰をかがめてよじれをのばそうとしたところ、手がジーンの腕をかすめた。それで彼女はびくんとなった。

「すまない、ジーン。本当にすまなかった」彼女はなんの反応もしめさず、ただ大きく息を吸ったときに体が盛りあがっただけだった。わたしは椅子を手探りし、倒れこむようにすわった。顔を両手で覆い、閃光《せんこう》が走るまで手を目に強く押し当てた。しかしジーンの湿っぽい呼吸以外、部屋にはなんの音もしなかった。手を顔から離し、妹の様子を見た。さっきと変わらず、ボールのように丸まっている。

「不安なんだよ、ジーン。アレックスが父親を殺したと聞いて不安なんだ。その力で彼女がおまえを支配していると思うと不安なんだ」わたしはそこで間をおき、もっとふさわしい言葉はないかとさぐった。「とにかく不安でしょうがない」

ジーンはあいかわらず無反応で、わたしはしばらく無言で妹を見つめていた。そんな状態が数分つづいたころ、わたしは体を動かし、なにかしなくてはいられなくなった。立ちあがり、窓のところに行った。カーテンをあけ、駐車場をぐるっと見わたす。車が一台入ってきて、ヘッドライトをつけた。

ジーンが口をひらいたとき、うっかり聞きのがしそうになった。

「プールを買ってもらったの。子どものときにプールを買ってもらったの」

わたしはベッドまで戻った。ジーンが枕から顔を離すと、涙に濡れた跡が見えた。「プール」わたしがそばにいることを、話を聞く用意があることを知ってほしくてそう言った。椅子にすわった。ジーンの目はやけに大きく真っ赤だった。その目をほんの一瞬わたしに向けたかと思うと、すぐに壁のほうに向けてしまった。わたしはジーンの背中を見つめながら、話のつづきを待った。やがて意を決したようにジーンは話しはじめた。

「地面において使うプールよ。ほら、子どものときによく遊んだみたいな。貧乏な子どものためのプール。アレックスは安物だろうがおそまつだろうが気にしなかった。シングルワイドのトレーラーハウスの裏においてあろうが、道路から見えようが気にしなかった。わかるでしょ、子どもだったんだから。プールにはちがいないし」ジーンはそこで言葉を切った。

「彼女にとって生涯最高の出来事だったのよ」

まるで自分がその場にいるように光景が目に浮かんだ。と同時にわたしはすでに真相を感じとっていた。ジーンの言い方のせいだった。プールはアレックスにとって生涯最高の出来事のはずがない。断じて。

ジーンの話はつづいた。「アレックスが七歳になったとき、お父さんは新しい方針を実践に移した。本当にそういう表現を使ったんだから。〝これから新しいプールの方針を実践に移す〟って。冗談めかしてはいたけど。アレックスはどうでもいいと思ってた。だけどプールで遊びたかったら、これからはハイヒールを履いて化粧しなくちゃいけなくなった。それが新しい方針だった」ジーンは間をおいた。息をすばやく吸いこむ音がした。「それがすべてのはじまりだった」

このあとの内容は想像がつき、あまりの不愉快さにはらわたが締めつけられた。ハンクの言うとおりだった。

「この方針にお母さんは含まれてなかった。アレックスだけだった。それ以降、お母さんはプールに出てこなくなったと、前にアレックスから聞いたわ。お母さんはなんとかしようとしなかったの。見ないですませればそれでよかったのよ。その年、お父さんは仕事を馘《くび》になってたから、ふたりはそればっかりしていた。父と娘のふたりでプールで遊んだの。夏のあいだは、それだけですんでたと思う。つまり、見てるだけでってことよ。だけど、冬にそなえてプールをしまった二週間後、あれがはじまった」

もう聞きたくなかった。やめてほしかった。しかしわたしは最後まで聞かなくてはならなかったし、妹も最後まで言わずにはいられなかった。ふたりとも正しい道を探していたのだから。

「お父さんはアレックスをなでるだけじゃがまんできなくなったのよ、兄さん。彼女をレイプし、アナルセックスを強要した。抵抗すると殴った。その夏以降、アレックスはパジャマを着てはいけないと言われた。信じられる、裸で寝かされたのよ。それもべつの新しい方針ってわけ。ゆっくりと時間をかけたわけじゃない。一気に彼女の人生に入りこんできたの。七歳になったと思ったら、翌日からは毎日のようにやらされた。お父さんの思いどおりに。それなのに状況は時の経過とともに悪くなっていった。彼女に飽きてきたお父さんは、次々と新しい手を思いついた。いまでもアレックスは、お父さんにされたことの一部については口を閉ざしてる。あたしの知る誰よりも強いアレックスがよ。

そんな状態が何年もつづいた。お父さんは二度と働くことはなかった。前よりもお酒の量が増え、賭け事も頻繁になった。賭けの借金のカタにアレックスを差し出したことだって三回もある。こっちで百ドル、あっちで二百ドルという具合に。はじめてのとき、アレックスは十一歳だった。相手はウィンストン・セーラムのゴム工場で働く現場監督。そいつの体重は三百ポンドで、アレックスは七十ポンドちょっとしかなかった」

「母親は……」わたしは言いかけた。

「一度お母さんに相談しようとしたのに、あの人は聞く耳持たなかった。逆にうそつきだと責められ、ひっぱたかれたって。でもお母さんだって本当は知ってた」

ジーンはそこで黙りこんだ。

「当局に訴えればよかったのに」

「まだ子どもだったのよ！　そんなのわかるわけないじゃない。十三になるころには、状況が少しよくなった。体にいたずらする回数が減って、殴る回数が増えたの」ジーンはそこで目をぐるりとまわして見せた。「成長して、お父さんの好みじゃなくなったから。アレックスの体が女っぽくなりはじめると、お父さんはしだいに興味を失った」

「父親を殺したとき、彼女は十四歳だったじゃないか。かなり大人になっている年齢だ」

ジーンの喉から、笑いとも押し殺したすすり泣きともつかない声が漏れた。体ごとわたしに向きなおると、目を見て話そうというのか、片肘をついて身を起こした。「わかってないのね、兄さん」

「虐待が終わったわけだから――」

「妹がいたのよ！」ほとんど悲鳴だった。「だからあんなことをしでかしたの。アレグザンドリアという名の七歳の妹のために」

そのとたん、わたしは理解した。すべてを理解した。

「アレックスがお父さんを殺した日、妹は七歳になった。その前の日に誕生祝いのパーティをしたの。お父さんからのプレゼントがなんだったかわかる？」

答えは察しがついた。

「ハイヒールよ、兄さん。妹専用のハイヒールと口紅を一本。パパのかわいい娘へのプレゼント。妹は大喜びだった。プレゼントの意味がわかってなかった。お姉さんみたいにおしゃれできるって大喜びだった。だからアレックスはお父さんを殺したの」

もうなにも言いたくなかった。これ以上妹を傷つけたくなかったが、傷つけてしまうことになるのはわかっていた。伝道者が神を愛するようにジーンはアレックスを愛しているとハンクは言っていた。それはそれでかまわない。しかしこれは崇高な存在とか、慈悲深い精神などというものではない。アレックスは落伍者であり、人殺しなのだ。ジーンにもその事実を直視してほしかった。それが彼女のためだ。

「妹はどうなった？」とわたしは尋ねた。「アレックスから聞いているか？」

ジーンは大きく洟をすすったが、声はさっきよりも落ち着いていた。「妹のことは話してくれないの。アレックスが施設に監禁されたあと、音信が途絶えたんだと思う。妹にはきっとわからなかったのよ。まだ幼かったから」

しゃべれるうちにさっさとすませなくては。妹に話しておかなくては。

「妹は死んだんだよ、ジーン。家に走って戻り、父親と一緒に焼け死んだんだ」

ジーンの口が動き、声を出さぬまま黒い円の形になった。

「故意ではないにしろ、彼女は妹を殺した。しかもどういう理由からか、妹の名前を名乗った。アレグザンドリア、つまりアレックスだ。とても偶然とは思えない。彼女は自分の父親を殺し、妹を殺した。そしてわたしが思うに、彼女はエズラも殺した」

ジーンの体が小刻みに震えはじめた。「だったらあたしに打ち明けてくれたはずよ」そう言うと、にわかにあやしむような表情を浮かべた。「兄さんはなんでこんなことをするのよ？」

「すまない、ジーン。つらい思いをさせるのはわかってたが、話すしかなかったんだ。おまえには真実を知る権利がある」

「そんなのでたらめよ」

「誓うよ、ジーン。母さんの名前にかけて、いまの話が真実だと誓う」

「出てって、兄さん。あたしをひとりにして」

「ジーン……」

「兄さんはいつだって父さんの味方ばかりしてた。前から彼女を毛嫌いしてた」

「あの女はわたしたちの父さんを殺しておきながら、わたしを死刑台送りにしようとしているんだぞ」

ジーンがマットレスから起きあがった。彼女自身の灰色の影が揺れているようにしか見えない。シーツをのけ、狭いベッドの上で体を揺さぶった。落っこちて、固い床で頭の骨を折るんじゃないかと心配になるほどに。ジーンに指を突きつけられ、その姿にわたしは拒絶を読み取った。わたしはことを強引に、しかも性急に進めすぎたのだ。

妹を失ってしまった。

「出てって！」ジーンは叫ぶとわっと泣きだした。「出てって！　さっさと出てってよ、この大うそつき！」

31

しかたなく病室から逃げ出した。ジーンは正気を失っていた。わたしが危険な状態まで追いつめてしまったのだ。ジーンがこの世で大切にしているものはふたつある――アレックスとわたしだ。しかし現時点ではアレックスだけがすべてなのに、それをわたしは取りあげようとしたのだ。

しかし少なくとも真相はわかった。ジーンはエズラを殺していない。彼女が犯人ではなく、罪悪感という重荷がないのなら、そもそもこの病院に運びこまれる原因となった絶望感からも、いずれ立ち直ることだろう。しかし残された可能性もジーンにとってつらいものであることに変わりはない。誰かがエズラ殺害の罪で刑に服さなくてはならず、現時点ではアレックスかわたしのどちらかになりそうだ。どういう結末になるにしろ、ジーンはそのショックを乗り越えられるだろうか？　乗り越えてもらわなくては困る。そうするしかない。

事態は意外な方向に進んでいる。ジーンのためなら罪をかぶるのもいとわないが、アレックスのためなんてごめんだ。とんでもない。

壁に背をもたれた。背中にひんやりと固い感触をおぼえ、目を閉じた。ジーンがすすり泣く声が聞こえたように思ったが、次の瞬間、泣き声は聞こえなくなった。妄想だ、と自分に言い聞かせる。罪悪感のなせるわざだ。

目をあけると、真ん前に看護師がひとり立っていた。心配そうな表情を浮かべている。

「おかげんは大丈夫ですか？」と看護師は訊いた。その質問に不意を衝かれた。

「ええ」

看護師はなおもわたしの様子をうかがっていた。「顔が紙のように真っ白で、ひどくお疲れのようですが」

「なんでもありません、ちょっと疲れただけで」

「そういうことにしておきましょう。ですが、患者さんでなければお引き取り願うことになります。面会時間はあと一時間もありません」

「ありがとう」と礼を言い、わたしはその場を立ち去った。振り返ると、さっきの看護師がけげんそうな表情でこっちを見ている。彼女が考えていることくらいお見通しだ。どこかで前にお会いしていませんか、と言いたいのだ。彼女はしばらく考えたあげく、背を向けた。

エレベーターに向かって廊下を歩くあいだ、アレックスのことをあれこれ考えた。わたしは精神科医でもなんでもなく、彼女の精神状態については推測する以外できないが、完全にいかれているのはまちがいない。なぜ名前を変えたのか。子ども時代の出来事から逃れたい気持ちは理解できるが、なぜ死んだ妹の名前を選んだのか。妹は悪い影響も陵辱も受けずに死に、その純潔さと彼女を焼き殺した炎によって無垢な存在となったからか？　あるいは罪悪感からか、これからもささやかながら生きつづけてほしいという願いからか。わたしには知りようもないことだ。しかしひとつ歴然としている事実があり、その事実にわたしは背筋が凍った。アレックス・シフテンは怖ろしいほどまっすぐな性格で、自分自身、ジーン、あるいはふたりの関係を壊そうとする脅威を察知するや、極端な手を使ってでもそれを排除しようとする。彼女は自分の妹を守るために父親を殺した。ジーンとの関係を守るためにエズラを殺した。残る脅威であるわたしに対しては、殺人の罪を着せようと画策している。ジーンがわたしに不信感をいだくよう煽《あお》った。わたしのアリバイを揺るがし、なんらかの方法で遺言のコピーを入手し、わたしの家にしのばせた。

そのとき突如として、いままで思いもよらなかった考えが怖ろしいくらいにはっきりと浮かび、わたしは呆然と立ちつくした。アレックスはわたしのアリバイを崩した。エズラが撃たれたときにわたしがバーバラと自宅にいなかったのを知っていた。まさかあの晩、わたしがどこにいたか知っているのだろうか？　ヴァネッサの存在を知っているのだろうか？　そんな、まさか！　ヴァネッサがわたしのアリバイを証言できるのを知っているのか？　しかもヴァネッサの行方がわからない。

彼女はゆうべ家に帰らなかった。

そこから先は考えたくなかった。だが考えなくてはいけない。不安がったり否定している暇はない。だから自分に問いかけた。ヴァネッサの存在で計画が台無しになると知ったら、アレックスは彼女を殺すだろうか？

答えは言うまでもない。

当然だ。

エレベーターがあいた。わたしは扉の前で待っていた緑色のシャツや白衣を押しのけ、出口まで全力疾走した。外に出たところで、どうするかなにも決めていないことに気がついた。行くあてがなかった。腕時計を見た。十時半。ストールン農場に電話をかけた。へたな期待は禁物とわかっていながら、全身全霊で祈るような気持ちだった。頼む、出てくれ。電話は四回鳴った。応答のない呼び出し音が一回鳴るたび、心に釘が一本打ちこまれる気がした。

アレックスはヴァネッサを殺したのだ。彼女は殺されてしまったのだ。

悲しみに胸がつまりそうになったが、その心の痛みの間隙《かんげき》を縫い、声をひそめて話す裏切り者のごとく、自分勝手な考えがふと浮かんだ。これでわたしにはアリバイがなくなった。残りの人生を刑務所で過ごすことになるかもしれない。そんなことを考えること自体、刑務所送りになってしかるべきだ。握りつぶすと、そのばかな考えは二度と浮かびあがってはこなかった。ほっとした。

次にハンクに電話した。こんなにも彼と話す必要に駆られたのははじめてだ。自宅にかけたが出ないので、携帯電話にかけてみた。

「こっちも、あんたに電話しようとしてたんだ」

「ハンク、よかった、捕まって」

「ちょっと黙ってろ。こっちはえらい大騒ぎだ」彼の手が送話口を覆う音がし、つづいてくぐもった声が聞こえた。一分近く経過したところでハンクが電話口に戻ってきた。「よし、いま外に出た」

「聞いてくれ、ハンク。ヴァネッサの件でわかったことがある」

「ワーク、悪く取らないでほしいんだが、行方不明のガールフレンドになんかかまってる暇はなくなった。おれはいま警察署に来てる」

「ソールズベリーのか？」

「そうだ。ガールフレンドの捜索に入る前に、いちおう事故報告を調べておこうと思ったんだよ。だが、こっちは蜂の巣をつついたような大騒ぎだ。あんたに話したいことがあるが、電話じゃだめだ。いまどこにいる？」

「病院だ。救急治療室の出口のすぐ外に立ってる」

「そこにいろ。人目につかないようにな。二分でそっちに行く」

「ハンク、待ってくれ」切られる前になんとか捕まえた。「いったいなにがどうなってるんだ？」

「銃が見つかったんだよ、ワーク。あんたが川に投げ捨てた銃が」

「なんだって？」

「おとなしく待ってろ。二分で行く」ハンクは電話を切り、わたしはこれまでの人生でもっとも長いと思われる二分間、手のなかの切れた携帯電話をじっと見つめていた。

銃が見つかった。それにもアレックスがかかわっているのだろうか？

ハンクの車が駐車場にあらわれると、わたしは縁石のところで待った。彼のセダンに乗りこんだ。彼はわたしを見ようともせず、話しかけもしなかった。駐車場から左に出て、適当にいくつか交差点を曲がったところで縁石に寄せてとめた。そこは住宅街だった。静かで、あたりに人影はひとつもない。ハンクは無言でフロントガラスの向こうに目をこらしていた。

「あんたがしゃべるのを待ってんだぜ」と彼はようやくわたしを見て言った。

「どういう意味だ？」

ハンクの顔は険しく、目も同様だった。出てきた声もやはり冷ややかだった。「どこの川だ？　なんの銃だ？　そういう質問が出てくるのが当然じゃないか。あんたがそういう質問をなんにもしないのが気になるんだ」

返す言葉がなかった。まったくだ。潔白な人間ならそういう質問をしてしかるべきだ。

「わたしは父を殺していない」

「銃のことを話せ」

「話すようなことはなにもない」反射的にうそが口をついて出た。

「いまのあんたに味方するようなやつはろくにいないんだ。そのろくにいないやつまで失っていいのか。おれにうそをつくやつに手を貸すつもりはない。そういう主義なんだ。一分やるから、次に吐く台詞をじっくり考えろ」

ハンクがこれほど顔をひきつらせたことはなく、いまにもわたしの顔を殴るか自分の髪をかきむしるかするんじゃないかと思ったほどだ。しかしそれは、怒りだけから来るものではなかった。彼は裏切られた思いでいるのだ。無理もない。

　引き金を引いたのがジーンでないなら、銃のことでうそをつく理由はなくなる。それどころか、それでアレックスを有罪にできるなら、警察が見つけたほうがいいとさえ思える。しかしわたしは指紋をぬぐってから捨てており、それ自体が犯罪だ。しかし現時点で大事なのはヴァネッサを見つけることであり、ハンクが手を貸してくれると言うなら、知りたいことを全部話してもかまわない。その前にひとつだけ訊いておきたいことがあった。

「どういういきさつで銃が見つかったんだ？」

　ハンクがいまにもわたしを残して走り去ってしまいそうな顔をしたので、わたしはもうひとことつけくわえた。

「神に誓うよ、ハンク。それだけ教えてくれたら、きみの質問に答える」

　ハンクは思案するような顔になった。「匿名の電話があって、何者かが川に銃を捨てるのを見たと言ったんだ。けさ保安官事務所のダイバーが潜って、通報者が言ったとおりの場所で発見した。それが一時間前だ。イニシャルがあったからすぐにエズラの銃だとわかった」

「通報者が誰かはわかっているのか？」アレックスだろうと思いながら尋ねた。彼女なら通報などする前に、銃から指紋が検出されぬよう念を入れているはずだ。銃から自分が割り出されては困るからだ。

「その男は名乗らなかったが、そいつが説明した銃を捨てた人物の人相風体はびっくりするほどあんたに似ていた。体格も同じ、年も同じ、髪の色も同じ、車も同じ。警察は面通しさせるために通報者の身元を追跡中だ。わかったらいちばんにあんたに連絡がいく。ミルズは目もまわるようなはやさできみを署にしょっぴくだろうな。通報者にあんたが銃を捨てた人物だと証言されればアウトだ。有罪を宣告されたも同然だ」

「そいつは男なのか？」とわたしは訊いた。「通報者は」

「おれの話を聞いてないのか？　警察があんたと銃を結びつけようとしてるんだぞ」

「しかし、通報者は……本当に男なのか？」

女ではないのか？

「いいか。いまのはあくまでおれが聞いた話だ。おれが通報の電話を受けたわけじゃない。おれは男だと聞いた。わかったらさっさと銃の話を聞かせろ。何度も言わせるな」

彼の表情を読もうとした。彼はわたしが無実であってほしいと願っている。わたしが好きだからではなく――とはいえ、好意を持ってくれているのはたしかだろう――自分がまちがっていたくないからだ。それもこんな形で。ハンク・ロビンズが人殺しに手を貸すようなことがあってはならず、それに誰もが思うように、彼も他人に利用されるのをきらっていた。

「父を殺していないのに、なぜ銃を捨てたか知りたいんだな」質問ではなく事実を述べただけだった。

「ようやく話が進展しそうだな」

そこでわたしは説明にかかった。いったん話しはじめると、すべて説明し終えるまでとまらなかった。ハンクは話が終わるまでひとことも口をはさまなかった。

「つまり、あんたはジーンの身代わりで罪をかぶるつもりだったわけか」

わたしはうなずいた。

「だから銃を捨てた」

「そうだ」

「もう一度説明してくれないか。なぜ撃ったのがジーンだと思ったのかを」

その点についてはあいまいにしか話していなかった。母が死んだ晩のことは話すわけにいかない。相手がハンクにせよ、ほかの誰かせよ。妹を殺人に駆り立てるようなきっかけがなにかがわからないまま、ハンクがわたしの仮説を受け入れてくれるかどうかはわからなかったが、いちかばちかやるしかない。死者はすでに埋葬されたのであり、それをいまさら掘り返すつもりはなかった。

「ジーンはもう長いこと病におかされていた、心の病に。彼女とエズラの関係はぎくしゃくしていた」

「ふうん」ハンクのその言い方に、わたしは信じてもらえそうにないと判断した。「ぎくしゃくね」

「家族の問題なんだ、ハンク。くわしく話すわけにはいかない。信じようと信じまいときみの勝手だ。助けてくれなくてもかまわない。だが、どうしてもそれ以上のことは話せない」

彼はほぼ一分間黙っていた。顔をそむけなかったので、なにか必死に考えているのが見てとれた。

「おれに話してないことがたくさんあるだろ」

「ああ。だが、さっきも言ったが家族の問題だ」そこでわたしは口ごもった。懇願《こんがん》口調になるのはいやだったが、ほとんど懇願しているにひとしいのもわかっていた。「わたしは父を殺していない。たしかに父は狡猾《こうかつ》で、傲慢で、特大級のろくでなしだった。それは認める。だけど実の父親でもあるんだ。何度かこっぴどくぶん殴ることはあったとしても、殺すなんてできない。信じてくれ」

「しかし、千五百万ドルの遺産はどうなんだ？」ふたたびハンクの顔が疑惑でくもった。

「わたしは昔から金儲けに興味がない」

ハンクが眉をあげた。「金儲けをするのと金を持つのは同じことじゃない。親父さんは貧しい生まれだ。きっとその違いがわかってたと思うぜ」

「わたしは金なんかほしくない」とわたしは繰り返した。「誰もわかってくれないが、本当にいらないんだ。父は家とビルをそっくりそのまま残してくれた。おそらく百二十万ドルにはなるだろう。だからそれを売って、半分をジーンにやる。それでも思ってた以上の金になる」

「六十万ドルと千五百万ドルじゃちがいすぎる」

「それでじゅうぶんだ」

「百万人にひとりの大ばか者というのは」ハンクはそこで言葉を切った。「あんたのことだな、ワーク」

「かもしれない」

ハンクはシートに背中をあずけた。「おれなら千五百万ドルのほうがいい」それを聞いて、彼が手を貸してくれるつもりなのを悟った。

ハンクはギヤをドライブに入れ、縁石からそろそろと離れた。その後数分、わたしたちは無言で走った。

「で、おれにどうしてほしい?」ハンクが尋ねた。「見たところ、選択肢はふたつある。自分たちでアレックスのことをもっと調べるか、あるいはミルズに話して調べてもらうかだ。どうやらあんたはミルズと話したくないようだから、おれが片をつけてやってもかまわない。考えれば考えるほど、そうするのがいちばんいいように思う。あんたは銃の件を正直に話さなきゃだめだが、すぐにというわけじゃない。ミルズが納得し、アレックスの容疑を固めてから言えばいい。もちろん、匿名の通報者が割り出されたら、どうなるかわからん。こっちがどう出ようとも、きれいにおさまるわけがない。そっちの線が功を奏せば、ミルズはあんたの顔を嚙みちぎるにちがいない。あの女を納得させるのは容易じゃないぞ。彼女はあんたを有罪にしたくてたまらないんだよ。私怨《しえん》ってやつだな」

わたしはろくに聞いていなかった。頭がぼうっとしていた。「アレックスがわたしを追ってくる」

「どういうことだ、そりゃ」

「ジーンに彼女があやしいと話した。アレックスがそれを聞いたら黙っていないはずだ。きっとわたしを追いかけてくる」

すでにハンクはかぶりを振っていた。「あの女が犯人だとしたら、それはありえないね。だんまりを決めこむさ。世間があんたをこきおろすまで待つさ。汚れ仕事は終わったんだ。のんびりかまえて、払った税金分の仕事を警察がしてくれるのを見物してればすむことだ」

「かもしれない」とわたしは言ったものの、納得はしなかった。

「で、おれはミルズと話せばいいのか？」

「ヴァネッサを見つけてほしい。その気持ちは変わってない」

「なにを言うんだ！　行方不明の女を探すために余計なエネルギーを使ってる場合じゃないんだぞ。あんたがその女をどう思ってようが関係ない。ミルズが通報者を突きとめしだい、あんたは逮捕されるし、聞くところによればすでに逆探知できてるって話だ。写真による面割りなんかすぐにできる。いまごろは、あんたの逮捕に向かってるかもしれない。もう今度は保釈はないぞ。証拠隠滅を犯したんだからな。この世のどんな判事だって、保釈を認めてくれるはずがない。そうなったらあとは刑務所で朽ち果てるだけだ、ワーク。だから、優先順位をまちがえるな。もう遊びの時間は終わりだ」

「彼女を見つけてくれ、ハンク」

「勘弁しろよ、ワーク。どうしたっていうんだ？」

説明したくはなかった。なぜなら、それがいちばん大事な理由ではなかったし、わたしはすでにじゅうぶん気がとがめていたからだ。しかし、ハンクに言わないわけにはいかなかった。

「彼女は単なるガールフレンドじゃないんだ、わかるか？　わたしのアリバイなんだ」

「なんだと？」その表情から、信じていないのがありありとわかる。

「エズラが撃たれたとき、わたしは彼女と一緒だった。ストールン農場にいた」

「そういうことだったのか、ワーク。なんでもっとはやく言ってくれなかった？」

「ジーンのためだ、ハンク。だが、もうひとつ言っておくことがある。わたしの思いすごしであってくれればいいが」

「なんだ？」

「アレックスはヴァネッサがわたしのアリバイ証人なのを知っていると思う。アレックスがヴァネッサの命を狙っている可能性がある。もしかしたらすでに殺したかもしれない」

その意外な事実がハンクにしみこんでいく。覚悟を決めたような表情に変わった。「見つけてやるよ、ワーク」彼はにこりともせずに言った。「生きていようと死んでいようと。必ず見つけてやる」

「生きているうちに見つけてくれ、ハンク」とわたしは言ったが、彼はそれには答えなかった。ちらりとわたしを見ただけで、また道路に目を戻した。

「あんたの車は病院か？」

「病院においてある」

病院に着くと、ドクター・ストークスのミニバンをとめた場所を教えた。「あんたは家に帰れ」

「どうして？　帰ったってやることなんかない」

「それがちゃんとあるんだな。歯ブラシ、ひげ剃り、着替え。それを全部詰めて、辺鄙《へんぴ》な場所にあるモーテルに泊まれ。そんな遠くまで行かなくていい、一日かそこら身をひそめていられる場所ならな。身なりをちゃんとしろ。少し休め。ヴァネッサが見つかりしだい、一緒にミルズのところへ行こう。だが、宣誓証言したアリバイを持って堂々と訪ねていけるようになるまではだめだ」

わたしは車を降り、あいたドアから身を差し入れた。「きみはこれからどうする？」

「おれの仕事をするだけだ、ワーク。彼女が見つかるようなら見つける。そっちは落ち着いたら居場所を連絡しろよ。携帯にかけてくれ」

「なにもしないでぼんやりなんかしていられないよ」自分の思いを伝えられる言葉を必死に探した。むずかしかった。「これ以上隠れていたくない」

「二十四時間だ、ワーク。長くても三十六時間」

「気に入らないな」と言ってわたしはドアを閉めかけた。

「おい」ハンクが呼びとめた。振り返ると彼は言った。「自宅ではぐずぐずするなよ、いいな？　さっさと入ってさっさと出る。ミルズがいつあんたを捕まえにくるかわかったもんじゃないからな」

「わかった」とわたしは言い、走り去る彼の車を見送った。

ミニバンに乗って自宅に戻った。高い壁を見あげた。かつては白く塗られていた壁は薄汚れ、塗装が剝がれてきている。この家は作りがしっかりしているとバーバラはよく言っているが、たしかにそのとおりだ。しかしこの家には心がない。なかに住むわたしたちがいないまとなっては。笑い、信頼、喜びがあるはずの場所には、空虚さとある種の腐敗があるだけで、わたしは自分の盲目ぶりにあきれた。がまんできたのはアルコールのおかげだったのか。それともわたしにはどこか欠陥でもあるのだろうか。おそらくはそのどっちでもない。たとえ話にこんなのがある。煮えたぎる湯にカエルを投げこめば、カエルはすぐに飛び出す。しかし、同じカエルを冷水に入れ、ゆっくりと加熱したら、血液が沸騰をはじめるまでおとなしくなかに入っている。カエルは生きたまま茹《ゆ》でられるのだ。わたしの身に起こったのもそれと同じことだったのだろう。わたしはまさしくそのカエルだった。

そんなことをつらつら考え、それからハンクに言われたことを思い出した。ハンクは善意であぁ言ってくれた。考え方としても実にまっとうだ。しかし、ホテルに行くわけにはいかない。身をひそめ、いずれ時が解決してくれるふりをしているわけにはいかないのだ。ミルズが逮捕しにくるなら来ればいい。アレックスだって来るなら来いだ。

過ぎたことはしょうがない。そう思いながら家に入った。

キッチンにバーバラがいた。足がすくんだか、顔をそむけるところだったのか、ドアから十フィートのところに立っていた。ほんの一瞬、不安そうな顔をしたが、すぐにかすかな笑みを浮かべるように口をひらき、出迎えに駆け寄ってきた。彼女が両腕をまわして抱きしめてきても、わたしは腕を下にのばしたまま身をこわばらせて突っ立っていた。

「ああ、ワーク。ああ、ダーリン。拘置所に迎えに行かなくて本当にごめんなさい。どうしても行く勇気がなくて」やけに情熱的な唇から次々とほとばしり出る言葉が拘置所の垢がたまった首にあたり、その感触にわたしは落ち着かなくなった。バーバラが体を離し、両手でわたしの顔をはさんだ。彼女の言葉がつるつるのコースに加速しながら突っこんできた。言葉同士が衝突し合い、つまずき、よろけた。陽の当たる場所においたチョコレートのごとく、やわらかく甘ったるかった。「みんながやたらとあたしを見るのよ。あの目つきを見れば、なにを考えてるかくらいお見通しよ。もちろん、あなたがひどい目に遭ったことを思えば、そんなの言い訳にもならないのはわかってるけど、やっぱりつらいのよ。だから行けなかったの。拘置所に迎えに行けなかったの。そんなんじゃだめなのはわかってる。まともじゃないもの。だから、お友だちのミスタ・ロビンズが見えたときに、かわりに迎えに行ってとお願いしたの。それでよかったかしら。そのときはいいと思ったのよ。なのにあなたは帰って来ないし、電話もよこさない。あたし、どういうことかさっぱりわからなくて」そこで彼女は大きく息を吸いこんだ。「言いたいことは山ほどあるのに、それが言えないのがいちばんつらかったわ」

そこで妻は黙りこみ、わたしもなんとも反応しないものだから、ふたりのあいだに気まずい雰囲気が広がっていった。彼女はわたしの顔をはさんでいた手を離し、そのまま肩へとすべらせていき、二回きつく抱きしめたあと、手をそのまま下におろした。やがて手は自分のブラウスの前身頃をきつくつかんだまま動かなくなった。

「それでなんなんだ？」とわたしは訊いた。妻は、まさかわたしがしゃべるとは思わなかったというようにぎょっとなった。「わたしに言いたいこととはなんなんだ？」

妻は声をあげて笑ったが、もともと大きな声ではなく、すぐに消えた。握ったこぶしをひらき、わたしの右肩をさすった。わたしの顔を見ようともせずに。

「わかってるくせに、ダーリン。簡単に言えば愛してるってこと。あなたを信じてるってこと。そういう言葉を言いたかったの」そこでようやく思いきってわたしの顔をちらりと見た。「あなたが聞きたいだろうなと思うような言葉よ。とくにこういう場合に」

「お気遣いに感謝する」わたしはあくまで礼儀としてそれだけ言った。

バーバラは顔を赤らめはにかんでみせた。手入れのいきとどいた睫毛《まつげ》がいまもわたしの心をとろけさせると勘違いしているのか、床に目を落とした。目をあげた彼女の表情からは、ためらいの色が消えていた。声のみならず、目にも、ふたたび肩をつかんできた腕にも力強さがよみがえった。

「ねえ、ワーク。そう簡単に行かないことはわかってる。だけどふたりで乗り越えましょうよ、ね？　あなたは潔白だわ。あたしにはわかってる。また拘置所に入れられるはずがない。こんなことはじきに終わるし、終わったら、またうまくいく。昔のように最高の夫婦になれる。みんながあたしたちを見て、今度はこう言うの。〝なんてすてきなご夫婦かしら〟って。とにかくいまはがまんして耐えるしかないわ。一緒にがんばらなくちゃ」

「一緒に」わたしはカエルの話を思い出しながら、オウム返しに言った。「こんなの、ちょっとした事故よ。たしかに規模が大きくて痛ましいけど、ただの事故だわ。それだけのこと。ふたりならなんとか乗り越えられる」

まばたきすると、今度は本当にカエルが見えた。湯がぐらぐらと煮立ち、カエルの血が沸騰をはじめる。大声で警告してやりたいができなかった。やがてカエルの目が蒸発した。ふっという音とともに消えた。眼孔《がんこう》からなくなった。

「シャワーを浴びなくては」とわたしは言った。

「そうしたほうがいいわ。ゆっくりと熱いシャワーを浴びなさい。出てきたら一杯やりましょうよ。一杯やれば、いやなことはみんな忘れられる」背を向けようとしたが妻はさらにひとこと付け足した。あまりに小さい声で、うっかり聞き漏らしそうだった。「昔みたいに」

彼女の目をのぞきこんだがなにも読み取れず、唇が湾曲してお得意の薄笑いが浮かんだ。

「愛してるわ、ダーリン」キッチンから出ようとするわたしの背中に妻の声が飛んだが、すでにフェードアウトをはじめていた。「お帰りなさい」

寝室に入ると、ベッドがきちんと整えられ、花びんには花が活けてあった。ブラインドがあがっていて、陽がたっぷりと射しこんでいる。化粧台の鏡に映るわたしは、老けこみ、踏みつけられたような顔をしていたが、同時に断固たる決意もうかがえた。自分の目をのぞきこみながら、ポケットの中身を出し、何日も着たままだった服を脱いだ。中身とはちがい、脱いだものはそれほど古くも、踏みつけられたようにも見えなかった。

シャワー室に入り、耐えられるぎりぎりまで湯の温度をあげた。吹き出し口に顔を向け、湯が叩きつけるのを感じていた。シャワー室の扉があく音は聞こえなかった。風が入ってきたかと思うと、次の瞬間、彼女の手が触れてきた。その手が秋の落ち葉のごとく背中に舞いおりた。わたしは思わず身震いしそうになった。

「シーッ」バーバラが小声で言った。「じっとしてて」振り返ろうとすると「振り向かないで」と彼女の声がした。

うしろから彼女の腕がのびてきて、シャワーで手を濡らした。両手で石鹸を泡立て、石鹸入れに戻す。それから手をわたしの胸においた。触れられたところがぬるぬるした。身をこわばらせ、いっこうにその気にならない態度に――それにおそらくは、頑固なまでに口をひらかない態度に、妻は拒絶のサインを読み取ったようだ。それでも知らんぷりを決めこみ、両手で石鹸の泡を胸から下腹部へとのばしていく。彼女が背中に身を寄せてくると、否が応でも押しつけられた体を意識しないわけにはいかなかった。わたしの肩から湯が滝のように落ち、密着した体と体のあいだに割りこもうとしている。妻は少し隙間をあけ、自分自身を濡らした。わたしに体をこすりつけながら、すらりとした脚をわたしの股間に差し入れてくる。やがて手が、かつてはいつでも喜んで受け入れた場所へとのびていった。

「バーバラ」わたしの声が無粋《ぶすい》に響いた。バーバラは指をさらに激しく動かした。粘り強くつづけさえすれば、彼女だけがあたえられる罪の赦しをわたしが乞うとばかりに。

「いいから、このままつづけさせて」

彼女を傷つけるのはいやだった。というより、彼女とかかわるのがいやだったのだ。「バーバラ」今度はさっきよりも強気に言った。その指をつかんだ。彼女はわたしを自分のほうに振り向かせた。

「やるって言ったらやるの、ワーク」

前髪は濡れていたが、うしろはまだ濡れていない。顔があまりに真剣で、わたしは笑いだしそうになった。その一方、自分にできることはこれしかないと思いこんでいるのか、目が必死だった。一瞬、わたしは言葉を失い、そのすきに妻は身をかがめ膝をついた。

「勘弁してくれ、バーバラ」思わず声に嫌悪の色がにじみ、わたしは妻を乱暴に押しのけた。扉をあけ、タオルをつかむ。湯気が不気味な静けさとともに追いかけてきた。シャワーの音がとまった。わたしは振り返らなかった。となりにあらわれたバーバラは、裸身を隠そうともしていない。彼女は水が目に入るのも、床に水たまりができるのも気にしなかった。わたしは妻に目もくれなかったが、どうやら彼女には黙って立ち去るつもりがなさそうだ。そこで彼女に向きなおった。水を含んだタオルは重く、心も重かった。

「よくもあたしの人生をめちゃくちゃにしてくれたわね」と彼女は言った。しかしその目に浮かんでいたのは悲しみではなかった。怒りだった。

32

クローゼットのなかは、なにもかかっていないハンガーがいくつも並んでいるだけだった。べつにかまわない。どうせもう二度とスーツを着ることなどないからだ。それだけは絶対にたしかだ。ジーンズを穿き、古いボタンダウンのシャツをはおり、何年も前に履きつぶしたランニングシューズを履いた。最上段の棚に、ぼろぼろでみっともない野球帽があったので、それもかぶった。

キッチンに入るとバーバラがいた。コーヒーをいれているところだった。ローブの前はきっちり合わせてある。

「どうすればもとの鞘《さや》におさまるの？　あなたとやり直したいのよ、ワーク。お願い、教えて」

一週間前なら心が揺れ、くじけたことだろう。愛している、なにもかもうまくいくよと言ったことだろう。心のどこかではそう信じながら、むなしい叫びをあげたことだろう。

「わたしはきみを愛してないんだ、バーバラ。いままでも愛してなかったと思う」バーバラが口をあけかけたが、彼女がしゃべりだすより先にわたしは話をつづけた。「きみだってわたしを愛してないはずだ。愛しているつもりになってるだけだ。もう芝居はやめよう。終わったんだ」

「ずいぶん簡単に言ってくれるのね。あなたが言えばそれで終わりってわけ」見るからに腹を立てた様子だが、自尊心からそんなふりをしただけかもしれない。

「わたしたちはずっと、負のスパイラルをたどってきた」

「あたしは別れませんからね。いろんな苦労をともにしてきたんだもの。あなたはあたしに借りがあるわ」

「きみに借りがある?」

「ええ」

「きみの同意は必要ない、バーバラ。理由すら必要ないんだ。一年間別居するだけですむ」

「あなたにはあたしが必要なのよ。この街であたしなしでやっていけるものですか」

わたしはかぶりを振った。「意外に思うかもしれないが、わたしに必要なものはほとんどない」しかしバーバラはそれを聞き流し、ローブの裾に隠れて見えないキッチンの床を、こっちに向かって歩いて来た。

「あたしたち夫婦に問題があるのはたしかだけど、ワーク、あたしたちは一心同体よ。ふたりならどんなことにも立ち向かえる」

バーバラが両手を差し出してきた。

「わたしにさわるな」

手はそのままおりていったが、やけにゆっくりだった。バーバラはわたしを見あげると同時に、あとずさりをはじめた。

「わかったわよ、ワーク。そこまで言うんなら。喧嘩するつもりはないわ。取り乱したりもしない。それが望みなんでしょ、涙の一滴もこぼさず、すっきり別れるのが？　きれいな別れってやつ。そしてあなたは新しい人生をはじめ、あたしはあたしで、これからどうなるのかと悲嘆《ひたん》に暮れる。そうなんでしょ？」

「わたしの新しい人生は刑務所のなかかもしれないぞ、バーバラ。きみにしてやれる最高のプレゼントになりそうだ」

「刑務所になんか行くもんですか」バーバラは言ったが、わたしはただ肩をすくめた。

「きみにはできるだけのことをするよ、金の面で。争わなくてもすむように」

バーバラが高笑いした。その目には、かつての辛辣なところがわずかながらよみがえっていた。「ろくに稼いでもいないくせに、ワーク。いままでだってそう、お義父さんが生きてたときでさえ。だいいち、お義父さんみたいに稼げる人なんかこの世にいないわ」

その言葉が頭のなかに響きわたり、わたしはぴんときた。「いまなんて言った？」

「聞こえたくせに」バーバラはぷいと横を向き、煙草のパックを手に取って一本つけた。いつからまた煙草を吸いはじめたのか。最後に彼女が煙草をくわえるのを見たのは、大学のころだったはずだが、その煙草がいま、しゃべる彼女の口に合わせて踊っている。「お義父さんに庇護《ひご》してもらってても、ろくに稼いでなかったじゃない。それを言うなら、あなたより稼ぎの悪い弁護士なんてこの街にはひとりもいないわよ」そこで彼女は煙草の煙を天井に吹きかけた。「せいぜい、さっきのから約束を守ることね。大した金額になるのはたしかよ」

しかし、そう言われても気にならなかった。

金儲けをすることと、金を持つことはべつだ。ハンクがそう言っていた。

「エズラは金儲けが好きだったんだろうか？」と訊いてみた。「それとも金を持つのが好きだったのか？」

「なに言いだすのよ、ワーク。なんの関係があるっていうの？　お義父さんは死んだの。あたしたちの結婚も死んだの」

しかしなにかが見えてきていた。まだパズルのピースはおさまるべき場所におさまっていないが、なにかがわかりかけていた。それをこのままほうっておくわけにはいかなかった。

「金だよ、バーバラ。金を得ることと持っていること。どっちが大事だ？」

バーバラはまた煙を吐き出し、もうどうでもいいと言うように肩をすくめた。「持ってることのほうよ。お義父さんはお金のために働くのが好きじゃなかった。仕事は単なる道具でしかなかった」

彼女の言うとおりだ。父は金に執着していた。使うのが好きだった。と思った瞬間にわかった。あの金庫をあける正確な組み合わせ番号がわかったわけではなく、どこを探せばいいかがわかった。と同時に、父の金庫をあけることが、いまのわたしにとって最重要課題となった。それこそわたしがやらなければならないことであり、どうやればいいかはわかっていた。

「出かけてくる」とわたしは言った。妻の腕に手をおいたが、彼女は振り払おうとしなかった。「すまない、バーバラ」

彼女はうなずき、床を見つめた。唇から紫煙がらせんを描いてのぼっていく。

「あとでもう少し話そう」とわたしは言い、鍵束を手に取った。ガレージのドアのところで立ちどまり、振り返った。妻の様子にどこか変化があるものと期待したが、甘かった。いつもどおりの姿だった。ドアに手をかけたとき、バーバラの声が最後にもう一度呼びとめた。

「ひとつ教えて」

「なんだ?」

「アリバイはどうするの? アリバイがなくなったらまずいんじゃない?」

ふたりの視線が一瞬からみ合った。彼女のまぶたがおりていき、わたしはその心の奥底をのぞきこんだ。そのときだ、彼女は知っているとわかったのは。ずっと知っていたのだ。だから言葉が口から出た。言葉が出ていくにつれ、重荷は軽くなっていき、その瞬間はバーバラでさえ聖女に思えた。

「きみはわたしのアリバイ証人じゃない。ふたりともそれはわかっているはずだ」

彼女がかすかにうなずいた。今度は涙を流して。

「あなたのためなら人殺しだってできると思ったころもあった」そこで彼女は顔をあげた。

「ささやかなうそをひとつつくくらい、たいしたことないでしょ?」

涙の落ちる速度がはやくなり、ついに見えない重荷に疲れきったのか、肩が震えはじめた。

「きみのほうは大丈夫なのか？」

「やるべきことをやる、そうよね？　生き残るというのはそういうことでしょ」

「やらなきゃいけない状態にもっていくかどうかだ。だからわたしたちは大丈夫だ。ひょっとしたら別れても友だちでいられるかもしれない」

彼女はわざとらしく鼻を鳴らして笑った。目元をぬぐう。「だったらすてきね」

「そうだな」とわたしは同意した。「悪いが、これからオフィスに行ってくる。用事はすぐすむ。戻ったら、また話そう」

「なんでオフィスに行くの？」

「たいしたことじゃない。ちょっと思いついたことがあるだけだ」

バーバラは苦悩にあふれた周囲を身ぶりでしめした。部屋を、家を、ひょっとしたら、ともに暮らしたこれまですべてを。「これよりも大事こと？」

「まさか」とわたしはうそをついた。「とんでもない」

「なら行かないで」

「人生っていうのは、バーバラ、面倒なものなんだよ。なんでもかんでも自分の思いどおりにいくわけじゃない」

「真剣に望めば思いどおりになるわよ」

「そういうこともあるだろうさ」わたしはドアを閉めると同時に、これまでの生活に別れを告げた。車のエンジンをかけて、あたりを見まわす。子どもたちはまだ公園で遊んでいる。走りまわり、笑いころげるたびに、色の断片が垣間見える。ラジオのスイッチを切り、ギヤをドライブに入れたところで、バーバラがガレージにあらわれた。微動だにせずにこっちを見ているその姿に、ほんの一瞬、いつもとちがうものを感じた。だがやがて、待ってというように手を振ると、軽い足取りで窓に駆け寄ってきた。

「行かないで。こんな終わり方はいや」

「行かなくてはいけないんだ」

「なによ、ワーク。そんな大事なことってなに？」

「たいしたことじゃない。きみには関係ないことだ」

バーバラは自分の体を両腕で抱きしめ、腹痛でも起こしたみたいに腰を曲げた。「こんなんじゃ、ひどい終わり方になる。あたしにはわかるの」そこで遠くを見るような目になった。子どもたちの姿に心が動かされたかのように公園に目を向けた。「十年間も一緒にやってきたのに、それがすべて無駄になってしまう。台無しになってしまう」

「人はみな常に変化するものだ、バーバラ。わたしたちだって例外じゃない」

「そんな考えだから、うまく行かないのよ」その声にはなじるような響きがあった。彼女はわたしを見おろした。「あなたには特別な存在になろうという気概がなかったし、けしかけようにもあたしにはどうすることもできなかった。あなたには貪欲さが足りなかった。お義父さんのテーブルの残飯をあさって、それでごちそうだと思うような人なのよ」

「エズラはそのテーブルに鎖でつながれていたんだ。不幸という意味ではわたしと同じだ」

「いいえ、そんなことない。お義父さんは望むものを手に入れ、その過程を楽しんでた。そういう意味ではまともな男だった」

「わたしに対する嫌味か、それは？　ひどく不愉快だ」

バーバラは車の屋根を手で叩いた。「あら、あたしが好きこのんでこんなこと言ってるとでも思ってんの？　冗談じゃない」

わたしは顔をそむけ、丘の下の、濃緑色の芝に点々と垣間見える色の断片に視線を転じた。突如としてここから逃げたくなったが、まだ言うべきことが残っている。だから言った。

「わたしたちのなにが問題か気づいているのか、バーバラ？　きみはわたしをわかってくれなかった。自分が見たいものしか見なかった。裕福な家庭に生まれた若き弁護士、父親は有名人と言っていい。それでわたしをわかったつもりになっていた。わたしがどんな男かを。わたしがなにを望んでいるかを。わたしがなにを優先させるかを。きみはよく知りもしない男と結婚し、その相手を自分の納得のいく人間に仕立てあげようとした。十年間、わたしの尻を叩き、わたしは黙って叩かれてきた。それでもわたしはきみの望む人間にはなれなかった。きみはいらつき、辛辣になり、わたしは自信を失っていった。わたしは自分の殻に閉じこもった。そうすればなにもかも消えてなくなるといわんばかりに。その点ではわたしもきみと同罪だ。そもそもわたしたちは結婚した動機がまちがっていた。よくあるあやまちだ。わたしがもっと大人だったら、とっくの昔に夫婦生活に終止符を打っていたことだろう」

バーバラの唇がゆがんだ。「そういうひとりよがりな言い方には虫酸が走るわ。あたしと大差ないくせして」

「そうじゃないふりなどしていない」

「出てって」彼女は言った。「あなたの言うとおりよ。もう終わりだわ。さあ、出てって」

「すまない、バーバラ」

「あなたみたいな人に同情されたくない」彼女はそう言うと、家のなかに引き揚げていった。わたしは黙って行かせた。その瞬間、体が軽くなった気がした。しかし頭痛の種がなくなったと喜んだのもほんのつかの間で、わたしにはまだやるべきことが残っている。バーバラの車をオフィスに向けた。

精神科医なら、わたしがこれほどエズラの金庫をあけることにこだわる理由をこう説明するだろう。父の最後の秘密をあばくことで、彼に代わってその力を継承するつもりだとか、父を理解しよう、あるいは父を出し抜こうと必死なのだとか。正直なところ、そんな複雑な話ではない。わたしはあのビルで十年間も仕事をしてきた。ロースクール時代の夏のアルバイトまで含めれば十三年だ。その間、父は一度として金庫の存在をにおわせたことがなかった。わたしたちは家族だ。共同経営者だ。隠し事をするのはおかしいではないか。そう、あくまで興味本位だったわけだが、それ以上に不安もあった。この秘密を暴くことで、今度こそ父を理解できると、心のどこかで信じていた。人間の正体というのはたいていの場合、他人に見られたくないものであり、ひとりきりのときにだけあらわれるものだ。実社会で見せる正体は作られたものだ。妥協とごまかしの産物だ。

秘密に包まれた父の真の姿が知りたかった。

わたしがたどり着いた結論はこうだ。もっとはやく気づくべきだった。エズラは金を所有することに執着していた。赤貧から成りあがったがゆえの弊害だ。金があれば食べ物が買える。金があれば屋根が直せる。金があることはすなわち生き残れることを意味する。そう考えれば、父が名をあげ、結果的に金持ちとなるきっかけとなった百万ドルの裁定が出た日は、もっとも重要な出来事でもなんでもなかったことになる。わたしはそこを勘違いしていた。巨額の裁定は上訴されるし、またたとえ上訴されなくとも、裁定が出た当日に小切手を切るわけではない。金をもうけることと金を所有すること。この方程式ではある特定の日付だけが重要になってくる。小切手を預けた日だ。

その日がいつかはわからないが、記録が残っているはずだ。オフィスのどこかに、百万ドルのちょうど三分の一の額、すなわち三十三万三千三百三十三ドル三十三セントの現金が入ったことを示す預け入れの記録があるはずだ。父の晩年には、数十万ドルははした金にすぎなかったろうが、父が成り上がるきっかけとなった金だ。それに気づくべきだった。

裏に車をとめ、背が高く間口の狭いビルを見あげた。すでに、見知らぬ場所に迷いこんだ気分だった。バーバラの言葉が頭のなかでこだました――十年間も一緒にやってきたのに……それがすべて無駄になってしまう。台無しになってしまう。

車を降りた。あたりに人の気配はなかったが、遠くからサイレンが聞こえ、ミルズのことが頭に浮かんだ。彼女はいまごろエズラの銃を見つめて、固く引き締まった腿にてのひらを打ちつけているにちがいない。いずれ彼女は匿名の通報者を割り出し、わたしは銃を捨てた人物だと特定される。逮捕され、裁判にかけられ、有罪を宣告される。頼みの綱はハンク、それに、ヴァネッサ・ストールンがわたしの身と魂を救済してくれるというはかない望みだけだ。

オフィス内は、最後にわたしがここに入ってから何週間も何カ月もたったように、かびくさかった。木製ブラインドから影がのび、光の縞模様のなかで埃が舞っている。わたしの考えていることとくらいお見通しだとばかりに、建物全体が冷ややかにしんと静まり返っていた。おまえはここにいるべき人間ではない。そうメッセージを発している。このビルはわかっているのだ。

なかに入ってドアをロックし、短い廊下を抜けて総合受付がある場所に入った。音がくぐもって聞こえる。水のように感じる空気を押しのけながら、感じていることの大半は実体のない恐怖だと言い聞かせ、なんとか振り払おうとした。

パソコンは警察に押収されていたので、狭くて軋む階段で地下室に降りた。積みあげられた箱はさながらぎざぎざの山のようで、裸電球が一個、絞首台から吊されているみたいにぶらさがっている。古い裁判のファイル、納税記録、預金収支報告書などであふれかえっていた。壊れた家具や七〇年代のものとおぼしき運動器具、それにゴルフバッグが八個もあった。たいへんな乱雑ぶりで、古いものはそうとう奥にあるようだ。どういう順でおかれているのか理解しようとつとめながら、わたしは奥へ奥へと入っていった。箱はでたらめに積んであるだけだったが、中身は日付ごとにまとまっていた。つまり、特定の年のファイルはみんなひとまとめにされ、広大な墓場に埋もれているわけだ。

これだと思う年にあたりをつけ、箱をやぶりあけていった。中身はなんの順番もなくめちゃくちゃになっており、それにはびっくりした。エズラは昔からこういうことには細かかったからだ。何千という書類が、形の崩れた段ボール箱に詰めこまれていた。大きめの箱のなかに小さい容器がおさめられ、なかから月別カレンダー、領収書、伝言メモ、インクの乾いたペン、それに紙ばさみが出てきた。半分まで使った法律用箋やいらなくなったローロデクスのカードもあった。どうやらエズラは毎年のようにデスクの中身を処分し、新品をそろえて新鮮な気持ちでスタートしていたようだ。システム手帳の十二月をひらくと、三十一日のところに小さな感嘆符が記入してある。この日が特別な日である理由はわかっている。この日は一年最後の日であり、過去のほとんどもそうしてきたように、これも箱に詰めて忘れるつもりだったのだ。エズラはいつも未来しか見ていなかった。それ以外はごみ同然だった。

探していたものは七つ目の箱の底、一フィート半もの離婚訴訟の書類の下に埋もれていた。エズラが好んで使っていた、分厚く黒い帳簿の皺だらけの背には見覚えがあった。ひらくとひびが入るような音がした。縁が変色した緑色の紙をめくり、ずらりと並んだエズラの几帳面な数字に見入った。まず感じたのは小ささだった。文字も小さく額も小さい——その後の父が得る名声や請求額からは想像もつかない額だった。三十三ページ目に入金の記載があった。そのすぐ上の入金額は五十七ドルで、そのすぐ下はぴったり百ドルだった。父の手書き文字は、百万ドルの三分の一の入金など日常茶飯事だといわんばかりに、ほかの日の記載となんら変わりはなかった。その数字を見るうち、この入金で父が感じたはずの満足感を想像せずにはいられなかった。とはいえ、父はどんな形にせよ、いかなる喜びも満足感もおもてにあらわさないようにしていたようだ。金はすべて自分のものだと思っていたのかもしれない。単に謙虚だったからかもしれない。しかし、わたしはいまも、祝賀会と称して食事に連れていかれたあの夜のことが頭から離れない。「もうなにものもわたしをとめられんぞ」と父は言った。そのとおりになった。アレックスに頭を撃たれるまでは。

地下室を出て電気を消した。朽ちかけた段ボールのにおいが、エズラのオフィスに向かうわたしを追いかけてきた。重い椅子が落ちてきたときの大音響を思い出し、階段のところで足がとまった。しかしいまは水を打ったような静けさがあるばかりだ。年代物の階段をのぼるわたしの重い足取りがその静寂をやぶった。絨毯がこの前来たときとはちがって見える。明かりのせいかもしれないが、奥の隅のところが波打っているようだ。目の錯覚かと思いながらそこをめくった。端のほうの板が欠け、釘の頭の周辺がえぐれていた。マイナスのドライバーでつけたようなその小さな傷には見覚えがない。指先でなぞりながら思った。誰がここに入ったのだろうかと。

その疑問をわきに追いやった。時間がふんだんにあるわけではないし、あの数字をはやくためしたくてうずうずしていた。金槌を手に取り、釘を引き抜きにかかった。釘の頭の下に釘抜きを差しこもうとこころみた。板がさらにえぐれ、釘の頭がこすれてつるつるになったが、どうしても引き抜けない。板の端の隙間に釘抜きを差しこみ、柄の部分を手前に引っ張った。びくともしない。引っ張るたびに背中の筋肉が緊張するのを感じながら、さらに力をこめた。しかし四本の大釘は手強かった。

地下室まで走って戻り、裸電球の薄暗い明かりのなかに足を踏み入れ、段ボール箱置き場をまわりこんで、道具置き場に向かった。さっき見たときそこには雪かき用シャベル、梯子《はしご》、壊れた熊手、車用の古いジャッキがあった。ジャッキと一緒に使うラグレンチを見つけた。長さは二フィート、先端は細く尖っている。息を切らせながら二階に戻ると、先端が細いほうを板と板のあいだに押しこみ、反対側を金槌で叩いた。淡黄色の板がわたしを見てにやにや笑っているような形をした隙間にレンチが呑みこまれていく。てこの支点がわりにレンチの下に金槌をかませ、そこを足で押さえ、長いレンチに百九十ポンドの体重をかけた。そうやって体をあずけるうち、ひびの入る音がしたかと思うと、板が割れた。レンチの位置を変える。ギザギザの板きれを一枚、また一枚とてこの要領で押しあげていくと、ようやくゆるくなった。板を取りのぞいた。とげがてのひらに刺さったが、そんなことにかまっていられなかった。板の残骸をわきにのけた。

金庫が挑むように目の前にあらわれ、思わず腰がひけた。しかし、父の帳簿の記載を思い浮かべ、その番号でまちがいないと確信した。父を打ち壊す心の準備はできていたし、秘密をあばく心の準備もできていた。そこでふたたび膝をついた。父の最後のひとかけらの上にかがみこみ、心のなかで祈りの言葉をつぶやき、父がはじめて巨額の金を預け入れた日付を打ちこんだ。

扉は音もなくあき、暗闇が見えた。わたしはまばたきした。

最初に目に飛びこんできたのは現金だった。それもかなりの額で、一万ドルの束が帯でまとめてあった。全部外に出してみる。金は手にずしりと重く、いかにも札束らしいにおいが、かびくささに混じっていた。ぱっと見た感じ、総額二十万ドルはありそうだ。わきの床においたが、なかなかそこから目が動かせなかった。こんな大金を見るのははじめてだった。しかしここに来たのは金を探すためではない。そこでぽっかりあいた穴に目を戻した。

家族の写真だった。妻と子どもの写真ではない。そっちの家族ではない。父を育てた、貧しかった家族の写真だ。エズラとその父親を写した色褪せた写真。父親と母親の写真。きょうだいとおぼしき、薄汚れ、うつろな目をした子どもたちの写真。はじめて見る写真ばかりだったし、おそらくジーンも見たことがないだろう。誰もかれも、子どもたちでさえくたびれた顔をしているが、一枚の集合写真を見て、エズラがなぜきょうだいとちがうのか、その理由がようやくわかった。自宅のデスクに飾られた写真もそうだが、目がちがうのだ。まだ子どもだというのに、世の中を動かしそうな力強さがある。きょうだいもそのなにかを感じ取っていたようだ。というのも、どの写真を見ても、エズラを中心にきょうだいが集まっているからだ。

しかしどの顔にも見覚えはなかった。このなかの誰にも会ったことがなかった。ただの一度も。

写真を金のとなりにおき、ふたたび金庫に向きなおった。大ぶりのビロードの箱に、母のアクセサリーがいくつか入っていた——死んだときには身につけていなかったが、かなり値の張るものばかりだ。エズラはこれを〝くだらない子どもだまし〟と言い、相手に一目おかれたいときや、相手の妻を安っぽく見せたいときに引っぱり出してきていた。母は身につけるのをいやがっていた。一度など、こんなものをつけていると悪魔のめかけになった気がするとわたしに打ち明けたこともある。美しくないからではない。それどころか、実に美しいアクセサリーだ。しかしこれらもまた単なる道具にすぎず、それ以外の何物でもなかった。ジーンにやろうと、宝石箱もわきにおいた。ジーンのことだ、どうせ売り払ってしまうだろう。

いちばん下から出てきたのはビデオテープだった。全部で三本、なんのタイトルも書いていない。それをヘビでもつかむような手つきでつかみ、わたしの思い過ごしだったのだろうかと一瞬思った——息子に知られたくないなにかが隠されているとばかり思っていたのに。なぜビデオを金庫なんかに隠したのか?

部屋の隅にビデオデッキとテレビがあった。適当に一本選んで、デッキに挿入した。テレビのスイッチを入れ、再生ボタンを押す。

最初に白い画面があらわれ、それからソファーが映った。やわらかな照明。声。わたしはうしろにある長い革のソファーを振り返り、また画面に目を戻した。同じものだ。

「恥ずかしいわ、エズラ」どこかで聞いたような女の声。

「わたしを喜ばせると思って」こっちはエズラの声だ。

やさしくキスする音につづき、いきなり少女のような笑い声があがる。

日焼けした長い女の脚。女がカメラの前をすばやく横切り、ソファーに倒れこんだ。女は一糸まとわぬ姿で、笑っていた。白い歯と、同じくらい白い乳房が一瞬映った。そこへエズラが画面いっぱいにあらわれた。ソファーに近づいていくにつれ、その姿は少しずつ小さくなっていくが、もごもごとなにか言っているのだけは聞こえる。そこへ女のほうの声がした。

「うふふ、いらっしゃい、さあ」女は両腕で隠している。脚を大きくひらき、左脚は湾曲形の革のソファーのうしろ、右脚はエズラの腰にまわして引き寄せようとしている。

エズラが倒れこむと、女の体は彼の巨体の下にすっぽり隠れてしまった。しかし脚はまだ見えたし、彼女にはエズラにのしかかられながらも身を起こすだけの力があった。「すてき」と彼女は言った。「ああ、いいわ。このままファックして」父は女を荒々しく倒すと、ソファーのやわらかな革に押し沈めた。父の体の下からほっそりした腕があらわれ、背中を探りあてると、そこに爪でひっかき傷をつけた。

見ているうちに胸が悪くなったが、目をそむけることもできなかった。頭のどこかでわかっていたからだ。あの声。あの脚のからめ方。一瞬こぼれた白い歯。

わかっていた。わたしは父がわたしの妻をソファーに押さえこむのを、暗澹《あんたん》とした信じられない気持ちで見ていた。

33

その光景は痛烈な一撃だった。父にもてあそばれ、乱暴な扱いを受けながらも、妻の目は動物のようにぎらついている。オフィスも、世の中も消えてなくなり、床が猛スピードで膝に迫ってくるのもわからなかった。胃がぎゅっと収縮し、口のなかに胆汁があふれていてもおかしくなかったが、だったとしてもなんの味もしなかった。これから一生つき合わざるをえない感覚が他の感覚を圧倒していた。見てはいけない光景が、腐った果物のごとくふくれあがり破裂した。仰向けだった妻が四つん這いの姿勢をとった。家畜に負けず劣らず毛深い父が、目の前にいるこの女も自分と同じく理性のかけらもない肉塊であるかのように、ひとり息子の妻であることなど忘れたかのように覆いかぶさりうめき声をあげている。

いつからだ？　ふと疑問が浮かんだ。いつからこんなことになっていたんだ？　それと前後して思った。なぜわたしは気づかなかったのか？

もう見ていられないと思った瞬間、画面が消えた。わたしはぐったりとなって、そのまま倒れるのではないかと覚悟したが、そうはならなかった。いま目にしたものと、その光景が意味するものとで、全身がしびれ、茫然自失状態だった。そのとき彼女の声がした——心臓がとまるかと思った。

「あなたが板を打ちつけたのね」

振り向くと彼女がいた。エズラのデスクのそばに立っていた。階段をあがってくる音は聞こえなかったから、いつからそこにいたのかわからない。彼女はリモコンをデスクにおいた。わたしはどうにかこうにか立ちあがった。彼女は一見落ち着いた様子だが、目はうつろで、唇が濡れている。

「あたしが何度、そのいまいましい金庫をあけようとしたかわかる?」彼女はデスクの端に腰をおろしてわたしを見つめた。顔はあいかわらず青白く、声も精彩を欠いている。「たいていは、夜遅く、あなたが眠ってるあいだだったわ。飲んだくれと結婚してよかった。いつもぐっすり眠ってくれるから。もちろん、そのテープのことは知ってたわよ。録画なんかさせなきゃよかったけど、彼がどうしてもって言ったのよ。金庫に隠してるとわかったときにはもう手遅れだった」

彼女は目がうつろで、まばたきすると体が傾きそうだ。薬物をやっているように見えるが、そうであってもおかしくない。なにしろわたしは妻のことをろくに知らないのだ。いまも、これまでも。

「手遅れとはどういうことだ?」わたしの質問を彼女は無視した。片手は耳を引っ張り、もう一方の手はうしろに隠したままだ。そのときわたしは、自分がとんでもない勘違いをしていたと悟った。

「あの晩のあれはきみだったのか。きみが階段の上から椅子を落としたんだ」

オフィス内を見まわした。出口はひとつしかない。

「そうよ」バーバラが答えた。「あんなことして悪かったわ。だけど、いずれああなるのは目に見えてた。だってあたし、しょっちゅうここに来てたから」彼女が肩をすくめた拍子に、銃があらわれた。左手にそれを握りながら、そんなものなどないようにふるまっている。それが目に入ったとたん、わたしはその場から動けなくなった。小型で色は銀色、メーカーはわからないがオートマチックだ。彼女は銃身で頬を掻いた。

「なんのために銃なんか……？」威嚇するような声にならぬようせいいっぱい努力した。バーバラはまたも肩をすくめ、銃に目をやった。銀色の銃身に光が反射するさまを楽しむように、銃をいろいろに傾けて遊んでいる。顔に締まりがなくなっている。あきらかに正気でないその様子は、酔っているか、精神のバランスを崩したかしたのだろう。

「以前から持ってたのよ」と彼女は答えた。「最近はこの街もだんだん物騒になってきたでしょ。とりわけ夜に女がひとり歩きするとなるとね」

自分の身に危険が迫っているのはわかっていたが、そんなことはどうでもよかった。

「なぜ父を殺したんだ、バーバラ？」

不意にバーバラは立ちあがり、わたしに銃を向けた。目のうつろな静けさが消え、かわりに現われたのはまったくべつのものだった。わたしは撃たれると思い、すくみあがった。

「あなたのためにやったのよ！」と彼女は叫んだ。「あなたのために！　よくもまあ、ぬけぬけと訊けるわね。すべてあなたのためにやったのよ。この恩知らずのろくでなし」

わたしは両手をあげた。「悪かった。そんな昂奮しないでくれ」

「そっちこそ落ち着きなさいよ！」そう言うとバーバラは、いまにも発砲しそうに銃をかまえ、乱れた足取りで三歩近づいた。足をとめても銃はおろさなかった。「あのじじい、遺言を書き換える気でいたのよ。せっかく六カ月も寝てやって、ようやくまともな遺言を作らせたって言うのに」黒板を指でひっかいたみたいな笑い声が響いた。「それが代償だったのよ。でも、あたしは従った。ふたりのために従った。やっと夢がかなったの。なのにあいつは全部をチャラにして、もとに戻すと言いだした。そんなの許せるわけないでしょ。だから、あたしがなにもしてくれなかったなんて猿芝居はやめることね」

「だから父と寝たのか？　金のために？」

「お金のためだけじゃないわ。お金なんてたかだか千ドルだか一万ドルだかだもの。お義父さんはね、あなたに千五百万ドルものお金を託すつもりなんかなかったの。あなたには三百万ドルだけやるつもりだったのよ」そこで彼女は皮肉な笑い声をあげた。「たったの三百万よ。信じられる？　あんな金持ちのくせして。だけどあたしが説得したの。それで千五百万ドルに変えたってわけ。あなたのためにやったのよ」

「わたしのためなんかじゃない、バーバラ」

彼女の手のなかで銃が震えはじめ、見ると握った指が真っ白だった。「あたしのことなんかわかってないくせに。あたしのことを、あたしがどんな思いをしてきたかをわかってるふりはやめて。テープがここにあるのはわかってた。誰かに見られたらどうなるかわかってた」

「銃をおろさないか、バーバラ。そんなもの必要ないだろう」

彼女はうんともすんとも言わなかったが、銃口は下へ下へとおりていき、ついに床に向いた。バーバラは目でそれを追い、そのままへなへなとすわりこんでしまいそうになった。その隙をついて、わたしは思いきって息をついたが、顔をあげた彼女の目がきらりと光った。

「なのにまたあなたは、あの田舎女のところに通いはじめた」

「ヴァネッサとのことは、わたしたちとは関係ない」

銃があがり、バーバラが叫んだ。「あの泥棒猫はあたしのお金を盗もうとしたのよ！」

おぞましい考えが頭に浮かんだ。「ヴァネッサになにをした？」

「あなたはあたしと別れるつもりだった。自分でそう言ったじゃないの」

「だけど彼女とはなんの関係もないんだ、バーバラ。これはわたしたち夫婦の問題だ」

「あの女がいけないのよ」

「彼女はどこだ、バーバラ？」

「いなくなったわ。ありがたいことに」

心のなかでなにかを引きちぎられたような気がした。ヴァネッサはわたしに唯一残された生きる望みだったのに。だから頭に浮かんだことをそのまま口にした。

「わたしだって、きみがいったふりをしたときにはわかるくらい、きみを抱いてきた」今度はわたしから歩み寄った。わたしの人生は終わった。もうなにも残っていない。目の前のこの女がなにもかも奪ったのだと思うと、怒りが自然にわきあがった。なにも映っていない画面を手でしめしたが、いまも妻が、絶叫する姿が目に浮かぶ。「きみは楽しんでたじゃないか。父とやるのを楽しんでた。そんなによかったのか？　それとも、わたしを傷つけておもしろがっていたのか？」

バーバラは大声で笑いながら銃をかまえた。「あら、やっと男らしくなったじゃないの。タフガイなんか気取っちゃって。そう、知りたいなら教えてあげるわ。ええ、あたしは楽しんでた。お義父さんは自分がほしいものをわかってたし、どうやれば手に入れられるかもわかってた。あの人には力があったわ。腕っぷしの強さを言ってるんじゃないわよ。いわゆる力よ。あの人とのファックがこれまででいちばん燃えたわ」上唇がめくれた。「あなたの待つ家に帰るのがばかばかしくなるくらい」

その顔になにかが浮かんだ。またひとつぴんときた。「父はきみを捨てたんだな。父はその力を行使できるからきみとセックスしたんだ。きみを支配し、好きなようにあやつった。だがあるとき、きみも楽しんでいると気づいたとたんに、興味が失せた。だからきみを捨てた。きみが父を撃ったのはそのためだ」

図星だった。図星だとわかった。バーバラの目を、ひきつる唇を見れば一目瞭然だ。とたんに抑えきれない喜びがこみあげてきたが、それも長くはつづかなかった。

妻が引き金を引くのが見えた。

34

またしあわせな夢を見ていた。緑の草原、おさない女の子の笑い声、ヴァネッサの頬がわたしの頬にそっと押し当てられる感触。しかし夢は移り気な詐欺師で、いつまでもひとところにとどまってくれない。最後につかの間、矢車草のような青い目が見え、海を渡ってきたのかと思うほどか細い声が聞こえた。次の瞬間、激痛に襲われ、自分はいま地獄にいるのだと思った。指でまぶたをめくられ、そこかしこで赤い光が世界に向けて点滅している。手がわたしの着ているものを引きちぎり、金属が肌にあたる感触があった。身をよじったが、骨白色の指に押さえつけられ拘束された。目鼻のない顔が見えたり消えたりした。ふわりとあらわれては、わたしには理解不能の言葉をしゃべり、いなくなったかと思うとまた戻ってくる。痛みは間断なくつづいた。血の流れのように脈打ち、わたしの体を駆け抜けた。やがて手の数が増え、わたしは悲鳴をあげようとした。

そのうち振動がはじまり、海を漂流しているのかと錯覚するほど、ホワイトメタルの空が揺れた。見るのもいやになっていた顔が見えたが、このときのミルズはわたしをいたぶろうとはしなかった。彼女の唇が動いたが、わたしは答えられなかった。なにを言われたのかわからなかった。ようやくわかりかけたところでミルズが消え、わたしは声を張りあげて呼んだ。答えが返ってきた。血まみれの手で押しとどめられはしたが、彼女はそれを振り払ってわたしに覆いかぶさり、わたしの言葉に顔を近づけた。叫ばなくてはならなかった。というのもわたしは深い井戸のなかにいて、しかも猛スピードで落下していたからだ。だから叫んだ。叫びはしたが、ミルズの顔は白い空のかなたへと消え、わたしは井戸の底にたまった粉末インクに墜落した。あたりが闇に閉ざされるなかで最後に頭に浮かんだのは、地獄の空のみごとなまでの白さだった。

しかし真っ暗闇のなかでも時は経過しているらしく、時折、光が射すこともあった。痛みは波のように強弱を繰り返し、痛みが薄らいだときにはいろんな顔と声が頭のなかによみがえった。ハンク・ロビンズがミルズ刑事に食ってかかっているのが聞こえた。どうやら刑事はまだ質問したいらしい。しかしどうにも筋がとおらない。心配のあまり老けこんでしまったドクター・ストークスの姿も見えた。彼はクリップボードを手に、白衣姿の見知らぬ男性に話しかけている。一度ジーンがあらわれたこともあり、あまりに激しく泣きじゃくられ、見ているのがつらくなった。ジーンはなにもかもわかった、ハンクから聞いた――拘置所に入れられたことも、わたしがみずから罪をかぶろうとしたことも――と言った。彼女は、兄さんのことは愛しているけど、だからと言って、身代わりに刑務所で一生を過ごすなんてとてもできないと言った。そんなことができる兄さんはすばらしい人だと言ったが、それもまた筋がとおらない。わたしは地獄にいるはずなのに、ここはわたしが創りだした地獄のようだ。それをジーンに説明しようとしたが、喉から声が出なかった。だからわたしは無言で見つめ、井戸からまた外に出られるときを待った。

一度だけ、ヴァネッサが見えたように思ったが、これも地獄の残酷なジョークにちがいなく、ゆえにわたしは体を起こそうとはしなかった。目を閉じ、彼女を失った悲しみに泣いた。目をあげると、彼女の姿は消えていた。わたしは暗闇のなかでひとり、寒さに震えていた。寒さは永遠につづくかと思われたが、ついに熱がわたしの居場所を突きとめた。それでようやく自分がいま地獄にいるのだと思い出した。地獄は熱いに決まっている。また、地獄には苦痛がつきもので、目を覚ますと痛みがあらかた消えていたので、きっとまた夢を見ているのだと思った。目をあけたが、子どもの姿も、草原も、ヴァネッサの姿もなかった。おそらくここの責め苦は肉体だけにかぎらないのだろう。

ようやく目を覚ましたわたしは、ひんやりした空気のなかでまばたきした。なにか動く音が聞こえたので、頭上に顔があらわれたときには覚悟を決めていた。最初はぼやけてよく見えなかったが、まばたきして目をこらした。ジーンの顔だった。

「楽にして」と妹は言った。「もう大丈夫。じきによくなる」

そのとなりに、白衣姿の見知らぬ男があらわれた。肌は浅黒く、油で塗り固めたのかと思うほどひげがてかてか光っている。「わたしはユセフ医師です」とその男は言った。「お加減はどうですか?」

「喉が渇いた」しわがれた声。「力が出ない」頭をあげることもできなかった。

医者はジーンに向かって言った。「氷のかけらをあげてください。ただし一個だけ。十分ほどたったらまたあたえるように」

スプーンがなにかにあたる音がしたかと思うと、ジーンがわたしの上に身を乗り出した。そして氷のかけらを口にそっと差し入れてくれた。「ありがとう」とわたしは小声で言った。ジーンはほほえんだが、どこか痛々しかった。

「どのくらい?」とわたしは訊いた。

「四日間です」医者が答えた。「意識と無意識のはざまをさまよっていました。助かったのは奇跡ですよ」

四日間。

医者はわたしの腕を軽く叩いた。「治りますよ。痛みはあるでしょうが、必ず治ります。食べられそうなら、食事を固形物にします。体力が戻ったらリハビリに入ります。じきに退院できますよ」

「ここはどこです?」

「バプテスト派病院です。ウィンストン・セーラムの」

「バーバラはどうなりましたか?」

「知りたいことはすべて妹さんからお聞きになるといい。とにかくいまは気を楽にして。また一時間したら様子を見に来ます」医者はジーンに向きなおった。「あまり疲れさせないように。当分は体力がありませんから」

ジーンがふたたびベッドのわきにあらわれた。顔が腫れぼったく、目のまわりの皮膚がワインのようにどす黒い。「疲れているみたいだぞ」とわたしは言った。

妹は力なくほほえんだ。「兄さんこそ」

「大変な一年だったな」とわたしが言うとジーンは笑い声をあげ、それからぷいと横を向いた。ふたたびこちらに顔を向けた彼女は涙を流していた。

「本当にごめんなさい、兄さん」言葉が壊れ、その破片で怪我をしたかのようだ。顔が赤らみ、目に生気がなくなった。涙はやがてすすり泣きに変わった。

「なにを謝ってる？」

「いろいろとよ」それは赦しを乞う言葉だった。「兄さんを憎んだこととか」妹の頭が垂れたのを見て、わたしは尋常ならざる苦労をして彼女のほうに手をのばした。手を探りあて、強く握った。

「こっちこそ悪かった」とわたしは弱々しい声で言った。もっと言いたいことはあったが、またも喉がふさがってしまい、わたしたちはしばらくほろ苦い沈黙にひたっていた。ジーンが両手でわたしの手を包みこみ、わたしは彼女の頭頂部をじっと見ていた。わたしたちはかつての兄と妹の関係には戻れない。その場所はすでに草ぼうぼうの庭になってしまった。しかし、妹の姿を見るうち、わたしはこれまでにないほど子ども時代のふたりに戻れたように感じていた。そして彼女のほうも、謝ることが大事で、やり直しがむずかしくもなんともなかった時代に戻ったように感じていたはずだ。顔をあげた妹の目を見て確信した。

「お見舞いのお花は見た？」ジーンがおずおずと、いまにも壊れそうな笑みを浮かべて言った。

ジーンのうしろに目を向け、はじめて病室全体を見た。花でいっぱいだった。カードのついた何十という花瓶が並んでいた。

「地元の弁護士会からカードが届いてる——郡の弁護士さん全員の署名が入ってるわよ」そう言って彼女は大ぶりのカードを寄こしたが、べつに見たいとは思わなかった。目に非難の色を浮かべてわたしを見ていた彼らのことが、まだ頭に焼きついている。

「バーバラはどうした？」わたしが訊くと、ジーンは未開封のカードをテーブルに戻した。それから目を病室全体にさまよわせはじめたので、わたしは同じ質問を繰り返そうとした。

「本当に聞きたいの？」

「どうしても」

「逮捕されたわ」

わたしは安堵とも絶望ともつかないため息を漏らした。心のどこかで、あの裏切り行為が夢であってくれればと願っていたのだろう。「どういういきさつで？」

「ミルズ刑事が兄さんを発見したの。兄さんは二発撃たれてた。一発は胸を、もう一発は頭を」ジーンの目がゆっくりと上に移動し、わたしは自分の頭に手をやった。包帯が巻かれている。「胸に入った弾は肺を貫通してた。頭のほうはかすり傷よ。ミルズ刑事は最初、兄さんが死んでると思った。あぶないところだったんだけどね。彼女が救急車を呼び、それでローワン郡立病院に運ばれた。で、最終的にここに移された」

「しかしバーバラはどうなったんだ？」

「救急車で運ばれる途中、兄さんはまだ意識があった。それでミルズ刑事に撃ったのは誰かをなんとか伝えた。二時間後、ミルズ刑事がバーバラを逮捕した」

ジーンの声が途切れ、彼女は目をそらした。

「どうした？」とわたしは訊いた。まだつづきがありそうだった。

「バーバラはなにごともなかったかのように、カントリークラブで遅い昼食をとってたの」

ジーンの手がわたしの体におかれた。「気の毒な兄さん」

「ほかにはなにか？」話を先に進めたかった。白ワインを口に含み、見せかけの笑みを貼りつけたバーバラの顔が鮮明に浮かんだ。女同士のランチだ。

「自宅から凶器が見つかった。たくさんのお金と母さんのアクセサリーと一緒に地下室に隠してあったって」

「わたしが自分でそこに隠し、自分で自分を撃ったとミルズが推理しなかったとは驚きだな」思わず声に皮肉が混じる。

「ミルズ刑事はすっかり恐縮してる。何度もお見舞いに来てくれたし、自分のミスをいさぎよく認めたわ。申し訳ないことをしたと伝えてほしいって」

「ミルズがそんなことを？」

「それにこんなものもおいてった」ジーンは立ちあがると、病室の反対側に歩いていった。

戻ってきた彼女は新聞の束を抱えていた。「ほとんどは地元の新聞。シャーロットの新聞もあるけど。なかなか男前に写ってるわよ。ミルズ刑事は公式の場で謝罪したの」そう言うと、いちばん上にのっていた新聞を手に取った。パトカーから降ろされるバーバラの写真があった。手錠をかけられ、カメラから顔を隠そうとしている。

「さげてくれ」

「わかった」ジーンは新聞の山をベッドわきの床におき、わたしは目を閉じた。バーバラの写真を見たせいで、すべてがまたよみがえってきた。苦痛と裏切りが。しばらくは言葉が出てこなかった。ようやくジーンを見あげると、彼女の目はかすみ、なにを見ているのかわからなかった。

「知ってるのか？」と訊いてみた。

「バーバラと父さんのこと？」

わたしはうなずいた。

「うん、知ってる。兄さんが謝る必要はないよ」

わたしは口を閉じた。わたしがなにを言っても、その事実が消えることはないのだ。髪の色のように父から受け継いだものと同じく、いまではすっかりわたしたちの一部となってしまっている。

「父さんは最低の男だったな、ジーン」

「でも、もう死んだわ。だからその話はこれっきりにしましょ」

わたしはそうだなと言ったものの、これっきりにできるはずがないのもわかっていた。父の存在は、埋葬していない死体のにおいのごとく、いまもわたしたち兄妹のあいだをただよっている。

「もう少し氷はどう?」ジーンが訊いた。

「もらおうか」

ジーンが氷をくわえさせてくれたとき、顔の上にとまった手首に生々しい傷痕が見えた。引き攣《つ》れたピンク色のその傷は、血管の上の肌がぴんと張りすぎているように見える。おそらくそのほうが傷を保護するのにいいのだろう。よくは知らないが。ジーンに対してわたしはそういうことをしてやらなかった。しかし、もしかしたらいまから祈っても遅くはないかもしれない。いや、そうであってほしい。

「あたしのほうはもう大丈夫」そう言われ、自分が目を丸くして見ていたのだと気がついた。

「本当に大丈夫か?」

ジーンはほほえむと、また腰をおろした。「兄さんに何度も救ってもらった命だもの。きっとなにか価値があるんでしょうよ」

「冗談でごまかすな、ジーン。まじめに訊いてるんだぞ」

ジーンはため息をついて椅子に背をあずけ、それを見てわたしは、きつく言いすぎたかと心配になった。ぼやけてきたふたりのあいだの境界線を踏み越えたくはなかった。しかし、次に口をひらいた彼女の声に怒った様子は微塵もなく、ただ時間をかけて、わたしに説明する言葉を探していただけだったようだ。

「あたしね、長く暗いトンネルからようやく抜け出た気がする」と彼女は言った。「あたしのなかでなにかが解き放たれたのか、肩肘張らなくてもよくなった感じ」そこでジーンは下腹部のところで両手をぎゅっと握り合わせ、またひらいた。十枚の花びらを持つバラのごとく。「うまく説明できないけど」彼女はそう言ったが、わたしはわかるような気がした。エズラが死んだことで区切りがついたのかもしれない。そうではないのかもしれない。しかし、ジーンを立ち直らせるのはわたしの役目ではない。その事実にわたしはようやく思いいたった。自分の力で立ち直るしかなく、いまの笑顔を見るかぎり、妹にはそれだけの力があるように思えた。

「アレックスは?」とわたしは訊いた。

「あたしたち、ソールズベリーを出ようと思ってる。ふたりの居場所を見つけたい」

「わたしの質問に答えてないぞ」

ジーンの目は表情豊かで生き生きしていた。「あたしたちだって、みんなと同じで問題を抱えてる。でもね、なんとかやっていけるよ」

「おまえがいなくなるのはいやだ」

「あたしと兄さんはようやく理解し合えたように思うのよ。アレックスもわかってくれたわ。ふたりでいろいろ話し合ったの。これからも彼女は男の人とはうまくやっていけないと思うけど、兄さんだけは例外だとはっきり言ってくれた」

「過去をほじくり返したわたしを許してくれるのか？」

「兄さんがそうした理由はアレックスも理解してる。兄さんの気持ちは尊重するって。でも、あたしがそんなこと言ったなんて彼女には絶対言わないでよ」

「つまり、仲直りできるのか？」

「どこに住むことになっても、兄さんが来てくれるのはいつでも歓迎する」

「ありがとう、ジーン」

「もっと氷をあげるわね」

「頼む」

ジーンに氷をもらうと、まぶたが重くなってきた。一気に疲れを感じ、ジーンが病室内を動きまわる足音を聞きながら目を閉じた。うとうとしかけたところでジーンの声がした。

「このカードは読みたいんじゃないかな。カードというより手紙だけど」少しだけ目をあけると、ジーンが一通の封筒を手にしていた。「ヴァネッサからよ」

「なんだって？」

「彼女もお見舞いに来てたけど、長くはいられないって言ってた。そのかわりに、これを兄さんに渡してくれって」ジーンに渡された封筒は薄くて軽かった。「読めばわかるって」

「しかし、彼女はてっきり……」最後まで言えなかった。

「デイヴィッドソン郡の病院に入院してるところをハンクが見つけたの。レキシントンに飼料を買いに行って、通りを渡ろうとしたところを撥ねられたらしいわ」

「撥ねた犯人は？」

「いまのところ不明。ヴァネッサも黒いメルセデスが急に飛び出してきたことしか覚えてないって」

「けがの具合はどうなんだ？」

「あばら骨が何本か折れて全身を強く打ったけど、命に別状はなかった。ひと晩入院させられたのよ。痛み止めでそうとう朦朧としてたみたい」

「てっきり死んだものとばかり」

「ところがそうじゃなかったってわけ。兄さんがこんな状態になってるのを見て、すごくショックを受けてた」

突如としてなにも見えなくなった。手のなかの手紙は、失ったと思いこんでいた未来への架け橋だ。彼女の言葉を読みたかった。彼女が書いた文字を見たかった。しかし指がうまく動いてくれなかった。

ジーンがわたしの手から封筒を取りあげた。「あけてあげる」

封筒をやぶりあけ、たたんだ紙片を取り出すと、わたしの手に戻した。「用があるなら、外にいるから」ジーンが出ていき、ドアが閉まる音がした。わたしはまばたきした。視界が晴れたところで、ヴァネッサがおいていった手紙に目を落とした。短かった。

人生は苦難に満ちた旅だわ、ジャクソン。わたしはこれ以上の苦痛に耐えられるか自信がない。だけど、ふたりが出会った日のことはこの先も悔やまないし、あなたが話す覚悟を決めたら、わたしも聞く覚悟を決める。もしかしたら、今度のことで物事がいいほうに動くかもしれないし。そうであればいいと思うけど、運命がいかに残酷か、わたしは痛いほどわかってる。この先なにが起ころうと、これだけは覚えていて――わたしは毎日神様に感謝してる。あなたの命を奪わないでくださってありがとうと。

三回読んだのち、手紙を胸に抱いたまま眠りに落ちた。

次に目覚めたときは、さっきより十倍も具合がよくなっていた。もう遅い時間で、おもては暗かったが、誰かが部屋の隅の明かりをつけておいてくれていた。ミルズが椅子にすわっているのを見て、彼女が読んでいる本から目をあげる前になんとか体を起こした。

「あら」と言ってミルズは腰を浮かしかけた。「悪く思わないでね。ジーンは四六時中つきっきりでくたくただったのよ。だからわたしがかわりに付き添うと言ったの」彼女はためったような表情を浮かべて立ちあがった。「わたしに訊きたいことがあるんじゃないかと思って」

「礼を言うべきなんだろうな」とわたしは言った。「きみは命の恩人だ」

ミルズはこれ以上ないほど気まずそうな表情を浮かべた。「こっちはあなたに謝らなきゃいけない」

「それはもう忘れよう。終わったことだ。もうあまり考えないようにしようと決めたんだ」

そしてベッドのとなりの椅子をしめした。「かけてくれ」

「ありがとう」ミルズは腰をおろし、読んでいた本をテーブルにおいた。見るとミステリ小説で、なんだか滑稽な気がした。そもそも彼女自身が刑事なのに。

「なにを訊きたいのか、自分でもよくわからない」とわたしは彼女に言った。「事件についてじっくり考える時間がなかったから」

「いくつか訊きたいことがあるの」とミルズが言った。「そしたら、あなたが知りたいことを最初からすべて説明する」

「わかった」

「お父さんの銃をどこで見つけたの？」と訊かれ、わたしは水路のことを、夜中に暗渠を捜索したことを説明した。

「あの暗渠にも捜索隊を送りこんだのに」ミルズは見るからに怒っていた。「なんで見つけられなかったのかしら」

ごみの詰まった隙間の奥深くに引っかかっていたのだと話してやったが、そこを探すことになったいきさつについては説明を拒んだ。当然のことながらミルズは食い下がってきたが、わたしにはマックスのことを話すつもりはなかった。

「教えてくれた人がいた。それ以上のことは言えない」

けっきょくミルズはあきらめてくれたが、あくまで好意によるもので、これまでさんざんわたしを傷つけてきたことへの、せめてもの償いだった。しかしこのまま会話を進めるのは気詰まりだった。ミルズにとってあきらめるのは至難の業なのだ。

「つまり、すべてジーンを守ろうとしてやったことなのね？　妹さんが事件にかかわっていると思ったからなのね？」

「そういうことだ」

「だけど、どうして？　どうしてジーンがお父さんを殺したと思ったの？」

そう訊かれて思案した。どこまで話せばいいだろう？　ミルズはどこまで本気で知りたがっているのだろう？　さらに大事なことだが、わたしにはいまもエズラの真実を守りとおす意志があるのだろうか？　過去の出来事、すなわち母がこの世を去ったいきさつと折り合いをつける必要はある。しかし、真実を話すことでなにかメリットはあるだろうか？　自分に問いかけるしかなかった。それでジーンはぐっすり眠れるようになるだろうか、母の魂は安らかに眠れるようになるだろうかと。

「ジーンはエズラの家を出たあと自宅に戻らなかった。わたしは彼女を探して、家を訪ねたんだ」

ミルズがさえぎった。「彼女はドライブに出かけたと言ってる。気が動転してドライブに出かけたと。そのあと、話をしようとあなたの家に向かった。着いたときにちょうどあなたの車が出ていくのが見えたそうよ」

わたしはうなずいた。そう考えるのがもっとも自然なのに、思いつきもしなかった。「ジーンはしばらく前から様子が変だったんだ。不機嫌で、情緒不安定だった。運を天にまかせるわけにはいかなかったんだよ」

わたしはこれからもエズラの真実を守り通す道を選んだが、べつに彼の名誉のためではない。真実のなかには、そっとしておくほうがいいものもある。そんな単純な動機からだ。

ミルズは見るからにいらだっていた。「話してもらってないことがいっぱいあるようね、ワーク」

わたしは肩をすくめた。「そっちが思ってるほどじゃないし、どれも事件には関係ないことばかりだ」

「犯行現場に立ち入りたかったのは、本当にジーンが理由だったの?」ミルズはついに訊いてきた。その目を見れば、彼女がすでに答えを知っているのは明らかだ。わたしが犯行現場に入った理由はひとつだけであり、ダグラスにはああ説明したものの、ジーンに具体的に説明したいからというのはうそだ。すべてが終わってなんの心配もなくなったいま、わたしは思わず口もとをほんの少しだけほころばせた。

「ちがう」

ミルズはほほえみ返してこなかった。わたしがあらかじめ念入りに知恵を絞ってああしたことも、その理由も彼女にはわかっていた。わたしのそのたくらみのおかげで彼女は大恥をかく結果となり、場合によってはもっと大きなものを失ったかもしれないのだ――事件の真相、評判、職。しかし彼女は理解してくれているようだ。わたしが犯行現場に立ち入ったのには明確な理由がひとつあった――来るべき起訴を阻止するため。ジーンにかかわって逮捕されるのはかまわないが、打つ手がなくならないかぎり刑務所行きはごめんだった。裁判になった場合、犯行現場に立ち入った事実をあげて争点をつぶせる――うまくいけば評決不能か、あるいは無罪放免に漕ぎつけられると考えたのだ。なんの保証もないが、やってみる価値はあった。

「そうせざるをえなかった」とわたしは彼女に言った。「エズラの行方がわからなくなったとき、もう死んでいるにちがいないと考えた。ジーンが殺したと思った。妹を刑務所に行かせるわけにはいかなかった」そこで間をおき、長らくエズラの行方がわからなかったことや、その時期にわたしの頭を離れなかった不吉な考えを思い出した。「一年半、そんなことばかり考えていた」

「なにもかも計画してあったわけね。ダグラスがあなたをオフィスに呼んだその日から。警察がお父さんの死体を見つけた日から。だからダグラスに無理を言って犯行現場に入ったのね」

「計画というのは大げさだな。そのくらいしても害はないと思ったんだ」

「わたしがどう思ってるかわかる？　あなたはお父さんが思ってた以上に優秀な弁護士だわ」

「わたしに弁護士の資格などない」そう言ったが、ミルズには聞こえていないようだった。

「それにいいお兄さんでもある。ジーンも、あなたが彼女のためにしようとしたことを知ってるんでしょ」

わたしは気まずくなって横を向いた。

「きみがわたしの命を救った話をしようじゃないか」

「いいわよ。その話をはじめましょう。もしなにか思いついたら、いつでもさえぎって」

「わかった」

ミルズは身を前に乗り出し、膝に肘をのせた。「わたしはあなたを逮捕するためにあそこへ向かってたの」

「銃のことがあったからか？」とわたしは訊いた。「わたしだと確認が取れたからか？」

一瞬ミルズは虚を衝かれたような顔になり、それから腹を立てた。「ハンク・ロビンズが話したのね。あのろくでなしが。あいつがあれこれ嗅ぎまわってるのは知ってたけど、その情報については徹底的に箝口令《かんこうれい》をしいたのに」

「ハンクを悪く思わないでやってくれ、刑事。みんながみんな、わたしが犯人と思ってたわけじゃない」

わたしの口調にミルズは傷ついたようだった。「一本取られたわ。だけど、事実って本当におかしなものよね」

「どうして？」

「あなただと確認が取れなかったら、わたしは逮捕に向かわなかったわけでしょ。そしたらあなたはオフィスの床で失血死してたところだった」

「たしかにあぶないところだった」

「そういうものよ」

「わたしだと確認したのは何者なんだ？」

「釣りに来てた男性。百フィートほど上流で古いバケツにすわって、なにか魚がかかるのを待っていた。名乗らなかったのは、ひと晩じゅう飲んでいて、それを奥さんに知られたくなかったからだそうよ」

「だめな証人だ」その男性は、わたしが絶望して、顎の下に銃を押し当てるところも見ていたのだろうか。ミルズがどこまで知っているのか知りたくて、表情を読み取ろうとした。しかし彼女の表情を見抜くのは不可能だった。

「だめな証人だわ」彼女は同意し、わたしの顔から目をそらした。それを見て、彼女は知っているのだとわかった。

「それでバーバラは？」無表情をよそおい、声に感情をこめずに言おうとしたが、むずかしかった。とにもかくにも、人生の十年間を彼女と一緒に過ごしたのだ。動揺していないふりなどできるはずがない。

「カントリークラブで逮捕したわ。彼女はプールサイドで、何人かの友だちとランチを食べているところだった」

「グリーナ・ワースターかな？」

「ええ、その人もいたわ」

「グリーナ・ワースターの車は黒のメルセデスだ」

「だから？」

「ヴァネッサ・ストールンは黒のメルセデスに撥ねられた」

突然、ミルズは警官に舞い戻った。「ミズ・ワースターの犯行だと思うの？」

「彼女が危険をおかしてまで友人を助けると思うかって？　まさか。あのふたりの友情は寄生虫みたいな関係さ。バーバラはグリーナの特権を利用し、グリーナはバーバラを雑巾《ぞうきん》のごとく利用した。わたしにわかっているのは、バーバラはヴァネッサを亡き者にしようとしたが、自分の車を使うほどばかじゃなかったということだ」

「ミズ・ワースターは気づいていたと思う？」

「直接訊いてみても問題ないと思う」

「そうするわ」とミルズは言った。

グリーナ・ワースターがミルズ刑事を相手に冷や汗をかく場面を想像すると、思わず笑いが漏れた。「その場に立ち合いたいものだ」

「ミズ・ワースターが好きじゃないみたいね」

「ああ、好きじゃない」

「なら、手加減しないわ」ミルズはまじめそのものの顔で言った。

「結果を聞かせてもらえるかい？」

「ええ、いいわよ」

「だったら、バーバラの話に戻ろう」

「最初のうち、彼女はそうとう強気で、憤慨してた。でも、手錠をかけられる段になると、今度は泣きだした」ミルズはわたしに歯を見せた。動物が歯をむき出すような、例の笑いだ。

「いい気味だったわ」

「きみはいつもいい気味だと思うようだな」

「もう一度謝れって言うの？」

「いや、つづけてくれ」

「長時間、奥さんの相手をしたわ」

「尋問で？」

「いろいろ話をしたのよ」とミルズは言った。

「それで？」

「自供を拒んだわ。警察はとんでもない間違いをしでかしたと言ってね。告訴してやると脅しもした。こっちはそういうしらじらしい反応を百回は見てきたというのにね。ところが、あなたが生きてるとわかったとたん、彼女のなにかが壊れたみたい」

「自白したのか？」

ミルズは椅子にすわったまま、もぞもぞと体を動かした。「そういう意味で言ったんじゃないわ」

「だったら、どういうことだ？」

「壊れたって言ったでしょ。わけのわからないことを言いはじめたのよ」

わたしはその言葉の意味を理解しようとした。「狂言じゃないのか？」

ミルズは肩をすくめた。「かもしれないけど、わたしはちがうと思う」

「どうして？」

「とにかくよくしゃべるの。あれこれ見境《みさかい》なく、まともな神経の持主なら絶対に警官に言うはずがない話をちょこちょこと。彼女がしゃべった話の断片をつなぎ合わせたわ。遺言、義理の父親との関係。それにビデオも見つけた。お金やアクセサリーと一緒にね」

わたしは逡巡したが、どうしても訊いておきたかった。「それは周知の事実なのか？」

「彼女とあなたのお父さんのこと？　残念ながらそのようよ」

わたしたちのあいだに沈黙が広がり、わたしはミルズが言った言葉を思い返していた。ようやく彼女のほうが沈黙をやぶった。「正直言って、彼女がビデオを処分しなかったのには驚いたわ。あんなおぞましいものを」

「彼女は父を愛していた」とわたしは言った。「わたしにはとうてい理解しがたく、吐き気をもよおすほどゆがんだ愛し方だが。とにかく愛していたことはまちがいない」頭のなかに妻の顔が、目を爛々《らんらん》と輝かせている妻の顔が浮かんだ。

「十人十色と言うものね」

わたしは、すべてがはじまったあの夜を、母が死んだあの夜を振り返った。「じゃあ、あの晩、わたしたちが病院から戻ったあとにエズラにかかってきた電話はバーバラからだったのか」

「それがなんと、アレックスだったの」

わたしはぽかんとしたが、ミルズは無表情に話をつづけた。

「アレックスはジーンとお父さんがいがみ合ってることを知っていた。いがみ合ってる原因を知っていた。それでお父さんを呼び出したの。五万ドルと引き替えに街を出ると持ちかけたのよ。行方をくらまし、ジーンとは別れると言って。待ち合わせ場所のモールは州間高速道路沿いにある。彼女はそこの駐車場に現金を持って来るよう言った。自分はそのまま高速に乗って、ソールズベリーにはもう戻らないつもりだと。お父さんはオフィスに現金を取りに行ったんだと思う。それにおそらくは銃も。お父さんはお金を払い、アレックスは去った。生きている姿が目撃されたのはそれが最後となった。もちろん、バーバラは別だけど」

「アレックスがそんなことをするはずがない」父から金を受け取り、ジーンを置き去りにする。「それじゃまったく筋がとおらない」

「アレックスはそのお金には手をつけなかった。ほかの人のように、お金がほしかったんじゃないのよ。父親がどんな人間か、ジーンにわからせてやりたかっただけ。父娘の仲を引き裂きたかっただけ。その作戦はきっとうまくいったにちがいないけど、けっきょくそんなことしなくてもよかったってわけ」

「エズラはそれっきり姿を消した。アレックスは望みのものを手に入れた。すなわち、わたしの妹を」

「誰からも文句を言われない形で」とミルズが言った。

わたしを別にすれば、とわたしは心のなかでつぶやいた。

「それでアレックスが去ったあと、父がバーバラに電話したのか、それともバーバラのほうから電話したのかどっちなんだ？」

「それに関してはいまのところ仮説の域を出ない。でも、バーバラが口走ったことや捜査の過程で集めた情報からすると、その仮説なら納得がいく。仮説とはこうよ。お母さんが亡くなった晩、あなたたち親子三人は、病院を出たあとお父さんの家に集まった。お父さんに電話がかかってきた。かけてきたのは、いまではアレックスとわかっている。お父さんは外出し、お金を取りにオフィスに寄ると、州間高速道路の近くでアレックスと待ち合わせた。お父さんが出かけた直後にジーンも出かけたわけだけど、そのせいであなたは彼女が事件に関係していると思いこんでしまう。モールに行ったお父さんを、ジーンがつけていったにちがいないと思いこんでしまった。彼女にも動機があったことを考えれば、それもうなずけるわ」そこでミルズが険しい目でわたしをにらんだ。「その動機とやらがなにか、説明してもらえないのが気になるけど……」わたしは無表情に彼女をにらみ返しただけで、なにも言わなかった。「でも、その点についても穿鑿しないでおくしかなさそうね。

そういうわけで、お父さんはオフィスに寄って金庫から五万ドルの現金を出した。おそらく銃もそこにしまってあったんだと思う。もしかしたら、家か車に隠してあったのかもしれない。それは知りようがない。とにかく、ショッピングモールでアレックスと会い、手切れ金を支払った。アレックスは計画がうまくいったとほくそえみながらその場を去った。お父さんひとりがモールに残った。それがだいたい、あなたが家を出てストールン農場に向かったころ——いちおう午前一時としておくけど、もうちょっとあとだったかもしれない。電話はお父さんのほうからしたんじゃないと思う。あなたがいるかもしれないんだから。とすれば、バーバラのほうから電話したことになる。おそらくはあなたが出かけたあとで。義理の母親が死んだことか遺言の件で話があったのかもしれない。あるいはただセックスしたかっただけかもしれない。そのへんのことはまだわかってない。とにかく、まだモールにいるお父さんに連絡があったと仮定しましょう……」

「バーバラは父を愛してた」とわたしは言った。

「さっきもそう言ったわね」

わたしは肩をまわした。「わたしと別れれば父と一緒になれると思ったのかもしれない。母が死んで、絶好のチャンスが訪れたと見たのかもしれない。その話をしたかったのかもしれない」

声に力がなくなっていくのを聞きとがめたのか、ミルズはしげしげとわたしの顔をながめた。「こんな話をして大丈夫なの?」

「平気だ」と言ったがうそだった。

「わかった。理由はなんにせよ、とにかくふたりはモールで落ち合った。お父さんはアレックスをやっかい払いすることに成功した。妻は死んだ。思うにお父さんはこれを機会に白紙の状態に戻ろうと思って、バーバラにもそう伝えた。もうやめにしようと彼女に別れを切りだし、遺言も前のとおりに書き換えると告げた。お父さんはバーバラをお払い箱にした、そう思わない？　そこで彼女は、どうやってかはわからないけど、銃を取りあげた。お父さんはとっさのことで予期してなかった。彼女は倉庫に入れと命じ、射殺した。さらに念のために頭に二発目を撃ちこんだ。倉庫の扉を閉め、無人のモールを出ると、銃を雨水口に投げ捨てた。それから自分の車で自宅に戻った。あなたが帰宅するよりずっと前に。そのころにはジーンは自宅に戻ってアレックスと一緒だった。彼女はあなたが不可解にも出かけたことを知っていた。バーバラが家を出たのも戻ってきたのも目撃した人はいない。そのせいで、お父さんの行方がわからなくなり、のちに死体で発見されると、ジーンはあなたがかかわっていると疑った。もしかしたら、そこまで疑ってはいなかったかもしれない。少なくとも死体が発見されるまでは。ところがその後、あなたがアリバイについてうそをついた。事実と異なるとジーンにはわかるうそを。彼女は問題の夜を振り返り、筋がとおる結論を導き出した」

わたしはすでにひとりうなずいていた。「もっともな話だ」

「あらましはこんなものだったと思う。そっくりこのままだったかどうかは神のみぞ知るだわ。確実なところを知ってるのはバーバラだけ。でも彼女は一生話さない。そもそも話せるかどうかもわからない。いずれ時がきたら、もしかして……」

「エズラの車はどうなったんだ？」

「盗まれたんでしょうね。バーバラは、遺言が検認されるよう、適当な時期に死体が見つかってほしいと思っていたはずだわ。いずれ車が放置されているのを不審に思う人が出てくると思って、おきっぱなしにしたのよ。お父さんのオフィスの鍵は、夜中に忍びこんでビデオテープを取り戻すために取っておいた。車のキーはおそらく車についたままだったんでしょう。盗んでくれといわんばかりに」ミルズは短く笑って歯を見せた。「さぞかしバーバラは、この一年半、業を煮やしてたことでしょうね。誰かが死体を見つけてくれさえすれば、あれだけのお金が手の届くところにあったんだから」

「まだひとつわからないことがある」

「なに？」ミルズが尋ねた。

「バーバラが金のためにあんなことをしでかしたのだとしたら、どうしてわたしを殺そうとしたんだろう？　わたしが死んだって彼女のものにはならない。金庫のなかの金とアクセサリーを持って、逃げればすむことじゃないか。なんの得にもならないのに、どうして危険をおかしてまでオフィスをうろつきまわったんだ？」

このときはじめて、ミルズが心底つらそうな表情を見せ、組んだ手をいつまでもにらんでいた。

「刑事？」こんなに踏ん切りの悪い彼女を見るのははじめてだ。ようやく顔をあげると、その目には影が射していた。

「わたしに言ったことは本当だったのね？　お父さんの遺言を読んだことがなかったのね？」

「見たのは、きみに見せられたときだけだ」

ミルズはうなずき、自分の手を見おろした。

「どうしたんだ？」

「バーバラは、あなたに信託の形で残されるお金の額を増やすよう、お父さんを説得した。それについては彼女があなたに言ったとおりよ。だけど、あなたに黙っていたこともある。遺言には尋常でない条項が含まれていた。バーバラの入れ知恵にちがいないわ。クラレンス・ハンブリーによれば、お父さんは亡くなる半年前に、その条項を遺言に追加させたそうよ。つまり、ふたりが、お父さんとバーバラが関係を持つようになってからだわ。だけど、お父さんは気が変わった。お父さんはその条項を削除するつもりだったとハンブリーは言ってる。それによってどういうことになるか、わかったからだと思う」

「話が見えないな」

「あなたの奥さんはいくらでも危険な存在になりうると、お父さんは気がついたんじゃないかしら。根拠があって言ってるんじゃないわよ、ワーク、だけどそんな気がする。ようやくお父さんもわかったのよ。あなたの身があぶなくなると見抜いたのよ。お父さんはハンブリーに新しい遺言を作成してほしいと依頼した。署名のために会う日取りまで決めていた。その変更が有効になる前にバーバラはお父さんを殺した」

「なんと書いてあったんだ、その条項には？」

ミルズのため息が聞こえた。顔をあげた彼女は、いままでとはうってかわって人間らしかった。声には抑揚がなかったが、わざとそうしているのがわかった。「あなたが死亡した場合、千五百万ドルはあなたの子の信託財産とする。バーバラはその信託の管理者となり、お金の使い道についてほぼ無制限の裁量権を有する」

「それでもわからない」と言ったところで、やっとわかった。「バーバラは妊娠してるのか」

ミルズはわたしの顔を見るのがやっとだった。「妊娠していたのよ、ワーク。きのう流産したわ」

35

ダグラスは一度だけ見舞いに訪れた。ドアに寄りかかってわたしが気づくのを待ち、それから渋面にしか見えない笑みを浮かべた。目の下と顎の下がたるんでいた。ひどいご面相だった。彼は謝罪らしき言葉を口にし、あれは自分の仕事をしたまでであって、恨みがあってのことではないと言い訳した。しかしわたしと目を合わせようとはせず、ミルズとはちがって、ダグラスの言葉には誠意のかけらもなかった。彼はわたしに歯を食いこませ、たっぷりと汁を味わったのだ。法廷でもそうだったし、廷吏にふたたび手錠をかけられるわたしを見てにやりとした。だから彼が悔いているとするなら、恥をかかされたからであり、もうじき地区検事選があるからである。ローワン郡のような田舎でも、愚か者を好む選挙民など皆無で、新聞は彼をさんざん吊しあげていた。わたしを証拠隠滅の容疑で起訴しないことにしたと告げると、彼は横を向き、さりとて義務としてわたしの行動を州の弁護士協会に報告しないわけにはいかないと言った。報告されれば結果的にわたしの弁護士資格が剝奪されるのはわたしも彼もわかっている。しかしわたしはそんなことはちっとも気にならず、かまわずやってくれと言うと彼は驚いたような顔をした。彼がまた笑みを浮かべようとするのを見て、わたしはじゃあ、元気でと言い、さっさと病室から出ていってくれと告げた。

見舞客はほかにも訪れた。弁護士仲間、隣人、学生時代の旧友まで。おそらくその全員が興味本位だったにちがいない。全員が同じことを言ったが、その言葉にはこれっぽちも心がこもっていなかった。わたしをずっと信じてくれていた人くらい見分けがつく。おためごかしの言葉をいくつか並べられても、信じてくれなかった事実を帳消しにできるはずがない。しかし、わたしは礼儀を失することはなかった。来てくれた礼を言い、元気でと言った。ドクター・ストークスはそれとはべつだ。彼は何度も顔を出してくれ、ふたりで世間話に興じた。ドクターは母の思い出話や、わたしの子ども時代の話をしてくれた。ドクターがいてくれるのはありがたく、おしゃべりするたびに少しずつ元気を取り戻していく気がした。最後に見舞いに来てくれたとき、わたしは手を差し出し、一生あなたの友だちでいますと告げた。ドクターはほほえむと、前からそう思っていたよと言い、次に飲むときは自分が奢ると言ってくれた。そしてわたしの手をいつくしむように、なおかつまじめくさったように握った。

病室を出て行く彼の背中に後光が射しているように見えた。

退院の前日、ジーンとアレックスが訪ねてきた。ふたりは荷造りを終え、いつでも引っ越せる準備ができていた。

「どこに行くんだ?」とわたしは尋ねた。

「北のほう。ヴァーモント、かな」

アレックスに目を向けると、あいかわらずいつもの揺るぎない目で見返してくる。とはいえ、この日は敵意をむき出しにすることはなく、ジーンの言うことはうそではなかったとわかった。いずれ時が来れば、もっと好意を持ってもらえるかもしれない。

「妹を頼む」とわたしは言った。

アレックスに手を差し出され、わたしたちは握手した。「言われなくてもそうするよ」と彼女は答えた。

ジーンに目を戻した。「落ち着き先を知らせろよ。家とビルを売ったら、おまえにも金を分けるから」

「それは考え直してほしいな。あたしたち、父さんのものなんかほしくない」

「父さんのものじゃない。わたしのものだ」

「本当にいいの？」

「もらってほしいんだ。有効に使え。地に足のついた生活のために」

「でも、金額が多すぎるよ」

わたしは肩をすくめた。「おまえには金では返せない借りがある。せめてこれくらいはさせてくれ」

するとジーンがわたしを見つめてきた。あまりに奥深くまで見つめられ、胸にぽっかりあいた穴やこれで本当にひとりぼっちなのだという気持ちはごまかしようがなかった。それに、彼女を見るたびにわき起こる罪悪感もごまかせなかった。いたたまれなくなって目をそらした。

聞こえてきた妹の声には、いままでとはちがう響きがあった。力を取り戻したからか？それとも心がすっきりと晴れたせいか？「しばらくふたりだけで話させてくれる、アレックス？」

「いいよ」アレックスが答えた。「お大事に、ワーク」そういうわけで、わたしたちは病室という閉ざされた空間にふたり残された。ジーンは椅子を引き寄せ、わたしのそばにすわった。

「兄さんはあたしに借りなんかない」

「あるんだ」

「どんな借り？」

その質問をしてきたのには驚いた。「いろいろとだ、ジーン。おまえをちゃんと守ってやれなかった借り。もっといい兄貴でなかった借り」わたしのその言葉は、ふたりを隔てる狭いスペースに落ちていった。薄いシーツの下で両手がぴくぴくと動き、わたしはもう一度口をひらいた。どうしてもわかってもらいたかった。「おまえを信じてやれなかった借り。エズラにあんなふるまいをさせて黙っていた借り」

するとジーンが大声で笑いだし、その声にわたしは傷ついた。これだけのことを言うのに、どれほど勇気がいったことか。「本気で言ってんの？」

「大まじめだ」

ジーンの顔から笑いがはがれ落ちた。椅子にもたれるようにすわり、異様なほど涙のたまった目でわたしを見ている。しかし、泣きだす寸前ではなく、その正反対だった。「質問してもいい？」

「ああ」

「答える前にちゃんと考えてよ」

「わかった」

「父さんが兄さんに法律の仕事をさせたのはなぜだと思う？」

「なんだって？」

「どうしてロースクールに行けと勧めたかわかる？　どうして兄さんに職をあたえたかわかる？」

わたしは妹に言われたとおり、答える前にじっくり考えた。「わからない」けっきょくそう答えた。「そんなこと、考えたこともない」

「そう、じゃ、次の質問。父さんとの関係が変わったきっかけはあったと思う？　うんと昔にって意味よ」

「たとえば子どものときということか？」

「うん、子どものときという意味で言ったのよ」

「わたしたちは仲が良かった」

「そうじゃなくなったのはいつ？」

「なあ、ジーン、なんでこんなことを訊くんだ？」

「いつ変わったの?」

「わからない。いいか、わからないんだ」

「いやあねえ、兄さんたら。ときどき、とんでもなく頭が鈍くなるんだもん。ひと晩で変わったのよ。ジミーのために縄跳びをした日に変わったのよ。それまでの兄さんは、父さんと瓜ふたつだったけど、あの日、水路であんなことがあったでしょ。あれから兄さんたちの関係は百八十度変わったの。そのときは、どうしてか全然わからなかった。でも、いま振り返ってみると、わかるような気がする」

そこから先は聞きたくなかった。事実はあまりに醜い。事実は口を閉じてはくれない。その事実とはこうだ。あの日以来、父はわたしの様子がおかしいと気がついた。変化を感じ取り、原因ははっきりしないものの、しだいにわたしを恥じるようになった。あの日以来、父はわたしを尊重しなくなった。古い生ごみのような堕落のにおいを感じ取り、そのせいでわたしに背を向けた。父は死ぬまでわたしを見下していた。

ようやく妹の顔を見た。同じ気持ちが少しでも表情にあらわれているのではないかと期待して。

「わかるような気がするだと?」

「あの日がはじまったときの兄さんは少年だった、父さんの大事な息子だった――父さん自身の投影とも言えるだろうけど、それ以上でもそれ以下でもなかった。父さんが漠然とした優越感を持って見下し、指を差して〝あれがわたしの息子だ、大事な息子だ〟って言える相手だった。だけど、あの日、水路から出てきた兄さんは男になってた。みんなが尊敬するヒーローになってた。父さんにはそれがまんならなかった。注目を集めてるのは兄さんであって父さんじゃなかった。父さんはそれが気に入らなくて、だから、二度とあんなふうに自分を出し抜かないよう、兄さんを虐げ、押さえつけた。あれがふたりの関係が変わるきっかけであり、理由だったのよ」

「わからないよ、ジーン」

「たったひとりであの水路にもぐろうなんて大人がどれくらいいると思う？　その数は多くないと自信を持って断言できるし、父さんだって絶対にもぐりっこない。あたし見たのよ、兄さんが引きあげられて、みんなが喝采《かっさい》したときの父さんの顔を」

「喝采したって？」わたしは思わず聞き返した。

「当然でしょ」

「覚えてない」とわたしは言った。たしかに覚えていなかった。軽蔑に満ちたまなざしや、あざ笑うように向けられた指なら記憶にある。酔っぱらったエズラが母にわたしのことを落ちこぼれだと言ったのも記憶にある。「あいつがヒーローなもんか」父はそう言った。

「ヴァネッサ・ストールンはあの日、死んでたかもしれない。十五歳でレイプされ殺されてたかもしれない。人の命を救った十二歳の少年なんてどれくらいいる？　大人だったらどう？　なかなかできないことだし、勇気がいるわ。それに気づかせないのは父さんくらいなものだわ。とにかく父さんはそうしたの、それも意図的に」

ジーンの言葉がじわじわとわたしを壊していく。わたしはヒーローなんかじゃなかった。それについては父の言うとおりだ。しかし、ジーンが放った次のひとことが、わたしの頭に立ちこめていた霧の一部を振り払った。

「父さんが兄さんを弁護士にしたのは、自分よりも上に行かせないためよ」

「なんだって？」

「兄さんは弁護士向きじゃない。ものすごく頭がいいのはたしかだけど、兄さんは夢想家なの。心が広いの。父さんはそのことを誰よりもわかっていた。兄さんが父さんみたいな切れ者にはなれないことも、父さんみたいにお金に執着しないこともわかっていた。つまり、父さんみたいな成功はおさめられないってこと。兄さんを法律の世界に閉じこめておけば、父さんは安泰だった。その世界にいるかぎり、兄さんは父さん以上にはなれないから。強くもなれないし、自信も持てない」ジーンはそこで言葉を切り、顔を近づけてきた。「脅威にもならない」

「おまえ、本気でそう思ってるのか？」

「本気も本気よ」

「それでも肩の荷はおりないな。やはりわたしはおまえに借りがある」

「兄さんたら、これだけ言ってもまだわかんないの？　父さんはあたしが受けた以上の仕打ちを兄さんにしたんだよ。あたしへの仕打ちは単に女を見下してたからだった。あたしは女だから、ろくな価値がないってだけ。だけど兄さんへの仕打ちは個人的なものだった。兄さんに宣戦布告したようなもんよ。父さんは戦闘にいどんだ。あんなことができるのはうちの父さんだけだわ。良きにつけ悪しきにつけ、父さんには力があった」ジーンはそこでまた笑い声をあげた。苦々しく怯えたような声だった。「さっき兄さんは、あたしを父さんから守れなかったとか言ったよね。でも、兄さんにそんなことができる余地はなかったのよ」

「かもしれないな」とわたしは言った。「少し振り返ってみるべきかもしれない」

「そうしなさいよ。父さんは死んだ。これ以上父さんに足を引っ張られていてはだめ」

不意に疲れがどっと押し寄せ、エズラの話をするのが苦痛になった。父のせいで混乱した頭を整理するには、この先何年もかかるだろうが、被害は思ったよりも小さそうだ。それにおそらくジーンの言うとおりなのだろう。自分を許すことも必要だ。あれが起こったとき、わたしはまだたったの十二歳で、いまのわたしから見ればおそろしいほど幼かったのだ。

「おまえがいなくなるとさびしくなるな、ジーン」

妹は腰をあげ、わたしの肩に手をおいた。「兄さんはあたしのために刑務所に入ろうとまでしてくれた。それだけでもりっぱだわ。あたしの知ってる誰よりもりっぱだわ。落ちこんだときはそれを思い出して」

「愛してるよ、ジーン」

「あたしも愛してる。そもそも家族ってそういうものでしょ」ジーンは病室を歩いていってドアのところで足をとめた。ドアをあけて振り返った。「落ち着き先が決まったら連絡する」

そう言うとジーンは病室を出て行った。ドアが閉まる直前、アレックスが妹のとなりにあらわれたのが見えた。彼女はジーンに腕をまわし、廊下のほうへと導いた。わたしは、わたしたち兄妹を隔てるドアが閉まるまでじっと見ていた。最後の瞬間、ジーンは泣いていた。しかしいい涙であり、健全な涙だった。それを見て、落ち着き先が決まったらきっと連絡があると確信した。そう思うととても慰められた気分だった。

翌日、私物の荷造りをしていると、マックスが病室の入り口にあらわれた。以前とまったく同じ姿だった。

「犬を返そうか？」といきなり訊いてきた。

「頼む」とわたしは答えた。

彼は「ちくしょう！」と言っていなくなった。廊下から荒らげた声が聞こえてきた。「引き取れるようになったらおれのところに来い。素直に渡してやるかもしれんし、やらないかもしれんが、どっちにしても一緒にビールを飲もう」

わたしははじめて声をあげて笑った。

一時間後、帰宅した。なかに入ると家全体がカラカラと音をたてた。ここを売るのはちっとも惜しくないが、とりあえずビールを持って玄関に出ると、お気に入りの場所に腰をおろした。通りの向こうの公園に陽が落ちていくのをながめた。夕陽が木のてっぺんに触れたところで、もう一本ビールを飲もうかと考えた。しかしわたしは腰をあげず、夕陽は見る見る間に沈んでいった。夜になるまでその場を動かず、あたりの音に耳をすましていた。心安らぐ街のさざめきに、この音が聴けなくなるのは残念だろうかと自問した。

翌日、エズラが埋葬された。それを見届けるとヴァネッサを訪ねていこうと決めていた。言うべきことを言い、必要ならどんな約束でもしようと心に決めていた。彼女さえその気なら戻ってきてほしかったが、あくまで真実を告げてからの話だ。土下座しろというならしよう。真実を明らかにするにはそれくらい必要であり、その程度の代償なら喜んで払うつもりだ。というのも、わたしには物事がいままでとちがって見えるからだ。自分の力で道を切りひらく覚悟はできていたが、ヴァネッサにも一緒に歩んでほしかった。この人生を本来あるべき姿に戻したかった。

だから翌日、陽がのぼると、念入りにひげを剃った。歯をみがき、髪をとかした。お気に入りのジーンズを穿き、頑丈なブーツを履いた。葬儀は十時からだったが、参列するつもりはなかった。参列するのかと訊いたときに、ジーンが出ないほうがいいと言ったからだ。

「あたしにとって父さんはあの晩に死んだのよ。前からそう言ってるでしょ。父さんはもうじゅうぶん深いところに埋まってる」

それでも教会の前を車で通ってみた。埋葬場所まで父の亡骸を運ぶ長い黒い車がとまっていた。会葬者が出てきたときも、わたしはまだその場所を動かなかった。わたしはジーンとはちがうのかもしれない。最後まで見届けたかったのかもしれない。とにかく動機はなんにせよ、何台もの車のあとについて、郊外の墓地までたどり着いた。車列が正門をくぐると、わたしはそのまま行きすぎた。小高い丘を縦走する脇道に入り、しばらく走って見物できそうな場所を見つけた。背の高い木があったので、そのごつごつした幹にもたれ、高級車から降りてくる灰色の会葬者を見おろした。わたしがいる場所からではやけに小さく見える長方形の穴のまわりに人が集まっていた。そのなかに牧師とおぼしき人物の姿があった。その人物は静粛にと言うように両腕を差しのべていたが、その言葉は突然の風に呑みこまれて聞こえなかった。べつにそれでかまわなかった。どんな言葉を尽くしたところでわたしを納得させることなど無理ではないか。

土がかけられるまでその場にとどまり、会葬者が全員いなくなるのを見届けてから、降りていってできたばかりの塚を見おろした。墓標はまだなかったが、そこになんと記されるかはわかっている。どんな言葉がいいか、わたしに訊きに来たからで、わたしはさんざん頭をひねった。

そこにはこう記される——エズラ・ピケンズ、彼の真実は彼とともにある。

その場にしばらく立ちつくしていたが、その間ほとんど、母が眠る場所ばかり見ていた。ここに父を埋めて母は喜んでいるだろうか？　それともひとりにしておいてほしかっただろうか？　それについてもわたしはさんざん頭をひねったのだ。母はこう望むのではないかと考えた。母は父に寄り添い、不平を言うこともなく生きた。ならば死んでからもそのほうがいいだろうと。しかし心のなかでは怒っていたし、これから先、これでよかったのかと何度も疑問に思うこともわかっていた。しかし、バーバラに言ったあの言葉は本当だ。人生はやっかいであり、死もまた例外ではないようだ。

遠くでエンジンの音がしたが、気にかけなかった。もっと気をつけていれば、となりにあらわれたヴァネッサを笑顔で迎えてやれただろうに。実際には、埋めたばかりの地面と母の名を彫った墓碑の固いへりばかり見ていたわたしは、声をかけられ、肩を叩かれるまで気がつかなかった。彼女はようやく振り返ったわたしの手を取った。わたしは彼女の名を呼び、彼女はわたしのすべてを受け容れてくれた。その腕は細いがたくましく、体は川のにおいがした。体を押しつけると、彼女の手が首のうしろをさすった。そのあと体を離したのは理由があってのことだ。彼女の目が見たかった。そこに希望が持てるなにかがあるかたしかめたかった。たしかにあった。というのも、その目が澄んでいたからだ。だから言葉をかけないうちから、もう心配いらないのがわかった。

それでも言うべきことを言わなくてはいけない。土を盛っただけのエズラの墓のそば以外の場所で。そこで野良仕事で荒れた彼女の手を取り、斜面をのぼってさっき見つけた日陰へと連れていった。最初に愛していると告げると、彼女は顔をそむけ、ずらりと並ぶ墓碑銘を彫りこんだ石の列に目を落とした。視線を戻した彼女はなにか言おうとしたが、わたしは指でそれを制した。わたしの思いは、はじめて会ったあの日、ジミーのために縄跳びをしたあの日に戻っていた。わたしたちの関係がはじまった日であり、すべてが変わった日であり、わたしたちの未来がほぼ終わった日であるあの日へと。もし一緒に暮らす見込みがあるなら、あの日のことを彼女に話さなくてはならない。そういうわけでわたしは言うべきことを言った。かつてないほど赤裸々にありのままに。

エピローグ

長い月日がたつにつれ、痛みは引き、ときどきうずくだけになった。いまも夜、よく眠れないが、あまり気にならない。不愉快な考え事のせいではないからだ。ヴァネッサの手紙はベッドわきのテーブルの抽斗にしまってあり、わたしは折にふれ、たいていは夜に読み返す。読むたびに自分がいかに瀬戸際に追いこまれていたかを再確認し、いまの生活を当たり前と思ってはいけないと自分を戒める。おかげでわたしは誠実でいられ、〝尊い純粋さ〟と呼ばれる状態を維持できている。

時計を見るとまだ五時を過ぎたばかりで、最近のわたしの一日のはじまりははやいと言うものの、あせることはない。さっきの夢がまだ生々しく残っている。そこでひんやりとした床に足をつけ、部屋を出る。廊下に射す月明かりをたよりに窓に近寄る。静かな草原を見おろし、川がある右へと視線を移動する。どこまでも蛇行していく川はさながら銀の糸のようで、それを見るうち、川の流れや時間のことに、さらには過ぎ去った出来事に思いをはせる。

例の金庫にあった現金と宝石類は父の財産の一部という裁定がくだった。それらはすべて財団のものとなった。しかしビルのほうはあっという間に売れ、しかもこちらの希望をうわまわる額だった。けっきょくジーンに八十万ドルを送り、彼女はその金でシャンプレーン湖のほとりに立つ一軒家を買った。わたしはまだ訪ねていっていない。まだはやすぎるとジーンに言われたからだ。まだまだ自分たちのことで精一杯なのだろう。だが、クリスマスあたりにはという話になっている。

うまくいけば。

わたしの分の金については、できるだけ有効に使った。老朽化してきたファームハウスを修理し、まともなトラクターを買い、隣接する二百エーカーの土地を購入した。土壌は豊かでりっぱな川が流れるいい土地だ。南の境を接する八十エーカーの土地にも目をつけているが、売り主はこっちのもくろみを知っているのか、かなり高い値をつけている。だが、べつに急ぐことはない。

背後でドアが大きくあく音がし、思わず口もとがほころぶ。わたしがこの窓辺に立つと必ず彼女は目を覚ます。わたしがここにいると察知して、力を合わせて作りあげた庭を一緒に見ようと起きてくるのかと思うほどだ。彼女の腕がわたしの胸をやさしくなでる。窓に彼女の顔が映っている——ヴァネッサ、わたしの妻。

「なにを考えてたの?」と彼女が尋ねる。

「またあの夢を見た」

「いつものあれ?」

「そうだ」

「ベッドに戻りましょう」と彼女は言う。

「もう少ししたら」

彼女はわたしにキスするとベッドに戻っていく。

手が窓台を探りあて、冷たい隙間風が吹きつける。これまでに学んだことや、まだまだわからないことに思いをめぐらせる。農業は一筋縄ではいかず、不確定要素に満ちており、そのほとんどがわたしには未知のことばかりだ。それでも体はしだいに引き締まり、長時間労働にも慣れ、手もひどくたくましくなった。この生活はわたしに合っていた。判断にせよ行動にせよ、急かされることがない。それが人生最大の変化だろう。いまのところ後悔というものをおぼえたことがない。

それでもわたしが父の息子であることに変わりはなく、父がなした許されざる選択から完全に逃れることは不可能だった。父を一生許すつもりはない。しかし、運命はときにひどく気まぐれだが、正義というものがないわけではない。エズラはバーバラを手玉に取り、おのれの邪悪な目的のために彼女を利用した。その彼女にせっつかれ、彼は遺言を書き換え、わたしが死んだ場合にはわたしの子どもが千五百万ドルを相続する条項をくわえた。バーバラが安全弁がわりに思いついたことで、父は彼女と手を切ったらすぐに書き換えるつもりだったにちがいない。しかし父が新しい遺言に署名する前に、バーバラが彼を殺した。撃ち殺したのはそれが原因だったのだろう。いまとなっては知りようもないが。しかしようやく父の遺言に目をとおしたわたしは、期限がさだめられていないことに気がついた。そこであれこれ調べた結果、こういうことだと判明した。わたしが死んだ場合、その時期がいつであろうと、わたしの子どもがエズラの巨額な遺産の大部分を相続できる。わたしはこの件について手続き差し止め通告をおこない、確認判決を求めた。当然、ハンブリーは争い、負けたことをいまも恨んでいる。しかし遺言の内容は具体的であり、法律はわたしの解釈を支持した。

やがて寝室に引き返し、上掛けの下にそっともぐりこむ。彼女はあたたかく、横を向いて眠っており、わたしはそこに体をぴったりと寄せる。夢は見るたびに現実味を帯び、見るたびに覚めるのが遅くなっていくようだ。わたしたちは三人で緑の芝生を歩いている。

お話して、パパ。

どのお話がいいかい？

あたしの大好きなお話。

ヴァネッサのほうに手をのばし、下腹部に触れる。彼女は上掛けに深くもぐりこみ、わたしに体をすり寄せてくる。

「女の子だといいな」とわたしはささやく。

「女の子よ」彼女は言い、自分の手をわたしの手に重ねてくる。

本当にわかって言っているのか、それともなんとなくそう思っているのかはわからない。わたしにはそれでじゅうぶんだ。夢のなかで彼女の――わたしの娘の声がして、いつか彼女のものになる莫大な財産について思いをめぐらす。最後に父のことを、女と金に関する父の主義について思いをめぐらす。そこには詩があり、輪を完成させる皮肉がある。暗い永遠の眠りのなかで、父は地団駄を踏んでいることだろう。

あと数分、ベッドでこうしているが、きょうという日がわたしを呼んでいるようで、だんだん落ち着かなくなってくる。ジーンズとセーターを身につけると、ボーンが一緒になって階段を降りていく。外は寒く、わたしは夜明け前の光のなかでポーチに立つ。大きく息を吸い、しんとした畑を見わたす。くぼんだところに靄がよどんでいる。丘の頂が来光を出迎えようとそびえている。

訳者あとがき

法曹界からまたひとり、すばらしい作家が誕生した。それが本書『キングの死』の作者、ジョン・ハートである。『潮流の王者』などの著作で日本でも知られるパット・コンロイが〝おそるべき新人〟と手放しで絶賛し、《パブリッシャーズ・ウィークリー》が〝スコット・トゥローにも匹敵する〟と評すなど、各方面から高い評価を受けている。また、新人としては破格のプロモーションを打つなど、出版社の熱の入れ方からも彼の並々ならぬ才能がうかがい知れる。

物語の舞台となるのはノース・カロライナ州ソールズベリー市。主人公で弁護士のジャクソン・ワークマン・ピケンズ、通称〝ワーク〟は、依頼人との接見に訪れた拘置所で、父エズラの死体が見つかったと知らされる。頭部を撃たれており、他殺であるのはあきらかだった。現役の敏腕弁護士だった父の行方がわからなくなって十八カ月。すでにこの世の人ではないだろうと覚悟はしていたものの、その知らせにワークは動揺する。父が死んだからではない。犯人に心当たりがあったからだ。父がいなくなったいきさつを考えれば、殺したのはワークの妹ジーンでしかありえない。だが、夫との破局以来、精神が不安定となっているジーンを刑務所送りにするわけにはいかない。なんとしても守りたい。そのためには自分が身代わりになってもいいとまで思いつめるワーク。警察が妹に疑いの目を向けぬよう、必死の抵抗をこころみるのだが、父の遺言の内容が明らかになるや、事態は一転する——。

事件の進行とともに、ピケンズ一家における親子の確執、ワークと妻との夫婦の問題や、彼が子ども時代から抱えている罪の意識がしだいに浮き彫りになっていき、それが物語に独特の雰囲気をあたえると同時に、事件を混迷させる要素となっている。なかでも、物語のなかではすでに故人となっているエズラ・ピケンズという人物には圧倒される。貧しい家の出身で、それこそ裸一貫でソールズベリー屈指の弁護士にのしあがったエズラは、金と名誉に異様なほど執着し、代々裕福な同業者を激しく憎み、非情で思いやりのかけらもない人間として描かれている。家族に対してもその態度は同様で、まさに暴君のごとく妻子を支配している。そのすさまじさは想像を絶するが、南部という土地柄と、赤貧から成り上がったという負い目がそうさせたのかもしれない。

そしてその父エズラに、まさしく人生までも操られてしまった主人公ワークが、父の死をきっかけにみずからの人生を見なおしていく。父とはちがい、恵まれた環境に育った彼は、優秀な頭脳の持主ではあるが、いわゆるハングリー精神に欠けている。その分、人を思いやることができ、いざとなれば捨て身の行動も辞さないだけの勇気を持ち合わせてもいる。事件の真相とともに、彼が再生していく過程をも味わっていただければさいわいである。

また、事件のほうも、ひじょうにスリリングな展開を見せていく。警察はワークに疑いの目を向ける一方、ワークの独自の調査により、次々と意外な事実が明らかになっていく。エズラを殺したのは本当にジーンなのか。それとも彼に恨みを抱く、かつての依頼人なのか。はたまた……？　いわゆるジェットコースター的なサスペンスではないが、最後まで展開の読めない謎は、筋金入りのミステリ・ファンにも満足いただけることと思う。


著者のジョン・ハートは一九六五年、ノース・カロライナ州ダラムに生まれ、のちに本書の舞台となるソールズベリーがあるローワン郡に引っ越している。フランス語教師の母の影響か、大学ではフランス文学を専攻した。卒業後はロンドンのパブで働いたり、ヨットのリストア、銀行員など職を転々としたのち、ロースクールで学び弁護士の道に進んだ。仕事はおもしろかったものの、一生つづけていく気にはどうしてもなれず、弁護士事務所を辞め、かねてより興味のあった創作の世界へと足を踏み入れたとのことだ。それまでにもいくつか小説は書いていたようだが、決断をくだした当時、ハートにはすでに妻と幼い娘がいたそうで、弁護士の職を辞するのはそうとうの勇気がいったことと想像する。地元の図書館にこもって執筆したという『キングの死』は、多くのエージェントの興味を惹き、セント・マーティンズ・プレス社と契約を結ぶにいたった。

地元紙《ソールズベリー・ポスト》の記事によれば、ハートはすでに次作に取り組んでい

ると の こと。*Down River* と題されたその長篇は、彼が子ども時代のもっとも大切な思い出と語る、五百エーカーにもおよぶ農場での経験がベースとなっているらしい。これもまた、濃密な雰囲気を持った読み応えのある作品にちがいなく、いまから刊行が楽しみでならない。

二〇〇六年十一月

訳者略歴　上智大学外国語学部英語学科卒，英米文学翻訳家　訳書『酔いどれに悪人なし』ブルーウン，『川は静かに流れ』ハート，『ボストン、沈黙の街』ランディ（以上早川書房刊）他多数

HM=Hayakawa Mystery
SF=Science Fiction
JA=Japanese Author
NV=Novel
NF=Nonfiction
FT=Fantasy

キングの死《し》

〈HM331-1〉

二〇〇六年十二月十五日　発行
二〇一三年　十　月十五日　六刷

（定価はカバーに表示してあります）

著　者　ジョン・ハート
訳　者　東《ひがし》野《の》さやか
発行者　早川　浩
発行所　株式会社　早川書房

郵便番号　一〇一 - 〇〇四六
東京都千代田区神田多町二ノ二
電話　〇三 - 三二五二 - 三一一一（大代表）
振替　〇〇一六〇 - 三 - 四七七九九
http://www.hayakawa-online.co.jp

乱丁・落丁本は小社制作部宛お送り下さい。
送料小社負担にてお取りかえいたします。

印刷・星野精版印刷株式会社　製本・株式会社川島製本所
Printed and bound in Japan
ISBN978-4-15-176701-2 C0197

本書は活字が大きく読みやすい〈トールサイズ〉です。